THE
BLOOD 逐王
CROWN

水千丞 著

/ 异轨殊途

九州出版社
JIUZHOUPRESS

图书在版编目（CIP）数据

逐王：异轨殊途 / 水千丞著 . — 北京：九州出版
社，2023.9

ISBN 978-7-5225-2154-1

Ⅰ . ①逐… Ⅱ . ①水… Ⅲ . ①长篇小说 – 中国 – 当代
Ⅳ . ① I247.5

中国国家版本馆 CIP 数据核字 (2023) 第 175208 号

逐王：异轨殊途

作　　者	水千丞　著	
责任编辑	张皖莉	
出版发行	九州出版社	
地　　址	北京市西城区阜外大街甲 35 号 (100037)	
发行电话	（010）68992190/3/5/6	
网　　址	www.jiuzhoupress.com	
印　　刷	三河市中晟雅豪印务有限公司	
开　　本	880 毫米 × 1230 毫米　32 开	
印　　张	12.5	
字　　数	400 千字	
版　　次	2023 年 9 月第 1 版	
印　　次	2023 年 11 月第 1 次印刷	
书　　号	ISBN 978-7-5225-2154-1	
定　　价	52.00 元	

226	216	207	191	178	161	147	136	123	107
第十九章·密信	第十八章·志在必得	第十七章·苦肉计	第十六章·定亲	第十五章·缓和	第十四章·和谈	第十三章·我绝不会让你去涉险	第十二章·野心	第十一章·相助楚王	第十章·逐鹿中原

目录

095	085	069	061	045	035	020	011	002
第九章·你怎样才会满足	第八章·我不后悔	第七章·攻城	第六章·试探	第五章·诬陷	第四章·再无安稳	第三章·你还活着	第二章·重逢	第一章·赶赴黔州

第三十章·反目成仇

第二十九章·离开是非之地

373

364

第二十章 · 轻敌 …… 236

第二十一章 · 萨仁夫人 …… 245

第二十二章 · 筹谋 …… 262

第二十三章 · 激战 …… 281

第二十四章 · 流言 …… 298

第二十五章 · 布满荆棘之路 …… 308

第二十六章 · 在你心里，我是谁？ …… 319

第二十七章 · 再无期待 …… 333

第二十八章 · 大婚之日 …… 346

等在远方的，是更多的艰险，和更重的使命，他原以为封野是这世上他唯一可以依靠之人，两人当携手同行，生死与共。可如今封野已亲手斩断了情谊，他也当断则断，如此一来，才能铸就一身的铜、墙、铁、壁。

异轨
殊途

赶赴黔州

从狱中出来后，燕思空托病在家休养了几天，一是了解他入狱期间发生的事，好掌握局势，二是安排好他离京之后的事。

阿力要求与他一起去河套，因西北蛮荒，穷山恶水，此去路途上不知道有多少凶险，他不让阿力跟着。

他回府第一件事，就是把谢忠仁安插在府内的眼线赵全和几个家丁侍女全赶走了。但家中不能一个顶事的人都没有，阿力虽然不会说话，贵在忠实可靠，把偌大的燕府交给万阳，他是断无法放心的，有阿力在，至少能防府中还有内鬼，利用万阳对付自己。待几个月后，万阳到了该"产子"的时候，也需要阿力来处理。

佘准也秘密地与燕思空在府内又见了一面。谢忠仁入狱待审，佘准亦是大仇得报，面上真正有了神采，不似之前，用玩世不恭来掩饰心中的担忧。

不过，当他听到燕思空要去河套的时候，还是紧紧蹙起了眉："你要去找封野？你怎么现在才告诉我？也不与我商量一下。"

"我心中早有此打算，一切都照我的计划走，如今我可以名正言顺地做晟军的说客，在晟军与封野之间周旋。"

"'周旋'？南玉，你的目的到底是什么？"佘准口气转冷，"你若说你当真想劝封野投降，我断不会信。"

燕思空直视着佘准，忧心忡忡地说道："佘准，如今大晟外有蛮夷，内有昏君，连年大灾小患不断，靠削藩和江南海税充盈起来的国库，这样折腾也支撑不了几年。就算现在歼灭了阉党，我朝要恢复生机，至少需五载，可如今内忧外患，哪里有如此富余的时间？举国望去，可用之将寥寥无几，有心之臣回天乏力。长此以往，金国可能吞并辽东，直下京师，瓦剌可能东山再起，侵扰西北，百姓悲苦难耐，揭竿造反者比比皆是，早晚，反的不再只是川蜀，到时若四方诸侯趁乱并起，这天下就完了。"

佘准怔了怔："可是，眼下地方的造反都不成气候，朝廷也在赈灾，辽东有赵傅义挡着，瓦剌尚没有从四五年前的战败中复原。"

"你是否觉得我在危言耸听？"燕思空沉声道，"现在看来，虽算不上承平之世，但还不至病入膏肓，药石无灵，据闻去年的国库，尚是贯朽粟陈，十分富裕，但若我告诉你，明年，最多后年，国库将无银可用呢？"

佘准一惊："……怎么可能？"

燕思空不疾不徐地说道："年初赈灾，用掉了白银八十万两，这其中有大半进了个人的口袋。辽东一战，短短数月已经花了一百三十万纹银，而且还要持续不断地狠狠吃银子。如今为了抵御封野，预计百万两的军费是少不了的，你可知国库每年收盈是多少？"

"鼎盛时期，不算皇帝的私库，有七八百万吧。"

"不错，明武之治的大晟，万邦来朝、威服四海的大晟，最鼎盛时期，加上皇帝的私库，一年收银接近千万两。但从昭武帝开始……不，从他爹开始，国库最丰盈的就是前两年，通过削藩和江南海税增加的大笔入账，达到了近六百万两。可如今，削藩已过去多年，无处可削，逐渐可以不计，而江南海税，马上就要收不上来了。"

佘准瞪直了眼睛："因为阉党倒了！"

燕思空凝重道："对，阉党一倒，士族崛起，逐渐又会回到颜子廉在世时，江南官员称霸一方的时代，江南海税会因为他们而逐渐减少，明年，国库至少要少收两百万两，而明年，战祸绝不会息止，假使这时再有用银之地，比如天降灾患……"

佘准终于懂了燕思空的忧虑，确实不是危言耸听，千百年来，这片土地上的朝代更迭，追根究底，大多是因为贫苦，倘若国库充盈，则代表百姓安居乐业、男耕女织，才能收得上税银，有了足够的税银，则代表军备强大、政通人和，外邦夷狄不敢进犯。

没了银子，如何强盛的王朝都将摇摇欲坠。

佘准道："你已经看得这么远了。"

"并非我看得远，而是看得多，史书之上，这样的前车之鉴比比皆是，也不止我一人看得见，朝中时有官员上书表达忧虑，但那狗皇帝根本不在乎。"燕思空正色道，"佘准，若等你发现国祚岌岌可危时，多半已经无可挽回了。"

佘准顿了顿："即便如此，这和你要去见封野有什么关系？"

"我要阻止这一切。"燕思空拔高了音量，"这腐朽的王朝死了便死了，但若它死了，苦的是中原百姓，既然我有机会阻止这一切，又怎能无所作为？"

"你想怎么做？"

燕思空抿了抿唇，他看着佘准，一双眼眸中燃烧着熊熊的欲望之火："我要助封野兵临紫禁城，迎陈霂登基，则大权尽归我二人之手。"

佘准身体微颤，只觉一阵寒意袭来，头皮几乎要炸开，他颤声道："你好大的野心啊，当年你和封野想在春猎逼宫，结果却是一败涂地，没想到你还没放弃。"

燕思空冷笑一声："我说上一句话，别人听来像狗叫，若不能执掌大权，谈什么修齐治平，谈什么救国救民，只要我尚有一口气在，绝不会放弃。"

佘准冷冷道："你是真的想救国救民，还是对权力上了瘾？"

"我若说两者皆是呢？"

佘准眯起眼睛："南玉，你是很聪明，许是我见过的最聪明的人，但这世间之事，不能尽如你料，你想做的事，比斗倒谢忠仁要凶险千百倍。"

"那又如何？人皆有一死，身为男儿，若没有建功立业的大志，岂不是白活一场。"

佘准沉默了。

"佘准，我不信你甘于一辈子流浪江湖，你就不想俯仰天下、青史留名吗？"

迟疑了片刻，佘准道："我自在惯了，功名利禄对我来说反是负累，但你若是真心为百姓，我会帮你。"

"佘准，你我相识十数年，心知我对荣华富贵、钱财酒色毫无兴趣，对奸猾误国、尸位素餐的官员恨之入骨。我想要权，是因为有了权，才能做我想做的，这一点，你要相信我。"

佘准点点头，嘲弄道："但封野可未必相信你，倘若封野……想做皇帝呢？"

燕思空眉心一皱："依我对他的了解，他受不了那样的束缚。"

"如你所言，身为男儿，哪个不想建功立业？哪个没做过君临天下、坐拥江山的大梦？你怎么就知道他不想。"

燕思空沉默了片刻，道："他是帅才，非帝才，再者，这是陈家的江山，陈霖登基则名正言顺，他若称帝，四方诸侯必反，天下必乱，他不会的。"他眯起眼睛，"倘若他真的想，我会阻止他。"

"南玉，你这是铤而走险。"

"我走的哪一步不险。"燕思空淡淡一笑，"哪怕刀山火海，我义无反顾，我燕思空，生来就要颠覆天下。"

佘准叹道："我愿你能得偿所愿，不管谁当皇帝，我看都比现在这个狗皇帝要强，经你一言，我感觉灭顶之灾就在不远处了。"

"确实如此，绝非危言耸听。"燕思空道，"佘准，我走后，一切就交给你和阿力了，你要将朝中情况尽数无遗地告诉我，你要保护好万阳，尤其别让孩子的事情败露了。"

"我会的。"

"等我的消息。"

"南玉……"佘准欲言又止。

"说吧。"

"你可有想过，你见到封野，会如何？"

燕思空怔了一怔。他想吗？也许是想过的，在无所事事的牢狱之中，他反复斟酌自己的计划是否能成，他是否能见到封野，可唯独每次想到与封野重逢的场景时，他就会避免再想下去。

当年他迎娶万阳，拒绝放下一切跟封野走，两人已恩断义绝，后来他倒戈阉党，臭名远播，如今再相见，封野会如何看他？

他真的不敢想下去，他终有一天要面对封野，想一千遍一万遍，也无济于事，只是徒增忧愁。

但心底很深处，他怀抱着希望，他希望谢忠仁的下场，能令二人冰释前嫌，封野曾经对他真心实意，两人既是少时挚友，又有生死之交，封野会……会谅解他吗？

佘准摇了摇头，一语戳破了他："你是不敢想，对吗？"

燕思空深吸一口气："想有什么用，庸人自扰罢了，等我见到他再说吧。"

佘准站起身，正色道："南玉，此去西北路途遥远，不知有多少艰险在等着你，你要保重。"

燕思空郑重地点点头，目光深远："我会回来的，带着遮天蔽日的大军，回来。"

燕思空择日出发了。

昭武帝从卫戍军中调派了八百人跟着他。名义上是护送醉红，毕竟此马是价值万金的稀世珍宝，且是给封野的见面礼，以表大晟招降的诚意，其实也是为了保护燕思空，一是黔州多匪，二是定有人不愿意封野被招降，或许会对燕思空不利。

燕思空此行，是奉命巡视黔州府的巡按御史，同时说降叛军。他本是不能带兵的，这八百人马，是他向昭武帝讨来的，只听他一人调派。不过，等他到了黔州，会见到驻守黔州的大同军将领，他携有皇帝的密旨，着大同军全力配合他降服叛军，但那些兵马始终不是他的，不能擅用，所以他手中可用之兵，就是这八百人。

燕思空骑着醉红奔出永定门，他勒住缰绳，回头看了一眼那高耸于前的巍峨城墙，感叹这不愧是天下第一城，心中豪迈顿生，一首诗却不期然地浮现在眼前。

当年黄巢落榜，灰头土脸地离开长安，回头遥望都城，写下"我花开后百花杀，满城尽带黄金甲"。多年以后，他带着叛军杀回长安，自此，盛极百年的大唐走向了覆灭之路。

此时想起这首诗，实在是不吉之兆……

燕思空转过身，看着无远弗届的天际，毅然策马离开了。

他们一伍八百人皆是骑兵，且轻装急行，自驮口粮，一路长途跋涉近千里，只用了十三天就到了。他们不能不快，再迟一点，怕封野已经把黔州给攻下来了。

黔州处于蒙古、大同和中原地区的交界之处，是河套地区延伸向蒙古高原的唯一天然屏障，过了黔州，再无崇山峻岭，自古是西北的兵家要地，却因为当年大晟痛失河套，再难以聚集起有效的防线。即便四年前封剑平大败瓦剌，从蒙古骑兵手里抢回了河套地区的部分城池，但蒙古的散兵游勇不断侵扰，劫掠完就跑，来无影去无踪，没有百姓敢定居于此，更遑论开垦农田。黔州兵马不足，想从大同调兵，恰逢封剑平冤死，大同军备砍半，自顾不暇，最后只调来区区一万兵马，勉强靠着天险驻守。

但黔州九郡的城池，修建的目的是向外抵御蒙古人，面向中原的几座城池，最大的作用是护卫粮道和枢纽，无论是城墙还是守卫，都比较薄弱，正是封野可以痛击的软肋。

这几座城若被封野占据，不仅掐断了黔州粮道，连大同府也会受到一些影响，形势已十分危急。

燕思空刚进入黔州境内，就接到消息，封野已经攻下巧州，若再拿下茂仁，则黔州危矣。可起兵以来，一路所向披靡，几乎战无不胜的封家军，却在茂仁遭遇了意料之外的失利，折兵五千而没有攻下城池。

茂仁一个区区三四万百姓，守备军力不过三四千的小城，竟然挡住了封野士气高涨的五万大军。

燕思空听到这个消息，惊讶不已，忙问斥候："茂仁守将是何人？"

"回御史大人，是王烈王将军，但听说率军守城的，是茂仁知县。"

"那是何人？"燕思空心想，这是何方神圣，一个小小的县令，竟能面对大军压境而抵死顽抗，这是怎样的雄心和魄力，又是怎样的果敢和睿智，不禁令他想起了当年的元卯，他一定得见见这个人。

"回御史大人，此人来头很大，是昭武二十九年连中三元的状元郎，沈鹤轩沈大人。"

燕思空僵住了，半天都没回过神来。若非再次听到这个名字，他几乎已将此人忘记。颜子廉仙逝后，谢忠仁清算士族一派，恰逢沈鹤轩上书痛骂阉党，从一个前途无量的金科状元被贬斥到了赤贫之地，几乎再不能翻身，他当时为封家的事焦头烂额，甚至没有记得沈鹤轩被贬斥去了哪里，原来，就在黔州！

这样的天纵之才，竟埋没在这穷山恶水的地方做一个芝麻小官，实在是可惜。也难怪这蕞尔小城，能挡得住封野的起义大军。

燕思空吩咐道："传令下去，今夜寅时拔营，明日务必抵达黔州。"

"是！"

翌日刚过晌午，燕思空到了黔州城，城中文武官将悉数出来迎接，尽管燕思空是被贬了，但谁人不知他死弹谢忠仁名动天下，又谁人不知他是万阳公主的额驸、皇帝面前的红人，如今更是身负着说降小狼王的重任，马虎不得。

一照面，黔州知府徐永就将燕思空弹劾阉党的义举狠狠夸赞了一番，而后不免痛骂阉党，看似义愤填膺，燕思空见他急着划清界限的浮夸模样，怎么都像是心虚，但也懒得去追查他和阉党有几分瓜葛，面上客套了一番。

被迎进驿站，燕思空迫不及待地问起了茂仁的情况。

如斥候回报，封野在茂仁受挫之后，已经退兵三十里扎营。徐永早已将燕思空的情况打听了个清楚，但他摸不准燕思空和沈鹤轩的关系，便小心翼翼地试探："这个沈大人，听闻与燕大人是一年的进士？"

燕思空点点头："沈兄当年连中三元，才华惊人，小弟不过区区第七名，与沈兄一比，自叹弗如。"

"哎，燕大人太客气了，这科举之制，始终因刻板而受人诟病，岂能以此论长短。"

燕思空道："不知沈大人这些年在茂名过得如何？"

徐永与黔州众官将面面相觑，似是有些尴尬："不瞒燕大人，这沈大人啊，才高八斗、学富五车不假，就是这脾气，实在是……哎，实在是油盐不进，又臭又硬，与我们多有摩擦。"

旁边一个官员拱手道："沈大人虽是脾性古怪，但自他来后，茂仁一县被打理得井井有条，有法有度，赏罚分明，百姓安居乐业，路不拾遗，沈大人实在是一名不可多得的好官。"

"而且，沈大人十分清贫，百姓有口皆碑。"

徐永轻咳一声，跟着应和道："此话不假。"

燕思空微微一笑，心想，这确是沈鹤轩的为人，看来他虽仕途尽毁，却不曾自暴自弃，在其位司其职，哪怕做一个县令，也做得不辱使命，实在令人钦佩，便道："我与沈兄乃同门师兄弟，亦曾同在翰林院供职，无论如何，我得去看看他。"

"那封野……"

燕思空心神一颤，顿了一顿："封野定是早已知道我来的消息，他想赶在我抵达黔州前拿下茂仁，不成，则退兵扎营，在我有所举动之前，他是不会再动的。"

"燕大人说得有理。"

燕思空站起身，对黔州总兵吴莽说道："劳烦吴总兵将黔州的情况与我如实道来。"

"燕大人，请随我去看舆图。"

到了晚间，徐永为燕思空接风洗尘，除他和吴莽等一众黔州官将外，从大同府借调而来的一万兵马的将领余生朗也在宴席之上，几人共商退敌平叛之策。

饭后，燕思空向他们展示了醉红，众人纷纷夸赞其是绝世神驹。

燕思空杯酒下肚，面上泛起薄红，他轻抚着醉红粗厚的鬃毛："这是我给封野的见面礼，它原本就是陛下赏赐给封野的，在他还是……靖远王世子的时候。"

"这般神驹，哪个武将不爱得紧。"吴莽感叹道，"这份见面礼可真是厚礼。"

燕思空笑道："从前我与封野不合，京中无人不知，可我也曾与他互为挚友、战友，还娶了他的表妹，这匹天山马王，也只准我和封野二人骑乘，除我之外，实在没有更好的说客了。"

"燕大人说得是，陛下更是英明神武，燕大人既与封野有所渊源，又有说降夔州的三寸不烂之舌，实在是最好的使臣了。"

燕思空的笑容几乎凝于面上，若仔细观察，会发现他的笑意并不在眼底，他今日就是灌上二斤黄汤，也无法消除他对于再见封野的惶恐。

他甚至……他甚至不知道自己出使封家军大营，会面对什么，还能不能回来。虽说两军交战，不斩来使，但他和封野那斩不断、理还乱的羁绊，岂是流于表面的敌对关系能论清楚的。更何况，他的目的并非说降封野，而是让封野假意投诚，暗地里蚕食大同军，他们的志向，岂能止步于小小的河套。

当封野从河套出发，率领大军逼向皇城的时候，他要封野真正拥有颠覆一个王朝的力量，现在，还差得远。

只是，封野还可能再相信自己吗……

燕思空花了几日时间，了解河套地区的地形和如今的战况，又与大同军的将领余生朗细细攀谈，不着痕迹地套取大同府的情况，尤其是自封家倒台后，将士们的心境如何。

结果与他猜测的出入不大。封剑平在的时候，军费充足，月俸从无一日拖延，奖赏更是大方，温饱也不曾亏待他们，每次打了胜仗，朝廷的封赏封剑平分文不取，全都分发给将士们。他带兵有方，从上至下赏罚分明，绝不徇私，当地军民和睦。那时瓦剌侵扰不断，战祸连连，但军民齐心，攻守皆利。

如今瓦剌是败了，可缺了封剑平的大同军，就像缺了魂儿，早已不复当年的雄风。大同军民无不思念封剑平，思念封家军。

尽管这些心思余生朗没有直言，但燕思空能从他失落的口吻和婉转的言辞中听出来。这让燕思空定心不少。

大多士卒们跟着将领打仗，没有什么崇高的理想，出生入死不过是为了讨点银两，若连这个都无法保障，不做逃兵已是不易，更遑论战场上冲锋陷阵。昔日叱咤风云的大同军如今萎靡不振，实在令人痛惜。

在心中有了底后，燕思空暂别黔州，带兵向茂仁进发。狼王叛军就在茂仁城三十里外扎营，他要在茂仁落脚，先见见沈鹤轩。

他们清晨出发，薄暮时分抵达，守将王烈开城相迎，但迎接的人中并没有沈鹤轩。

看着燕思空张望的样子，王烈有些尴尬地说："呃，沈大人正忙着加固城防，难以脱身，故而没有来迎接御史大人。"

燕思空笑道："他还是老样子，无妨，烦请王将军引我去见见沈大人。"

"御史大人不先休息片刻吗，我准备了晚膳。"

"也好，我这些兄弟们也饿了，有劳王将军了。"

燕思空带着他的几位下属，与王烈等人吃了顿饭。茂仁仅仅是个小县城，城小且偏，与广宁差不多，燕思空恐怕是造访茂仁的最大的一个"人物"，尽管现在他只是一个正七品的御史，但御史是官阶小、权力大，何况他曾经也是正三品兵部侍郎，又是当朝驸马，王烈等人无不对他毕恭毕敬。

趁着有酒助兴，燕思空又打探了一番茂仁的情况。关于那日抵御封野的一场守战，王烈恨不能将点滴都倾囊告诉燕思空。言辞中可以看出，这些人对沈鹤轩还是很佩服的，但也对他的为人颇有微词。

一顿酒下来，燕思空已经与他们称兄道弟，恐怕沈鹤轩在此任职三年，还不曾与自己的同僚吃上一杯酒。

宴席过后，燕思空没有耽搁，由王烈引着去见沈鹤轩。

此时已近亥时，百姓大多就寝了，可沈鹤轩还在盯着士卒们修葺、加固城墙。

走上城楼，借着灯火，燕思空看到了一个修长清俊的背影，在初秋微寒的时节，他穿着单薄的麻布衣裤，袖口和裤脚都挽了起来，边指挥士卒，边自己上手搬起重物。

"哎呀！"王烈喝道，"这等粗活怎能让沈大人沾手，你们都皮痒了是不是！"

众将士颇为委屈。

那背影转了过来，一身粗简，也丝毫掩不住他满腹诗书、清冷高洁的气质，尽管与周围的士卒们打扮并无不同，常人却一眼能看出此人的不凡。

那正是阔别三年之久的沈鹤轩，比之当年，他显得更加稳重、更加威严，那挺直的腰身，沉静的双眸，似是将坚贞刚正的风骨融入了一丝一发，浑然与其一体了。

在看到燕思空时，沈鹤轩蹙起了眉。

燕思空上前一步，深深躬下身："沈兄，一别经年，你可安好？"

沈鹤轩犹豫了一下，拱手回礼，平静地说："万事皆安。"

燕思空直起身，看着沈鹤轩，心中感慨万千："我以为此生再不能与沈兄相见，没想到啊……这天命之玄妙，岂是我等凡人能够揣度。"

沈鹤轩点点头："我也没有想到，迎娶金枝玉叶、在京师享受高官厚禄的燕大人，会来这偏颇之地。"

王烈面色微变，尴尬极了。

燕思空却丝毫没有介怀，反而苦笑道："沈兄莫再挖苦我，昔日你我同榜中第，同入翰林，同为编修，宦海浮沉整整十载，如今却双双被贬为七品，这十年仿若大梦一场，一觉醒来，仿佛又回到了原点。"

燕思空这一番话，勾起了沈鹤轩至深的回忆，他想起了曾经相伴的岁月，二人同时金榜题名，同时入仕为官，确也互称过好友，互诉过胸中大志，心中顿时感慨万千，态度也稍微软了下来，喃喃道："是啊，大梦一场。"

"沈兄，我有许多话想与你说，你我应共商退敌之策。"

王烈忙道："沈大人，这里由我来盯着。"

沈鹤轩颔首："燕大人，请吧。"

沈鹤轩随燕思空回到了驿馆，随从早已备好了酒菜，燕思空请他落座："沈兄还没吃饭吧？"

沈鹤轩也不客气，坐下来就先狼吞虎咽了几大口，干掉了一个馒头，给空落落的肚子稍微填了个底，才慢了下来。

燕思空斟上酒，举杯道："沈兄，这杯酒，就庆贺你我二人千里重逢吧。"

沈鹤轩略一犹豫，跟他碰杯饮尽。

燕思空又满上酒，沈鹤轩压住他的手："不必了，明日尚有许多事，不宜饮酒。"

燕思空笑了笑："好吧，我们以茶代酒，也未尝不可。"

沈鹤轩性情耿直，终是忍不住道："我当年给你的信，你收到了吗？"

"收到了。"燕思空笑道，"真是文采飞扬，如椽巨笔，痛击人心啊，我至今尚能背上几句。"

"既然如此，你还能……"沈鹤轩迟疑道，"你是脸皮厚，还是心胸豁达？"

燕思空哈哈大笑："都是，都是，沈兄当年骂得对、骂得好，醍醐灌顶，我又怎会怪沈兄呢。"

沈鹤轩拧起了眉："虽然你死弹谢忠仁，亲手覆灭了阉党，但你当年背叛师门，这些年又贪墨擅权，助纣为虐，你……如何为自己辩解？"

"我不为自己辩解，陛下已经治了我的罪，我罪有应得。"燕思空收起了嬉笑，"沈兄也教训得极是。"

"你……"沈鹤轩指着燕思空，简直不知道该说什么。

燕思空知道，如沈鹤轩这般峭直之人，是无法理解自己的，换作是他，宁愿一死也要与邪佞势不两立，但留清白忠义之名传后世，而自己却是为了目的不择手段，什么声名、什么荣耀、什么尊严，都是身外之物。

"沈兄，我当年倒戈阉党，实是为了报仇，为老师，为靖远王，为诸多被冤枉迫害的忠臣良将。我也不否认，我不愿随着已无药可救的士族没落、甚至送命，我舍不得我的功名利禄，荣华富贵，我这般浅薄的投机取巧之人，不奢望沈兄理解。"

燕思空如此坦诚，倒让沈鹤轩无话可说，他怔愣良久，才憋出一句话："你真是……怎会有你这样的人，你可知天下人如何议论你，你就当真不在乎吗？你就不想想后世史书，要如何写你？"

燕思空面色微沉，但他克制着没让沈鹤轩发现，他平静说道："我早已将声名置之度外，再者，如今说这些，岂不是为时过晚？我始终怀揣天下、怀揣百姓，若我能以一己之力，福泽万民，也许有一天能以功抵过，史书之上，该不全是骂名。"

沈鹤轩深深叹了口气："或许吧，你若真的能说降封野，倒确是大功一件。"

提到这个名字，燕思空心头一紧："我打算明日就出使敌营，沈兄需将你所了解的叛军情况，与我细细说来。"

谈到正事，沈鹤轩不再纠缠于过去，将他与封野的交战，他所了解的叛军情况以及茂仁、乃至整个黔州的攻守力量都与燕思空分析了一番。

沈鹤轩虽是文官，且只是个小小的知县，但他对战局的了解，竟是比王烈还要深入，不愧是连中三元的经世之才，一天也没带过兵，却能以寡敌众，守住这危弱小城。

封野出兵河套前，预想的最大劲敌应该是黔州城，他断不会想到，自己会暂时止步于茂仁小县。不过，无论是燕思空，还是沈鹤轩，都不认为茂仁当真挡得住封野。一战过后，城内将士伤亡惨重，即便黔州已经增调兵力，但城墙损毁严重，再难堪重击，何况城内粮草有限，围也能被活活围死，封野之所以按兵不动，一是没将茂仁放在眼中，二是，在等待燕思空。

两人彻夜商谈，为此次说降出谋划策。

燕思空虽然几乎一夜未眠，但第二天还是早早起来了。今日他就要只身赴敌营，就要见到封野了，他如何能睡得着。

天明后，他将手下将士和王烈唤了过来，吩咐他走之后的事。他能如期回来如何，不能如期回来又如何，封野善待他如何，囚他如何，杀他又如何，他与沈鹤轩已经都商量好了，最后交代他们，有什么事就听沈大人的。

燕思空从卫戍军带走的八百骑兵，主将名叫冯想，他两次进言要护送燕思空前去，都被燕思空拒绝了："我只能一人前去，哪有使臣还带着兵将的。"

"可燕大人与封野有过过节，末将担心他会对燕大人不利。"冯想拱手道，"末将奉皇命保护燕大人的安全，实在是不能放心。"

"我也奉皇命而来，要说降叛军，相较之下，我个人安危算不了什么，再者，我既敢出使敌营，自有自保之策，冯将军不必担心了。"

冯想欲言又止，最后还是作罢。

燕思空交代完后，就去了马厩，不顾马夫的劝阻，亲自给醉红洗了个澡。清洗过后的醉红，在阳光下，毛发愈发猩红油亮，鬃毛甩动间，尽是暗流汹涌的王者之气。

放眼天下，这样的马，也只有封野配得起。

用过午膳，燕思空换了一身干净齐整的白衣便装，骑上醉红，义无反顾地离开茂仁，头也不回地朝着狼王大营奔去。

以醉红的脚程，区区三十里，没用多久就抵达了，远远看着黑红相间的封家狼旗，燕思空感慨万千。

第一次见到这面威风凛凛的狼旗，还是在广宁，封剑平领着天下第一军蜿蜒行来，那迎风招展的战旗令年少的他热血澎湃，崇敬之情难以言表。

靖远王已作古，封家军已成叛军，有生之年，还能再见到这面狼旗，竟令燕思空几乎要落泪。

看着那戒备森严的营寨，燕思空心生一丝惶恐，握着缰绳的手也不自觉地收紧，醉红的速度慢了下来，但并没有停。燕思空闭了闭眼睛，他知道自己绝不能退缩，不会退缩，他径直朝着那大营奔去。

二里开外，燕思空就能看到营寨的瞭望台上伸出来的一支支利箭。等他骑到营寨门前，守将喝道："来者何人，速速下马。"

燕思空翻身下马，朗声道："吾乃黔州巡按御史燕思空，特奉上狼王之爱马醉红，求见狼王。"

守将显然早知道他要来，并无惊异之色，大喊道："开栅门——"

燕思空深吸一口气，昂首挺胸，面色肃穆，牵着醉红，一步步朝营寨内走去。

周围的将士无不被醉红矫健的身姿、血红的毛发、尊贵的王气所吸引，小声赞叹着。

守将领着燕思空穿过营寨，朝着中军帐走去，一路上，燕思空观察他们的扎营、布局、列阵、巡卫、营守等情况，皆是毫无纰漏。这行军打仗，扎营的学问颇深，一个将领是得力还是疏职，行家看一眼营寨就能猜个七七八八。

毕竟是五六万人的大营，燕思空走了良久，中军帐尚在远处，但醉红似是敏感地察觉到了什么，开始躁动起来，燕思空起初还能牵住它，但它的躁动越来越大，最后竟然开始挣扎起来。

燕思空拉紧了缰绳，呵斥道："醉红，别闹，醉红！"

军营之中戒律森严，若让战马乱跑，成何体统。他猜醉红是被这帮人看毛了。

周围将士亦是如临大敌，但这是封野的马，又不敢枪矛相对，只得手持盾甲，将醉红围在中间。

醉红不予理会，开始奋力挣扎。它恐怕唯一记得的就是不伤着燕思空，否则早一蹄子将人踹飞了。燕思空其实没有真正见识过醉红的力量，至少没有亲身感受过，但也记得封野为了驯服它，冒了几乎葬于乱蹄之下的风险。眼看着醉红已不听他的使唤，他也被醉红的蛮力甩得难以站稳，掌心被缰绳磨得火辣辣的痛，他再也抓不住，只得眼睁睁看着它脱手而出。

缰绳一脱手，醉红就一跃而起，竟飞蹄起一丈有余，化作一道惊艳的红霞，从手持盾甲的士兵头顶飞掠而过，朝着中军帐极速奔去。

燕思空被醉红甩飞了出去，幸而他下盘稳健，落地生根，否则就要丢大丑了。只是醉红若就这么闯入中军帐，那就不再是丢丑的问题了，燕思空头皮都要炸开了。

就在醉红离中军帐不过数步之遥时，中军帐里突然不疾不徐地走出了一个人，那人身披战甲，高大魁梧。

燕思空心头剧颤，尽管距离尚远，看不清面目，但不需半丝犹豫，他已知道那是谁。

那人突然疾奔而出，风一般迎面冲向了醉红！

周围将士急得大吼："狼王！"

若正面被醉红冲撞，别说是一个人，就是一头象，怕也要当场肝胆俱裂，可他却毫不迟疑地迎了上去，在距离醉红不过一丈之遥时，突然下盘下沉，足尖一点，拔地而起，在空中利落翻身。

那血红的披风猎猎狂舞，犹如一道从天而落的闪电，又如神明降世，天地为之惊叹，众人只能眼睁睁地看着那一抹凌厉的、威赫的、悍勇的红，稳当当地坐在了狂奔的烈马背上。那人一手扯住缰绳，两腿狠夹马腹，醉红前蹄离地，整个马身几乎垂立，口中发出了响彻云霄的啸声，而马上之人纹丝未动。

周围将士们跪了一地，脸上尽是痴狂的膜拜之情。

燕思空僵立在原地，看着那已然平静下来的天山马王，晃悠的尾巴显示出它的愉悦和臣服，与适才的狂躁截然不同，而背对着他坐于马上的人，开始慢慢地、慢慢地调转马身。

燕思空呼吸一窒，只觉浑身发软。

封野……

阔别三载，天各一方，殊途陌路的封野，就在他眼前。

三年不见，封野已经完全褪去了少年的青涩稚气，变成了一个真正的、顶天立地的男儿。他身形比之从前更加魁梧英拔，剑眉星目，阔额薄唇，俊美犹如天神。他的双眸锋利如剑、寒冷如冰，没有一丝波动的面上，透出幽森的肃杀之气。

他就像一头潜伏于暗处的狼，用绿莹莹的目光紧盯着猎物，伺机扑将上来，将其一击毙命。他已不再是当年的小世子，他是如他父亲一般散发着王霸之气的三军主帅，他是——狼王。

燕思空对这样的封野感到陌生，亦感到畏惧。他来之前设想过的无数种重逢的场景，也许没有一个会上演，封野看着他的眼神，毫无温度、毫无情绪，就像看着一个擅闯敌营的陌生人，下一瞬就要将他撕碎。

封野轻夹马腹，醉红在真正的主人的指引下，踱着轻浅的步子，徐徐朝燕思空走去。

凉秋时节，燕思空背上的汗却已经浸透衣衫，他的眸中爬上一层阴影，因为醉红已经行到近前。

封野居高临下地看着燕思空，仔细地、不余一寸地看着，仿佛要穿透皮肉刺入骨血般地看着，看得燕思空浑身发毛。

周围将士更是大气也不敢喘。

燕思空的喉结上下滑了滑，镇定心神，开口唤道："封野……"

封野微眯起眼睛："你好大的狗胆，直呼我名讳？"声音低沉，带着一股令人心颤的压迫力，不怒自威。

燕思空只觉呼吸不畅，心中五味杂陈，他颤抖着改口道："狼王殿下。"

封野从马鞍上抓起了马鞭，在手里轻轻掂了掂，突然以迅雷不及掩耳之势朝着燕思空挥了出去。

燕思空大惊，他虽勉强能看清鞭子的行迹，但身体的反应却跟不上，想要闪躲已是不及，一道蜿蜒的黑影如蛇一般冲着他的脸袭来，他下意识地闭上了眼睛，下一瞬，只觉脖颈生痛，那鞭子绕着他的脖子缠了数圈，狠狠地咬住了他的脖子。

燕思空双手抓住鞭子，大张着嘴试图呼吸。

封野一拽马鞭，燕思空被迫被扯了过去，他双脚几乎离地，仰着头，双目圆睁，脸涨得通红，一眨不眨地瞪着封野，窒息的痛苦令他浑身颤抖了起来。

眼前之人，是封野吗？是那个对他温柔宠溺，百般呵护的封野吗？是那个对别人爱答不理，却总是对他笑、对他好的封野吗？！

不，封野……

封野微微俯下身，冰冷地轻声说道："你自己送上门来，很好，省了我去找你。"

封野一松鞭子，燕思空摔倒在地，他大声道："来人，将此人给我关起来，听候发落！"

"是！"

第三章

你还活着

燕思空被关在了大营内的牢房，说是牢房，其实不过就是个军帐，但刑具一应俱全，他双脚上了镣铐，蜷缩在角落里，军帐内外都有人把守。

燕思空平复了一下情绪，伸手摸了摸自己的脖子，那娇嫩的皮肉已经擦破，指腹轻触，仍觉刺痛。想起封野勒紧他脖子时那寒气四溢的眼神，尽管马鞭已不在颈上，他依然感到窒息。

封野恨他。

若说在见到封野之前，他尚心存一丝侥幸，现在也已荡然无存，封野真的恨他。

封野也确实该恨他，他骗了封野很多次，如果当初他跟封野走，现在一切会如何呢？可惜人生一世，没有"如果"二字，他伤心，他难过，他也无可奈何。

天黑之后，营地里响起了鼓乐声，想来应该是封野为了失而复得的神驹，正在举宴庆祝。

燕思空被扔到这里后就没人管了，半天下来饥肠辘辘，但见营内守着他的士卒也是心不在焉地不停往外瞄，定是馋酒了。

尽管如此，他也半步没动，封野军令之严明，可见一斑。

燕思空盯了他一会儿，淡淡道："我饿了，你不饿吗？"

那小卒看了燕思空一眼："一会儿就有人来换我了。"他不过十六七岁的模样，一双眼睛天真而明亮，不知是谁家的儿子，这般年少就上了生死战场。

"我是大晟使臣，又是你们狼王的妹婿，怎么也不能饿着我吧。"他尚没有饿到需要讨食的程度，只是想借这小卒探探情况。

小卒犹豫了一下："我……那我去问问。"

"狼王说此人生性狡诈，如两脚野狐，不要与之攀谈，你们没听进去吗？"一道清朗的声音自帐外响起，话音未落，一个高大的男子已经出现在帐内，他身姿挺拔，器宇不凡，但脸上却覆着一个乌黑的面具，从嘴往上全被遮住了。

几个守卫纷纷单膝跪地："参见阙将军。"

那被唤为阙将军的人，手里端着一个茶盘，上面有酒有菜，他挥挥手："都在帐外候着。"

"是。"

燕思空看着阙将军，他搜肠刮肚地回忆着这道声音，他确定自己在哪儿听过。

阙将军半蹲下身，将茶盘放在了燕思空脚边："燕大人，饿了吧。"

燕思空灵机一闪，突然想了起来："是你！三年前在京师……"

他是当年那个黑衣蒙面人，曾跟踪他，也曾为他引开追兵，后来更是带着封野一同离开……此人到底是谁，竟追随封野至今？

"燕大人记性不错。"阙将军突然凑近了些许，藏在面具后的锐利双眸，仔仔细细地观察着燕思空的脸，那专注的样子似是要把脸上每一根汗毛瞄清楚。

燕思空被他看得心里发毛："你到底是何人，当年为何跟踪我，又为何救我？"

"狼王说燕大人是辽东人，为何没有乡音？"

"你若要我回答你的问题，不如你先回答我的问题。"

阙将军冷道："燕大人如今是阶下囚，没有讨价还价的余地。"

"……改了。"

阙将军沉默片刻："乡音易改，身世难却。"

"阙将军这是在说我，还是说你自己？为何都已在我面前了，却不敢告诉我名讳，也不敢以真面目示人？"燕思空故意激他，"莫非阙将军做过什么见不得人的事？"

阙将军嗤笑一声："我单名一个'忘'字，遗忘的忘，至于面目，确实丑陋可怖，不便示人。"

"阙忘……"燕思空对这个名字毫无印象，阙是个并不常见的姓，他甚至从未与阙姓之人有过交集，他追问道，"你到底是什么人！"

"我之于燕大人，大约是个不愿相见的人，燕大人之于我，却是个非见不可的人。"

燕思空突然劈手袭向阙忘的面具，阙忘毫无防备，着实愣了一下，他速度极快，隔空一挡，燕思空的另一只手也袭了上来，两人在相隔不过一身的距离里迅速过了三招，最险的时候燕思空的指尖已经够到了面具的边沿，又被阙忘一把擒住，阙忘猛然起身一带，将燕思空的手臂反拧到背后，压在了地上。

面具摇晃，眼看就要掉下来，阙忘忙用另一只手扶正了。

由于两人动作太大，那茶盘已经被碰翻，酒菜撒了一地。

阙忘胸膛起伏，显然是生气了，他擒着燕思空的手悄然发力，燕思空发出一声痛哼。

阙忘愤然松开了他："你果然叫人一刻也不能松懈！"

燕思空抚着酸痛的胳膊："你既然非见我不可，那到底还在隐瞒什么？"

"待狼王允许了，我自会让你知道我是谁。"阙忘冷道，"只怕你到时候反而不想知道了。"

燕思空眯起眼睛：“故弄玄虚，算什么英雄好汉。”他看了一眼茶盘，“再给我送些吃的来。”

阙忘怒道：“饿着吧。”说完拂袖而去。

阙忘走后，燕思空一脚将茶盘端飞了出去，喉咙里发出一阵低吼。如今的处境之下，他情绪本已极为烦躁，那姓阙的还来戏弄他，他早晚要看看，这个阙忘到底是什么人，跟他有何过节！

此处靠近西北，昼夜气候迥异，初秋时节，有日头的时候十分凉爽，但夜幕降临后就寒意刺骨。燕思空裹紧了衣服，双臂环抱着自己，蜷缩在稻草堆上瑟瑟发抖，饥饿和疲倦侵袭，他却心烦意乱，难以入睡，因为不知明日等待他的是什么。

他期待快些见到封野，至少他要向封野解释清楚，当年封家军擅闯山海猎场，跟他没有丝毫关系。可他又害怕见到封野，他怕封野不会再相信他说的任何一句话，那冰冷的、陌生的眼神，比这寒夜还要令他煎熬。

再睁开眼睛，已是天明，燕思空不记得自己何时睡着了，只是蜷缩一夜，浑身酸痛不已，头脑还有些发晕，肚子更是饿得直叫，他伸手探了探额头，有些烫，莫非是受寒发热了？

燕思空撑起了身，在帐内值守的还是昨天的小卒，他见燕思空醒了，就从一旁端来一个碗，放到了燕思空脚边：“吃吧。”

燕思空低头看了一眼，只是一碗冰凉的稀粥，再无别的。他看着一旁被自己踢翻的茶盘，肉菜洒落在地，无人收拾，他有些后悔，好歹昨天应该吃顿饱饭的。

他小时候流落街头，知道挨饿的滋味儿有多可怕，肚子一饿，就会回忆起那些不堪回首的种种，所以平日无论多忙，他从不让自己饿着，如今真是难受了。

他端起碗，把那稀粥喝光了。聊胜于无。

吃完了，燕思空又打量起那小卒：“你昨天吃上酒了？”一开口，他愣了一下，声音沙哑，喉咙干痛，看来是真的病了。

小卒也瞟了他一眼，但是没有说话，显然是昨夜被阙忘训斥后，不敢再搭理燕思空了。

燕思空动了动酸麻的手脚："那阙忘为何一直戴着面具，难道太丑了不敢见人？"

小卒不说话。

"也是，连你们狼王都不敢来见我，何况他麾下的一条狗。"

"你休得胡说八道。"小卒忍不住骂道，"狼王想见你就见你，不想见你就不见你。"

"那他何时见我？"

"……不知道。"小卒干脆转过了身去，不再看燕思空。

燕思空疲倦地歪倒在稻草堆上，连眼皮子都懒得再睁开。

也不知等了多久，有人拽他，他猛然睁开眼睛，此时已是夜晚，借着昏暗的灯火，他看到来者是两个侍卫，他们将他从地上拖了起来，绑在了刑架之上。

燕思空心中一片寒凉，封野要对他……用刑？

他没有挣扎，也没力气挣扎，他只觉得身体忽冷忽热，难受极了。

他被十字形绑好了，守卫全都撤了，包括门外值岗的。他盯着军帐的门，心跳逐渐急促起来。

过了半晌，一个高大的身影如期出现了，燕思空双瞳收缩，深深地看着封野。

封野伸手放下了军帐的帘门，慢慢走了进来。

两人相距不足一丈，四目交汇，只一眼，就激荡起了回忆的火花。曾经亲密无间的人，如今恩怨纠缠，人是物非，错将难返，这是何等的悲哀。

燕思空心脏骤痛，难以抵御这突然涌起的悲恸，他十分想知道，此时封野心里在想什么，是否也和他一样肝肠寸断。

封野冷着脸，面上并无情绪，他上下打量了燕思空一番。

燕思空的嘴唇抖了抖，不愿落了下风，用一种平常的口吻问道："关了两天就一碗稀粥，你想饿死我？"

封野下巴微扬："阙忘好心给你送了酒菜，你却袭击他，你一贯如此，谁对你好，你就加倍利用谁。"

燕思空眯起眼睛："我只是想知道他是谁，你们何必故弄玄虚，若是有仇，叫他尽管来报就是了。"

"报仇？"封野面上闪过一丝狰狞，他阴冷地说道，"你欠他的，一辈子也还不清。"

"我到底欠他什么！"

"你欠他的，稍后再议。"封野慢慢踱到了燕思空面前，高大的身影将其笼罩，他寒声道，"你欠我的，我现在跟你算。"

燕思空深吸一口气，快速解释道："封野，你听我说。当年阿力去找小六，是因为他与小六有私交，因将小六摔下马而心有愧疚，去给他送伤药。兵符被窃，是谢忠仁指使夜离勾引小六所为！"

封野轻慢地点头："继续说。"

"谢忠仁如今已经入狱，他构陷你爹的事，早晚会招供，这件事你怪不到我头上！"

"你说的话，我一个字都不想信。"封野冷笑一声，"偏偏是你的忠仆在事发前去找了小六，偏偏那晚酒宴你没出现，偏偏小六知道我爹的兵符藏在玉带里，偏偏小六引封家军上山的路线与我们商议过的一模一样。你当初极力劝我起事，我后来拒绝了，你见着封家军不能为你所用，定是十分不甘吧。"

燕思空厉声道："那夜我受了伤，一直在太子帐内休息！你到底长不长脑子，若是我干的，又怎么会错漏百出，这么做对我有什么好处？那分明是有人有意陷害，你心中不信我，也不能先入为主地诬陷我！"

"好，这件事，我等那阉贼招供。"封野勾了勾唇角，笑容分明带着几分残酷，"那你早知狗皇帝要把夕儿许配给你，却一直隐瞒于我，也是你冤枉了？"

燕思空怔了怔。

"我后来回想起来，一次我去给姑母请安，她向我旁敲侧击你的情况，定是那时就已经听了消息，只是碍于夕儿清誉，不能将未定的婚约说出来。"封野寒声道，"那时你若告诉我，便没有这场婚事，可你什么也没说，因为你想娶她，你想当驸马，没错吧？"

燕思空的嘴唇抖了抖，轻声道："我不能辜负老师的期望，况且……"

"况且你为了复仇，什么做不出来，哪怕是利用我的妹妹。"封野脸上闪过一丝狰狞，他伸手掐住了燕思空的下巴，"你其实从未真正将我放在心上，我回首过往，才发现，你接近我，不过因为我是靖远王世子，若没有这个身份，你便弃之如敝屣。"

燕思空的下巴被捏得生痛，但比不上他的心痛，他咬牙道："封野，你我究竟有没有真心，你心中真的无知无觉吗？"

"呵呵。"封野低笑两声，"这句话问得好，我当初确实以为你是真心待我，直到我沦为阶下死囚，再也不是一呼百应的靖远王世子时，我才清醒过来。"

"如若真的只是利用你，我为何要冒险救你！"燕思空只觉气血上涌，他感觉身上就是长了千张嘴，也无法说服封野信他一分，他能用无数鬼话将仇敌骗得团团转，说的一句真话却无法取信他最重视的人？！

"你救我，就是为了……"封野松开了他的下巴，摊开了手，"这些。你以为我不知道你带着醉红来做什么吗？我爹死了，我是封家军唯一的正统，大同府至今心向封家，你救我，是为了让我统御大同军，杀回京师，助你窃权。"

燕思空定定地望着封野，无言以对。

"我说对了吧？"封野眸中寒气四溢，"当年你就想这么做，可惜我爹不愿意。你的野心何止为元卯报仇，何止覆灭阉党，你要的是——天下。"

燕思空闭了闭眼睛，鼻腔酸涩，几乎要落下泪来："我来找你的目的，确实如此，但我要的，不是权，不是利，我燕思空一生所求，是海晏河清，国泰民安。"

封野面无表情地看着他。

燕思空颤声道："我以为你心中亦有此雄志，我们少时不是约定好了……"

"你不配提少时！"封野突然厉声吼道。

燕思空一震，僵硬地看着封野。

封野宽厚的胸膛用力起伏，似是在压抑着冲天的怒火："当年在京师相见，我不过十八岁，又蠢又骄纵，对你深信不疑，只看得到你表面如何光鲜，却不知你内里是怎样的阴毒恶浊，你仗着我们之间的交情，一再欺瞒我、利用我，为达目的你不择手段，几次被我拆穿，只要服个软，我又忍不住偏向你。"封野说到最后，胸中的悲愤几乎就要爆发，他的喘息愈发粗重，眼神凶暴如兽，"我至今都不明白，你当年到底给我下了什么迷魂咒，将我耍弄得团团转？"

燕思空只觉心脏绞痛，眼前有些恍惚，他怎么也不会想到，他们几年的情谊，在封野口中会变成完全的利用与欺骗，仿佛那些把酒言欢、那些并肩作战、那些生死进退，都一文不值。

任凭他燕思空巧舌如簧，如今却说不出一句话来。

封野逼近一步，居高临下地盯着他的眼睛，薄唇吐露着最残酷的字句："可惜这回你的如意算盘要落空了，我封野今生今世，都不会再信你。"

燕思空的心在那一刻被凿穿了，他双目已然赤红一片："封野，你……我骗过你不假，但我从不曾……不曾害过你。"

"是吗？那不过是因为我尚有可用之处，有一天若我也碍了你的路，你定会毫不容情地将我一脚踢开。"封野失笑，"颜子廉一手将你提拔，他待你如师如父，对你恩重如山，可他尸骨未寒，你就已经倒戈阉党，你还有什么做不出来？"

"难道我就陪着已无药可救的士族去死吗？除了留个身后的清名，有何意义？"燕思空含泪道，"我倒戈阉党是为了什么，你该比这世上任何一个人都清楚！"

"是啊，为了报仇。"封野轻轻摇首，"为了报仇，你什么都做得出来，谁都可以舍弃，可惜我明白得太晚。"

"为了报仇，我是可以舍弃自己的一切，但唯独你……"燕思空哽咽道，"唯独你的命，是我甘愿拿自己、拿我十年布局去换的。我骗过你，我也救过你，我燕思空就真的一无是处？！"

封野看着燕思空悬眶的眼泪，五脏六腑早已痛到麻木，他身体微震，慢慢眯起了眼睛："你不救我，薛伯也会来，你真当我和我爹全无准备吗？你救我是为了你自己，装什么情深义重？这不过是一场处心积虑的骗局，从一开始就是！"

燕思空强忍着眼泪不愿流下，他无法言喻心中的绝望，他曾经想过封野会怨他，却没想到两人会变得如此不堪，在封野口中，他的所有都是假的，他们有过的情谊也是假的，封野在今时今日，否定了一切的一切！

"骗……局……"燕思空痛到极致，竟忍不住笑了出来，"骗局？从一开始？一开始是你来找我的，一开始我从未想过将你卷入其中，是你封野说要让我依靠护我周全的！"他禁不住大吼道。

封野眸中酝酿着狂烈的风暴，他一字一字咬牙切齿地说道："你还要装到什么时候？这世上可还有比你虚伪、更奸猾之人？"

"你到底在说什么？我装了什么？"

"一开始，你就故意助我驯服醉红，引我去找你……"封野气息不稳，一个十八岁就能开二石弓的人，却仿佛没有力气说完下面的话，"你假装我的少时玩伴，博取我的信任，将我握在股掌之中，只为了让封家为你所用！"

燕思空如遭雷击，任他聪明绝顶，却根本听不懂封野说的话。

假装？少时玩伴？封野究竟在说什么？！

封野死死地盯着燕思空的眼睛，恶狠狠地说道："你，根本就不是燕思空。"

燕思空怔愣地看着封野，如此简单的一句话，他却愈发难以读懂。他不是燕思空？他生来就叫燕思空，什么叫他不是燕思空？他张了张嘴，听着自己的声音自胸腔泄出，却沙哑得不成样子："你在说什么……你、你疯了吗，我不是燕思空？"

封野的声音在发抖，双目猩红："你不是燕思空，你也不配这个名字，你只是一个彻头彻尾的骗子。"

"你疯了！"燕思空吼道，"你在说什么胡话！我不是燕思空，那我是谁！"

封野露出一个无比残忍的笑容，但眼底只有寒冷，没有丝毫笑意。他退了几步，掀开军帐的门帘，喝道："来人，传阙将军！"

燕思空直愣愣地看着封野，不明所以，他脑中纷乱不堪，也许这辈子都不曾如此乱过，无数思绪繁杂纠缠，令他头痛欲裂。但在那团杂乱之中，有一丝灵光在慢慢地变得清晰，他眼看就要捕捉到了，可又因为恐惧而不敢凑近去看。

他被自己的猜想吓到了。

不可能，不可能，不可能！

只片刻，阙忘掀开帐帘，走了进来，沉默地望着燕思空，面具覆盖了他的情绪，让他变得神秘而陌生。

燕思空浑身被寒意侵袭，抖得不成样子。

"你怕了吗？"封野低笑出声，笑得难以自抑，笑得令人胆寒，他从燕思空那灰白的脸上，汲取到了扭曲的快意，"你怕了吧，你没想到，他还活着吧。"

"不……"燕思空一双眼睛恨不能在阙忘身上盯出窟窿，他这一生，都不曾体会过这般极致的绝望与希望交织的时刻，剧烈的情绪冲入骨血，似要将他炸个粉碎。

阙忘的手慢慢移到了脸上，当触碰到面具的时候，他顿了一顿，最终，颤抖着摘下了面具。

燕思空盯着阙忘，一时间忘了言语、忘了自己、忘了世间的一切，只是盯着那张脸，盯着那张，与自己八分相似的脸，和他额上淡淡的墨刑刺字。

阙忘亦盯着燕思空，神情极为复杂。

封野也看着燕思空，落下致命一击："你不是燕思空，你是元南聿。"

"聿儿——"燕思空的泪水决堤而下，嘶哑地大吼，状似疯狂地想要挣脱刑架的束缚。

元南聿！元南聿！眼前之人，是他以为早已死了的弟弟元南聿！

阙忘，也就是元南聿，被燕思空突如其来的举动惊了一惊，他看着燕思空被眼泪扭曲的脸，深深蹙起了眉。

"聿儿！聿儿！"燕思空的声音已经沙哑得不似人的动静，他对着元南聿拼命哭喊，"你还活着，聿儿，你还活着……聿儿啊……"

燕思空心痛如绞，这一刻他恍若梦中，元南聿竟还活着，竟还活着！

十七年了，十七年来他备受煎熬，因为元南聿替了他去死，他就要豁出命去，为元家报仇，他一年年长大，却鲜少照镜子，因为但凡看着镜中的自己，他就会想起元南聿，他背负着元南聿的命，孤独而痛苦地活着，他做梦都不敢想，有一天还能再见到元南聿活生生地站在自己面前！

元南聿后退了一步，眼圈微微有些发红，胸中闷痛不已，他握紧了拳头，无措地看了封野一眼。

封野迟疑了片刻，目光又变得坚毅而冰冷："他最擅作伪，断不可信。"

封野的一句话，将燕思空的神智拉了回来，他哭得气息难继："他是元南聿，是元卯的……幼子，我的弟弟，聿儿，我是……二哥啊。"为何元南聿会用如此陌生的眼神看着他？难道是……后悔替他流放，对他心生怨恨？

听到"二哥"二字，元南聿双目顿时氤氲，他咬了咬下唇，张开嘴，却是双唇颤抖，半天发不出声音。

"聿儿，你说话啊！"燕思空抽泣道，"你怪我吗？你怨我吗？这些年你吃了很多苦吧，聿儿……你不记得二哥了吗？"

"我……"元南聿深吸一口气，好半天，才平复情绪，吐出一句话，"我确实……不记得了。"

燕思空呆住了。十七年未见，什么都可能发生，看着元南聿脸上屈辱的刺字，想着他当年代自己遭的罪，纵然他心中有恨也无可厚非，可看着这几乎一样的两张脸，元南聿为何要说不记得？

他怎么可能不记得？

元南聿叹了口气："我说的，并非气话。十来岁时，我被流放西北，在采石场生了重病，被扔进死人坑里等死，幸得我师父相救，他是药谷阙氏传人，将我的命从阎王爷手里抢了回来，可待我醒来后……从前的一切，都不记得了。"

燕思空如鲠在喉，半天吐不出一个字来，只是僵硬地盯着元南聿。

药谷阙氏之名，在江湖上无人不晓，阙氏汇天下医术之大成，传闻拥有生死人、肉白骨的妖力，撰写的医书为天下行医者奉为圭臬。

元南聿被阚氏传人所救？他的聿儿，不记得他了？

封野咬牙道："那个用双腿走了千里的流放之路，在采石场受尽折磨、九死一生的人，本该是你，是你诱逼他代替你被发配！"

燕思空一怔，进而厉吼道："不是！我们情同亲兄弟，是他要为我顶罪，他打晕了我，等我醒来，他已经被……抓走了。"

封野眯起眼睛，冷笑道："你终于承认了，你以元卯对他的收养之恩诱逼他为你顶罪！"

"胡说！"燕思空咬牙切齿，双眼猩红，怒瞪如铃，"封野，你即便怨恨我，怎可含血喷人，聿儿既然已经什么都不记得，这些都是谁告诉你的？这不过是恶意揣测！"

"我不是你。"封野薄唇轻扬，嘲弄道，"我不会凭空陷害人。"

"我们一开始是有过猜测，但不敢确信，直到……"元南聿垂下眼帘，睫毛轻轻颤抖着，"我还是，从头与你说吧。"

燕思空心痛如绞："你说！"

为什么会这样，封野，元南聿，他在这世上最珍视的两个人，为何竟对他有此误会？到底发生了什么？！

"师父救了我，传我武功，授我医术，待我如己出，但我仍想找到自己的家人，可我唯一的线索，只有我的辽东乡音。"元南聿情不自禁地抚了抚唇畔，"只是现在也听不出来了。"

顿了顿，他续道："直到几年前，我为师父养老送终后，才踏上寻乡之路，我去了辽东，花了两年的时间走过辽东的每一座城池，几经周折，才在广宁查清了自己的身世……"元南聿深吸一口气，声音丝丝地颤抖，"当年因冲撞刑场而被流放的——元思空。"

燕思空的眼眸泛起泪水，他又忆起当年在行刑台前，无论他如何声嘶力竭，如何据理力争，都无法阻止那大刀挥向他爹的脖子，那样的绝望和痛苦，他一生都不会忘记。

元南聿用手抹了一把脸："我得知自己有兄弟、有姐姐、有娘，我得知我爹是怎么死的，我得知元家已举家迁走，便一路寻着线索，想要找到自己的亲人。可这时我听说封家父子含冤入狱，我便去了京师。"

燕思空暗暗握紧了双拳。

"那时，朝野震荡，人心惶惶。封家在西北有忠义之名、不世之功，颇受百姓爱戴，却含冤入狱……我虽不知道真相，但我坚信爹是被冤枉的，因而不想再见到忠良蒙冤，我身无长物，唯一身功夫和一腔热血，我决定救人，便蛰伏于京中，结果，'燕思空'这个名字不断地出现在茶楼酒肆间。"元南聿低声说，"他们说你有管仲之才，有潘安之貌，却是个寡廉鲜耻之人。"

燕思空抿住了唇。

元南聿脸色愈发苍白，此时他亦不好受："我好奇这与我同名之人，便寻了个机会，打算去见一见，可当我看到你的脸时……"他倒吸了一口气，"你可知我看到你的脸时，有多么震惊，我不知道这一切究竟是怎么回事，你应该是我的兄弟，可你为何也叫思空，那我又是谁？于是我跟踪你、调查你，知晓你要劫狱，暗中助你。"

"你是元南聿……"燕思空低低呢喃着，"你是元南聿啊。"

"你才是元南聿。"封野厉声道，"你当年和佘准在江南沿海贩私盐，用的名字就是'南玉'，佘准至今都叫你南玉。你是为了入朝为官，怕被人知道自己是罪臣之后，才改用了他的名字。"

"胡说……"燕思空头脑发晕，眼前阵阵地恍惚，他竟是连大声驳斥这荒谬之言的力气都快没有了。

元南聿摇着头："你何必再狡辩呢？我本想救封野离开后，就去找你问个清楚，可当时搜查得太紧，他随时可能被发现，无奈之下，我只得带着他火速离开京师……"他看向封野，"当他见到我时，我才知道，我们少时就认识，可他却从头至尾不知道，我有一个跟我长得一模一样的兄弟。"

封野瞪着燕思空："你还记得那个下午吗，我和他爬上元府那棵银杏树的下午，我们见过一面。我进屋之后，就觉得那个人不是思空，衣服不一样，声音也略有不同，神情尤其古怪，可我太年幼，又根本不知道你的存在，没有多想，直到我见到他，我才知道，原来有两个人，那个断了腿卧床的、手被火炭烫伤的人，是你。"

"不是，不是，当时……"燕思空想起那天发生的事，解释起来竟十分复杂，而且他脑袋愈发混沌，他已经被折磨得几乎难以喘息，他艰涩地说着，"起初被烫伤的是他，我为了不被你发现，才烫伤了自己，他掌心，也有……"

封野露出狠毒的笑容："是吗？"他一把抓起元南聿的右手，将手掌冲向燕思空，"有吗！"

燕思空定睛看去，脸上已血色全无，嘴唇泛白不已——元南聿的右手掌心遍布着层层厚茧，根本看不出烫伤的疤！

元南聿摊开了自己的两只手，淡道："师父发现我的时候，我搬了太多石头，手上没有一处好皮，究竟有没有烫伤……我不知道。"

燕思空闭上了眼睛，眼角滑下泪来。

封野一步步逼近燕思空，揪着他的头发，强迫他仰起脖子，阴冷地说道："我们当时便怀疑你冒名顶替，可哪怕有如此多的证据摆在面前，我仍不愿意相信，我不愿意相信你从一开始就在骗我、利用我……"他尾音发颤，巨大的屈辱和痛苦令他几乎将后槽牙咬出血来，他一字一顿，低哑地说道，"直到，元少胥出现，证实了我们的猜测。"

燕思空震惊地看着封野。

"对，你们的大哥，元少胥。半年前，我从蜀地起事，他慕名而来加入叛军，他说出了当年的一切！"封野狠狠揪着燕思空的头发，眼神凶恶的似是恨不能将他拆吃入腹，"我封野以真心待你，对你宽容信任，你是怎么对我的？你是怎么对我的！你可有心！"

"他不可信，元少胥自小嫉恨我，他不可信啊！"燕思空泪如雨下，他每一句争辩都如此的苍白屡弱，封野和元南聿说的每一句话，都似是证据确凿，怎么会这样？这世上竟有人需要证实自己是自己？怎会有如此荒唐之事，偏偏发生在他身上！

"他不可信，你就可信吗？"元南聿皱起眉，满面的落寞，"大哥与你才是亲兄弟，他说，当年诱逼我顶罪一事，他虽然知晓，却未劝阻，这些年一直受良心折磨，他此时正带兵护粮，待他回来，你还……有何话说。"

燕思空泪如泉涌，这一刻真正体会了什么叫心死。他这一生，就是不断地被夺去一切，家，亲人，理想，声名，挚友，老天爷似是觉得夺走的还不够多，现在连他的身份也要一并夺去？

他是燕思空，他才是燕思空啊！

为何要这样对他，是他作恶太多，报应不爽吗？

封野看着燕思空痛苦的表情，心亦如刀割，他一把掐住了燕思空的脖子，暗暗收紧，他恨，他恨，脑子里有一道声音在催促他，不如结束一切，结束这个令他刻骨铭心、令他肝肠寸断之人。

燕思空含泪看着他，眸中似是有百种思绪，最后都化作一片灰败，他一丝一毫都不想反抗，他太累了。

元南聿忙冲上来，掰开了封野的手。封野被推到一边，他背过身去，握紧双拳，指甲几乎陷进肉里，泪水在眼眶中转悠，却始终不曾滴落。

元南聿站在燕思空面前，轻声说："其实，就算当年为你顶罪，我也不会因此恨你，毕竟是元家救了我，我算还了元家的恩情，但你、你的为人，你做过的事……你何苦为了报仇，变成这样。"

何苦为了报仇，变成这样？是啊，谁想变成阴毒算计、不择手段的蛇蝎？谁想变成背信弃义、受人唾骂的奸贼？

燕思空低低笑了两声，伴随着一阵痛苦的咳嗽，他的笑声就像一个濒死之人，残破沙哑，他用视线模糊的双眼看着元南聿，神智已至支离破碎的边缘，他有气无力地叫着："聿儿，我是二哥，我是……二哥呀……"

元南聿咬着嘴唇，心中十分挣扎，他看不得燕思空如此狼狈可怜的模样，却又被元少胥和封野反复警告，此人是如何的狡猾不可信，他不敢再看燕思空那悲切的双眸，目光开始游移。

燕思空的眼睛愈发空洞，直至失去焦距，他身体一软，晕了过去。

再无安稳

昏睡中，燕思空梦魇不断，直至隔日的午后，才悠悠转醒。

醒来后，他发现自己已经不在牢房，而是一处小军帐内，身上也被擦拭、清理过，换了干爽的衣物。

想起昏迷前发生的事，他的心跳陡然加快，心脏恨不能冲破皮肉的束缚蹦出体外，胸膛也用力起伏，气息急促。他两手无力地揪住了被褥，强行平复下一波接着一波涌来的伤痛。

直至此刻，他都不敢确信，那些会不会也是一场噩梦。封野当真那么恨他吗？聿儿当真还活着吗？这些年他不知多少次在梦中见到聿儿，可醒来后却如一脚从悬崖上踩空，不过是坠入更深的绝望。

但这个梦太真实了，太刻骨了，容不得他不信。

只是他连做梦也不曾想到的是，聿儿还活着，他却不如想象中欣喜若狂。聿儿和封野看着他的眼神，和口中吐露的字字句句，都是万箭穿心……

燕思空闭上眼睛，他太累了，他宁愿继续沉睡，也不愿醒来面对这多灾多难的人世。哪怕是当年四面楚歌的时候，他也不曾想过放弃，这一刻，他却萌生了放下一切的念头。

原来敌人的刀山剑雨，也比不过至亲至爱之人的只字片言。

他这一生，似乎都不曾为自己活过，如今却落得连"自己"都快要不是的下场。

他只觉心如死灰。

半晌，有人进了军帐，燕思空心头一紧，但看到来人是前日守卫他的小卒后，悬空的心才暂且落了下来。

那小卒见他醒了，忙放下手中的饭菜和汤药，凑了过来，态度恭敬许多："大人可好些了？"

燕思空静静看着小卒，看得人头皮发麻，半晌，他才开口道："你几岁了，叫什么，哪里人？"他声音依旧沙哑，喉咙就像穿了根烧火棍，火辣辣地疼。

"小的今年十八，名唤吴六七，常德人氏。"他将燕思空扶了起来，给他倒了杯水，"大人您先喝口水。"

燕思空握在手中，却一动不动。

十八岁……他与封野重逢时，封野亦是十八岁。这年岁已是成人，却仍稚气未脱，他忘不了十八岁的封野那天真骄狂的模样，一如新升的太阳，纵情而毫无保留地辉耀着身边的一切。

封野说得对，那时候他太年少，才会那么相信自己，如今长大了，自然也就清醒了。

可少时与他青梅竹马的人，究竟是哪一个，他当真无知无觉吗？或许，他只是不愿意心目中的"燕思空"，是自己……

看着吴六七单纯而明亮的眼睛，燕思空僵硬地抬起手，喝了口水。

"大人，您把饭吃了吧，吃完饭，好吃药。"吴六七将矮凳搬到了榻前。

"你出去吧，我过后再吃。"

"可是……"吴六七为难道，"小的要看您吃下。"

燕思空无力地摇摇头："出去吧。"

吴六七犹豫片刻，退了出去。

燕思空双目呆滞而空洞地看着什么也没有的前方，脑中亦是一片空白，他甚至一时忘了自己来此地的目的。

没过多久，帘门再次被掀开，一阵秋风灌入帐内，凉飕飕的，若是士卒小吏，是不敢这样莽撞地掀帘门的，燕思空深吸一口气，慢慢扭过脸去，是依旧覆着面具的——元南聿。

燕思空看着元南聿，眼眶禁不住发热，他勉力压下汹涌的情绪。

元南聿坐在了榻前，看了眼一口未动的饭菜道："为何不吃？"

"我不饿。"燕思空并非矫情，他是真的感觉不到饿，大约是因为，有一种空落落的感觉侵袭了全身，腹胃之空，就算不得什么了。

"不饿也要吃，"元南聿道，"无论如何，也不必作践自己的身体，这样便不像你了。"

"哪样像我？"燕思空轻笑，"你不记得我，又怎知哪样是我。"

元南聿低下头，沉默片刻："这几年，你的一举一动，我们都暗中关注着。"

"哦，便是从旁人口中得知的我。"

"他们说的不是吗？"元南聿皱眉道，"你已为爹报了仇，从前做过的恶，便好好赎过吧，你自己都自陈了罪状，难道还要辩驳吗？"

"我没什么可辩驳的。"燕思空看着元南聿，眸中满是苦涩，"我这样作恶之人，你们打算如何处置？"他不禁想，若聿儿还是聿儿，定会体谅他的吧……

"你放心吧，狼王不会杀你的，即便你不来，我们也要想方设法诱降大同军，我们的目的是一样的，而你很重要。"

"可惜你们狼王亲口说了，不会再相信我半句话。"燕思空嘲弄道，"他打算怎么将我物尽其用？"

"他自有分辨。"元南聿拿起了饭碗，"你只是染了风寒，加之体虚，休养几日、按时服用汤剂即可，现在先把饭吃了。"

燕思空抓着他的手腕，压了下去，盯着他的眼睛道："你只见到了大哥，你见到大姐、见到娘了吗？"

元南聿叹息一声，摇摇头："半年前大哥投奔我们，我们才得以重聚，可那时战事正酣，我统领一军，如何脱得了身，如今更是远在千里之外了，不知何时才能抽身去见上一面。"

"大哥自小不喜我，但大姐不会骗你。"燕思空抓着元南聿手腕的手，暗暗缩紧，"你敢不敢给大姐去一封书信，问清楚当年的真相？"

元南聿怔怔地看着燕思空，半晌，才道："好，我今日就将信送出。"

燕思空深吸一口气，心中升起一丝希冀，他颤声道："聿儿，把面具摘下来，让我……看看你。"

元南聿沉声道："不要唤我聿儿。"

燕思空握紧了拳头。

"你想当燕思空，便当燕思空吧，对我来说，无论是燕思空，还是元南聿，都是陌生的名字，我不在意，但你不要唤我聿儿，我听来别扭，你便叫我阙忘吧。"

燕思空心痛如绞，只得轻轻"嗯"了一声。

元南聿将面具除了下来。

燕思空静静凝望着这张与自己极为神似的俊脸。

本朝发配流放的犯人，均要施以墨刑，那光洁饱满的额上，赫然刺着一个"囚"字，不过，如今看上去已很浅淡。

元南聿平静说道："师父当年给我调配过一副膏药，我每夜入睡前都要敷上，已敷了十几年，因而如此浅淡，易容的脂粉可以遮盖，不过，不可能完全消失，所以平日我便覆面。"

"你师父待你好吗？"

提到师父，元南聿眼神变得柔和，他淡淡一笑："我少时顽皮，老是挨揍，但师父虽然严格，却待我极好。"

"那就好。"燕思空心酸地说，"那就好。"

他突然之间想开许多，元南聿活着，或许已是他今生最大的救赎，他曾愿意拿命换元南聿的命，如今两人不仅都活着，还能重逢，他还要奢望什么呢？

至于封野……又何必强求？

在元南聿的督促下，燕思空吃了几口饭，又把药喝了。

元南聿探了探他的额头："尚有些热，过几天就好了，以后按时吃饭，我军务繁忙，不可能日日都来看着你。"

元南聿看着燕思空面上的悲伤，心悸不已，那神情当真不像作伪，可他不得不防备这个人，他抿了抿唇，抓起面具盖在了脸上，掩饰自己的情绪，"我抽空会来看你。"

燕思空深深叹了一口气。

元南聿走了几步，又回身道："你不要忤逆狼王，他是天生的将帅，令行禁止，说一不二，别自讨苦吃。"

燕思空冷笑："这世上没人比我更了解他。"

"……他这些年，愈发暴躁冷酷，恐怕不是你当年认识的他了。"

燕思空沉默了。

他早已见识了如今的封野，又何需元南聿提醒。

吃过药，燕思空又有些昏昏欲睡，便重新躺回榻上。其实只是寻常的受寒发热，不至于令他一个常年习武之人如此虚弱，这种虚，更多的是从气血中弥漫而来的，他一根手指头也不愿意动，一时间似乎找不到好起来的理由了。

夜幕降临，寒风阵阵地吹刮着军帐，吴六七怕燕思空冷着，早早烧起了炭火，他站在炭火边，哈欠连连。

燕思空在半梦半醒间，突然一阵冷风灌了进来，如一把利剑破开了温暖的空气，冻得他抖了一抖，他顿时清醒了过来，尚蒙眬的睡眼间，看到了一个高大的身影，裹挟着帐外的寒气，几乎将整个帐门遮挡。

燕思空彻底醒了

吴六七亦如梦初醒，看到来人，慌忙地跪在地上："狼王恕罪，狼王恕罪。"

封野自踏入帐内，一双狼眸便一直盯着燕思空，他挥挥手，冷道："下去。"

吴六七磕了个头，忙出去了。

燕思空从榻上坐了起来，看着一步步朝他走来的封野，心脏骤紧。

封野行到近前，燕思空嗅到了一股酒味儿，这令他更加紧张，不知何时开始，他对封野感到陌生，亦感到畏惧。

他突然意识到，他在这个冷酷的、狠戾的、阴沉的狼王身上，已经几乎找不到那个少年的影子了，他又怎会大言不惭地认为自己了解这个人？

封野坐到床榻边，燕思空需要极大的定力，才克制住了面上的情绪，但禁不住后倾的身体，依然将他暴露了。

封野微微勾唇："你怕我吗？"

燕思空面无表情地说道："我项上人头在你手中，不该怕吗？"

"别装了。"封野冷笑，"你知道我不可能杀你，杀了你，谁助我统御大同军。"他说话间，凑近了些许，一双眼睛放肆地打量着燕思空，就像在看自己笼中的猎物。

燕思空被那强势霸道的气息压迫得快要喘不上气来，这三年，封野到底经历了什么……

封野突然捏住了他的下巴："阙忘来看你了，回头便劝我不要为难你，燕思空，若论收买人心，你简直无人能及，当年你便将我哄得唯你是从啊。"

燕思空冷冷说道："你叫我什么？你忘了你昨夜亲口说，我不是燕思空了吗？"

"你当然不是燕思空，但你顶着这个名字十数年，现在如何教所有人改口？况且，名字终究只是个名字。"封野寒声道，"你就算用了这个名字，也成不了他，而我也再不会被你哄骗了。"

燕思空双眸渗出血丝，若换作平日、换作别人，他如此能言善辩，定要与封野就此事论上一番，可如今他却不想辩驳了，一是他失望透顶，二是他已想明白，封野是听不进去的，因为封野已打从心底认定了此事，唯有他是个"彻头彻尾的骗子"，是假燕思空，才能令封野为自己受到的欺瞒找到理由，为自己的怨恨找到出路。

他是燕思空，抑或是元南聿，并不重要，重要的是封野恨他，希望他是假的。

他百口莫辩，又何必赘言？

见燕思空不说话，封野愈发愤怒，他捏紧了那弧线优美的下颌："可你靠着'燕思空'这个身份，从我这里得了多少好处？我会让你一样一样地还回来！"

燕思空心中闷痛，咬牙道："你想让我还什么？我大仇已报，再无遗憾，这贱命一条，随你拿去！"

封野面上闪过一丝狰狞，突然一把揪住了燕思空散落的乌发，眸中杀气四溢。

燕思空双目圆瞪，不甘示弱地与封野对视。

封野低声说："听说夕儿怀孕了，几个月了？"

燕思空一动也不敢动，那禁锢着他的手，也随时可能掐断他的脖子。

"说话呀，几个月了。"

"……我和她，并非你所想。"

"并非我所想？"封野看着燕思空修长雪白的脖颈上被马鞭勒出来的红痕，不禁回忆起昨夜握着这脖子时那纤弱的感觉，他心中施虐之欲顿起。

燕思空颤抖着："封野，你究竟想干什么？"

"我想干什么就干什么，你记着，你尚有命在，只是因为还有用处。"

燕思空骂道："封野你这个蠢货，你眼盲心更盲，你连与你朝夕相处过的人是谁都不知道！"

"我当然知道，他爽朗良善，心高志远，小小年纪就有以身报国的骨气，绝不是你这般嘴脸！"封野的指尖划过燕思空的胸口，最后用力点住了他的心脏，"他的心没有你这脏。"

燕思空咬牙切齿："我可以说出当年你我相处的点滴……"

"你和他同食同寝，无话不谈，你以为仅凭这个就能再骗过我？"封野寒声道，"早在我与你相遇之初，我便感觉你不像他，阙忘才像当年的他。何况，我曾问你可记得当年我们许下的诺言，你说忘了。"

"我没有忘，我现在……"

"住口！"封野一把捏住了燕思空的脸，阴冷地看着他，"你不配说出来，那是我和他的承诺，老天有眼，就算他忘了，他也来到我了身边，与我一同披荆斩棘，建功立业。"

燕思空只觉万箭穿心也不过如此，十七年前他与封野在广宁马场上许下的鸿志，他哪怕一个字都不曾忘记，如今在封野面前，他竟不配提起？

封野俯下身，慢慢欺近燕思空："当年我对你百依百顺，被你好生利用，如今你落到了我手中，我也定会物尽其用。我要你看着我睥睨天下，看着我翻云覆雨，我要你用你的一切，为我封家卖命！"

燕思空染了风寒，连烧了几日不退，甚至开始说起胡话。

幸得元南聿这半个神医在军营内，强灌了几天上好的汤药，又不停地擦身降热，才终于让燕思空缓了过来。

他醒来后，神智也不清醒，足足又休养了好几日，才有了下床的力气。

回忆起封野给予他的羞辱，他满腔怨愤，亦痛彻心扉。

事到如今，他再也没有为自己分辩的念头，他终于明白，自三年前两人分离的那一刻起，他们就真的恩断义绝了，如今出现在他面前的封野，不是那个曾对他有百般好、让他深念不舍的人，只是狼王，仅仅只是狼王。所以，他是不是真的燕思空，又有什么紧要？

而他也终于可以将封野放下。他骗过、利用过封野，封野亦对他毫不留情，在他心中，两人彻底扯平了，从今往后他对封野无愧亦无情。正如封野所说，靖远王世子早已经死了，他的心，也随之死了，如今又何必庸人自扰？何必伤心欲绝？

他早就知道，他这一生都不该对任何人付出真心，那不过是负累，这样最好，他再不必受此桎梏。没有了封野，这颗心，才能真正坚若磐石。

他尚有聿儿，尚有未完成的志向，他的命一文不值，但只要余一口气在，他就不该停下，否则，他为什么而活呢？

元南聿为他把脉时，看他的眼神越来越复杂。

燕思空已经沉寂了下来，从灭顶般的痛苦中苏醒了，他平静地说："你不必躲躲闪闪，想问什么尽管问吧。"

元南聿却摇了摇头。

"不必诊了。"燕思空抽回手，"我自己诊过了，没大碍了。"

"你也会医术？"

"皮毛罢了。"燕思空淡道，"好不好有什么要紧，你在乎吗？"

有人在乎吗？

元南聿沉默了一下："其实我想劝劝你，毕竟我们曾是兄弟。你自诩聪明，却行事不正，早晚反受其害，多行不义必自毙，不如……"

"哈哈哈。"燕思空大笑三声，掩饰心头苦涩，"何须'早晚'，我不知遭了多少报应了，可老天爷依旧让我活着，必是还有未完之事在等着我。"

元南聿失望地喟叹一声。

帐篷的帘门被粗暴地掀开，封野大步走了进来，面上冷若冰霜，直勾勾地盯着燕思空。

燕思空亦回视着他，目光冰冷。

封野道："阙忘，你先退下。"

元南聿道："狼王，别再为难他，他病刚好。"

"我知道，你退下。"

元南聿犹豫了一下，起身走了。

封野坐到了燕思空床榻前，仔细瞧着那面上刚刚聚起的红润，比起前些天的苍白，看来确实好多了，他轻哼一声："好好吃药，才能好受一些。"

"我在你身边，如何能好受。"燕思空面无表情地说道。

"不好受，便也是你自找的。"封野冷笑，"当年我对你好的时候，被你用作垫脚的石头。"

"那又如何。"燕思空勾唇一笑，"你自愿的。"

封野危险地眯起眼睛，不怒反笑："对，是我自愿的，怪我年少无知，天真愚蠢，可惜你再也骗不了我了，如今还落在了我手中。"

"哦，是吗。"燕思空不疾不徐地说道，"没有我，你以为自己要折损多少兵马，才能拿下河套？"

"有没有你，折损多少兵马，我都要拿下河套。"封野捏着燕思空的下巴，"有了你，便更轻易许多。"

"事到如今，你觉得我还想帮你？"

"帮我？"封野哈哈大笑，"帮我？简直滑天下之大稽。你做的一切，不过为了自己，你想利用我窃权，利用我扶陈霖登基，进而执掌天下，我不过是你的一枚棋，陈霖也不过是你的一枚棋。"

燕思空看着封野一脸的嘲讽，心中不可抑制地泛起密密麻麻的刺痛，但面上依旧平静无波，他道："不错，这正是我想要的，也是你想要的。"

"我想要什么，轮不到你指手画脚。"封野倨傲道，"我只要你乖乖听话，到时，我自会分你一杯羹。但你若再跟我耍心机……"他表情一变，阴沉说道，"我会让你生不如死。"

燕思空定定地看着封野，那威吓的、凶狠的、冷酷的神情，原本是面对敌人的，如今却用来对付自己了……他一遍遍地告诫自己不必在乎，却难挡那汹涌而至的悲伤。

究竟是从何时起，他变得如此软弱了？

或许是他意识到，这世上再无他燕思空的安稳。

病愈后，燕思空算了算，自己在狼王大营已待了有六七日，黔州必然十分焦急，不过他临走前已经吩咐好，只要没有他的死讯，就按兵不动。

他不能整日缩在帐内自艾自怜，既已清醒，便有清醒时该做的事，他决定去巡视大营，看看封野的拥兵情况到底如何。

可刚刚走出帐篷，他就被拦住了。

吴六七正在门外值守，见到他便拱手道："燕大人，狼王有命，您不能离开营帐。"

燕思空皱眉道："我闷了许多天，不过想散散步、透透气。"

"狼王有命……"吴六七为难道，"小的不敢放您离开。"

燕思空顿了顿："阙将军呢？"

"阙将军去接运军粮了。"

军粮……燕思空隐约记得，那日在牢内，他们说元少胥去押运粮食，莫非就是去接应元少胥？看来他很快就能见到元少胥了。

尽管心下已经决意不再为自己辩驳，可若尚有证明他究竟是谁的机会，他又不甘心就此放过，就算封野无论如何都不信他，但若元南聿可能信他，便值得他一试。

他深吸一口气，问道："可是去接应元将军？"

"正是。"

"既然如此，你进来陪我说说话吧。"他要向吴六七探听一下元少胥在狼王军中是什么地位。

吴六七面露难色。

"怎么？狼王还有命？"

吴六七恭敬道："狼王说，说……"

"说什么？"燕思空加重了语气。

他是见过大世面的人，又心有城府，气势之迫人，岂是这等乡野来的泥腿小子能抵御的，这小卒明显有些害怕了，但还是硬着头皮说道："说大人您已痊愈，不必再着人照料，也不许跟您多做言语。"

燕思空心下寒凉，封野竟防他至此。他冷哼一声，狠狠拂袖，转身返回了帐内。

当天的午饭、晚饭，他均是一口没动，不得已，吴六七只能去禀告封野。

在饿了一天后，封野出现了，看着卧在案前安静看书的燕思空，心头的火气顿时就往上蹿，他冷冷说道："燕思空，你何时这般愚蠢了，拿绝食威胁我？"

"我并非绝食。"燕思空将手中的书翻了一页，头也没抬，淡淡说道，"只是一个人吃饭不免寂寞，便没了胃口。"

"你想让我陪你吃饭？"

燕思空嘲讽一笑："怎敢劳狼王大驾，你在，我更没胃口。"

"你想见阙忘是吗？"封野微眯起眼睛，"你以为我会让他一再与你独处，然后被你的花言巧语所骗？别做梦了，没有我的允许，他不会再见你。"

"我们是兄弟，他就算信我，也无可厚非。"

"你们不是兄弟。"封野逼近了几步，"你们既没有血脉相连，也不曾肝胆相照，没有犯了事让兄弟去顶罪的'兄弟'，他不会信你，我亦不会让你再有机会利用他。"

燕思空眸中闪过怒意："我与他一同长大，情比手足，你不让他见我，你凭什么！"

"凭我是狼王。"封野走到燕思空面前，半蹲下身，冷冷地注视着他，"凭他与我并肩作战、随我出生入死，凭他救过我的命，陪我度过这一生最煎熬的时候，凭他是我的思空。"

"你、的、思、空？"燕思空一字一顿，心脏揪紧了，他看着封野冷酷霸道的神情，突然感到一股寒意侵入骨髓，他颤声道，"封野，你莫非对他……"

封野品尝着燕思空面上的惊惧，分外快意，他未置可否，冷笑道："他与你，是不同的。"

燕思空一把抓住了封野的衣襟，厉声道："元少胥回来了吧，他敢不敢与我当面对质？！"

"他怎会不敢。"封野眸中锋芒毕显，"待他回来，你马上就可以见到他。"

燕思空双手成拳，抵住他的胸膛，他直勾勾地瞪着封野："你……又想干什么……"他不得不承认，现在的封野令他畏惧。

"你是我的俘虏，在我的大营，我是你亲口起誓要一生从属的人，"封野轻佻地勾起燕思空的下巴，"我想干什么，不必向你报备。"

燕思空一把抓住了封野的手腕，他已经恢复了气力，可没那么好对付。

二人四目相对，犀利的火花在空气中碰撞，夹杂着汹涌的敌意，封野最终放开了燕思空，不怀好意道："一个人吃饭寂寞？我会给你找个伴儿的。"

燕思空目送着封野的背影，直至他消失在营帐，才瘫软在地，身上下了一层冷汗。

适才提起元南聿，封野的态度令他琢磨不透。事到如今，他已分不清封野念念不忘的，是"思空"，还是他这个人。

燕思空闭上了眼睛，只觉疲惫不已。

燕思空很快就知道，封野给他找了什么伴儿了。

夜幕初落，他在营帐内，听得外面传来一阵骚乱，士卒们发出了或惊恐或亢奋的叫声，燕思空好奇地站起身，想掀开帘门看一看。

可刚凑近帘门，外面的喧闹瞬间沉寂下来，几乎变得鸦雀无声。隔着营帐，燕思空体会到一股渗透骨髓的危险气息，他明明什么也还未看见，汗毛已经根根竖立，本能在警告他，一帐之隔的外面有什么东西能威胁他的性命。

接着，他听到一阵沉闷的鼻息，那不是人，而是——兽！

帘门被掀开了，燕思空禁不住往后退去，一只灰黑的、硕大的狼头钻了进来，那只青白泛灰的独目，在黑暗中泛着幽幽绿芒，黝黑湿润的鼻头下，一排森白锋利的獠牙随着抽动的腮肉微微冒头，足以将人吓得腿软。

它彻底钻入营帐，抖擞雄厚的毛发，那庞大的身躯使得营帐都变得狭窄、拥挤，仿佛一切已尽在它的口腹之内。

燕思空怔愣地看着眼前的巨狼，轻声唤道："……魂儿。"

封魂打量了燕思空一番，抬起大爪子，一步步朝他走了过去。

燕思空一步步后退，他拼命吞咽，也难抑心头的紧张，时隔多年，这头真正的狼王，可还记得他？若、若是不记得了……

一人一狼，就这么退到了营帐的边缘，直至燕思空后背抵上帐布，无路可退，才不得已刹住了脚步，他看着封魂，额上满是细汗。

封魂走到燕思空近前，后腿弯曲跪坐，腰身挺得笔直，用那只冰冷的独目看着燕思空，似乎在等待什么。

当封魂跪坐时，他们几乎一般高，那长满獠牙的兽口，就在燕思空脸前，他甚至能随着封魂的一呼一吸，嗅到它口中长期食生肉留下的味道，实在难闻。

封魂终于不耐烦了，用脑袋重重顶了一下燕思空的胸口，然后趴了下来，不再搭理燕思空。

燕思空登时浑身泄力，狠狠松了一口气，封魂记得他，这是在向他示好……姑且算作示好吧。

燕思空一屁股坐在了地上，摸了摸封魂的脑袋："魂儿，你还记得我。"

封魂从鼻子里发出一声闷哼。

"当年我去山上找过你，找了好几次……"燕思空抚摸着那粗硬的毛发，叹息一声，"我还骑着醉红去找你，你不是喜欢和它玩儿吗，看来那时，你就已经走了，幸好你走了……"

封魂轻哼着。

燕思空趴在了封魂身上，将自己的脸陷入那温暖厚实的毛发中，回忆起当年他和封野枕着这巨狼喝酒谈天，双双醉倒在大槐树下打盹儿，又或在景山上一同漫步赏春，在躲雨的山洞里挨着它取暖，还有夕阳之下，他们同乘着醉红，它从山上飞身而下，与他们并行在草原上驰骋。

封野那单纯明快、无忧无虑的笑容，不期然地闯入他的脑海，顿时令他的心抽痛不已。

人生若只如初见啊。

他闭上了眼睛，眼角渗出浅浅的泪渍，双手揪紧了封魂的毛发，想要从一只兽的身上，汲取他无处可寻的温暖。

封野，你看到了吗，连封魂都识得我……

无论封野是出于什么让封魂来陪燕思空，抑或只是监视他，他都因封魂的出现而感到高兴。他这一生，有大半在刀尖上行走，稍有不慎就身首异处，每一日都可能是他余生的忌日，因而久别逢故人——哪怕这"故人"并不是人——他也欣慰。

不过，在与封魂相处了两日后，他迎来了他本终生不愿再见、如今却非见不可的故人——元少胥。

元少胥因元南聿而得到了封野的重用，如今在叛军中小有威望。

燕思空理解元少胥为何撒这个谎，如元少胥这般好高骛远却资质平平之辈，因父亲的冤死而仕途尽毁，甚至不得不背井离乡、隐姓埋名，蹉跎了十数年光阴，终于有了扬眉吐气的机会，怎可能不牢牢抓住。他若跟对了人，封野真有入主京师的那一天，等着他的就是封侯加爵，光宗耀祖。

尽管元少胥少时从不给他好脸色，还将他赶出家门，但他念在元家的大恩上，不曾怨过半点，可元少胥如此对他，怕是连一丝一毫的兄弟之情，也不顾念了。

吴六七前来通报，说狼王传唤燕思空去见元将军。他说话的时候，头也不敢抬，腿肚子直抖，一双黑亮的大眼睛时不时地偷瞄趴在燕思空脚边的封魂。

封魂亦用一只独目瞪着他。

燕思空站起身，胸中气血翻涌，他终于要见到元少胥了。

封魂却用爪子勾住了燕思空的腿，燕思空按了按它的脑袋："魂儿，我去去就回，你留在帐内，哪里也不要去。"

封魂闻言，抽回了爪子。

燕思空随吴六七走出帐篷，边叮嘱道："不要令人随意进入我的帐篷，知道吗？"

吴六七讪讪道："大人放心，除了狼王，谁敢进去。"

来到叛军大营这些许天，燕思空还是第一次在营内行走，他抓紧时间观察了一番，但要凭借这区区几步路，判断出营房的情况，实在有些勉强。

吴六七将他带到了元少胥的军帐前："大人，请。"

燕思空深吸一口气，目光沉静而冰冷，他挺直了腰身，大步从容地走了进去。

一进帐篷，燕思空就看到了坐在主位上的封野，而元家兄弟分站两侧，当一张熟悉又陌生的面孔出现在燕思空面前时，他顿时僵住了。

元少胥……

两人最后一次见面，元少胥还是个十七八岁的英俊少年，十七年过去了，他已与当年的元卯差不多年岁。元家的子嗣里，就属元少胥与元卯长得最像，如今面上的纹路平添了岁月的痕迹，身上的铠甲装饰出几分英武，就更像了。

若非了解元少胥的本性，仅凭他相貌堂堂、气质英锐，一眼看去，确实易让人信服。

燕思空看着那张脸，无法不回忆起元卯，心中酸楚难当。

元少胥大步走了过来，激动地叫道："南聿！"

不等燕思空有所反应，元少胥已经抓住了他的肩膀："南聿，没想到你我兄弟还有再见之日啊！"

燕思空怔怔地望着元少胥，心中升起一股厌恶，元少胥竟敢顶着这样一张神似元卯的脸，做出如此下作之事，就连他这般工于心计之人，也要自愧不如了。

元少胥沉痛地说："你当年不辞而别，十七年来杳无音信，我们都以为你已经……没想到你还活着，娘和大姐知道了，该有多高兴。"

燕思空一眨不眨地看着元少胥，淡淡说道："大哥，我是思空，不是南聿，你不至连亲兄弟都认不出来吧。"

元少胥做出惊讶的样子，他看了元南聿一眼："南聿，你此话何意？"

"大哥此话何意？"

"南聿……"元少胥痛心疾首，"你到现在还要装作思空？当年我们元家家破人亡，兄弟三人天各一方，如今好不容易团聚了，思空也说了，不会怪你，你又何必如此？"

"我亦想问大哥何必如此。"燕思空将元少胥的手从自己的肩膀上摘了下来，他看向元南聿，又看了看封野，"如今聿儿失忆了，狼王不知真相，全凭你一人之言，思空还是南聿，本只是一个名字，我叫什么也不打紧，但我不能被冤枉。"

"你……"元少胥失望地摇着头，"你我是亲兄弟，我为何要冤枉你？当年你冲撞刑场，要被发配流放，你便求思空为你顶罪，外人分辨不出你们，我则是……则是一时私心，没有阻拦，只因你是我的亲弟弟……"他悔恨地说，"这些年来我良心难安，直到再见到思空，知道你们都活着，我才能睡上一个安稳的觉啊。"

阙忘低下了头，背在身后的手握成了拳，封野微扬着下巴，冷冷地看着燕思空。

燕思空嗤笑一声："大哥，我当年真的看不出，你这般会做戏，我理解你为何撒谎，可这谎言未免太易戳穿。大姐和娘都知道真相，广宁旧人虽然很多已不在，但当年的事不可能完全抹灭，是谁自幼有神童之名，是谁从小尚武？如今正在广宁与金人对抗的梁慧勇梁将军，当年就是他将我从刑场带走的，他知道那个冲撞刑场的人，究竟是谁。"他看向封野，"狼王，你可敢给梁将军送去书信一封，问明此事？"

封野道："好。"

元少胥的目光闪烁，他沉声道："南聿，十七年不见，你怎么变成了……"他们都说你阴险奸猾，满口谎言，我顾念兄弟之情，一句也不愿意相信，可你……你究竟是为了什么，连祖宗也不想认了？爹若天上有知，看到我们兄弟三人互相猜忌，该多么难过！"

元少胥神情肃穆，义正词严，那板起来的面孔竟分外像当年的元卯，燕思空心头大颤，不禁后退了一步，元少胥和元卯的脸在恍惚之间重叠了，他仿佛看到元卯在指责他们兄弟阋墙，令他顿时升起难言的歉疚。

元少胥眼见这招奏效了，又逼近一步，低声道："难道你忘了，当年爹是如何教诲我们的吗？你就这么回报爹的恩情吗？"

一直一言不发的元南聿走了过来，轻声说道："燕大人，既然你也不在意一个名字，何不把往事就此揭过，不要再提了吧。我说了，我不怨你，你要当思空，你就是思空，我已是阙忘，也只记得自己是阙忘，而大哥始终是大哥，大哥说得对，最重要的，难道不是我们兄弟三人团聚吗？我们兄弟齐心，为爹正名、为元家报仇，爹在天之灵才能安息啊。"

燕思空僵硬地看着元家兄弟，只觉一股郁结之气堵在心口，令他呼吸都难以为继，他嘴唇发抖，双拳握得咯咯直响。

元少胥比他想象中聪明，知道哪里是他的软肋，他这一生都无法放下的，就是元家对他的大恩，如今元家兄弟暗指他对元卯不孝，真如当胸一拳，打得又狠又准。

可是……就此揭过？

若没有封野，他或许可以就此揭过，他可以不在乎自己是谁，可封野却因此而对他……他心脏闷痛，默默地看了面无表情的封野一眼，嘴角突然扯出一个嘲弄的笑。

封野，也不在乎呀……

他为何还是不死心地想要自证清白，就算他证明了自己真的是燕思空，他和封野之间的那些隔阂就能消失吗？他还是欺瞒过、利用过封野，他还娶了封野的表妹，而封野也不甘示弱，那些声色俱厉的指责，那些毫不留情的羞辱，就能当作不曾发生吗？

他何苦白费力气？也许就如元南聿说的那样，就此揭过，兄弟齐心，对谁都好。

他心中大怆，嘴角却逸出了一串嘲弄的笑声，他低低笑着："好，说得好。我燕思空活了三十年，斗得倒这世上最阴毒险恶的权宦，却竟然不能证明自己的身份，也罢……"他深吸一口气，笑容凄凉，"就此揭过。"

说完，他不再看这帐内的任何一个人，转身离去。

他心里清楚，无论是给元微灵，或是给梁慧勇的信，要么送不出去，要么收不回来，元少胥十六岁从戎，如今在叛军中身为参将，若这点能耐都没有，就白活了。

他倦了，彻底倦了。

回到自己的帐篷，封魂还在原处趴着，听见动静，便睁眼瞧了瞧。

燕思空走到封魂身边，歪栽到了它身上，一时只觉虚软无力。

他真想把元少胥的面皮扒下来，不让元少胥用那张神似元卯的脸，说出令他戾气高涨的话。

可那终究是元卯的儿子，看在元卯的分上，他还能如何？

封魂似乎感受到了燕思空的情绪，用脑袋拱了拱他。

燕思空转过身，抚摸着封魂的脸，轻声道："魂儿，你是否能将一个人的味道记上一辈子？"

封魂那只青白狼眸一眨不眨地看着燕思空。

"哪怕你只有一只眼睛，你还是认出了我。"燕思空苦笑道，"他还不如你。"

一向傲慢冷酷的封魂，突然伸出舌头，舔了舔燕思空的脸。

燕思空怔了怔："你还是第一次舔我。"从前封魂撞他一下，就好像是天大的恩赐了。

封魂"呜"了一声。

燕思空趴在了封魂身上，露出一个温和的笑："也罢，至少你认得我，无论我是不是燕思空，无论我是好人，还是坏人，是忠良，还是奸佞，在你心中，都无甚差别。"他难抑心中酸楚，呢喃道："或许，你才是世上最懂我的。"

封野踏入营帐时，看到的就是燕思空趴在封魂身上那孤寂的背影，他的心揪了一下，神色微动，但很快掩饰了过去。

燕思空没有回头，能随意踏入他帐内而令封魂毫无反应之人，只可能是封野。

封野走到近前，半蹲下身，命令道："转过头来。"

燕思空顿了片刻，慢慢转过了身，淡漠地看着封野。

"你还有什么可说？"

"无话可说。"燕思空的神情十分冰冷，"你当我是谁，我就是谁吧，如今我是谁，其实也不重要，重要的是，我是黔州巡按御史，我是当朝驸马，你想要大同军，就得依仗我。"

封野冷笑："不错，这才是你，在你心中，什么儿女情长、什么亲眷兄弟，都是掌中之棋，如今你要在棋盘上角逐，就要用我的兵马。"

"不错，我手中有帅，你手中有卒。"燕思空深深凝望着封野的眼睛，"楚王是长皇子，名正言顺的储君之选，未来天子，我助你夺得河套，助你诱降大同军，助你逐鹿中原，而你，要扶楚王登基，我们均分天下。"

封野唇角微扬："一言为定。"

燕思空心底有一丝凉意，封野的允诺令他无法轻信，因为他再也不敢大言不惭地说自己了解封野。封野防备他，他也防备封野，曾经亲密无间的两个人，如今即便近在咫尺，也仿佛隔着一道深深的鸿沟。

封野欺近了他："你知道我为何让魂儿来守着你吗？"

燕思空眯起眼睛："它不会说话。"

"对，只有魂儿不会被你的花言巧语所蒙蔽。"封野冷笑道，"否则以你的奸猾，一觉醒来这封家军改了姓也说不定。"

燕思空嘲讽道："名震天下的狼王，竟惧怕一介文弱书生，你这样也能统御三军？"

"怕你？"封野轻声说道，"我去过炼狱，见过鬼怪，感受过自己的父亲在怀中渐失温度，这世上再没有令我封野惧怕的人事物。"

燕思空一阵战栗。

封野的眼神晦暗莫测："从蒙冤入狱的那一天起，我吃过的苦、受过的罪，我要一样、一样地讨回来。"

两人互瞪着对方，仿佛要从对方脸上瞪出窟窿来。

燕思空突然用力踹了封魂一脚，封魂不满地腾地站了起来，将他们的目光暂时阻隔。

燕思空这才松了口气。

封野像看着猎物一般戏谑地看着燕思空："你我之间，究竟是谁惧怕谁？"

"封野，你未免小看我了。"燕思空冷笑一声，"你去过炼狱，我亦走过阴间；你见过鬼怪，我亦伴过魍魉。为了走到今天，我燕思空不知死过多少回，这世上，也没有我惧怕的人事物。"

"很好。"封野挑眉道，"而你这样一个无所畏惧之人，却要听命于我，真是天助我封家。"

燕思空抿唇不语。

封野伸出手："过来。"

燕思空面色一沉。

"过来。"封野气势迫人，"你想靠孤零零的一个帅赢这盘棋吗？"

"没有帅，你师出无名。"

"最后一遍，过来。"封野眯起了一双锋锐的狼眸，它们闪烁着危险的、不容置喙的光芒。

燕思空轻轻呼出一口气，慢慢走了过去。

封野轻佻地捏着他的下巴："你的好处，我会好好利用。"

燕思空清冷一笑，看着封野的眼神，怕是再找不出一丝温度。

在封野的授意下，燕思空给沈鹤轩写了一封信，信中提及自己先被封野软禁于叛军大营，后经反复游说，封野终于有了投诚的念头，但顾虑仍十分多，于是决定先退兵三十里，以表诚意，而后他会亲自上书陛下，列明封野接受招安的条件，让沈鹤轩安抚黔州官将，暂且按兵不动。

于是隔日清晨，封野指挥着将士们有条不紊地收整物资，拔营退兵，以先锋开路，辎重随行，他带重兵断后。尽管只是一次有计划地退兵，且几乎不可能有追兵，封野依旧退得一丝不苟、井井有条，足以见封家军军纪之严明。

三十里看似不多，已是大军一日的路程，退兵的目的，就在于让昭武帝看出封野的意向，认为燕思空游说奏效了，而后招安的条件，封野定然狮子大开口，如此一来，燕思空就有机会在朝廷和叛军之间来回斡旋，也名正言顺地接触黔州官员和大同军。

出发的时候，封野要将燕思空和封魂都赶上马车，燕思空却道："为何要把魂儿藏起来？"

"将士们见到它会害怕，还会惊了马匹。"

"那便让他们害怕，你封家军的战马，也要习惯与狼为伍。"燕思空道，"你既打着'狼王'的名号，便就是要让人害怕，让天下人害怕，叫人知道'狼王'并非浪得虚名，魂儿就是最好的证明。"

封野看了封魂一眼："也好。"

"再命人给魂儿打一副轻甲。"燕思空又道。

封野眯起眼睛："你这是在命令我？"

燕思空面上无波无澜："岂敢。"

"上车。"封野没好气道。

燕思空上了马车。

封野翻身骑在了醉红背上："魂儿，随我走。"

封魂抖了抖雄厚的皮毛，跟了上去。

醉红转头凶巴巴地"嘶"了一声，封魂也扭过头，龇起獠牙，怕是随时要打起来。

封野低道："不许闹！"他轻夹马腹，高声喊道，"出发——"

大军已经先行，代表着"狼王"封野的大纛旗随行其后，是三军中最大、最高、最威风的旗，咆哮着的狼口似有吐纳天地、气吞山河之势，令晟军闻风丧胆。

燕思空掀开马车的窗帘，看着前方迎风飞扬的血红纛旗，心中感慨万千。

赶在日暮前，大军抵达了新的营地，将士们又井然有序地重新搭建营房。

封野的中军帐已经先行备好，燕思空暂时在此处休息、等候，封魂依旧陪着他，他在河套的舆图前看了良久，脑海中的思绪转个不停，以至于背后传来脚步声，他都没听见。

不过，封魂早早就嗅到了来人，但它并未摆出戒备的姿态。

燕思空回头一看，竟是元南聿。

元南聿下意识地环顾左右："封野不让我随便见你，我给你个东西，马上就走。"他手中抓着一个小布包。

燕思空看到元南聿，不免就想起那日与元少胥对质，心情十分复杂，但无论如何，他还是希望见他的，毕竟是他一生中最为亏欠、最为喜爱的弟弟，他道："什么东西？"

元南聿走了过来，摸了摸封魂的脑袋，像逗弄小狗一样笑着说："魂儿今日走在大军前头，真威风。"

燕思空微怔，他没料到元南聿与封魂这么熟稔，封野一向只允许与自己最亲近的人亲近封魂……

他心中不大是滋味，但很快就忽视了过去。

元南聿把小布包塞进燕思空手里："你藏起来，别叫封野看着。"

"这是……"

"你摸不出来吗？"

燕思空在手中掂了掂，又细细摩挲，布包里的东西颗颗圆润饱满，令他感到有些熟悉，但又一时想不起是什么，他打开来一看，愣住了。

那一包榛子。

"这是辽东的榛子，大哥去接运军粮的时候，在栎城买了一点，很贵的。"

燕思空定定地看着元南聿，突然鼻头微酸："你……记得我喜欢吃榛子？"

元南聿愣了愣："我只是想，这是咱们老家的东西，你喜欢吃，那更好了。"

"我喜欢，小时候一到了秋天，我们就会上山去采，还会比谁采得多。"

"可惜我不记得了。"元南聿的口气中是浓浓的失落，"辽东与我们天南海北，不知今生还能不能再踏上故土，这点小东西，权当回味吧。"

燕思空勉强一笑："你跟少时比，没怎么变。"

"真的吗？"元南聿张嘴想问什么，但是又马上想起，他们的少时是段并不讨巧的回忆，不提也罢。

燕思空将榛子收进怀里："聿……阙忘，谢谢你。"

"不必客气，我在这世上，本已无亲无故，如今上天却赐给我两个兄弟，思空，以前的不论，我只希望以后我们兄弟齐心，共同辅佐狼王，为元家正名，为百姓立命，也算走这一遭不枉为人。"

燕思空心中叹息："好。"

"那我走了。"元南聿转身就要走。

"等等……"燕思空张口叫住了他，却马上就后悔了，他止不住地想询问什么，却又直觉不该问出口。

"怎么？"

燕思空暗暗握了握拳头："封野……待你好吗？"

元南聿并未深想："他视我为生死兄弟，我亦发誓要一生追随他。"

"……如此甚好。"燕思空垂下了眼帘，掩饰眸中情绪。

太阳落山后，封野监完操练，回到了军帐中。

燕思空默默地看着他，不知他又想做什么。封野正值青壮，不打仗的时候，怕是一身旺盛的精力无处宣泄，就要找他茬，他实在是惧了。

封野走到木架前，展开了两臂，命令道："卸甲。"

燕思空走了过来，先解下他的佩剑，而后从上至下，摘下兜鍪，又娴熟地接连解下他的披膊、胸甲、腹甲，最后蹲下身，除去胫甲。封野的铠甲是特制的，一身重达七十二斤，加上武器，负重逾百斤，普通将士的负重只有其一半，这"战神"二字绝非虚名，"实"得很。

燕思空将铠甲挂在立架上。

封野活动了一下四肢，坐在榻上，又用眼神示意燕思空给自己倒酒。

燕思空心里骂他幼稚，还是很有眼识地照做。聪明人绝不吃眼前亏。

封野喝了口酒，发出一声解乏地叹息："一会儿伺候我用晚膳。"

燕思空嗤笑一声："将我当奴才用，你就能解气？你几岁了。"

"废话，身在我的营中，还当自己是什么御史、驸马吗？我爱怎么用就怎么用。"

"百般羞辱我，就能令你舒坦了？封野，你不过也是在羞辱你自己。"

封野低笑："无妨，我早已不是当年那心比天高的小世子，现在面皮厚了许多，说来，这还得感谢你当年给予我的羞辱。"

燕思空冷哼一声。

封野的随身侍从很快将晚膳端了进来，封野吩咐道："带魂儿去吃饭。"

封魂得令后，起身跟着那侍从走了。

帐内只剩下两人，燕思空觉得空气亦变得黏稠，拿起筷子，却是食不知味。

封野用筷子点了点瓷盘："多吃点肉，你不能病也不能弱，我要用你的时候，你必须随时都顶用。"

燕思空默默地吃了几口，看似有些勉强。

"你是要我喂你？"封野命令道，"吃下去。"

燕思空只得端起碗，大口吃起了饭。他一肚子的心思，其实早已经饱了，待在封野身边的每时每刻，不过都是折磨。他曾经无比坚定的那些目标，如今时不时便萌生退意，只因他无法想象，要和封野这样互相折磨下去的样子。

吃完饭，封野放下碗筷，盯着燕思空把碗里的饭菜吃完，才说道："待黔州回信，你就可以返回黔州了。"

燕思空眼前一亮。

封野却脸色骤变："怎么，迫不及待想离开我？"

燕思空皱眉道："难道我能一直待在这里？"

封野握了握拳头："让你返回黔州，只是去游说他们，助我拿下河套，你若敢耍花招……别忘了你尚有兄弟在我军中。"

燕思空双目圆瞪："你拿他们威胁我？"

"物尽其用，跟你学的。"封野不以为意。

"我早说过，我们的目的一样，如你所说，不为助你，只为我自己。"燕思空冷道，"我若会逃，一开始便不会送上门来自取其辱。"

"自取其辱……"封野冷笑一声，"说得好，原来你心里也知道亏欠我。"

"我亏欠你的，我已经还清了。"燕思空毫无畏惧地直视着封野的眼眸，"在我心中，我们两清了。"

"两清？"封野面显狰狞之色，"别妄想了，我说你什么时候还清，你才什么时候还清。"

燕思空转过脸去，不愿再看封野。

封野却将他的下巴掰了过来："我知你迫不及待想走，但你要记得，我要你做的事，你要一样一样地给我做好，然后回到我身边。"

燕思空缓缓说道："封野，你当真觉得自己能掌控得了我吗？"

"靖远王世子不行，但狼王可以。"封野眯起眼睛，"无论是从前还是现在，我都可以轻易毁了你在乎的一切，只是靖远王世子不舍得。"他继续轻声说道，"可狼王舍得。"

燕思空只觉不寒而栗。

他相信封野说的是真的，不想再与之赘言，起身就要走。

封野一把拉住他的手腕："燕思空。"

燕思空心神一颤，他很想痛骂封野，别叫他燕思空，却又难以张口。

封野攥得燕思空手腕生痛，也浑然未觉，他咬了咬牙："这些年，你想过我吗？"

燕思空深吸一口气，心脏传来密密麻麻地刺痛，他嘴唇颤抖，好半响，才轻声道："没有。"

没有一日不想。

封野脸上浮现隐忍的痛苦，却被他很快掩过，他松开了手："我就知道……滚吧。"

燕思空快步离开了中军帐。

封野看着一桌的残羹，沉寂片刻，突然一脚踹翻了矮桌，喉咙里发出困兽般的低吼。

封野终于决定放燕思空返回黔州。

临行前，燕思空要求封野让他和元少胥单独见一面，封野犹豫了一下，答应了。

元少胥来到了燕思空帐内，神情紧绷，十分地不自在，他环顾四周，似乎想确认是否有人在偷听。

燕思空淡道："大哥，坐吧。"

元少胥面无表情地坐到了矮桌前。

"大哥一身好功夫，周围有没有人，应当感觉得到，放心吧。再说……"燕思空嘲弄一笑，"狼王未必想知道真相，不会派人来窃听的。"说话间，他给元少胥倒了一杯茶。

元少胥深吸一口气："我……正想与你私下说两句。"

"大哥想与我说什么？"燕思空一眨不眨地望着元少胥。

"思空，此事确是我做得不妥，但你得……你得体谅我。"元少胥的目光有些闪躲。

燕思空勾唇一笑，笑得十分讽刺："大哥，我知道你从小不喜我，但你我毕竟兄弟一场，就算你不这么做，以你和南聿的能力，也会得到狼王重用的。"

"那怎会一样。"元少胥端起茶杯，像喝酒一样一口饮尽，咬牙道，"你这些年高官厚禄，荣华富贵享用不尽，你可知我是怎么过的？我大好前程尽毁，背井离乡，为了谋生，只能给乡绅财主当看家护院的狗，我本是驰骋沙场的将帅之才，却活得如此窝囊，我一辈子咽不下这口气！"

"荣华富贵？哈哈哈……"燕思空失笑，他握紧了手中的茶杯，"荣华富贵？大哥呀，你可知我这些年过得又是怎样的生不如死？！"

"啪"，茶杯在燕思空手中应声碎裂，指尖的鲜血顺着茶水流了下来，他却浑然不觉。

元少胥抿了抿唇，没有说话。

燕思空想告诉元少胥，自己被他赶出家门后，为了谋生，活得连狗也不如，为了报仇，十几年如一日的卧薪尝胆，入朝为官后，看似锦衣华服，平步青云，实则走得每一步都暗藏杀机，刀口舐颈，没有一夜能睡得安稳，如今更是被自己唯一的挚友轻贱、猜忌、羞辱，他吃过的苦，遭过的罪，该向谁诉说？可话到嘴边，他又懒得吐出来了，因为他知道元少胥不会理解，这个人的眼里，只有自己。

燕思空拿起布帕，慢腾腾地擦拭着溅落的茶水："我为了给爹报仇，忍辱负重，不惜对着仇人卑躬屈膝，如今声名狼藉，我至亲至爱之人，只将我看作奸猾的骗子，连我是谁都不愿意相信，大哥可还满意？"

元少胥心虚地垂下了眼帘，低声道："我知道你这些年不易，你给爹报了仇，不枉我元家养你一场，爹在天有灵，也可以瞑目了。"

燕思空鼻腔酸涩，他点了点头："这怕是大哥唯一中听的话了。"

元少胥抬头看着燕思空："思空，看在爹、看在聿儿的分上，别再提你们的身份了，算大哥求你了。"

燕思空暗暗握紧了拳头："大哥是何时知道我活着的，又是何时知道聿儿活着的？"

"……我和娘、大姐，都觉得你会活着，你自小聪明，总有谋生之法。这些年有人暗中接济过我们几次，我们猜过是你，直到几年前，你的名字从京师传遍天下，我们便猜测那个燕思空就是你，可你当时倒戈了阉党……"

燕思空沉默着。

"至于聿儿，我们以为他早已经死了。"元少胥续道："我心中有抱负，不甘于浑浑噩噩度过余生，且与那昏君狗官有不共戴天之仇，所以狼王领着封家军起事的那一天，我不远千里前来投奔，我知道他定能成就一番大事业，我要在这里一展拳脚，我也没想到会在这里见到聿儿。"

燕思空微眯起眼睛。

元少胥说着说着，声音便不自觉地越来越小，"起初我并未起念，是他们怀疑此事，向我求证，我便……自那之后，我也受到狼王器重。"

燕思空深吸一口气，面上一片灰败之色。

"思空，听大哥一句，事已至此，不如将错就错吧。"元少胥阴沉地说道，"若你执意要证明身份，狼王知道我骗了他，以他的脾气，定会杀了我。如今我元家不仅与狼王有私交，还是他的救命恩人，他日狼王若问鼎中原，我元家就是第一功臣，你究竟是谁，还有什么打紧？"

燕思空淡淡一笑："大哥真是打得一手好算盘。"

"思空。"元少胥加重了语气，"你我是兄弟，看在爹的分上，看在聿儿为你顶罪的分上，你忍心见我被狼王责难吗？"

燕思空冷笑一声："大哥放心吧，就如聿儿所说，此事就此揭过了。"

元少胥长舒一口气。

燕思空看着元少胥那张神似元卯的脸，心中苦笑。元少胥有一句话说得对，他究竟是谁，并不打紧，因为封野根本不在乎。

燕思空先返回了茂仁，他要拿他与封野商议出来的投诚条件，先试探试探沈鹤轩，黔州官将都好糊弄，唯独沈鹤轩非同一般。

他在离京之前，设想过可能会遇到的各种各样的难题，但实际到了这里，才发现真正的难题是他想象不出的，比如封野对他的态度，比如黔州这个寡贫小地，有沈鹤轩。

他回到茂仁后，城门守将虽对他依然恭敬，但看他的眼神明显有些异样，谣言这东西，就像那看不见摸不着的风，每张喘气的嘴都带着，最是无孔不入。

他一回城，马上去见了沈鹤轩，沈鹤轩面色苍白，短短十几日，削瘦了一圈，他想起进城时，那残破的城墙已经被修复，定然是下了一番狠功夫的。

沈鹤轩疲惫而阴沉地看着燕思空："狼王退兵了，燕大人此去有功啊。"

"既然如此，沈兄为何丝毫不见喜悦？"

"燕大人是用何妙计劝动狼王退兵的？"

"动以情理，晓以大义。"

沈鹤轩抿了抿唇："动的是什么'情'？你代表朝廷出使敌营，当端方自重，不可自薄。"

燕思空淡定自若："我身负圣命，不远千里前来劝狼王归顺朝廷，为报天恩，肝脑涂地亦在所不辞，动的是什么情，重要吗？"

沈鹤轩一时噎住："你……你做事未免有些不知耻，你可知外人如何说你。"

燕思空冷冷一笑："在我燕某眼中，廉耻是这世上最无用的东西，我若在乎廉耻，早该羞愤自尽千百回了。沈兄倒是将声名看得比命还重，一纸无用的弹劾，将自己贬斥到了这穷乡僻壤，我在京中忍辱负重、苟且偷生，孤立无援与阉党周旋的时候，你在这里审理张三偷了李四一把米，把经世之才浪费在这蕞尔小县，老师地下有知，是否要夸你是天下第一知廉耻之人？！"

沈鹤轩愣住了，燕思空面对他时，一向恭谨谦和，敬重有加，从不曾这般咄咄逼人，他沉默片刻，道："没能亲手剿灭阉党，是我一生之大憾，但君子有所为，有所不为，若人人都能轻易违背道义，与牲畜何异？"

燕思空淡笑："人本也与牲畜无异。"

沈鹤轩突然转了转眼珠子，想到了什么："老师当时已与靖远王结盟，你和封野本不该如此针锋相对，难道你们……是在做戏吗？"他似乎一下子将很多看来诡谲的事串联到了一起。

"我二人确有一些纠葛，至今仍互相记恨，且充满猜忌，不过当时，我们都以大局为重，是真心想救靖远王的。"燕思空不敢吐露真相，沈鹤轩太过聪明，若再让此人往深了想，也许就会怀疑他和封野沆瀣一气，另有图谋。

沈鹤轩在屋内来回踱步，突然，他顿住脚步，猛地转身，双目直勾勾地盯着燕思空："当年是谁将封野从狱中救出？"

燕思空顿了顿："是靖远王府的管家带着一批死士去劫的囚。"

沈鹤轩大声道："你在撒谎，此事你可有参与？"

"我……"燕思空做出心虚的模样，"我知晓。"

"知晓？"

燕思空深吸一口气："此事，是老师与那管家一同策划的。"

"老师？"沈鹤轩明显不信，"老师当时重病在床，如何策划这样一件大事？且老师身为内阁首辅，即便封家是冤枉的，又怎会用劫狱这般极端的手段？"

"不然还有什么手段？"燕思空直视着他，"老师知道自己命不久矣，也知道他一死，士族必败无疑，为了留存一丝力量，不叫阉党蚕食我大晟江山，只能出此下策。他嘱咐我，大婚那日，务必将典狱官都请去，灌得越醉越好，我便知道他想做什么了。"

"你难道没有参与？"沈鹤轩逼视着燕思空。

燕思空面上毫无异色，笃定说道："没有，老师也知此事凶险万分，不愿将我卷入。"

沈鹤轩深吸一口气："你们当日放走的是一匹真正的狼，如今他领兵造反，来势汹汹，搅得中原鸡犬不宁，他威胁的岂是阉党，分明是大晟国祚！"

"事已至此，再说这些又有什么用，我亦是心中惭愧，想要亡羊补牢，才奏请陛下让我来游说封野的。"燕思空叹息道，"我与封野，亦敌亦友，若非看在公主的分上，此去敌营，他当真可能杀了我。但他听说陛下有意为封家平反，心中已有所动摇。"

沈鹤轩沉静思索着，他直觉此事没这么简单，但一时又想不出个所以然来。

燕思空放软了口气："沈兄，难道在这个节骨眼儿上，你要告发我知情不报，放走了封野吗？如今最重要的，是平息狼王叛乱啊。"

沈鹤轩沉声道："我人微言轻，告发你有什么用处，且事已至此……封野可开出了投诚的条件？"

燕思空见终于将此事暂且糊弄了过去，心中暗暗松了口气，他点点头，迟疑道："狮子大开口，陛下是不会同意的。"

"不出所料，他要了什么？"

"他要陛下为封家正名，昭告天下，恢复爵位，要将包括谢忠仁等参与陷害封家的官将都交给他处置，要白银百万，要大量的绢布、粮食、珠宝、器甲、马匹等物，甚至……"燕思空摇头道，"甚至要陛下赐他封地。"

沈鹤轩一拍桌子，怒道："他简直疯了！"

封野提出的每一条，都十二分的不合理。要昭武帝昭告天下为封家正名，就算是将罪名推到谢忠仁身上，也有损皇室颜面，且大晟有大晟的律法，即便是死罪之人，也不能假他人之手施以私刑，尤其是谢忠仁这样名满天下的死囚，定然是要当众正法的，怎么可能交给封野处置。至于银钱，这般漫天要价，除非把国库掏空，而要封地，那就更是大逆不道、大胆包天了。

自秦灭六国，天下一统，改诸侯制为君主制，这万里江山尽归天子一人所有，千百年来，历朝历代，皆是如此，除非国祚危亡、天下大乱，否则承平之时，藩王只享赋税，不拥一寸疆土，"诸侯"一词，其实名存实亡。

而今封野竟敢向天子讨要封地，那不就明摆着要瓜分天下，自立为王吗！

"我听到他的条件，亦是震惊不已，所以便回来与沈兄商议，我尚没有禀奏陛下，我怕陛下一时动怒……"

沈鹤轩疲倦地揉了揉眉心："他一面退兵，一面又提出这等朝廷断无可能应承的条件，他到底是想投，还是不想投？"

"在我看来，他是想被招安的，他封家军再是威猛，也不过区区六万兵马，他为何来河套，就是因为兵力不足，不敢下江南，也不敢进中原，如今其实进退两难。但他因靖远王之死而心怀仇恨，若不能让他报仇，不能让他痛快，他就会和我们拼命。封野聪明得很，他知道这条件不合理，我看他不过是在试探朝廷，究竟能容他几分。"

沈鹤轩思索道："有道理，可我更担心的是，这只是他的缓兵之计，他来河套这贫瘠动乱之地，不会只是为了战马，若他的目的，是大同军呢？"

"我亦想过，但大同军已经几番换帅，如今的统帅，是朝廷派来的，不曾受过封家半点恩惠，想要笼络，谈何容易，况且，中间还隔着黔州，我倒不是很担心。"

"此事虽难，但不可不防，封野虽是一介武将，但自幼饱读兵书，十来岁就领兵打仗，放眼天下，能与他抗衡的将领，怕只有赵大将军一人，如今还被困辽东……因而对此人，绝不能掉以轻心。"沈鹤轩斜睨着燕思空，"还有你，你和他的事，已经惹出许多风言风语，你就不怕遭人猜忌吗？"

燕思空嗤笑一声："我燕思空已声名狼藉，若无人猜忌我，那才是奇了怪了，可这丝毫不能动摇我要做的事，一如这些年我受尽唾弃，也隐忍到了能扳倒阉党的这一天，我定会平息狼王之乱，无论旁人如何看我，无论付出什么代价。"

沈鹤轩为燕思空眸中的坚定而有所动容，他道："如今你有何打算？这样的招安条件，是万万不能上报的。"

"这正是我要和沈兄商议的。我们要想出一个办法，顾忌陛下颜面的同时，又对封家的清白有所交代，且对于谢忠仁的处置，要让封野能亲手报此杀父灭族之仇。只要做到这两点，封野再不依不饶，可就不占理了，届时再商议招安的其他条件。"

沈鹤轩忧虑道："可陛下最好面子，就算是受到阉党蒙蔽，圣旨毕竟是他下的，君无戏言，如今要承认自己冤枉了忠臣，恐怕……"

"陛下虽好面子，可如今内忧外患，局势如此危急，陛下或可以大局为重。"

"不如你先上书一封，探探陛下的口风。"

燕思空颔首："好。"

"可若陛下真的给封家平反了，也将谢忠仁交于封野处置了，封野依旧有狼子野心，当如何？"

燕思空眯起眼睛："我们虽是主和，但正如沈兄所言，对此人不得不防。封野与我亲近，自然不是因为年少的交情，他想从我口中探知朝廷的态度，探知黔州的守备情况，都被我半真半假的糊弄过去了，我们亦要两手准备，若当真和不了，黔州就是阻挡封野进军中原的最后一道屏障，绝不能失守。"

沈鹤轩目光坚定："食君之俸，为君分忧，若和不了，拼尽性命，我也要守住黔州。"

燕思空默默注视着沈鹤轩，第一次对其动了杀念。沈鹤轩是他最为赏识的人，也是他心目中最好的辅君贤臣，可此人生性峭直，古板刚正，偏偏又聪明绝顶，难以糊弄，反而可能成为陈霂登基的最大障碍。

虽然可惜，但若沈鹤轩当真威胁了他的大计……

回到茂仁后，燕思空并没有急于去黔州，他彻夜未眠，写了两封信，一封是给昭武帝的疏奏，另一封，写给一个多年来从无书信往来，但他一直记挂着的人——废太子陈霂——如今的楚王。

京中眼线繁多，他担心他和陈霂暗通被人发现，所以多年来两人从无联络，但现在天高皇帝远，自由许多，而陈霂虽然远在云南，定然也已知晓他的动向，若此子雄心未泯，也必会等待他的消息。

此时天下动乱，各路藩王为求自保，都蠢蠢欲动，昭武帝自顾不暇，正是陈霂招兵买马的好时候，他必须催促陈霂早作打算，等待时机。

写好了信，天边已经泛白。白日自叛军大营奔袭一天回到茂仁，至今未能休息，实际身体已十分疲乏，但燕思空依然毫无睡意。他看着天上悬挂的浅淡圆月，想着此时封野是在酣睡，还是也跟他一样辗转反侧。分开的三年里，他无数次睹月思人，幻想着封野与他看着同一轮月亮，与他一样心中记挂着对方，那一刻，两人或许就是心意相通的——无论相隔多远。

如今再看这月，他却希望他和封野不曾重逢，这样一来，在他心中，封野对他始终抱有情谊，他能记住的，便只是封野对他的好……

燕思空苦笑一声，这颗心已经痛到麻木，却为何还会不甘啊。

第
七
章

攻城

燕思空回到黔州，徐永十分殷勤地给他接风，感叹他此去艰辛，颂赞他说降有功，但绝口不提听到的有关他和封野的流言蜚语，毕竟流言只是流言，岂可轻信，再者，就算是真的，也没有几个人像沈鹤轩那般，敢当面给他难堪。

席间谈起封野接受招安的条件，燕思空连连摇头，说封野狮子大开口，一时定是难以谈妥，要吴莽加固城防，不可松懈。

封野的条件确实令众人大为恼怒，原以为他主动退兵，是有和意，如今看来根本不能掉以轻心。

燕思空叹了一口气："如今是和是战，我心中亦是没底，朝廷虽是想招安，但若封野执迷不悟，我们也不惧他，我们必须做好与他一战的准备，只是以黔州如今的兵力城防，恐怕……"

徐永忧虑道："黔州七郡，加上大同府调来的一万兵马，总兵力也不过三万人，还有近一半分散在其他城池。黔州虽有天险，又是我守他攻，占据优势，但若封野攻下茂仁，我们的粮道就被掐断了，就算封野攻城不下，黔州城的粮草也只能支撑一年。"

吴莽道："封野肯定耗不起一年之久，只要我们死守城池，就能把他拖垮。"

余生朗低声道："若我们守得住的话……"

吴莽冷哼一声："余将军来自大同，是否是听了太多封家军的传说，自己把自己吓怕了。"

余生朗皱起眉："下官确实听说过封家军不少传闻，但封家军骁勇善战，攻无不克，天下人皆知，难道是我危言耸听了？有所警觉，总比轻敌要好。"

"你这哪里是警觉，分明是害怕。"

"二位将军不要吵了。"徐永打圆场道，"二位将军皆言之有理，但我们还是听听御史大人的说法吧。"

众人又齐齐看向燕思空。

燕思空满面的忧虑之色："不瞒诸位，我曾与封野在荆州并肩作战，我从前是不信他那些十一岁披甲、十四岁领兵的传闻的，但荆州一战，着实令我震撼。此子不但神勇，用兵也凶猛如狼，他熟读兵书却不循规蹈矩，行为难测，且十分敢拼命。我在他大营中观察多日，他军纪严明，士气高昂，他在茂仁受挫，下一战则志在必得，以目前的形势来看，若真要打，我以为，茂仁守不住。"

众官将一时沉默。

冯想道："燕大人，无论招安能否成功，都可以拖上他一拖，拖到冬天，西北极寒，他很可能会提前撤兵。"

燕思空凝重道："我已上书陛下奏请此事，一方面，若陛下能为封家正名，或将谢忠仁交由封野处置，则此事便有大大的回旋余地；另一方面，就如你所说，可以拖延封野的战机。只是封野岂会不知冬日将至，我担心他狗急跳墙啊。"

"如此一来，茂仁岂不十分危急。"徐永脸色有些苍白，"大人可有良策保住茂仁？若茂仁失守，黔州的粮食就运不上来了。"

燕思空沉思片刻，看向了余生朗："我以为，要解黔州之危，必须从大同调兵。"

众人齐齐看向余生朗。

余生朗怔了怔，旋即苦笑："自瓦剌大败后，很多从前被瓦剌聚集或压制的蒙古部落都纷纷自立，时不时侵扰边境，虽然难成大气候，但他们打的是游击，我们兵力有限，根本抓不过来，边关百姓苦不堪言。大同，已今非昔比，能调来一万兵马，已是不易了。"

"我在奏折中，也恳请陛下为大同增兵了，但大同与黔州接壤，若黔州失守，大同的粮道也会受限，唇亡齿寒啊。"

余生朗叹道："我又何尝不知，只是薛总兵……也有他的难处。"

薛荣贵是如今的大同总兵，此人接管大同军三年以来，无功无过，他灭不干净蒙古兵，并非是他无能，实在是心有余而力不足。朝廷这三年一直想和蒙古谈合，但由于瓦剌这个蒙古最大部落的衰败，致使蒙古分裂，部落和部落之间还多有敌对，今天与这个谈和了，明天那个还要来烧杀抢掠，无休无止。

若是封剑平还在，按照他当年的战略，乘胜追击，打击游散的蒙古部落，建立更强盛的大同防线，同时扶植亲我派的新的蒙古王，一统游散部落，开放互市，夷夏交好，才是万全之策。

可惜，封剑平已经带着未完的大志，和百年来唯一可能让西北边境和平的希望，冤死在了诏狱。

燕思空深知要调动大同军，必须让大同边境恢复和平，否则他们逐鹿中原，夷狄趁势入侵，那就全完了。他道："我想去见见薛总兵。"

"这……"

"此去大同，快马不过两三日路程，只有我将大同的情况奏于陛下，陛下才会重视，我会求陛下再派使臣去蒙古。瓦剌分裂后，察哈尔部如今最强盛，若我们扶植察哈尔统一其他部落，向其开放马市，至少可以解决那些散兵游勇对边境的骚扰。"

徐永道："可几年前，朝中大臣们就对是否开放马市争议过，最后不了了之了呀。"

"几年前，还是阉党专权擅政，如今自然是不同了，我会分别给赵将军和廷尉大人去一封书信，劝他们共同向陛下净谏。"燕思空眯起眼睛，"朝廷不同意开放马市，主要是怕养虎为患，但如今我们都看得清楚，察哈尔还不成气候，但卓勒泰和封野这两柄大刀，已经快要挥到脖子上了。"

"燕大人言之有理啊。"吴莽一拍大腿，"我们早已商议过，若开放马市，能令河套重新恢复生机。我大晟强盛了，就算察哈尔逐渐壮大，也不敢轻易来犯，反之，边关无休无止的烧杀抢掠，根本除之不尽。放着河套大好的丰美土地无人耕作、畜牧，哪里是长久之计。"

余生朗也赞同道："薛总兵亦有此意，可几次上书，朝廷都不允，若燕大人能促成此事，实在是西北军民之福。"

"如此，劳烦余将军随我去一趟大同，为我引见薛总兵。"

"好，事不宜迟，明日便出发！"

燕思空淡淡一笑，眸中闪烁着精光。

临行前，燕思空把黔州官将都打点了一番，黔州这穷乡僻壤，比不得富庶地方油水多，燕思空此举，令这帮人对他更加信服了。

在去大同的路上，燕思空又单独重重贿赂了余生朗。余生朗是大同旧人，对封家军始终念念不忘，只是如今封家军已成叛军，他不敢将这些想法流于表面罢了。

收了燕思空的银子，余生朗自然就知无不言，将大同所有官将明里暗里站的是什么位子，都向燕思空抖落了出来。燕思空心里顿时有了数，只要搞定薛荣贵一个人，再将下面的将士喂饱了，大同军随时可以再变成封家军，毕竟朝廷连俸禄都时有拖欠，哪个大同旧人，不怀念封剑平在时大同的风光和威武。

至于那薛荣贵，本是谢忠仁举荐的，如今阉党倒了，他若识相，能笼络便笼络，不能笼络便除掉，也干净利落。

燕思空由他离京时带的八百人马护送，与余生朗一起来到了大同。

大同的情况与余生朗所说无二，占据着前人建立的坚固防线，却没有灭除蒙古游击兵的能耐，将士们的士气一落千丈。如今的大同，绝对抵抗不了当年的瓦剌，之所以勉强守成，是因为察哈尔尚弱小。

薛荣贵亲自来迎燕思空，也备了酒席，但相比徐永等人的热情讨好，他则显得拘谨冷淡得多，毕竟他虽不是阉党，但也确由谢忠仁举荐，生怕燕思空找什么由头参他一本。

燕思空则谦恭温和，绝口不提他那轰轰烈烈的死弹，席间只是向薛荣贵了解大同的情况，尽管绝大多数他已经从余生朗口中得知了。

隔日早上，燕思空和余生朗亲自去薛荣贵府上拜访，要共商开放马市一事，同时带了一箱子厚礼。

薛荣贵虽是大同总兵，但如今的大同军备被大大削弱，他就跟黔州官将一样，捞不到多少好处，着实被燕思空的大手笔震撼住了，但他知道无功不受禄，不知道燕思空想要什么，根本不敢收。

燕思空笑着安抚他，说自己送这份薄礼，不过是希望以后当真开放了马市，不要忘了自己的好处，谁都知道若马市一开，则河套地区几年就能活起来，到时候这贫瘠之地也要变成金银山了，谁不想分一杯羹。

薛荣贵这才放心收下，对燕思空也热络不少。

在大同的几日，燕思空一直在打点大同官将，也在试探薛荣贵，想找到合适的时机向薛荣贵透露自己的真正意图。但他行事谨慎小心，谋反这等大事，不可能随便就抛出去，在没有把握之前，他始终耐着性子周旋。

这期间，他还做了几件在外人看来十分不解的事。

"如今是秋收时节，听说大同的杏儿甘甜，尤其大宛县的，最是鲜嫩水灵，还有羊肉面也尤其的好吃，余兄是大同人，可否带我去寸丰羊肉馆尝尝？"

余生朗惊讶道："燕兄莫非来过大同？怎会知道得如此清楚？"

燕思空落寞地一笑："曾经有位友人，与我说过，这一记，就记了许多年……"

整整十七年。

有时他甚至要怪自己记性太好，少时与封野说过的话，竟能忆起八九分。都说慧极必伤，大约便是因为，旁人能用忘却治愈伤痛，他却连忘却都做不到。

"那寸丰馆子可是大同的老字号，就在城中，我今日就带燕兄去尝尝。至于大宛的杏儿，此时刚刚秋收，我命人快马去为燕兄送来，让燕兄好好尝尝咱们大同的美味。"

燕思空笑道："多谢余兄。"

余生朗带着燕思空，燕思空则带着贴身护卫他的冯想，三人便衣离开了驿馆，没有骑马，也没有乘车，而是步行走向城南。

此时正值黄昏，老远便见着街头一家二层楼，楼上楼下和铺前都坐满了人，楼顶插着一面泛黄的旗子，正是"寸丰羊肉"四个大字，隔着半里路已是香味扑鼻。

到了羊肉馆，余生朗赏给小二几粒碎银："给我们找个好地方。"

"哎哟，余将军，您怎么回来了？来来来，诸位大人请上座。"

小二将他们迎进了馆子，找了二楼靠窗的位置，殷勤地端茶倒水，又很快端上了三碗羊肉面。

那面碗比人脸还大，宽扁的、白嫩嫩的面条躺在漂着金黄油花的汤底里，上面盖着翠绿的鲜葱，和好几块片得犹如纸薄、又有半碗大小的羊肉，看得人垂涎三尺。

除了面，小二还给他们上了大块的酱羊肉、炖羊杂和一斤烧酒。

余生朗给两人满上杯，笑道："来来来，尝尝咱们的羊肉面，再尝尝咱们的好酒，有劲儿得很。"

燕思空盯着那面碗看了半晌，拿起筷子，大口吃了起来。

余生朗和冯想都愣住了，冯想小声道："燕大人这么饿啊。"

燕思空足足吞了好几口，才停了下来，抓起面前的酒杯，一饮而尽。

他第一次喝西北的酒，刁钻辛辣，实是喝不惯的，呛得他眼泪顿时就下来了。

余生朗哈哈大笑起来："怎么样，我就说吧，这酒有劲儿得很。"

燕思空抹了一把眼泪，也跟着笑了："好酒，好面。"

封野吃过他广宁最好的包子，他也吃过大同最好的羊肉面了，只是，他们再无机会一起去那不下雪的南方，吃肥美的鱼儿，赏满城的桂花，看翻飞几丈高的海浪。

完成了一半的约定，算……什么呢？

什么也不算吧。

燕思空快马送去京师的折子，很快有了回应。如他们所料，昭武帝被封野开具的条件气得跳脚，他与大臣商议后，也听取了燕思空在奏折中的意见，先同意为封家正名，但不说如何正名，也同意将谢忠仁交与封野处置，但不说何时交与，让燕思空可以与封野继续周旋。

至于扶植察哈尔、开放马市一事，朝中有孟铎和祝兰亭附议，又有赵傅义的支持，也如燕思空所想，十分顺利。

朝廷将派出礼部左侍郎前往察哈尔部议和，又拟将大同、黔州编入一府，由一位总督统领，向河套引入农耕和畜牧，将这块将死的肥美宝地养活。

从前黔州只有知府，没有总督，而大同本应设总督位的，但封剑平死后，朝廷有意打压大同旧部，也不设总督，军政分离，彻底削弱了封家军的权力，如今大同知府王安克是最理所当然的大同、黔州总督人选。

王安克倒是十分识相的人，知道现在朝中谁正如日中天，走马上任后，先跟燕思空商讨如何开放马市，让河套恢复昔年的繁荣。

燕思空纵观大同和黔州的形势，已经大半在他掌握之中，只是要想让封野以最少的牺牲拿下这两地，眼下还不够。

光靠嘴是没有用的，要让朝廷的军队倒戈叛军，不外乎两个可能：一，战败投降；二，师出有名。

要策反大同、黔州，需二者俱全。

所谓师出有名，就是有理，有可下的台阶，替天行道也好，拨乱反正也好，清君侧也好，打仗总得有个理由，狼王叛军出师的名目，便是清君侧、靖国难，为民除害。

只是阉党已倒，君侧已清，这个名目开始牵强了，眼下最好的名目，就是被燕思空握在手中的帅棋——比当朝太子更名正言顺的储君人选——长皇子楚王陈霂。

只要有了陈霂，就可以诬告陈椿对皇位意图不轨，就有了出师的理由，最重要的是，陈霖可以号召地方藩王共举大义。没有陈霖，封野一旦壮大到威胁陈家江山，昭武帝呼唤勤王，那些龙子龙孙就会群起而攻之。

陈霖，是他们能否入驻京师的关键。

这也是燕思空身无长物，却敢跟封野谈条件的底气。

他深思熟虑后，认为此时时机未成熟，不能贸然向薛荣贵或余生朗申明意图，否则可能打草惊蛇，应该将他们逼到不得不在死和谋反之间做出选择的时候，再一举击溃他们的心防。

这面与察哈尔的和谈刚有眉目，前线传来信报，封野怒而指责朝廷在拖延时间，毫无招安的诚意，要在入冬之前再攻茂仁。

黔州官将吓得当天就快马加鞭将信送到了燕思空手上。燕思空算了算时日，该去见封野了，这一次，他们要谋定大事，将黔州拿下，否则一入冬，气候极寒，粮草难运，封家军多半扛不住。

于是燕思空带着他的八百护卫返回了黔州。他将徐永等人安抚一番，但始终沉着脸，令人看出他心中亦是没底。

徐永急道："燕大人可说服薛总兵调兵援黔州？"

燕思空叹道："此事其实不由薛总兵做主啊。"

余生朗解释道："回禀徐知府，薛总兵不是不愿意来援，而是在等朝廷与察哈尔和谈的结果，倘若和谈不成，他调了兵，察哈尔乘虚而入，那他如何承担得起。"

"这、这何时能有结果啊？"

"与那帮粗鄙贪婪的蛮子谈判，向来是一波三折。"燕思空沉声道，"此事定然会谈成的，察哈尔势弱，若得我朝扶植，便能一统蒙古，还可以从互市中得到大量好处。可究竟什么时候能成，这也没人说得准，急也不顶用。"

吴莽道："封野可不会等我们安顿好边境，从大同调兵来与他对抗，这些日他频频派来斥候，蠢蠢欲动，怕是已经怒了。"

"我得再去一趟狼王大营，稳住他。"燕思空长吁一口气，"若能拖到朝廷与察哈尔谈妥，便马上从大同调兵，那时也定然十分寒冷了，如此一来，封野不敢轻举妄动，很大可能会退兵。"

"可封野已经看穿了我们的心思，那信中写得清清楚楚，指责我们在拖延。"

"我有陛下同意为封家正名，和将谢忠仁交由他处置的手谕，或可一谈。"

"燕大人……"徐永欲言又止，"你此去怕是有危险。"

燕思空苦笑："我前次去，已经被他落了狱，出使敌营，自然要有一去不返的觉悟，现下又有什么好担忧的。"他语重心长地说道，"倘若我出师不利，未能拖住封野，就靠诸位守住城池了。"

燕思空的悲壮令众人一时都忧患不已，只是眼下也别无他法了。

燕思空隔日启程，第二次出使叛军大营。这一回，封野没有将他下狱，而是以使臣之礼招待，召集军中的将领们与燕思空共享宴席。

席上，两人演了一出戏。燕思空口若悬河地游说封野接受招安，当他拿出昭武帝手谕的时候，封野竟领着将士们跪地迎旨，看上去，封野似乎是被说动了。

宴席结束后，燕思空喝得半醉，被吴六七扶回了营帐，一路上他醉醺醺地大放厥词，说封野对陛下行了君臣之礼，心中始终当自己是晟臣，路遇的将士们都听得清清楚楚。

回到营帐后，吴六七服侍他更衣净面，在榻上躺下了，才默默退出去。

吴六七一走，燕思空的酒就醒了。他是海量，喝酒误事，他这辈子都没真正醉过，他知道封野定会来找他。

果然，没过多久，封野悄无声息地掀开帘门，踏入了营帐。

燕思空穿着一身纯白的中衣，黑发如瀑布般自后背流泻而下，他盘腿坐在榻上，面色泛红，但神情十分沉静。

"你在等我。"封野此言并非问句，口气是肯定的。

"不然呢。"燕思空口吻寡淡，"一切都在照着我们的计划行进。"

"是吗，可你去了一个多月，未免太久了。"封野坐在了他身边，目光在他脸上逡巡。

"我没有一日赋闲。你怀疑我？"

"眼看就要入冬了，若你心怀不轨，将我拖到冬日，我岂不是前功尽弃？"封野直视着燕思空，"你做的每一件事、说的每一句话，我都要留个心眼，不得不怀疑。"

"如此，你还敢与我谋事，岂不是与虎谋皮。"

封野冷笑道："我若拿捏不住你，又怎敢与你谋事。"

"那你怕是小瞧我了。"燕思空斜睨着封野，"我的敌人一个个都在我脚边倒下了，我倒想劝你不要心怀不轨。"

封野眸中闪过犀利的精光，燕思空那倨傲的神情简直是一种挑衅，令人更想要征服。以其名动天下的才学手腕和路人皆知的奸猾诡谲，征服他一个人的快意远胜于征服一座城池。

燕思空也从封野眸中看到了必得的决心，他嘲讽道："狼王真是年轻气盛。"

"我的敌人也会一个个在我脚边倒下。"封野危险地眯起了眼睛，"消失的三年，我每天都'心怀不轨'。我和阙忘九死一生逃出京师，又花了近一年的时间躲避追兵，与我叔叔汇合，那时肯誓死追随我们的封家军，不过区区几百人。为了隐没行迹，我们躲于深山老林，常常食不果腹，只等着时机东山再起。"

燕思空沉默。

封野捏起了燕思空的下巴，恶狠狠地说："当年我被那狗皇帝屠了满门二百余口，眼看着我爹死在我怀中，我却只能亡命天涯。而你呢，你正和金枝玉叶的公主鸾凤和鸣。我苟且求生之时，却是你无限风光之日。这三年多来我没有睡过一个安稳觉，才换来今日与狗皇帝谈判，换来你不得不自投罗网！"

燕思空的呼吸变得急促，他握紧了拳头，想着当年那桀骜不驯的小世子，一夜间从云端跌落泥潭，家破人亡，颠沛流离，他没有一日不为其担忧、心痛，可如今两人落得这步田地，该怪谁呢？至少，他当年甘愿拿自己的性命和十年布局去劫狱，他自认对得起封野了。

他轻声道："你以为我就好过吗，我……算了，你不会懂的。"

"对，我永远都不会懂，也不想懂，你为了报仇曾将我置于何地，我这辈子都不会忘记。"封野神情有一丝狰狞，"我的恨、我受过的苦，我要你跟我一起尝，毕竟，你、居、功、至、伟。"

燕思空转过脸去，不愿意再看封野那仇视的双眼，这对眼眸他是如此熟悉，他忘不了它们满怀赤诚时闪动的光芒，因而不想将现在的它们刻入脑海。

"茂仁的东城墙在上次的攻城战中受损严重，虽然已经加紧修复，但其坚固必然不如从前，若要破城，当从东面进攻。"燕思空怀中抱着暖炉，盘膝坐于榻上，对封野和元南聿说道。

今日，封野带着元南聿来与燕思空研究怎么拿下茂仁。元南聿是封野的先锋将军，骁勇善战，此次攻茂仁，最紧要是一个"快"字，须重兵协力，因而三人一同商议。

元南聿思忖道："茂仁如今兵力贫弱，但粮草充足，他们一定会死守，要攻破茂仁，就要攻破它的城墙。"

"这天儿是越来越冷了，但还不够冷。"燕思空在暖炉上搓了搓手。西北的冷与辽东不同，辽东的冷是干净利落的冷，令人有所防备；西北的冷却像是钝刀子割肉，有太阳时，尚有些暖和，甚至晒得人脸皮子发紧，日头一下山，就像从天盖下来个大冰窟窿，瞬间寒意浸骨。燕思空水土不服，身体总有些违和，入冬后，便见天抱着暖炉。

"还要再冷一点。"封野马上就知道燕思空想说什么了，"刚修复的城墙还没凝固好，砖灰里的水遇冷结冰，便容易使修葺的地方开裂，若在凌晨最冷的时候突袭，一是攻其不备，二是攻城车可以更快地击毁城墙。"

元南聿露出了然的表情："那我们便连夜奔袭茂仁，杀他个措手不及。"

封野面色一冷："若不是那个沈鹤轩，区区茂仁小城，上次就该一举拿下了，城内尚有我们的人，应该伺机杀了他。"

"不可。"燕思空忙劝阻道，"第一，如今茂仁戒备森严，进出城池都要反复盘查，你未必能与那人接上；第二，若杀了沈鹤轩，就打草惊蛇了。"

封野冷哼一声："也罢，此人害我折损了几千兵马，拿下茂仁，我就杀了他祭旗。"

燕思空欲言又止，他心中还是惜才，舍不得沈鹤轩死，但这个节骨眼儿他不敢为沈鹤轩求情，毕竟一战在即，封野本就对他充满怀疑，他不想节外生枝，待拿下了茂仁，封野高兴，他再规劝、求情，才可能有效，于是他道："要对付黔州，此人尚有用处，别急着杀他。"

封野未置可否，但燕思空知道，封野已不是当初那个鲁莽的小世子。

这段时日，封野暗中准备攻城，但表面上，营中一切如常，要让茂仁的斥候以为封野被燕思空劝住了，正在等待朝廷的消息，一日拖过一日，天气越来越冷，看似是对封野不利，如此才能令敌人掉以轻心，才能出其不意。

终于，在一个夜晚，燕思空听得外面传来异样的响动，他心中预感到了什么，腾地站了起来，披上外衣，走出了帐篷，却被两柄长枪交叉于前，拦住了去路。

燕思空看到，营帐内灯火通明，封野正在集结大军，准备出发，他暗中已经筹备了多日，因而行动十分迅速。

虽然攻城的方式是他们共同谋定的，但封野始终没有告诉燕思空是哪一日，明显是防着他，此时他被侍卫拦住，也是为了演一出他也被蒙在鼓里的戏。待封野出发后，他就会被软禁。

尽管这些燕思空事前都知道，但隔着老远，看着封野与元南聿同立于高头大马之上，侧耳攀谈，身披轻甲的封魂跟随左右，他们马上就要并肩而行，共赴沙场，而他甚至不能知道进军的准确日子，心里不免酸涩不已。

吴六七客气又强硬地说："燕大人，请回帐内休息。"

"他们要去哪儿？"燕思空尽管心烦意乱，但也要把这出戏演完。

"大人请回帐内休息。"

"狼王可是要去茂仁？狼王——"燕思空推开长枪，就想冲出去，却被侍卫一左一右地架住，拖回了帐篷里。

燕思空的眼睛直勾勾地瞪着远处的封野，自始至终，封野并未朝他的方向看上一眼，始终在与元南聿交谈。

他不禁想起，当年平梁王叛乱，那个与封野并肩作战的人，是他。

大军出发了，燕思空枯坐帐内，彻夜未眠。他虽然看不到茂仁战况，但他对茂仁的守卫情况了若指掌，只要不出什么意外，茂仁必败。

但这不代表此战不凶险。

连夜奔袭，师老兵疲，十分不利于进攻，茂仁虽没有防备，但以逸待劳，又粮草充足，若挡得住封野的第一波猛攻，封野就再无机会。此计本是下策，如今却是下策中的上策，一是寒冬将至，若没有拿下黔州粮道，封野拖不起，只能退兵；二是茂仁兵寡城危，易于攻破；三是沈鹤轩是个宁为玉碎不为瓦全的硬骨头，只要尚有一口气在，绝无可能投降，因而破城是拿下茂仁的唯一办法，而奇袭是破城的唯一办法。

燕思空闭上了眼睛，幻想着封野率领着大军，衔枚裹蹄，借着夜色遮掩，朝着茂仁进发。

破晓之前，正是一天最冷的时候，口中呼出的白气都几乎速凝成霜，茂仁大半个城池都还在沉睡中，浑然不觉危险将至。

当守将在城墙上发现大军来袭时，慌忙燃烟，慌忙整军，慌忙布防，而封野已兵临城下，对准了上次被投石车砸坏的东城墙，再次掷出石块木桩。

利箭往来如织，大军如蚂蚁倾巢，冲撞声、喊杀声、惨叫声将彻底唤醒那片土地，从此在史书上留下带着血腥味儿的工笔……

但凡打仗，必有伤亡，就算是主将，在枪林箭雨之间，也未必能保全身而退，每一次征战都可能去而无返。燕思空不在战场，但不能泰然处之，他担心封野无法攻破茂仁，更担心封野和元南聿会受伤。

就这样，燕思空从黑夜等到天明，又从天明等到黄昏，时时刻刻的煎熬之下，终于等来了封野破城的消息，他也将随着大军迁移去茂仁。

封野拿了茂仁所有的官将，随后发落，并下令对城中百姓秋毫无犯。一夜之后，黔州三郡已收入狼王麾下，黔州的粮道被彻底断绝，自此变成了一座孤城。

燕思空是被押解去茂仁的，他看着茂仁没来得及收拾的血腥战场，和破城后的残景，想起了当年的广宁。可惜茂仁虽有沈鹤轩，但封野不是卓勒泰。

燕思空被软禁在了驿馆，他要吴六七去找封野，说自己求见，他一直挂心着封野可能会杀沈鹤轩。

吴六七虽依言去了，但封野许久都不曾出现。料想封野刚刚破城，要重新布防，要安顿将士，要探望伤兵，要清点战损，定是十分忙碌，无奈之下，他又要吴六七去找阙忘，但吴六七不敢，于是他就带着担忧又熬了一整夜，直到熬不住了，才昏睡过去。

燕思空是被一阵饭菜的香味儿弄醒的，他的鼻子皱了皱，恍然间以为自己尚在梦中，但又猛然想起，梦中是闻不到味道的，于是便睁开了眼睛。

只见封野正坐在桌前，慢腾腾地吃着饭，头也未回地说道："身为习武之人，屋里进了人都浑然不觉，你的功夫都丢哪儿去了？"

燕思空坐了起来，他不会告诉封野自己担心得两夜没睡，一落枕头就睡得太死，他呼出一口气："你何时来的？"

"刚到。"封野斜了他一眼，眉宇间尽是打了胜仗的春风得意，"我一夜拿下茂仁，怕能吓破了黔州的胆，黔州也已在我股掌之间了。"

燕思空道："恭喜狼王。"

封野放下了筷子："你看上去不怎么高兴啊，怎么，这不是你要的吗？"

"拿下茂仁，不过是大计中的一小步，不可得意忘形。"燕思空站起身，坐到了桌前，试探地问道，"你拿了茂仁败将，打算如何处置？"

"把他们的人头送去黔州，告诉黔州，降则不杀，否则杀无赦。"

"不可。"燕思空劝阻道，"你不是烧杀劫掠的流寇暴民，而是要扶明主承继大统的义军，若屠戮守将，未免遭天下人诟病。"

"我对城内百姓秋毫无犯，已是义举，这些负隅抵抗、宁死不降的人，若不杀，岂不显得我妇人之仁，何以威赫黔州、威赫大同。"

"你连夜拿下茂仁，已足够震慑他们，如今你是主宰，施仁义可得民心。"

封野冷哼一声："那便只杀沈鹤轩一个，够仁义了吧。"

"不可！"燕思空话一出口，便后悔自己表现得急躁了，他平顺了一下心气，"沈鹤轩是十里八乡有名的清官、好官，你若杀他，必惹民愤。"

封野勾唇一笑，别有深意地看着燕思空："你这个人，习惯了耍弄心机，因而什么事都喜欢拐弯抹角，生怕别人看出你的本心。"他极为嘲讽地问道，"你就不累吗？"

燕思空不语，脸色有些苍白。

"你为何不敢直言，沈鹤轩是你同年同门的同僚、好友，你不想我杀他？"

"沈鹤轩为人正直磊落，他博贯古今，是王佐之才，是国之栋梁，你……"燕思空迟疑道，"你能不能不杀他。"

封野嗤笑一声："你在求我吗？"

燕思空定定地看着封野，半晌，轻声道："我求你。"

"这是你求人的姿态吗？"

燕思空二话不说，扑通跪在了地上。

封野冷冷一笑："我记上你一笔，随时找你还。"

"好。"

"起来吧。"

燕思空起身，追问道："你打算如何处置他？"

"关着，不然还能如何？"封野命令道，"吃饭。"

燕思空松了一口气："待时机成熟了，我会去劝他的，他也曾是楚王的老师，他会辅佐楚王的。"

"你对楚王可真是忠心耿耿。"封野目露寒芒，"如你所说，大计才走了一小步，你警告我不要得意忘形，却早早开始谋划为他登基后选贤选能辅佐他了？"

"……我还未谋划那么远，只是说到沈鹤轩才想起的。"

封野明显不悦，脸色沉了下来，他拍了拍身旁的软垫："坐过来。"

燕思空犹豫了一下，坐了过去。

封野瞥了一眼桌上的饭菜："怎么服侍我，也要人教吗？"

"……"燕思空看着封野那桀骜狂妄的模样，就知道封野又想故意令他难堪，无妨，他向来能屈能伸，他开始为封野备菜、夹菜、倒酒。

封野边吃饭，边用那双犀利的狼眸注视着燕思空，看得燕思空背脊发寒。

封野轻佻地用筷子隔空点了点燕思空："你心里最好清楚，能助你得偿所愿的，不是楚王，而是狼王。"

燕思空面无表情地点了点头。

"以后少在我面前提别人。"撂下这句话，封野头也不回地走了。

待封野消失后，燕思空才深吸一口气，封野的气势愈发迫人，有时仅仅是跟他共处一室，都能被压得喘息困难。他甚至怀疑，从前那个与他言笑晏晏的封野，是否真的存在过。

他才是真的在与虎谋皮。

第八章

我不后悔

拿下茂仁后，封野不给黔州调兵求援的机会，稍事整顿，就让元南聿领兵去把黔州给围了。

加上余生朗从大同带来的一万兵马，黔州城如今兵力不足两万，且粮道被断绝。不过黔州也有黔州的优势，一是地势高厚，封野要打，便是仰首而战，十分不利；二是余粮充足，至多能支撑一年，可以慢慢耗，只要黔州据险以守，坚决不战，封野也无可奈何。

用兵之法，言十则围之，五则攻之，倍则分之，如今封野整合了黔州三郡和封家军，约有近八万兵力，是黔州的四倍，勉强能攻，可无论能否破城，损伤必然惨重，围上一年，消耗又太大。

如今看来，上策是诱黔州出城会战，上上策，则是将黔州从内部击溃，而这正是燕思空事前做足了准备的。

黔州被围了没几日，大同就传来了察哈尔归顺朝廷的消息，可为时已晚，就算薛荣贵此时引兵来援，从大同赶到黔州，兵马劳顿，立足不

085

稳，封野甚至不会给他们扎营的机会，定然以逸待劳，一举歼灭，众人心知肚明，薛荣贵是不敢贸然前来送死的。

僵持几日后，黔州又派来使臣想谈判，被封野好酒好菜招待一番，却连封野的面也没见上，就被打发了回去。

黔州摸不清封野的心思，又听闻燕思空被软禁，不敢再贸然行动，只打算固守。

封野则既不劝降、也不挑衅，每日派人在黔州城外练兵，向他们展示封家军的勇猛好战，一时似乎也无进攻的打算，但他越是如此，越是让人害怕，毕竟他刚刚趁夜奇袭茂仁，如今不免叫人怀疑他是在故意做戏，麻痹黔州，使得黔州守将反而更加严阵以待。

封野与燕思空的计划，是将黔州晾上一晾，显示出封野打算长期围城，不急于一战，如此令黔州加倍忧惧，到时再派燕思空回黔州，暗中策反余生朗，可兵不血刃拿下城池。

可刚刚入冬，黔州的使臣就又来了，封野本是心中暗喜，以为黔州坐不住凳子了，却不想这使臣是来送信的，并且送的是给燕思空的家书，趁机想要见燕思空一面。

封野便让手下将信收下，把使臣招待一番，又打发了回去。但这次让使臣带了话，要求昭武帝将河套赐予他作为封地，他便同意招安。

拿着燕思空的家书，封野回到驿馆，大剌剌地推开了燕思空的房门，守卫识相地全部退下了。

能这样长驱直入的，除了封野也不会有别人，燕思空头也未抬，只盯着手中的书卷，淡淡说道："见过狼王。"

封野将东西扔到了桌上。

燕思空瞄了一眼："这是什么？"

"你的家书，从黔州送来的。"

燕思空一怔，马上猜到了家书的内容，他下意识地放下书卷，刚好盖在了信上，且故意岔开话题："使臣说了什么？是何态度？你又是怎么回他的？"

封野用双手撑住桌子，居高临下地看着燕思空："你不看看信吗？"

"不必，想来也没什么紧要。"

封野一把抽出那封信，挑眉道："没什么紧要？既然如此，我帮你看吧。"说着就撕开了信。

"封野！"燕思空站了起来，就想去夺。

封野一把打开他的手，将信抖落开来，一目十行地看着上面的墨迹，越看，脸色越是阴沉。

燕思空垂下了眼帘。

封野五指收紧，将那薄薄的家书揉成了一团，他寒声道："恭喜燕驸马，贺喜燕驸马，万阳公主为你诞下了一位小郡主。"

燕思空深吸一口气，不敢直视封野的眼睛。事前他与佘准已商议好，佘准会在万阳应该"临盆"之际，从乡下买来一个孩子，而且必须是女儿，若是儿子，独留京中，将来恐怕会被人用以要挟。算算日子，确实该是已经"生"了，只是他满脑子权谋诡计，竟一时忘了。

他心中虽然对封野有怨，此时也不敢刺激封野，只道："我知道了。"

封野将那家书扔到了燕思空脸上，眼神阴寒："夕儿正等着你给她取名。"

燕思空慢慢捡起那封信，摊平了，粗略扫过，那女婴已被昭武帝御赐了封号"奚纹"，乳名朵儿，从今往后，就是他的……女儿了。他本以为这一生不会开枝散叶，没想到最终还是有了一个子嗣，虽然是女儿，虽然并非他的血脉，他心里说不上什么感觉，反正并无欢喜。

封野看着他平静的面色，拳头紧了又松，沉声道："你不高兴吗？"

"我……"燕思空抬起头，突然决定告诉封野这个孩子的来历。此时他们离河套不过一步之遥，大局为重，在这个节骨眼儿上，他希望和封野稍事缓和一些，只是内心很深处，在一个他不愿去窥视的角落里，藏着一丝与封野解除误会的奢望。他郑重道："封野，这孩子不是我的。"

封野瞪着他："什么意思？"

"我和公主，从未有过夫妻之实，这孩子是佘准从乡下买来的，为了让我与皇帝更亲厚。"

封野眯起了眼睛："你知道自己在说什么吗？这种鬼话你也指望我相信？"

燕思空难掩失望："是真的，你信与不信，在你，我只是告诉你。"

封野一把揪起了燕思空的衣襟，狠声道："若是假的，你就是贼心不改，还想继续蒙骗我，若是真的，你千方百计、挖空心思娶了我表妹，却让她堂堂大晟公主守活寡？！"

燕思空一时气血攻心，咬牙道："是她厌弃我……"

"你究竟是如何对夕儿的？她何其无辜！"封野急进了几步，将燕思空狠狠地怼到了墙上，厉声道，"你如此不择手段，将所有人都当作掌中棋子，肆意利用，连结发妻子也毫不留情，你、你可有人心！"

燕思空用一双通透的眼眸直直地凝望着封野，胸口剧痛。他怎么也不会想到，封野会说出这样一番话，他更不会想到，自己真的"贼心不改"，还想要向封野解释，哪怕只是澄清一件事，哪怕只是在封野心里，少做那么一件"错"事……

他这一生得意于聪明过人，为何在封野面前，总是干尽蠢事？究竟要自取其辱多少次，他才会记得，在封野心中，他已是做什么都错了。

封野狠狠将燕思空摔到了地上，怒而一脚踹翻了桌子，他双拳握得咯咯直响，似乎在拼命压抑着什么，那张俊美无匹的脸微微扭曲了，眼眸中流泻着难以言喻的愤怒和悲伤，他哑声说道："有时候，我真想杀了你。"

言毕，他转身大步离开了。

燕思空慢慢从地上爬了起来，脸色苍白如纸，麻木而空洞地盯着虚空，缓缓地、嘲弄地扯了扯唇角，露出一个惨淡的笑。

他将桌椅扶正，捡起那封家书，仔细放好了，他早知封野会大发雷霆，这本就是避无可避，他何必难受。

其实有时候，他也不知道自己为何要活着，又是为谁而活，他仿佛生来就带着使命，不成则永不能解脱。

而封野，大约就是他的劫吧。

封野好几天都未露面，燕思空被禁足于一间厢房之内，除了送饭的时候，几乎见不到人，整日憋闷不已。

直到春节前夕，封野才出现，他又喝了酒，虽然未醉，但也不甚清醒。

封野喝了酒就更喜欢找茬，燕思空心中忌惮，封野却只是提着酒壶放在桌上，直勾勾地盯着他，问道："你给小郡主取名字了吗？"

"……尚未。"

"若夕儿不是我表妹……"封野仰头喝了一口酒，自顾自地说道，"我真想杀了你。"

燕思空轻抿着唇，不知该作何回答。

封野斜睨着燕思空，眸中是三分醉意七分犀利："你知道我最恨你什么吗？"

"……"

"我最恨你……"封野站起了身，缓步走到了燕思空面前，"最恨你……"

燕思空深深地望着封野。

封野停在燕思空跟前，却仿佛迷茫了，不知道该如何对付这个让他痛恨的人，他烦躁地抓起酒壶，狠狠摔在了地上，酒液溅了燕思空一身。

封野眼中的光彩忽明忽暗，分不清是醉是醒，他低声道："大年前夕，你回黔州，一切依计行事。"

燕思空沉声道："是，狼王。"

封野讥诮道："你果然只关心这个，若别人也能给你天下，你也愿意这样做小伏低吧。"

燕思空咬紧了后槽牙："封野，倘若有一天，你后悔今日是如何对我的，也千万不要告诉我。"

封野俯下身，轻声道："我不后悔。"

燕思空临回黔州前，元南聿突然来看他——带着一堆东西。

"狼王怎么突然准你来看我了？"燕思空神色疲倦，但见到元南聿，怕是他这些日子里唯一高兴的时候了。

"我说你马上要走了，不能一起过年，至少让我见见你，他便允了。"元南聿一边命人将东西搬进屋，一边道，"你几时出发？"

"太阳落山吧，我不想叫太多人瞧着我进城。"燕思空低沉了好几日的心情终于有所好转，面上也有了点血色。

元南聿走过来看了看他："你看着有些憔悴，可是身体不适？"

"还好。"除去心情郁卒，燕思空也是故意少睡少吃，这样返回黔州，才有个饱受折磨的囚徒样子，况且，在封野身边的每时每刻，他心中确是饱受折磨。

元南聿给他把了把脉："气血有点虚，你还瘦了不少，是西北的饭菜不合胃口吗？"

"不是，我吃着挺好。"燕思空笑笑，"大概是在屋子里憋得久了，没什么大碍。"

"狼王不让你出去，也是怕人知道……"元南聿轻咳了一声，"不是有意要关着你。"

燕思空淡笑不语。

"对了，听说万阳公主为你生了个小郡主。"元南聿眼睛发光，"可取了名字了？"

"还没，我到黔州再给家里回信，乳名叫朵儿。"

"朵儿。"元南聿呢喃着这个名字，慢慢摘下了面具，"都说闺女随爹，她肯定长得像你，那便……那便也长得像我，对不对？"

燕思空点点头："定是很像吧。"他凝视着元南聿俊朗的面容，视线却时不时要飘向那个刺眼的刺字。

"你一定很想见她，我都想见见。"

"你这么喜欢孩子，为何至今不成亲？"

元南聿笑了："我以前就是个穷跑江湖的，居无定所，不敢拖累别人家的姑娘。"

"你现在可是大将军了，多少姑娘愿意给你生儿育女。"燕思空柔声道，"不如成亲吧。"

元南聿摇头："说好听了是将军，实际不过是个反贼，我这指不定哪天掉脑袋呢，更不能成亲了。"

燕思空笑着说："那等咱们成就大业了，我一定为你说一门好亲事。"

元南聿不好意思地笑笑："那时再说嘛。哎，我给你带了好多东西，快过年了，有些留着自己用，有些赏给随你从京师过来的将士们，剩下的可以打点黔州官将。"

"好啊。"

元南聿起身打开一个箱子，从里面拿出一件厚实的裘皮大氅，仅一件氅衣就占满了一个箱子，足见分量十足。

"这是个好东西，你一定得自己留着，是熊皮制的氅子，十分保暖，你穿着它站在外面，身上定是感觉不到一丝寒意。"说着就给燕思空披在了身上，"嗯，果然正合身。"

"这么漂亮又贵重的熊皮，你去哪儿弄来的？"燕思空伸手摸了摸，那氅衣斑纹细腻，皮毛柔滑，定是取的熊腹而非熊背，可这氅衣用料极大，即使是他这么高的个子，也能护到膝盖，那该是多么大的一头熊。

能穿戴起皮氅的，定是非富即贵，皮氅最次的用料是狐皮、貂皮、狼皮，这些畜生体格小，都需拼缝而成，其次是豹皮、虎皮，但这些皮料未免花哨，中原男子是不爱穿在身上的，最好的皮便是熊皮，一是因熊皮厚实而宽大，不需拼接，可一体成衣；二是熊最难猎得，物以稀为贵。而熊皮之中，熊腹又是贵中之贵，胸背皮毛厚实但粗硬，穿在身上略显臃肿，熊腹则不但花纹尊贵大气，还柔滑轻便，这么大一片熊腹的料，可是千金难求的。

元南聿随口说道："买的。"

燕思空皱起了眉："买的？你花了多少银子买的？"

"呃，一百两。"

燕思空把大氅脱了下来，仔细观察了一番，这氅衣针脚细密，剪裁合体，定是十分厉害的工匠所制，而且与他的身材如此贴合，显然是量身裁制的，他道："这么一件氅衣，在京师确实能卖上百两。"

元南聿点了点头。

"黄金。"

元南聿僵住了。

"我看你是完全不懂，一百两银子连熊背的皮料也买不来。"燕思空瞪着元南聿，"到底是哪儿来的？"

面对燕思空审视的眼神，元南聿也不知怎的，竟没由来地一阵紧张，他迟疑道："……抢来的。"

"撒谎，这件氅子如此合我身不说，你们从蜀地起事，最南也没到荆州，那地方的乡绅耆老、亲王贵戚，谁会穿熊皮，岂不活活热死？到了黔州后你们便秋毫无犯了，你从哪儿抢来的？"

元南聿摸了摸鼻子，不说话了。

"你送我皮氅是一片好心，这有什么好骗我的？"燕思空满是不解。

"……是封野给你准备的，他不让我说。"元南聿低声说道。

燕思空怔住了。

"你在营帐时，总是暖炉不离手，他见你怕冷，便亲自上山猎了头熊。他在山上蹲守了四天才寻到这么大的熊，"元南聿边说边偷瞄燕思空，"而后找了工匠连夜赶至的。"

燕思空揪紧了那松软的皮料，一时心乱如麻。

封野这算什么，恩威并施？简直可笑。

"这些都是他命人备的。"元南聿道，"你便当不知道吧。"

燕思空不愿再继续这个话头，便道："我走后，过节的时候别忘了给爹烧纸，既然你还活着，一次也别落下。"

"我记得。"

燕思空看着元南聿额上的刺字："似乎更淡了一些。"

"也许吧。"元南聿耸耸肩，"其实我早已经不在意了，但也不愿被人指指点点。再说，我和你相貌如此相似，此时更不好示人了。"

燕思空忍不住伸出手，摸了摸那刺字："有一天我会让你以本来面目示人，而无人敢訾议半句。"

元南聿笑着点了点头。

燕思空于日落时分启程，返回了黔州，带着元南聿，不，应该是封野给他准备的几大箱子东西。他的安然回归和这些礼物将成为封野主动向黔州示好的依凭，他会作为岁礼打点下去。

这次回来，不再如前次那般被夹道相迎，一是此时已是深夜，燕思空回来得突然；二是如今形势如此严峻，就连徐永这般热衷于巴结奉承的，也没那个心思了。

但他们得到消息后，还是迫不及待地要来见燕思空一面。

燕思空开始装病，他故意几日没好好休息、吃饭，将脉象弄得虚弱，是为了让他们看到自己在封野手下变得憔悴。

一下了马，燕思空就做出脚步虚浮的样子，被人搀扶进了驿馆。

徐永担忧地问道："燕大人这是怎么了，可是狼王对你……用刑了？"

燕思空摆摆手，沉痛地说："狼王对我尚算礼遇，但我没能阻止他攻打茂仁，上负君恩，下负百姓，心中煎熬，甚至、甚至无颜见诸位大人啊。"

众人连连叹气，徐永道："燕大人不必过于自责，那封野行事诡谲，难以捉摸，他见朝廷在笼络察哈尔，定然分辨出我们在拖延时间，于是便……只是，没想到曾抵挡过狼王大军的茂仁，这次会如此不堪一击。"

吴莽道："茂仁城破，也是意料之中的，一是封野趁夜突袭，措手不及；二是此前一战，茂仁损兵折将，城墙都没固好，确是难以抵挡啊。"

"沈大人和王将军如何了？"

"都被关押在牢中，王将军受了伤，暂时无性命之虞。"燕思空问道，"黔州如今情况如何？"

"粮草勉强可供一年之需。"吴莽叹道，"只是，封家军因靖远王而在民间威望极高，自从封野起事以来，破城而不伤百姓，敛财而不取平民，加之其骁勇善战，颇得人心，前来投奔的源源不绝。这不，茂仁刚破，就新收了两万瑶人，声势愈发浩大，我消彼长，怕是等不到开春，他就有强攻的兵力了。"

"但他并不想强攻。"燕思空道，"否则他就不会放我回来了。"

"是啊，燕大人为何被他放回来？可是招安还有商量？"

燕思空苦笑："我为了说服他，磨破了嘴皮子，他暂且同意陛下的条件，为封家正名，和将谢忠仁交于他处置。但是，他要河套。"

屋内一片沉默。

"猖狂。"徐永恨恨地说。

"马市一开，河套要不了三五年，就会再恢复当年的繁荣，到时候就是地里都能长金子，他好大的胃口。"

"可是……"徐永分析道，"若将河套给了他，一来可将他挡在中原之外，二来可为我抵挡蒙古游散部落的侵扰，也未必就是坏事啊。"

"徐大人此言差矣。"吴莽严肃道，"若将河套给了他，那就是养虎为患，封野如此好战，待他富甲天下、兵强马壮的那一天，他的野心怎可能止步于边关。"

众人再次沉默了，并齐齐看向燕思空。

燕思空道："吴将军说得对，疆土是国祚的根本，一寸都不能让，丢了河套，肥了瓦剌，舍了辽东，壮了金国，我们已经吃足了教训，决不能让封野在大晟的土地上封王，否则有朝一日，他必鲸吞中原。"

"那眼下该如何是好呢？"

"我先修书一封，向陛下请罪，阐明情况，若尚有一丝与封野谈判的希望，也要朝廷表态，我们心里才有底。"

"燕大人说得对。"

"封野着人准备了岁礼，送给诸位大人，我见他心中是不想打的，也知要攻破黔州，必然损伤惨重，只要他不想打，"燕思空眯起眼睛，"便有不打的办法。"

第九章
你怎样才会
满足

　　燕思空寻了个机会，单独找余生朗吃酒，余生朗收了他的礼，又被他奉承得十分妥帖，两人年龄相仿，早已兄弟相称。

　　燕思空看得见余生朗的野心——认为自己大有可为——但因品行还算正派，不适当的话并不轻易说出来。

　　不过喝了酒，又与燕思空熟稔起来后，余生朗嘴上便没那么严了，大肆抱怨了薛荣贵的贪腐和任人唯亲。燕思空早有所料，不然带着一万兵马被打发来河套的人也不会是他了。

　　燕思空便顺着余生朗的话，时而义愤填膺，时而扼腕叹息，他笼络人心的能耐，连谢忠仁和皇帝都难以抵抗，又何况一个自以为怀才不遇的五品将领。

　　待喝到差不多的时候，燕思空拿出了一件十分贵重的金玉雕饰，送给余生朗。

　　余生朗酒醒了一半，一时不肯收，此前那些都算是打点，燕思空初来乍到，官吏之间互相礼敬是不成文的规矩，算不得什么大事，但一下子送这么贵重的东西，那必然是有求于他啊。

燕思空悄声道："余兄，实不相瞒，这是狼王托我单独送给你的岁礼。"

听到"狼王"两个字，余生朗那另一半的酒也彻底醒了，他怔怔地看着燕思空。

燕思空续道："狼王问你，可还记得当年一同射猎，你为了帮他围堵猎物，险些受伤？"

余生朗嘴唇微微嚅动，神色顿时复杂起来，有担忧，亦有一丝感动，他颤声道："这……当年我不过是名小小的百户，狼王竟还记得我？"

"狼王说余兄机敏悍勇，忠心耿耿，是大将之才，这些年不曾忘记啊。"

余生朗眼珠子转了转，额上冒出了汗来："贤弟此番何意？"

燕思空握住了余生朗的手，正色道："与余兄相识之初，我便从你的言辞中看出你对靖远王念念不忘，而与你一般的大同旧人尚不在少数，陈将军，刘将军，莫将军，哪个不曾受过靖远王恩惠，对靖远王佩服得五体投地，薛荣贵可及得上靖远王的十分之一？"

"百分之一也是抬举他。"余生朗脱口而出，但说完又后悔了，声音不自觉地压低了，"贤弟，这话你还与谁说过？你怕是喝多了，不若改日待酒醒了……"

"余兄该已经醒了吧。"燕思空将那金玉雕饰推到了余生朗面前，"这不过是狼王的一点心意，你在薛荣贵手里，可永远不得重用。"

余生朗握紧了拳头，神色满是挣扎，燕思空看得清楚，他心里是不敢反的，甚至恐怕在暗骂自己为何找上他，这下假装不知都不可能了。

燕思空见他抿唇不言，道："我给余兄看一样东西。"他从怀中掏出一封信，递到了余生朗面前。

"这是……"

"一看便知。"

余生朗迟疑过后，拆开了信，一目十行地扫过，越看神色越紧张。那信有些蹊跷，口吻绝不是寻常人，但内容又令人摸不着头脑。他几乎已经坐不住凳子了，用低哑得恨不能耳朵扒上嘴边才能听见的声音问："这是……谁写的？"

"楚王。"

余生朗恍然大悟，登时明白这封信讲了什么，于是冷汗冒得更厉害了。

燕思空眯起眼睛："楚王尚是东宫之主时，我是他的侍读，殿下对我十分信任，你也知如今的太子名不正言不顺，又因与阉党勾结而贻人口实，将来有一天，这样的人，能统御我大晟江山吗？"

他回到黔州后，才收到陈霂寄来的密信，如他所料，陈霂这些年在暗中悄悄培植自己的势力，无论是弑母的仇恨，还是对帝位与生俱来的野心，他都一日未敢松懈。燕思空的信，正是他等待多时的狼烟。

余生朗抹掉了额上的汗："这……兹事体大，我一时之间……"

"余兄。"燕思空语重心长道，"我问你三个问题。"

"……你问。"

"依如今的形势，黔州挡得住狼王吗？"

"大抵是……挡不住的。"

"若要让大同军民在封家军和薛荣贵之间二选其一，他们大多选谁？"

"……"

"选谁？"

余生朗小声道："薛荣贵并无威望，至多算无功无过。"

"好，最后一个问题，若狼王辅楚王回京登基，他可还算谋反？"

余生朗脸色一白："这……这……"

"楚王可是长皇子，陛下不顾忠臣反对，任性立爱，不仅不遵祖制，更有违太后的遗愿，陛下此举，何以以仁孝而为天下表率？"燕思空道，"当然，陛下也多是当年受阉党和那奸妃的迷惑，如今阉党已倒，是时候承袭祖制，拨乱反正了。"

余生朗腾地站了起来。

燕思空也跟着站了起来，看着他踌躇的背影："有朝一日黔州城破，以徐永的为人，会第一个投降，余兄是想到时迫于无奈弃械投降呢，还是做那个于狼王、于未来的天子有功之人？"

余生朗浑身大震。

燕思空勾唇一笑，这条鱼，已经在他网中了。

除夕之夜，黔州城内无人敢大肆欢庆，百姓在家中偷偷过个团圆年，还要担心动静太大惹来军爷责骂，黔州守备吴莽害怕封野趁节庆防守松懈之时偷袭，不想步茂仁后尘，于是哪怕是一年中最重要的一日，也与平常一样谨慎警觉。

可惜，最坚固的城池，往往并非溃于外部。

从除夕至大年初三，探子每日回报，狼王举兵欢庆，将士们日日喝得烂醉如泥，完全不似有进攻的打算，于是吴莽心中稍安。

多日没有回家与父母妻儿团聚的他，终于决定回去过个年，哪怕只是吃一顿团圆饭。

当夜，余生朗就带着人轻而易举地拿下了城门守将。正值一日中最黑暗、寒冷的寅时，黔州城墙上却灯火通明，城门洞开，已将黔州围城的封野一甩醉态，火速出兵，等尚在熟睡中的黔州官将接到急报匆匆赶来时，封野已经带着大军入城。

燕思空躲在驿馆的楼上，从虚掩的窗户中，将将能窥见封野骑着醉红，披着战甲大氅，威风凛凛地缓步踱入城内，他的得力将领们簇拥左右，士卒们紧随其后，俘虏们齐刷刷地跪了一地，他就像巡视羊群的猛兽，想要吞噬这些羔羊，不费磨牙的工夫。

燕思空不禁想起当年封野回京时，两人片刻间视线交错，那时候他就记住的封野那双狼一样的眼睛，如今更加凌厉迫人了。

燕思空掩上了窗户，等着人来找他，很快地，他就和许多黔州官将一同被抓了起来。他与余生朗已事先商量过，他和封野的关系尚不能暴露，因为还没有拿下大同军。

吴莽深负皇恩，难辞其咎，绝望之下自刎了。徐永一如燕思空所料，痛痛快快投降了，他一降，黔州大半都降了。尚有几个有骨气的不愿降，均被封野投入了牢狱。这帮人，包括茂仁的沈鹤轩等人，是杀是抚，皆有用处，暂时还要留着性命。

燕思空也再一次被下了狱。

不过这一次，封野命人把那熊氅给他送了进来，又将炭火烧得很旺，因而即便在阴冷的牢狱中，他也没怎么冻着。

拿下黔州后，封野算是彻底掌握了河套地区，如今朝廷刚刚与察哈尔决议在河套开放马市，河套就突然之间不归朝廷管了，这不仅令朝廷羞愤不已，而且进退两难。蛮子是不可能体谅这汉人自己是如何内斗的，只顾自己是游牧民族，没有农耕，不会手做，大到米面蔬果，小到锅碗针线，他们都要来抢。当然，抢是要付出代价的，若能互市买卖交易，省去了有去无回的风险，他们自然乐意极了。实际上，千百年来，周遭蛮夷的各种侵扰，大多没有入主中原之心——主要是没瓦剌那么大能耐，反而多是为了通商互市，用牛马羊换取他们地里不长、手里不生的东西。

所以封野一拿下黔州，就派使臣去找察哈尔的可汗尤里，要截了大晟的胡，若能成事，则不出三五年，封野将兵强马壮，富可敌国。

这消息震惊朝野，朝廷彻底从封野可能被招抚的梦中醒了过来。封野此举，哪里像有投诚的可能，分明是要以河套为据点，养精蓄锐，逐鹿中原啊。

燕思空在牢中无所事事之时，反复想着自己自来到黔州的那一天起，是如何折冲樽俎，纵横捭阖，与封野用短短的几个月时间，彻底拿下了水草丰美、土地肥沃的河套，并非是得意于自己的才智，而是要回溯整件事中自己是否以及哪里露出过马脚。如今的成果是他和封野反复推敲、谋划出来的，每一步都风险重重，如今他们离诱降大同军不过几步之遥，若在这个节骨眼儿上，尤其不能出了差错，否则功亏一篑。

以封野如今的兵马财力，要硬攻是决计拿不下大同的。封剑平虽然不在了，但他构建的完美防线和培养过的将士都不是吃素的，再者封野也不愿与大同军短兵相接，那对他来说，毕竟曾经是家。

就这样，燕思空虽然"身陷囹圄"，但脑子一刻也没闲过，直至几日后，封野将他提出了牢狱。

见到封野时，燕思空能从他飞扬的神采中看出他心情甚佳，不费一兵一卒地拿下了黔州城，进而掌控了整个河套地区，正是人生得意时，怎可能不高兴。

封野看着他身上披着的熊氅，满意地点了点头："过来坐。"

侍女服侍燕思空褪下氅衣后，就退了下去，留封野和燕思空与一桌酒菜独处。

燕思空坐在了封野旁边，淡然说道："恭喜狼王拿下河套。"

封野一手托着下巴，一眨不眨地盯着燕思空清冷俊雅的侧脸："你居首功，可想要什么奖赏？"

"一时想不出，真要赏我，不如先记一笔。"

封野"呵呵"一笑："你向来这般精明。"

燕思空懒得去想他话中有几分讽刺，没有回应。

"你给朵儿取名字了吗？"封野突然话锋一转。

燕思空立刻绷直了身板，他不知道封野是否又要发难，脸色都跟着沉了下来。

"不必紧张。"封野看穿了他的心思，口吻没有什么起伏，但亦没有温度，"朵儿好歹也是我的侄女，我不能关心一下吗？"

"……尚没有。"

"叫瑾瑜吧。"

燕思空一怔。

"我娘临终前，为我和我大哥的孩子都取了名字。"封野轻轻说道，"取'今世所睹，怀瑾瑜而握兰桂者，悉耻为之'。"

燕思空心中堵得慌："我的女儿，为何要用你的孩子的名字。"

"因为她是这世上唯一与你我皆血脉相通的孩子。"封野深深地望着燕思空。

燕思空一时分辨不出封野眼中情绪，也不敢直视，他别过脸去："多谢狼王赐名。"

封野却捏着他的下巴，强迫他面冲着自己："你好像不情不愿啊。"

燕思空推开他的手："这名字很好，我今日就回信给公主。现在我们谈些正事吧。"

封野轻哼一声："好，谈什么正事？"

"大同，楚王。"

"如今要故技重施，派你去大同是不可能了，朝廷和大同定然已对你有所怀疑。"

燕思空点点头："不错，余生朗叛变，大同旧人蠢蠢欲动，薛荣贵定是昼夜难安了。我尚未想好如何向朝廷请罪，又或者，朝廷已经打算治我的无为之罪了。"

"如今你还在我的牢狱之中，狗皇帝治不着你的罪。"

"京中定然已经有风言风语了……"燕思空道，"冯想等人如何了？"

"都关着。"

燕思空眯起眼睛："这八百将士虽是我从京师带来的，但他们效忠的始终是朝廷，冯想也非可以威逼利诱之辈，暂且先关着吧，若无法劝动他为我所用，只能杀了。"

"那沈鹤轩也一样。"封野瞥了燕思空一眼，"我的军粮不养闲人，尤其此人害我折损了数千兵马。"

"他不是闲人，他定大有用处。"

封野冷哼一声。

燕思空赶紧岔开了话头："对于大同，你有何想法？"

"大同我比你熟悉，我叔叔也早已暗中联络了几位深得我父亲恩惠的将领，黔州已在手中，我有把握拿下大同，你不必操心。"

"既然如此，我便有更重要的事要去做。"

"什么？"

"楚王。"

封野看着燕思空："你要去找楚王？"

"对，外人还以为我被关押在牢狱中，我只要暗中出城……"

"不行。"封野断然否定。

"为何？"燕思空不解道，"楚王年少，此时正是他招兵买马、广纳贤良的时候，也是他笼络藩王的时候，我要去帮他，到时你二人汇兵，将势不可挡。"

封野冷道："他若连走出云南的能耐都没有，那他也担不起帝王之位。"

"他只有十九岁，若他出什么差池，我们就前功尽弃了。"燕思空沉声道，"拿下大同之日，就是你昭告天下要扶楚王登基之时，那时候他必须有足够的底气响应，正如你说，至少要走得出云南。"

封野握紧了拳头："茂仁、黔州，已尽收我囊中，大同亦不需要你出马，我只要你留在我身边，哪里也不必去！"

"我堂堂两榜进士，太子讲师，在这个节骨眼儿上，你让我放着楚王这样重要的人物不去辅助，留在这里浪费时间？"

封野瞪着燕思空："难道没了你，我封野就拿不下这江山了？"

"你……"燕思空深吸一口气，加重了语气，"莫非你以为，光凭着几封书信往来，楚王就能贸贸然地与你共谋大业？"

封野一时语塞。

"封野，我必须见他一面，说服他信任我们，尤其是信任你。"

封野沉着脸，瞪着燕思空："你是不是很想离开我？"

燕思空淡道："谈不上离不离开，我要做的事，从不为任何人、任何事耽搁。"

封野冷道："是啊，除了你心中所想，旁的人、旁的事，都根本不重要。"

燕思空沉默。

"我偏不准你走呢？"

"无论你认为我是为了自己，还是为了楚王，但最终得益的，都是你封野。"燕思空正色道，"你何必与自己的利益过不去？"

封野别过脸去，看着一桌动也未动、已经冷掉的酒菜，心中憋闷得难以喘息，他突然转过脸来，看着燕思空道："对我笑一下。"

燕思空怔住了。

"从重逢至今，你对我摆的便是这么一张脸，我要你对我笑。"

燕思空只觉气血攻心，怒意直冲脑门儿，封野竟大言不惭地怪他没有好脸色？从重逢至今的每一刻，他都要忍着封野给予的痛苦与羞辱，他要为何而笑？笑他聪明一世，又愚昧至极吗？他咬牙道："对着你，我笑不出来。"

封野狠狠一拍桌子，厉声道："那便哪儿也别去。"他站起身，拂袖要走。

"封野！"燕思空大声唤住了他。

封野顿住了脚步。

燕思空站起身，走到了他面前，微扬着下巴看着他，缓缓地、缓缓地露出一个僵硬的笑容。

封野眼中闪过昏暗的痛楚，他倒吸一口气，缓解着胸室的压抑，低声道："出了正月再走，阙忘跟着你。"

燕思空一惊："你是让他保护我，还是让他监视我？"

"皆有。"

封野尽管嘴上答应放燕思空走，但心中实是非常挣扎，除元南聿和随行服侍的吴六七外，又从封家军中精心挑选出了十名武功高强、忠心不二的将士。

此时正值用人之际，封野却将自己的麾下大将和精兵派了出去，足见他的担忧。大约是知道燕思空这一走，短期内无法回来，毕竟此去云南，尽是逶迤起伏的崇山峻岭，路途又远又险，而他们所筹谋之事，也是凶多吉少。谁敢说今日之分别，他日一定能相见呢。

那些日子，封野每日都会来与燕思空一同用膳。驿馆守备森严，除了吴六七，其他人都见不到燕思空，但世上本没有不透风的墙，关于他勾结狼王的流言怕是已经飞到了京师，毕竟自他出现后，两人的旧交就不断被提起，而茂仁、黔州接连被封野攻破，不得不令人有所怀疑。

燕思空明知如此，但叫封野避嫌是不可能的，封野生性桀骜狂妄，从不拘泥礼教，并不在乎别人怎么想，如今河套已尽收囊中，他就更无所忌惮了。

大约是念及相处的时日无多，封野对燕思空的态度和缓不少，两人绝口不提那些理不清的恩恩怨怨。这是自重逢之后，他们之间最平和的一段时光。

不管军务如何繁忙，封野每日必会与燕思空吃上至少一顿饭。撇开仇恨不提，他们在议事时对彼此的见解大多都很认可。

有一天他们谈到制衡地方士族与皇戚的问题时，越聊越投机，甚至抵足夜谈，最后困得睡了过去。

当燕思空一觉醒来，恍然之间，仿佛回到了多年以前。那时候，他们也曾无数次谈论着彼此的信念与理想，冬日的酷寒不能侵近半分，只因二人相知相惜的力量，抵御一切寒冷。

燕思空就这样看着封野近在咫尺的熟睡的面容。

那泼墨般披散的长丝，远山般斜飞的浓眉，峭壁般高挺的鼻梁，和点朱般嫣红的薄唇，一如他记忆中俊美无匹的少年，只是他知道，当那双眼眸睁开时，他再也看不到温柔与深情厚谊。于是他屏住呼吸，一动也不动，用眼神一遍遍描绘着那张脸上的每一寸皮肤，生怕惊醒了封野，便也惊醒这南柯一梦。

也不知过了多久，封野羽睫轻颤，马上要醒了，燕思空亦是如梦初醒，赶紧闭上了眼睛。

目不能视时，耳鼻就会变得格外敏锐，他听到窸窸窣窣轻挪身体的声音，也能感受到一道专注的视线正在他的脸上逡巡，还能嗅到封野身上那皂角的清香。

封野在看他，就像他刚刚看着封野……

燕思空无法克制地心脏狂跳，他简直要痛斥自己的愚蠢，他这是在做什么？又在想什么？

过了良久，封野才低声道："你醒了吧。"

燕思空简直如获大赦，睁开了眼睛，对上的，正是封野略带戏谑的双眼，那一对眸子狭长而深邃，许是他见过的最好看、最凌厉的一双眼睛。

燕思空不免尴尬："嗯。"

封野嗤笑一声："你为何要装睡？"

"……"

封野看了燕思空一会儿，突然问道："我不曾问过你，假使有一天，我们扶楚王新帝登基了，而你一呼百应、权倾朝野了，你还想要什么？"

燕思空怔住了。

封野静静凝视着燕思空的眼眸："告诉我，你怎样才会满足？"

"我做这一切，不是为了满足我自己。"

"那是为了什么？为国为民吗？"封野失笑，"你在我面前还装什么？你曾说你为复仇而活，为了报仇你可以舍弃一切，如今你报了仇，又想要大权。燕思空，我想听真话，你，到底想要多少，怎样才会满足。"

燕思空垂下了眼帘，他已不愿与封野谈及自己的理想，因为封野不会懂他，也不会承认那个被仇恨吞噬一切之前的他，但他若不答，封野就会不依不饶，他只好平淡说道："我想施行自己的法政，复兴国泰民安的承平盛世。我想任人唯贤，量能授权，不至人存政举，人亡政熄。我想创造一个盗者必诛，夜不闭户的民间。修齐治平，本是我最初的理想。"

封野用手轻轻撩开他垂落脸颊的长发，盯着他清俊白皙的面容，道："要做到这些，除非你当皇帝。"

此言令燕思空心中一惊，他深吸一口气："天下缺的不是贤臣，而是明主，我从未对皇位起过半点心思。"

封野的口气明显不悦："所以，楚王就是你心目中的明主？"

"是。"其实燕思空心中并不那么笃定，毕竟他和陈霂已经多年未见，况且，人生在世，总是身不由己，想做一个好人都难上加难，何况一个好皇帝？但他不能在封野面前表现出一丝一毫的犹豫，"我做太子侍读四年，对他十分了解，他聪慧睿智，勤勉好学，因为自幼在宫中饱受欺凌，能够体察蚁民之苦，更不用说他是长皇子，名正言顺的未来天子，他一定会成为一代圣主明君。"

"你选他，难道不是因为他好操控吗？"

"也有此番考量，他毕竟年少，暂不能脱离我们的掌控。"

封野冷哼一声："他是年长还是年少，都要在我的掌控之内。"口气十分狂傲。

"封野，他比你想的聪明得多，不可小瞧。"

"那又如何？"封野那令人生畏的眼神盯着自己的战甲，"有朝一日我入主京师，我要那山川河流，雷霆雨露，白天黑夜，都是我的……你也是。"

在一个月朗星稀的夜晚，燕思空和元南聿带着随行将士们出发了。

当一行十三骑悄悄策马出城时，燕思空脑子里不是前方凶险难测的路，而是临行前封野那有力的、温暖的怀抱，他忍不住回头看了一眼黔州城，却在城墙之上，看到了一个高大的身影，他愣了愣，定睛去看，却怎么也看不清。

那是封野吗？封野来送他了吗？

他一直想要远离封野，可才踏出城门，他便想知道，两人何时才能再见，但他却不知道，他究竟想不想再见。

若人生可以重来，他绝不与封野重逢，那样一来，这世上便没有人可以令他愤恨痛苦，却又牵肠挂肚。

"他来送我们了。"元南聿的声音随着寒风吹进了燕思空的耳中。

燕思空立刻回过了头来："看不见。"

元南聿顿了片刻："是他。"

燕思空不再答话，他越是远离封野，眼神就愈发冷酷而坚毅。

等在远方的，是更多的艰险，和更重的使命，他原以为封野是这世上他唯一可以依靠之人，两人当携手同行，生死与共。可如今封野已亲手斩断了情谊，他也当断则断，如此一来，才能铸就一身的铜、墙、铁、壁。

第
十
章

逐鹿中原

经过一个月的长途跋涉，一行十三骑终于来到了云南。

这里地处偏远，九州二十四郡大多不是穷乡僻壤，就是高山峻岭，地势险恶，民风也十分彪悍，更有许多大大小小的山寨、部落，藏在层峦叠嶂的山中，至今都不为朝廷所收服，他们靠着对地形的熟悉打家劫舍，使得当地汉民苦不堪言。

此地自古就是贫瘠、蛮荒之地，朝廷分派来的官员大多是犯了错被贬斥的，楚王被分到此地，足见昭武帝丝毫不顾念父子之情。

不过，这里也并非没有好处，那就是招兵容易，民智未开，只要给口饭吃，就能骗来为自己拼命。

一路上，因路途遥远，天气寒冷，他们着实吃了不少苦头，还遇上过一次劫道的，幸好元南聿武功高强，令他们平安脱险。到了中庆时，一行人都消瘦了一圈。

因常年受山匪、蛮夷的侵扰，中庆的城门口日夜有士兵盘查，他们都稍微易了容，其他人等在城外，燕思空和元南聿二人先入城，免得太过惹眼。

到了门口，守卫将想要入城的燕思空推了回去："你们哪儿来的？没见过啊。"

"外地来省亲的。"

"外地？哪里？"

"严州。"

"你不是严州口音。"旁边一个守卫走了过来，"我婆娘就是严州人，你们哪儿来的？给我搜搜。"

几人上来就要搜两人的身。

元南聿眯起眼睛，看了燕思空一眼，燕思空示意他别妄动，眼疾手快地从怀里掏出一袋碎银："军爷，我们都是汉人，不是蛮匪，行个方便吧。"

一见到银子，几人态度就变了，那守卫朝自己的同僚使了个眼色，那人离开了，不到一会儿，就领着一个守将模样的人走了过来，他手里还拿着一个草簿。

守将走到两人面前，上下打量一番："你们来中庆做什么，说实话。"他时不时地瞄向燕思空手里的钱袋。

燕思空将他拉到了一旁，悄声道："兄弟，你若能帮我一个小忙……"他从怀里掏出一个沉甸甸的银锭，"这个单独给你。"

那人眼睛都瞪直了，这穷拉拉的鬼地方，鲜少能见着这么大方的主儿，他咽了咽口水："你要我做什么？"

燕思空看了一眼他手里的草簿，伸手撕下了一张，道："将这个交给楚王，说有人求见。"

这守将立刻明白眼前不是寻常人，恭敬道："那您可要写点什么？"

"不必，空白足矣。"

"呃，小的这就给您去办。"

两人进了城，寻了个茶歇处坐下，等了不过两炷香的工夫，就有人来接应他们，直接将他们带到了楚王府。

燕思空看着这宅邸，怕是他这辈子见过的最简陋、最寒酸的亲王府，甚至不及他燕府的一半大，心里不免有些感慨。不知陈霖这些年能积攒多少家底，打仗打的可是银子呀。

　　远处传来一阵急促的脚步声，但临到近了，却又刻意放缓，变得一步一步端方矜持，燕思空何等聪明，立刻猜出这是陈霂，当年的废太子，如今的楚王。

　　很快地，一个人影出现在门口，燕思空先是看到了他玄纹云袖、雪白绲边的蟒袍，然后就怔住了，眼前之人令他一时不敢相认。

　　燕思空对陈霂的印象，尚停留在四年前那个刚刚成人的少年身上：他比自己矮了一截，他身材单薄，他稚气未脱，他目光明亮而锐利，尽管已经有了锋利的爪牙，但还是太过弱小，就像一头尚未长成的幼虎。

　　可此人身形高大矫健，丰神俊朗，额头饱满光洁，双眉斜飞入鬓，眼眸漆黑深邃，望之不见底，鼻骨一点驼峰，显得睿智而深沉，那坠着珠缨的玉带一举揎出了他的宽肩、窄腰、长腿，一枚素雅的羊脂玉簪将他的鬓发梳理得整整齐齐，这是一幅天生的薄幸相，却又隐隐散发着内敛的王气。

　　陈霂的五官变化不大，却不知为何气质已天翻地覆。

　　陈霂僵立在原地，看着燕思空，嘴唇轻颤，眸中思绪万千。

　　燕思空回过身来，一掸袍子，双膝跪地，上身叩拜于地，大声道："臣，燕思空，见过太子殿下，殿下千岁千岁千千岁。"

　　元南聿也跟着跪了下去。

　　陈霂握了握拳头，上前一步，抓着燕思空的胳膊将他扶了起来，燕思空正惊讶于陈霂怎么会有这么大的力气，下一瞬，他竟被陈霂拥进了怀中。

　　燕思空彻底怔住了。

　　陈霂紧紧地抱着他，不同于从前的拥抱，他已反高出燕思空半个头，能将燕思空牢牢困于怀中。

　　燕思空耳边传来陈霂的轻声低喃："先生，我好想你。"

　　元南聿略有些惊讶地看着两人。

　　燕思空犹豫片刻，抚了抚陈霂宽阔的背脊，故意哽咽道："殿下长大了，臣真是……今生还能再见到殿下，臣死亦无憾。"

　　陈霂这才放开燕思空，一双眼睛根本不愿意从他脸上挪开，就那么肆无忌惮地打量着，眼眸微微湿润："能再见到先生，也是我四年来日思夜想的。"

"殿下可安好？"

"……什么是好，什么是不好，百姓觉得衣食无忧已是极好，可我却没有一日不痛恨这样的安逸……"陈霖摇了摇头，"先生……好吗？"他说这句话时，仔细观察着燕思空的神情。

云南虽地处偏远，可各地方，尤其是京中有什么大事，该知道的也早都知道了。

燕思空苦笑，避重就轻道："能再见到殿下，再多的不好，也值得。"

"先生快坐下。"陈霖将燕思空让进椅子里，这才发现地上还跪着一个，"他是你的侍卫？起来吧。"

元南聿低声道："谢殿下。"

元南聿易容术高超，陈霖完全看不出他的真实容貌，也并未对他多留意："你下去吧，我要和先生单独聊几句。"

"此人是我的随身侍卫，十分可靠。"燕思空解释道。

陈霖却挥挥手："下去吧。"

元南聿拱了拱手，看了燕思空一眼，退下了。

陈霖亲自为燕思空斟茶："先生怎么瘦了许多，是旅途劳顿，还是……忧思过重？"

燕思空苦笑："皆有，臣忧国忧民，夜夜不得安寝。"

"你在京中做的事，我都听说了。"陈霖惭愧道，"起初先生的恶名传到云南，我也……也心生怀疑过，但后来先生死弹谢忠仁，歼灭阉党，实在令人拍手称快，我也终于明白先生多年来忍辱负重的决心和坚韧，先生……不会怪我吧。"

"臣怎会怪殿下，殿下心中始终记挂着臣，已经令臣感动不已了。"

陈霖殷殷看着燕思空："先生牺牲了太多，却被天下人误解，我真的心痛。"

"旁人观我是个反复无常、见风使舵的小人，我也并不在意，我要做的事，又岂会因流言蜚语而有所动摇。"燕思空定定地看着陈霖，"殿下若懂我，足矣。"

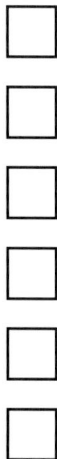

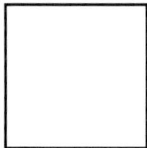

"四年来，我一直谨记着先生的教诲，虽是被'发配'到这偏远贫瘠之地，但读书习武，不敢有一日荒废，韬光养晦，只等待我的时机。"陈霖眯起眼睛，眼神凌厉，"我相信先生所言，我是大晟最名正言顺的储君。"

"没错！"燕思空加重了语气，"在臣心中，殿下始终是太子，而且未来必将君临天下！"

陈霖握紧了拳头："在接到先生的密信之后，我已开始招兵买马，暗中部署，此地天高皇帝远，官将早已被我收买，现在只等时机成熟，先生此次来，就是来助我的吧。"

"对，我自然要来助殿下登上宝座，肝脑涂地，亦在所不辞。"

陈霖喜道："有先生这样的经世之才相助，我必能得偿所愿。"

"只有我，还不够。"燕思空正色道，"殿下还需一人的力量。"

"谁？"陈霖皱起了眉，似乎心中其实已经有了猜测。

"小狼王封野。"

陈霖脸色微变，他站起身，背对着燕思空，看向窗外，沉默半晌，才道："我此前听闻先生做使臣去说降封野不成，反丢茂仁、黔州两城，还被封野囚禁，我就有所怀疑，先生之才智，神鬼莫测，又怎会被封野欺瞒、利用，果然，先生和封野早已串通一气。"

"殿下，若得我为谋士，又得封野的兵马，殿下的大事才可成啊。"

陈霖猛地转过身，直勾勾地瞪着燕思空，口气不善："世人对先生褒贬不一，恶言恶语亦不绝于耳，但我始终相信我认识的先生，可只有一件事，我想听先生亲口告诉我，或者……亲口否认。"

燕思空的胸膛用力起伏了一下，他没由来地有一丝心虚，他道："殿下请问，臣必如实相告。"

陈霖原是斟酌措辞，但又觉得和燕思空这样的人转弯抹角根本是浪费时间，便直言道："传言你和封野私通。"

燕思空淡然地笑了笑："殿下，当年我与封野私交甚笃，后来因为种种，互生嫌隙，论情分，早已没有了，但我却是唯一适合去招安封野的人。丢了几座城池，权当诱饵罢，请殿下相信我，燕思空心中始终是晟臣。"

陈霖沉默地看着燕思空，在揣度，在权衡。

燕思空加重了语气："殿下，请相信我，封野大有用处。"

陈霖重重叹了口气："我信你，但我不信封野。"他的口气冷了下来，"先生路途劳顿，一定累了，好生休息吧，晚上我会好好犒劳先生。"

看着陈霖的背影，燕思空知道要让这个聪敏多疑的小太子放下戒备，并不简单。

陈霖前脚刚走，元南聿就进来了，面色有些凝重："这小太子看着可不单纯，恐怕不是轻易能驾驭的。"

"他确实和当年不一样了。"燕思空皱眉道，"长大了呀……"

"我们是否把事情想得太简单了？你们刚才可提到封野？"

"提到了，他说他不信任封野。"燕思空的眼珠子来回转，"当年在京师的时候，他以为我和封野不和，而对封野颇有成见，如今……"

元南聿抢道："如今他以为你和封野串通一气，又作何反应？"

燕思空看了元南聿一眼："我说不上来，也许他连我也怀疑。"他顿了顿，续道，"他十分聪明，清楚自己的处境，若没有封野的兵马，他连京城的大门都摸不着，但他也清楚，即便他当了皇帝，也由不得自己做主，因而他想试探我的态度。"

"你打算如何应对？"

"我自然要让他认为我是忠心于他的。"燕思空沉吟道，"无论如何，他现在还是易于掌控的，放心吧，我能说服他。"

"我总觉得他……"元南聿欲言又止。

"觉得什么？"

"没什么。"元南聿心想，大约是自己多心了吧。

"聿……阙忘，这一路辛苦你照顾我，你也累了，去休息一下吧。"路上多劳顿坎坷，都是元南聿在照顾自己，若没有元南聿，他们恐怕都没法平安到云南。元南聿虽然不记得从前了，可温良的天性却从不曾变过，每每想来都让他格外地窝心。

元南聿笑笑："这是狼王给我的任务，再者，我们是兄弟，这是应该的。"

燕思空也笑了："你知道吗，我这些年经历了那么多那么多的事，能与你重逢，是最好的一件。"

元南聿怔了怔，有些不好意思地搔了搔脑袋："如果你是真心的，那我也很高兴。"

"我是真心的。"燕思空凝视着他，"就像你说的，我们是兄弟。"

元南聿露出一个好看的笑容。

燕思空扛不住倦意，小憩了一会儿，醒来时正是黄昏，王府的下人领他去见陈霖。

燕思空以为陈霖说的犒劳他，至少会找几个心腹给他接风洗尘，没想到酒席之上，只有陈霖一个人。

燕思空拱了拱手："殿下。"

陈霖神色平静："先生不必多礼，坐吧。"

燕思空坐了下来，看着酒菜笑道："这些菜臣竟很多都没见过。"

"我让厨子炒了些当地的名菜，让你尝尝不一样的风味。"

"多谢殿下，臣着实是饿了。"

"那便快吃吧。"陈霖主动给燕思空倒酒、夹菜，燕思空推辞不过，只得欣然接受。

席间，陈霖绝口不提封野和燕思空此行的目的，反而状似关心地问起了燕思空一路上的辛苦，燕思空也如实回答，并见缝插针地表达自己不顾自身安危、殷殷期盼能与陈霖重逢的忠心。

陈霖不时拿一种十分深沉的目光看着燕思空，带着一点若有似无的浅笑，令燕思空怎么也猜不透那笑容究竟代表什么。

酒过三巡，陈霖微醺，拉着燕思空的手说起自己这些年的不公与不甘，以及对他的思念和期盼，燕思空也不忘表达自己的苦楚，说到动情处，两人均有些哽咽，着实令人动容。

这时，门外突然传来一阵响动，下人急切地声音传来："齐夫人，王爷不让外人进去啊。"

"我又不是外人。"一道娇蛮的女声顶了回去。

接着，房门被"吱呀"一声轻轻推开了，一个曼妙的身影款款步入房中，那女子穿着一袭朱红色的牡丹云绣白花棉衣，下着绛色袄裙，纤细白嫩的脖子上围着一圈雪狐毛，即便穿着如此厚的衣物，也看得出她身姿婀娜，她垂着头，欠着身，轻声说道："妾身见过王爷，见过……贵客。"

那声音柔媚动听，能酥掉人的骨头。

下人站在她身后，紧张地看着陈霂。

陈霂挥挥手，示意他下去，他看着那女子，口气有些不悦："曼碧，我不是说了不准打扰吗？"

齐曼碧娇媚道："妾身不曾见王爷如此接待客人，竟在自己卧房内设宴，想来定是贵客，王爷没有正妻，妾身就是当家主母，怎能不来招待客人呢。"

燕思空忙站起身，拱手道："见过夫人。"他还不知道陈霂纳了妾，不过这也十分寻常。

陈霂皱眉道："曼碧，起来吧。"

齐曼碧这才直起身，抬起头，她与燕思空四目相对时，双双一愣。

燕思空心想，这女子生的真是十分娇艳，可是，这容貌……是不是与自己有几分相似？

齐曼碧回过神来："不知贵客如何称呼？"

燕思空看了陈霂一眼，他此番来云南，身份是保密的，到了陈霂府上才刚刚卸下易容，就是不知道陈霂对这女子是否信任了。

陈霂犹豫片刻："他是燕思空。"

齐曼碧一惊："这……原来您就是燕大人，王爷时常向我提起您，赞您是百年难遇的才子。"她看着燕思空的眼神，有几分古怪，想来除了陈霂，还有更多人会提起这个名字，只不过不会有什么好话。

"臣不敢当。"燕思空恭敬说道。

"先生，你坐吧。"陈霂道，"曼碧，来给先生敬一杯酒。"

"是。"

"殿下，这……"

"你坐着就是了。"陈霂拉着他的手，让他坐下。

齐曼碧倒了一杯酒，款款敬向了燕思空："久仰先生大名，妾身敬先生一杯酒。"

燕思空只得接下了这杯酒。

敬完酒，齐曼碧就识趣地退下了，陈霂见她走了，才道："平时宠坏了，太没规矩，让先生见笑了。"

"臣惶恐，竟让殿下的侧夫人敬臣酒，这实在是……"

"先生在我心中的地位，亦师亦父，她敬你酒是理所应当的。"

"臣惶恐……"燕思空在陈霂面前，一直是谦卑恭谨、礼数周全，那句亦师亦父，听来似乎别有深意，他希望是自己多心了。

陈霂又给燕思空满上了酒，轻笑一声，道："先生有没有发现，曼碧与你容貌有几分相像？"

燕思空心脏微颤，原来不是他喝多了。有时候人对自己的相貌的认识是十分模糊的，所以他拿不准他觉得自己与曼碧相像，是不是错觉，但现在他确定了，并非错觉。

陈霂这是什么意思？

燕思空收拾了一下情绪，哈哈大笑道："殿下言笑了，侧夫人风华正茂，绝色倾城，怎可能与我这饱经风霜的男子相提并论。"

"先生的容貌当年可是名动京师。"陈霂深深地望着燕思空的眼睛，勾唇笑道，"难道你自己不知道？"

燕思空讪笑："那时青春年少，现在岁月磋磨，不谈也罢。"他还低头往酒里看了看倒影，大笑了两声。

"我第一次见到曼碧的时候，便觉得她和先生长得像，令我感到十分亲切，所以我才收了她做妾。"陈霂笑着摇了摇头，"她倒是会伺候人，就是心思多了点儿。"

燕思空吹捧道："侧夫人国色天香、蕙质兰心，殿下看人的眼光不俗，看女人的眼光更好。"

陈霂挑眉看着燕思空："你当真觉得我看女人的眼光好？"

燕思空顿觉陈霂神色有异，不太敢接话了，陈霂找了一个与自己容貌相似的女人做妾，这事已经十分诡异，他现在只想把话头绕开。

陈霂微微低下头，笑容中有几分无奈："先生可明白，自从母妃去世后，先生是这世上最令我依赖的人，这四年来，我真的好想你。"

燕思空安抚道："殿下背井离乡，身边无亲无故，只能以此寄托思念和寻求一份安心，臣听来实在心痛殿下。"

陈霂点了点头："嗯，说得对，说得好，先生总是如此洞察人心。我看着她，便能想起先生，有时候还能骗骗自己，先生就在我身边，敦促我读书，教授我帝王之道，所以我对她格外宠爱，实是对先生的敬重。"

燕思空的心情很是复杂，一方面他当然希望陈霂依赖自己，这样更易于操控，但又怕这份孺慕之情让陈霂过于敌视封野，陈霂本就怀疑他和封野另有野心，如今就更难办了。

见燕思空难得露出的局促模样，与平素的冷静沉稳截然不同，陈霂心中也免不了紧张，他微微倾身，小声说："先生，我……"

燕思空温言道："殿下，有侧夫人陪伴分忧，当然是好事，但陈椿已经娶了宁国公幺女为妃，殿下的正妃，也当联合一方诸侯，共图大业。"

陈霂皱起眉："那先生觉得我该娶谁好？"

"此等大事，臣需仔细思量一番，再答复殿下。"

"娶谁都无妨。"陈霂口气有些冰冷，"左右父皇也不会给我赐婚，我便听先生的吧。"

"臣定不负殿下信赖，为殿下挑选一位贤良淑德的女子，毕竟……"燕思空抬头看着陈霂，微微一笑，"将来她要母仪天下。"

陈霂静静看着燕思空，若有所思的模样，口中仅是淡淡"嗯"了一声。

"至于齐夫人，貌美聪慧，深得殿下喜爱，不如现在就让她为殿下开枝散叶，殿下一脉若子孙兴旺，当可保江山长久。"

陈霂托着腮，一眨不眨地盯着燕思空："说得有理。我听先生的，先生要我娶谁，我就娶谁，先生要我与狼王合作，我就与狼王合作，哪怕我心中疑他，但我信你。"他眸中闪过一丝阴郁的杀意，"但先生要留在我身边，我不会将先生让给任何人。"

燕思空拱手："殿下需要我时，我自会留在殿下身边辅佐。"

陈霂眯起眼睛："先生说自己与狼王是逢场作戏，因而先生不会感情用事，对吧？"

"不会。"

"如此我就放心了。"陈霂拉起燕思空的手，"有朝一日我登上那金銮宝座，定不会忘记先生对我的恩情，我要先生之名，与我一同传颂后世。"

"臣不敢妄自邀功，只望辅佐明君，复兴我大晟的太平盛世。"

谈话结束后，燕思空行于寒冷的冬夜之中，孑然一身，对比天地之苍茫，显得那般渺小。他面色阴沉，胸中翻腾着一股躁郁之气，不安的情绪在放大。

他虽然不奢望长大后的陈霂会是一枚易于掌控的棋，可如今看来，陈霂比他想象中还要多疑和难缠。陈霂此时需要借势，一旦起势，恐怕第一个对付的就是封野，而封野又岂是能任人利用的，他想要促成这场结盟，真真是如履薄冰。

可惜如今除了陈霂，再无更好的人选……

这世上最无奈之事，怕就是不愿为而为之了。无论是封野还是陈霂，燕思空如今都不想与之共事，但若遇阻便轻易放弃，那便不是他燕思空要做的事，他燕思空要做的事，虽是山高水险，荆棘载途，也绝不会屈服。

区区一个十九岁的小儿，他还拿捏得住。

第二天，燕思空粘上元南聿为他准备的简单的易容——胡子，去找陈霂议事。

二人见面，依旧礼数周全，只不过心中各有算计。

"先生昨夜睡得好吗？"陈霂边说，边偷偷观察燕思空的神情。

"好得很，殿下的酒不仅甘醇，还助眠。"

"那就好，先生带来的十二名侍卫，都已经妥善安排在驿馆，贴身的两名，则安排在王府内就近服侍。"

"殿下真是周全，臣不胜感激。"燕思空口中虽是这样说，但从进屋到落座一直没有正眼瞧陈霂，口气也有些冷淡，他要让陈霂感受到这份压迫感。

陈霂果然显出几分局促。

燕思空主动问道："齐夫人昨夜知道我的真正身份，会否有碍？"

"先生放心，她知道轻重，我也特别提点过，她不敢乱说的。"

"那就好。"

陈霂又关切地问道："听闻先生在来中庆的路上，遇到了山匪，可是都掌蛮？"

"听当地人的形容，应该是。"

"都掌蛮十分凶恶狡猾，先生能全身而退，真是万幸。"陈霂道，"若先生提前知会，我会派人去接应先生的。"

"殿下费心了，我此次来要保密，也是无奈之举。"燕思空道，"殿下可否将云南的形势与我仔细说说？"

陈霂点点头，不再胡思乱想，而是说起正事，他将云南和周围府道的军政民情况向燕思空巨细无遗地阐述，之所以说得如此细致，一来是要让燕思空了解情况，好着手助他；二来也是为了向燕思空展示他不曾荒废所学，也不曾安于享乐，一直在暗暗蓄力。

燕思空见陈霂对当地情况了若指掌，心中是很欣慰的，他始终认为陈霂是帝王之才，这与陈霂的天分和自己的教诲都有干系，再也没有比陈霂更合适的、能为他实现理想的人选，所以他才对陈霂生出的荒唐心思那么愤怒。

陈霂说完之后，便静静地看着燕思空。

燕思空适时夸赞、恭维了陈霂，陈霂十分受用。

"殿下的积累还太过薄弱，无论是财力还是兵力，若此时就露出真正的意图，朝廷从周围府道调一支兵马，轻易就能将我们歼灭。"

"确实如此，我现在只敢暗中征兵，若不是我已摆平了中庆的官员，此事肯定是瞒不住的。"

"按照律法，藩王府中带甲护卫人数不得超过两百，殿下再怎么小心翼翼，也瞒不了多久的。"

"那该怎么办？"

"找一个理由，让钱总督和侯总兵来征兵。"

"钱非同和侯名早已是我的人，这不成问题，可征兵要得朝廷同意，还要由朝廷拨银。"

"只要不找朝廷要钱，再有一个合适的名头，就可以先斩后奏，这穷僻之地，朝廷鞭长莫及，再者现在因金国和狼王之乱，朝廷正焦头烂额，管不过来。"

"合适的名头？"

"对，我们要剿灭都掌蛮。"

陈霖皱起眉："先生初来乍到，可能不知道都掌蛮的厉害，这支部落藏匿于大山之中，最早可追溯到前朝，太祖皇帝虽是天下一统，但都掌蛮始终没有归顺朝廷，且野蛮不开化，无法谈判，他们人人擅射箭、擅攀爬，身形灵活如猴子，凭借着对山势地貌的熟悉，居无定所，难以捕捉，朝廷七次剿匪，均损失惨重，渐渐地，便没人管了。"

"都掌蛮时不时下山侵扰、劫掠百姓，凶残暴虐，贪得无厌，岂能就此放任不管。正是因为这帮野猴子除之不尽，百姓深受其害，有的放弃田亩土地，举家搬迁，有的干脆落地为匪，才使得云南匪患如此猖獗。只要我们除掉都掌蛮，就能震慑其他山匪，也能还百姓清净太平。而且，以此为由，征兵也名正言顺。"

陈霖叹道："话虽如此，可是，以眼下的兵力……不，从前剿匪派过更多的兵力，都无疾而终啊。"

"那是因为我没来。"燕思空面无表情道，"我来了，这帮蛮匪的死期就到了。"

"先生打算如何除灭都掌蛮？"

"都掌蛮主要在鸭嘴山脉活动，先将鸭嘴山下的百姓全部迁走。"

陈霖讶然："那可是上万人啊。"

"这上万人每日活在被都掌蛮劫掠、杀害的恐惧之下，正是征兵的好地方，将他们迁走后，征所有成人男子入伍，减免家人的赋税，以俸银供养之。"

"……之后呢？侯名至多能调集两万兵马。"

"不需那么多，我们征兵是为了逐鹿天下，不是为了区区的一群野猴子。"

"老师有什么打算？"

"待到开春，天干物燥之时，"燕思空目光阴冷，"我要放火烧山。"

陈霖面色一变："这……"

"除灭都掌蛮，一是有理由征兵，二是还百姓太平，三是震慑那些游散的山匪，届时只需派人去招安，他们不敢不用，如此一来，我们能再增一批带甲士卒。此计只要成功，臣预计殿下手中该有至少六万兵马。"

陈霖忧虑道："先生，以前也有剿匪的用过火攻，但一来，都掌蛮居无定所，就是烧都难找到地方，反而有部分将士被困火海，无辜枉死，就是烧死了一些蛮匪，春风吹又生。二来，若大范围烧山，必定会连累山下的百姓。"

"所以才要把百姓迁走，要烧，就要把整个鸭嘴山烧透，将都掌蛮一次烧个精光。"

陈霖被燕思空眸中的冷酷和言辞的大胆震住了。

燕思空看着陈霖，绫道："对付这群野猴子，强攻必然损失惨重，而且不可能连根拔除，只要有漏网之鱼，必定会卷土重来，只有火攻，才能一劳永逸。"

陈霖沉默不语，四年来他在当地耳闻目睹了无数都掌蛮的凶残和恶行，已经令他对此部落心存忌惮，燕思空如此胸有成竹，他却根本没有底。

"寻常的手段不行，正如殿下所说，都掌蛮居无定所，派士卒去烧，可能烧不死蛮匪，先把自己烧死了。要烧，就要漫山起火，山下有兵马把守，捕杀漏网之鱼，让都掌蛮无处可逃，赶尽杀绝！"

燕思空并非是因为遭到都掌蛮的劫掠，险些被杀，才愤恨这群蛮匪，他深知要改变云南的贫穷，必须消灭匪患，要消灭匪患，就要拿最大、最凶的匪祭天。

陈霖道："先生想怎么烧？"

燕思空冷冷一笑："殿下知道孔明灯吧？"

陈霖一怔。

"殿下即便没有亲自去民间放过，中秋节的夜里，也该在天上看到过，朝廷有令，不准在城内放孔明灯，就是因为此物易引起火灾。"

"……天灯。"陈霖喃喃道，燕思空的计谋令他浑身汗毛倒竖。

"今年云南没下雪，如此一来，春季便会格外干燥，只要等一个强南风的天气，往鸭嘴山放上几千上万的天灯，大火必成燎原之势，将鸭嘴山烧得寸草不生。"

陈霖深吸一口气："先生此计，好疯狂啊。"

"能在两朝的清剿下生生不息，这都掌蛮着实了得，非常之法，对付非常之敌，殿下觉得有何不妥吗？"

"……没有。"陈霖目光骤冷，"就依先生的，我这就去找钱非同和侯名。"

"殿下且慢。"燕思空道，"就算我们解决了匪患，征得了兵马，但如今缺银少粮，实在捉襟见肘，云南的富商贵胄，至少要'贡献'五十万两白银，让我们得以出兵中原，与狼王汇兵。"

陈霖点点头："我明白。"

"这些还远不够，我们还需筹集更多军饷。"燕思空看着陈霖，"云南周围的府道，一共五位亲王，其中礼王、成王、吴王家中有适龄郡主，若殿下能与其中一位结为姻亲，则兵马、粮饷都大有着落。"

陈霖脸色一沉："先生让我娶哪个，我就娶哪个，怕只怕他们不愿将女儿嫁与我。"

"殿下放心，待殿下在云南起兵，与狼王呼应，声势震天之际，他们自会有所选择，只要是识相的、聪明的，定会选择殿下。"

陈霖站起身，冷冷道："那就听先生的吧。"

燕思空暗自叹息。

陈霖走到门口，又回过身来："先生，我才筹备了四年，势单力薄，一旦起兵，则再无回头之路，先生真的相信狼王能助我入驻京师吗？"

燕思空起身，拱手道："放眼天下，唯有狼王可助殿下夺回属于殿下的宝座，狼王征服大同之日，就是我们起事之时。"

陈霖低声道："先生可曾想过，狼王助我坐上宝座，我该将狼王置于何处？"

燕思空知道陈霖不好糊弄，只能谨慎却模糊地答道："他日殿下君临天下，想将他置于何处，就置于何处，若不然，殿下只能在这穷乡僻壤苦度余生了。"

　　陈霖暗自握紧了拳头："好！"

侯名打着剿匪的名号，开始在云南大肆征兵，军费则从当地的耆老乡绅、富商贵胄嘴里威逼利诱地抠出来不少。

同时，依照燕思空的吩咐，侯名强行迁走了鸭嘴山下的上万百姓，尽管百姓们常年受到山匪骚扰，但土地就是他们的命，是他们赖以生存的唯一，尤其开春是播种的季节，少有人愿意从命，但任凭他们如何抵抗和恳求，最终还是在刀剑的威吓下被迫举家离开。

燕思空站在中庆的城墙上看着长长的迁移队伍，不禁想起当年朝廷放弃辽北七州，他被迫随着家人从泰宁南迁，那是怎样的哀鸿遍野，也是他一生悲剧的开始。

蚁民，蚁民，命如草芥。

短短十数天的时间，就征上来两万多新兵，燕思空通过陈霖，将元南聿安插进营中训练新兵。元南聿从前只是个江湖人士，不会领兵打仗，但跟在封野身边三年，学了一身本领，已经可以独当一面，当然，燕思空此举的最大用意，是要把陈霖身边的人逐步替换成自己的。寻到机会，他就会把钱非同和侯名不动声色地调走或干脆除掉，让陈霖最终只能依赖自己。

征兵的速度如此之快，主因是云南贫苦，很多食不果腹或以偷盗劫掠为生的人，管顿饭就愿意从戎，但这样的人，来得勤去得也快，十分容易成为逃兵。在燕思空的指使下，元南聿几天之下杀了近百人，凡入伍又私自离营，或不听驯化的，一律格杀，很快就把征召的士卒震住了。

偷偷赶制的六千多个天灯已经准备好，燕思空观察了数日的天象，终于选好了一个有南风又晴朗的日子，在鸭嘴山脚下各个通路都部署好将士，然后一个一个地点燃了天灯，放上了天。

那一夜，也许是中庆百姓目睹过的最壮观、最难忘的一夜，数不清的天灯乘风而起，顺着南向的风飘向鸭嘴山，薄暮下昏暗的天空被照亮如白昼，点点的天灯如放飞的萤火，又如从天而降的火石，成片成片地掉入鸭嘴山深处。

没过多久，山上四处起火，起初只是零散的火光，最后火势越来越大，越来越广，直至连成一片，整座山都陷入了可怖的火海之中。

都掌蛮做梦也不会想到，靠着天时地利在山中称王称霸，横行了两朝的他们，会以这样的方式被灭族。

史书上对此战——姑且称为"战"——有一段不太详尽的描述：天灯雨落，鸭嘴山大火燃尽三天三夜，都掌蛮自此绝迹。

而这寥寥数语，不足以描绘那三天三夜的惨象的万一。

两万多都掌蛮族人，在大火围困中被活活烧死，有逃下山的，也被围堵在山脚下的将士当场格杀。大火不仅将鸭嘴山烧了个精光，也把山下百姓的房屋田亩付之一炬。大火燃尽后，侯名亲自领兵上山，搜捕残存的蛮匪，按照陈霖的指令——赶、尽、杀、绝。

据闻山火狂浪的那一夜，都掌蛮族人的惨号声穿透云霄，中庆城里的百姓半夜都不敢入睡，幼儿啼哭不止。

站在城墙上夜观山火的燕思空，面无表情地问身旁的元南聿："你可知这一场火，要烧死多少人？"

元南聿心中百味杂陈，听得此言，不知如何作答。

燕思空喃喃自问自答："诸葛孔明一生放过四把大火，为救刘备，火烧博望坡；连吴抗曹，火烧赤壁；为定云南，火烧藤甲兵，死在孔明火下的亡魂以百万计，却在最后火烧司马懿的时候，一场天降大雨，浇灭了他的北伐之志，他言火攻太过残忍，必遭天谴。你说，那一场雨，是不是就是天意？"

元南聿深吸一口气，燕思空语气中的冰冷让他胸口堵得难受，看着火势熊熊的鸭嘴山，想着山上垂死挣扎的人，谁人心绪能够平静？

燕思空显然并不需要元南聿回答，他继续说道："我今日用一把火灭了一族，若有天谴……"他苦笑一声，"收我阳寿就是，但别叫我要做的事功败垂成。"

元南聿快速道："行军打仗，岂能无有伤亡，都掌蛮残害百姓，作恶多端，死有余辜，你根本不必担心什么天谴，你这是……是替天行道。"

燕思空淡淡一笑："狼吃羊，羊吃草，杀了狼是为羊除害，杀了羊是为草除害，这世上哪有什么替天行道，不过是为己卫道。"

"思空……"元南聿看着燕思空空洞的双眸，突觉自己从未真正懂过这个人，而且可能以后也无法懂，但他依然感到有些痛心，"别看了，回去休息吧。"

燕思空点点头："让将士们倾巢出动，搜捕漏网之鱼，务必斩草除根，永绝后患。"

"是。"

这一场大火，不仅令整个云南为之震动，也传遍了天下。

都掌蛮被灭族，云南各路山匪看到了朝廷剿匪的决心和狠辣手段，一时惶惶不安，都不敢出来作乱，老实了许多。

钱非同派出几名使臣去招安，有那抵死不从的，立刻派兵去清剿，不留一个活口，如此下来，山匪十之八九都顺应了招抚，荼毒了云南百年的匪患，竟就这样快刀斩乱麻地被解决了。

从百姓中征召的兵马和编入的山匪，一下子将陈霖手中的兵力翻了一倍有余，达到五万余人，正如燕思空当日对他的承诺。

陈霂对燕思空的韬略心服口服，又震撼于燕思空的狠辣无情，言辞举止上便更加恭敬和信赖。

恰逢其时，西北也传来了狼王收服大同的消息，自此，整个西北都落入了封野的掌控之中。

不过，封野也并非事事皆顺，封家驻守大同近三十年，杀死蒙古人无数，与各个部落皆有旧仇，比如开放互市的关键——察哈尔部的首领哪答汗，叔舅兄弟都死于封家军手中，他们又收了朝廷的好处，不肯归顺封野，还将封野派去议和的使臣砍了脑袋。

若察哈尔不肯合作，那封野捏着河套，就等于捏着金山而不能挖，更为严重的是，察哈尔一日不归顺，封野就一日不敢进军中原，否则大同后方起火，他就没有了退路。

燕思空听到这个消息，亦为封野着急，但远水救不了近火，他只望封野能尽快收服察哈尔，以封野的能耐，应该也是早晚的事。

封野也如二人之约定，声称要拥立楚王夺回他名正言顺的储君之位，清君侧，铲奸邪，拨乱反正。

如今棋局初定，燕思空和陈霂正在加紧筹备兵马、粮饷，以及笼络周围的藩王，此时陈霂五万兵马在握，不再以剿匪为名遮掩征兵之实——也遮掩不住了，他大剌剌地干起了谋反大业，疯狂地吸纳兵马、谋士、银钱，他身为长皇子，又有封野效命，比背靠阉党的陈椿更得人心，不乏主动响应之辈，大军以惊人的速度膨胀着。

楚王谋反的消息席卷了整个江山，内忧外患之下，朝廷已是风雨飘摇。

而此时，距离燕思空告别封野，来到陈霂身边，已经过去了大半年。

这一天，元南聿带来了封野的秘信，要燕思空即刻回大同。

信上只写着：你事已成，速回。

再无他言。

燕思空皱眉道："眼下殿下还需要我们，不到回去的时候。"

"楚王身边谋士众多，他此时大兵在握，不见得非得我们在。"

"正因如此，我才不能走。"燕思空看着元南聿，"我将你安插进

126

大军，是为了削弱侯名，早晚我要将此人除掉，让他只能依赖我。"

元南聿沉吟道："思空，你如此聪明，应该明白，你要用狼王牵制楚王，也用楚王牵制狼王，而又要令他们合作，若你得罪了狼王，你就算把楚王的兵马都握在了手中，又有什么用呢？相反，只要你手中有狼王，你还怕楚王不听你的吗？"

燕思空沉默着。

元南聿叹道："你不愿意回去，是不想见他，对吧？"

"……我见他做什么呢。"燕思空冷冷一笑。他何必要去自取其辱呢？离得远了，他或许还能忆起封野从前的好，面对面时，他只想逃。

元南聿淡道："你自己决定吧。"他将秘信放在了桌上。

燕思空看着纸上熟悉的字，疲倦地闭上了眼睛。

燕思空虽远在云南，但各路消息依然十分灵通。

辽东如今陷入对峙的僵局，卓勒泰攻不进来，赵傅义打不出去，当年的大同与瓦剌也是如此，但大同防线固若金汤，关内百姓安居乐业，将士们上马打仗，下马耕田，粮食大多能自给自足，可辽东不同，二十多年前辽北七州兵败迁民，已成荒地，整个辽东的境况山河日下，军费全靠朝廷，每日开支巨大，成了朝廷医不好的脓疮。

韩兆兴依旧在金国做着人人唾骂的叛贼，至于赵将军暗中有没有与他往来，则不得而知。

谢忠仁在狱中被审了一年，什么都招了，包括当初设计陷害封家，只是因为封野"临时变卦"，没有顺应招抚，昭武帝当然不会自己打自己的脸，把封家冤案公之于众，现在留着谢忠仁一命，不过是因其在韩兆兴和封野二人身上尚有一丝用处。

这些京中的情况，都来自佘准的密报，当然，朝廷和民间对他的猜测，佘准也毫无遮掩地告诉了他。世上本没有不透风的墙，他倒戈封野、暗助楚王谋反的流言早已传遍了，除了没有真凭实据，竟然说得头头是道，许多也与事实相符。

燕思空并不感到奇怪，至少陈霖身边的那几个人，诸如钱非同、侯名和一些贴身侍奉的，都已经猜出他的身份了，虽然明面上，他还被封野关押在黔州大牢里不见天日。

就算狗皇帝知道了，其实也奈何不了他，他在京中唯一的家眷，就是狗皇帝自己的亲女儿，除非万阳生的是个儿子，还能拿来威胁他一番，如今多事之秋，也无暇顾及他了。

不过朝廷反应还算迅速，楚王谋反的消息刚刚传回京师，朝廷就派了两个人来议和。这两个人选得十分好。

一个是当年也做过陈霂讲师的霍礼霍大学士，颜子廉病故后，他从内阁次辅升为内阁首辅，却不堪阉党迫害而告老还乡，如今已是古稀之年。另一个人是陈霂的外公，他原本只是济南府一个小小的管驿站的胥吏，将女儿送入宫当宫女，却不想被皇帝临幸，还生下了长皇子，可惜惠妃不得宠，他仅仅被安插了一个小官职，哪怕在陈霂被封为太子时，都没有跟着鸡犬升天，如今却一下拔高了五个品级，成了正三品侍郎，虽是礼部闲职，但晋升之快，闻所未闻，足见昭武帝想要亡羊补牢之心。

派这样两个人来，明显是要动之以情，看来昭武帝也清醒了，不再奢望背负着弑父灭门之血海深仇的封野能够被招抚，倒是自己的亲儿子还有转圜的余地。

此二人让燕思空感到了巨大的危机。

并非是因为他们俩与陈霂真的有什么深厚的感情，一个是有名无实、没给陈霂上过几次课的老师，一个是从出生到现在没见过几面的外公，光凭他们，是不可能动摇陈霂的决心的，但这两个人的出现，透露出一个信息——昭武帝在示弱。

倘若，昭武帝意识到如今形势严峻，内忧外患，自己已经是腹背受敌，苦苦支撑也恐怕濒临绝境，为了自保，心一横，废了陈椿，重立陈霂为太子，这样一来，封野和陈霂谋反的理由将荡然无存，陈霂他日登基，还得好生侍奉昭武帝至终老。

那个时候，他们对内唯一的敌人，就只剩下封野，若举国之力，加上察哈尔内外夹击，封野将成众矢之的，必死无疑。而且，陈霂若真的再回去做太子，将来被如何拿捏，都无法预料。

燕思空将此事理清楚后，只觉汗毛倒竖，生出了半路刺杀霍礼二人的想法，但寻思过后，觉得不妥，必须要让昭武帝和陈霖都同时打消这个念头，要让昭武帝知道，陈霖记恨他多年，也要让陈霖知道，他们要的是皇位，不是太子之位。

刚得到消息没多久，陈霖就来找他来了，一见面就开门见山地问："先生可得到消息了？"

燕思空点点头："皇帝派了霍阁老和许大人来劝和，可怜霍阁老都七十四岁高龄了，这般长途跋涉，也不知身体吃不吃得消。"

"我真没想到他竟会派外公来……"陈霖冷道，"母妃在世时，他不闻不问，极尽冷落，这个时候他才想起我娘家人，简直可笑。"他的口气又是愤恨又是痛快。

"这证明殿下真正让他感到威胁了。"燕思空道，"要恭喜殿下。"

陈霖冷笑："先生说得是，他一生都未将我母子二人放在眼里，如今却要派人来求我。"

"殿下要明白，他之所以顾忌于你，是因为你手中掌有五万兵马，将来还会更多，若你向他妥协，没有了这些，便又会回到从前，甚至因为你有谋反之心，一旦有机会，他是不会放过你的。"

"先生放心，我心里清醒得很。"

燕思空起身来到窗边，看着窗外的月色，轻声道："殿下现在自然是清醒的，但霍阁老学富五车，能言善道，许大人又是殿下的外公，此二人出马，晓之以理，动之以情，我担心殿下扛不住啊。"

"先生未免小瞧我的决心了，我自会礼数周全地招待他们，但……"陈霖眯起眼睛，目光犀利，"谁也别想阻止我拿回属于自己的皇位。"

燕思空点了点头，凝视着陈霖："倘若，皇帝愿意废掉陈椿，重立殿下为太子呢？"

陈霖垂下了眼帘。

燕思空淡笑："殿下睿智过人，其实已经想到了，对吗？"

"先生放心，我不会轻易动摇。"

"殿下与阁老和许大人见面，我不便出面，那我就等殿下的消息了。"

陈霖站起身，走到了燕思空身旁："先生为何不信我？先生让我在不到一年的时间里拥有了与朝廷抗衡的兵力，先生用心良苦，我都看在眼中。若没有先生，就没有我的今天，我又怎会让先生失望。"

　　"我当然信殿下，殿下大业未成，不会止步于小利。"燕思空看着陈霖，正色说道。

　　陈霖也静静地看着燕思空，看了良久，看得失神，才喃喃道："月色下的先生真好看。"

　　燕思空微微蹙起眉："殿下……"

　　"先生。"陈霖抢道，"先生为我尽心尽力，整日操劳，我感激不已。自母妃过世后，这世上再没有人比先生对我更好，我信任先生，依赖先生，将先生当作这世上最亲近的人。"

　　燕思空道："臣受宠若惊。但殿下是要成就宏图霸业之人，有一天必须自立，殿下不可太依赖我。"

　　"不，先生是我的老师，我的谋士，将来还是我的宰相，我二人携手，定能重现大晟的开平盛世，我离不开先生，一生都不想和先生分开，也不会有人能取代先生在我心中的位置。"

　　燕思空做出感动的神情："殿下如此器重臣，臣也愿为殿下赴汤蹈火，在所不辞。"

　　陈霖露出欣慰的笑意："不过，有一件事，我想来想去，恐怕无法答应先生。"

　　"什么事？"难道又跟封野有关？

　　"我不会让她生我的孩子。"

　　燕思空一怔："为何？殿下一定要多多传承子嗣，齐夫人聪慧貌美，她……"

　　"我不会让一个出身卑贱的女人生下我的世子。"陈霖那漆黑的眼眸直勾勾地盯着燕思空，其中的情绪幽深难测，"其实我现在能够理解父皇了。"

　　燕思空沉默了。

　　"有朝一日我登上皇位，岂能把江山传给一个背后无依无靠的皇子？"

"殿下多虑了，将来殿下娶了正妻，立的自然是嫡出。"

"万一正妻无子呢？"陈霂露出一个阴冷的笑容，"我这样的悲剧，就不必发生在我儿子身上了。"

燕思空顿时被陈霂眸中的冰冷震慑住了。是从何时开始，这个刚刚二十岁的青年，在他心中还没有完全长大的小王爷，已经有了这样的眼神？

在陈霂亲自去迎霍礼二人时，燕思空也招来吴六七，让他在中庆城中散布流言，说楚王将母妃之死归结于文贵妃和太子陷害，一旦回京，就要用他们的人头祭祀母妃亡魂。

吴六七前脚刚走，齐曼碧就来了。这不是她第一次来看望燕思空，她隔三岔五便给燕思空送来吃穿用度的东西，对燕思空嘘寒问暖，生怕招待不周，确实是以当家主母的态度在礼遇燕思空这个客人。

她想要笼络燕思空的心思很明显，毕竟她十分清楚这个老师在陈霂心中的地位，如果有燕思空的认可，无论将来陈霂娶了谁为王妃，甚至是皇后，她在陈霂身后都有一席之地。

这个女人很识相，但还不够聪明，陈霂的大业刚刚起步，远不到她琢磨后宫争宠的时候，这样看来，她倒是比陈霂还急着入主京师。

不过，作为陈霂的侧室，燕思空对她大体是满意的，若她能不再明里暗里地想要套他的话，让他浪费时间应付，那就更好一点。

寒暄了一番，齐曼碧试探地问道："先生可听说了，那陈椿去年得子，今年又添一个女儿，他还比王爷小两岁呢。"

"是啊，皇室定要人丁兴旺，才不会让外人有机可乘，我也一直奉劝殿下，要尽早开枝散叶。"

齐曼碧叹了一口气，委屈地说："殿下怕是嫌弃我的出身，我……唉。"

"夫人不必沮丧，殿下整日忙于大事，一时疏忽了罢。"燕思空暗示她道，"殿下不上心，夫人要上心，夫人生下的可是殿下的长子长女，殿下怎会不喜欢呢。"

齐曼碧掩唇一笑："其实，我也是这样想的，先生一番话，我就更加安心了，我不求我的孩子能做世子或郡主，我只想和殿下有个一儿半女，如寻常夫妻那样，我就知足了。"

燕思空但笑不语。

齐曼碧还想说什么，元南聿突然来求见。

此前齐曼碧没怎么与元南聿碰过面，但也听说过这个大络腮胡遮去半边脸、黑抹额缠头的男子，是燕思空的护卫，也是如今楚王军的教头。

元南聿向两人施礼，齐曼碧看着元南聿，"咦"了一声，"陈教头的眼睛看起来真年轻，似乎……跟先生有点像呢。"

燕思空有些警觉，他淡笑道："哦，是吗？据说两人在一起久了，容貌便会越来越像。"

元南聿粗声道："小的一介粗人，哪里能与大人相提并论，夫人说笑了。"

齐曼碧笑道："好像又不像了。那就不打扰先生谈正事了。"

"夫人慢走。"燕思空将她送出院子，才折返回来，低声问道，"可有什么新消息？"

"我早上接到了祝兰亭的密报，朝廷已暗中下旨，要各府道集结兵力，同时也在大肆征兵、征税，民间怨声载道，但预计很快就能调集大量兵马，只是不知道是要用来对付狼王，还是楚王。"

燕思空沉思道："若是为了对付封野，便不需要暗暗下旨，以如今的形势看来，封野和陈霖没有汇兵，是逐一击破的最好时机，狗皇帝这是打算先礼后兵，若霍礼不能招抚楚王，就要趁着楚王根脚不稳时出兵讨伐。"

"朝廷做事一向优柔寡断，这次居然如此雷厉风行。"

"狗皇帝这是刀架在脖子上了，怕重蹈封野的覆辙，几番和谈下来只是拖延时间，反而令敌人壮大了。"

"如今该怎么办？"

"能拖就拖，拖不了就固守，云南是楚王的地盘，山水险峻，易守难攻。"燕思空在屋内踱着步，冷笑道，"若他来打楚王，久攻不下，就会虚耗在此地，那正是封野出兵的好时机。"

"你的意思是，用楚王拖住朝廷的大军？"

"对，朝廷的兵力和财力，我最清楚，辽东战事胶着，朝廷是绝没有余力再同时进军大同和云南的。"

元南聿思索道："若朝廷是明修栈道，暗度陈仓呢？看似要攻楚王，其实是要联合察哈尔攻狼王。"

燕思空点点头："也不无此可能，所以封野必须尽快拿下察哈尔，这帮粗莽的蛮子，脾性古怪难料，得软硬兼施。"

元南聿皱眉道："我担心封野，他性情狂傲，十分好胜，察哈尔杀了他的使臣，他必定恼羞成怒，恐怕很难再去向察哈尔主动求和了。"

"他从前更加自负冲动，现在做了主帅，已经收敛许多了。"燕思空不禁想起两人头一次并肩作战，几乎处处意见相左，现在也难以分辨谁对谁错，幸而是打了胜仗，但他还是不赞同封野的大胆和冒险。他沉声道，"我现在也帮不了封野，他能走到今日，自有他的本事，等他的消息吧。"

元南聿忍不住道："你……一点也不担心他吗？"

燕思空面无表情地看着前方，半晌，才道："不。"

"那你也不打算回大同了？"

燕思空看着元南聿，反问道："你真的觉得我应该回去吗？"

"你若不回去，封野必定认定你有异心，他和楚王之间本就微妙，全靠你为纽带，你不觉得这步棋太险了吗？"

燕思空平静说道："封野早认定我有异心，才会派你来看着我，所以，你是如何回复他的？"

元南聿脸色一变，语气也沉了下来："一个是我誓言效忠的人，一个是我的兄弟，你希望我如何回复他？"

燕思空十分了解元南聿忠诚耿直的脾性，所以从来不曾试图将元南聿笼络到自己这边，否则只会坐实了封野对他奸猾的评价，让元南聿愈发防备、远离自己。若换个人，他早想办法除掉了，偏偏是元南聿，封野选了一个最合适的人来监视自己，也足见封野对自己的戒心有多大。

元南聿见他不说话，低声道："我希望你们能彼此坦诚，并肩作战，但你的心思……我实在是看不透。"

燕思空苦笑一声："有时候，我觉得你什么都不记得了，真好。"

尽管这话说得没头没尾，元南聿却觉得自己听懂了，至少，他听出了燕思空深深地无奈。

屋内一阵令人窒息的沉默。

燕思空轻声说："我会回去的，朝廷派使臣来找楚王谈和，封野已经如坐针毡，若我不回去，他不知会生出多少猜忌。"他深吸一口气，"但不是现在。"

"何时？"

"我要先稳住楚王，谈和务必不能成，而且……"燕思空眯起眼睛，"楚王不如我想象中的好控制，若现在让他出兵，无非两种结果，一是兵败，二是召集更多藩王一同谋反，这两个都不是我要的。我要把他暂时困在云南，一来让他拖住朝廷大军，二来让他始终处于劣势，不得不依赖封野的兵马。"有句话燕思空没说透，对他来说最重要的，是让陈霖依赖自己。

元南聿点点头："可若楚王挡不住朝廷大军呢？"

"以云南这易守难攻的地形地势，只要坚守不出，朝廷一时半刻绝对攻不下来，到了关键时刻，封野围魏救赵，出兵中原，可解云南之急。"

陈霖以上宾之礼接见了霍礼和他的外公，燕思空不能露面，但他买通了陈霖身边的仆人，大致知道他们谈了什么。

霍礼虽然生性淡泊，但颇具思辨之才，又德高望重，作为说客甚为合适，而许大人不必说了，是陈霖的亲外公，只要搬出惠妃，就能压陈霖两头。

燕思空害怕陈霖动摇，适时将他得到的密报告诉陈霖，说朝廷正在集结大军准备来云南讨伐他，切不可中了他们的缓兵之计。

陈霖当皇帝的决心确实不曾动摇，但正如燕思空所料，霍礼带来的是昭武帝的权宜之计，即废了陈椿，重立陈霖为太子。这是十分诱人的条件，此去京师，说是刀山火海也不为过，谁敢妄言自己只胜不败呢？何况他们还是谋反。若能不费一兵一卒就夺回储君之位，回京之后，再图谋篡位逼宫，虽然有风险，但可比从云南打过去要容易多了。

燕思空就怕陈霂有这个想法，陈霂也真的犹豫地提出来了，燕思空并不急着反驳他，而是说："这些我早已想到，上次也提醒殿下了，殿下还是受到了霍阁老的蛊惑，殿下可想过，一旦殿下回去，是羊入虎口呢。"

"我自然想过，但若父皇先昭告了天下，他一时也无法反悔，且现在阉党没落，朝中大臣大多是支持我的。"

燕思空冷道："如果殿下有命活着回到京师的话。"

陈霂皱起眉："先生也言之有理，我这几日，真是十分犹豫。"

"不如这样吧，臣贡献一计，为殿下试探一下。"

"何计？"

"当年陈椿被行刺一案，是孟铎孟大人一手查办，如今谢忠仁也在他手中，就让孟大人去审讯此事，让谢忠仁亲口承认是文贵妃设计陷害殿下和惠妃娘娘，看看陛下会如何处置文贵妃。"

陈霂道："好！就怎么办！"他迟疑道，"可是，陈椿现在是谢忠仁可能活命的唯一指望，谢忠仁绝不会主动坦诚，而孟阁老又为何要去追查这个真相呢，尤其是，父皇一定不愿意他查。"

"殿下让霍礼和许大人联名上书，彻查此案，当作殿下议和的条件，霍阁老忠心为国，一定会同意，许大人也自然想为惠妃娘娘报仇。若陛下不同意，殿下就知道陛下依然要包庇文贵妃和陈椿，若陛下同意，查出阉狗和文贵妃勾结的真相，却不惩处，结果也是一样的。"

陈霂寒声道："好，就依先生说的办！"

野心

　　霍礼虽是用了驿递，火速将奏折飞报回京，但一去一来，快则十数日，慢则要月余。燕思空和陈霂都不知道霍礼在奏折中是如何说的，但呈报陈霂的答复以请示皇帝，是他作为使臣的责任，至于他一个已经致仕、远离朝堂的耆老，以为该不该重审陈椿行刺案，其实已不重要。

　　燕思空在与陈霂商议此事时，几次暗示陈霂，朝中大臣，尤其是此时如日中天的孟铎会支持重审，其实应该正好相反。

　　孟铎与颜子廉不仅官场上相辅相成，更私交甚笃，当年也是主立长的大臣之一，毫无疑问，他也希望陈霂承继皇位，但正因如此，他才不会想要重审此案，因为他也怕昭武帝包庇文贵妃，适得其反，让陈霂坚定了斥之干戈的决心。

　　让霍礼和许国公来规劝陈霂，不是昭武帝那个昏君能想出来的妙计，定是集重臣之智而来的两全之策，他们无不盼望陈霂能回京受封，最怕看到父子反目，兄弟阋墙，以孝治国的皇室尊严荡然无存。

可惜有两件事是他们不知道的，其一，陈霖心怀仇恨，要的不只是区区太子之位，且一旦大权在握，绝不会留文贵妃和陈椿活口；其二，燕思空绝不会让朝廷联合陈霖去对付封野。

陈霖已经是十分聪明机敏之人，但他毕竟太年轻，曾为太子，却不被允许参与理政，刚刚成人就被放逐出京师，对庙堂纷争只习得皮毛，且大多是燕思空教的，燕思空能将他的想法摸个八九不离十，再灌输自己想要灌输的，所以能让陈霖一定要求彻查陈椿行刺案，让朝廷两难，让陈霖不敢回京。

陈霖依旧以上宾之礼招待霍礼和许国公，早晚都给许国公请安，十分孝敬，但同时，招兵买马的速度只增不减。他这一生中，头一次尝到了兵马大权带来的好处，已然上了瘾。

待霍礼得到朝廷来的消息，与陈霖商议后，陈霖第一时间就去找了燕思空，一副气急败坏的样子。

燕思空安抚道："殿下统领几万兵马，一府十三州七十四县，要时刻注意威仪，不必将情绪写在面上。"

陈霖深吸一口气，沉声道："你知道朝廷给了一个怎样的答复？"

"殿下是要臣猜吗？"

"对。"

燕思空沉思片刻："莫非是同意重审，但只暗中审讯？"

"正是！"陈霖冷道，"这不过是缓兵之计，意在拖住我。"

"殿下英明。"燕思空笑道，"文贵妃宠冠后宫，陈椿亦是陛下最疼爱的皇子，陛下知道殿下不会放过他们，所以是不可能令你痛痛快快继位的。"

"我以为父皇看到如今的形势，总该清醒了，同是妃嫔，同是皇子，却不能一视同仁。"陈霖寒声道，"他日我坐上宝座，定要陈椿和那妖妃不得好死！"

"殿下孝悌，始终不忘为惠妃娘娘讨回公道，惠妃娘娘在天有灵，定是十分欣慰。如今殿下便安心整顿军务，扩充势力，若朝廷真的举兵来袭，殿下只固守不出，等待时机即可。"

"等到何时？封野为何迟迟没有动作？因为察哈尔？"

"对，察哈尔身在狼王后方，是狼王的心腹大患，且不能打，只能和。"

"可我听说当年封家军杀了察哈尔不少人，包括哪答汗的叔舅兄弟，新仇旧恨之下，哪答汗把封野派去议和的使臣都杀了。"

"那是做给朝廷看的。"燕思空笑道，"那群未开智的蛮子，没有多少父慈子孝、兄友弟恭的德行，哪答汗的爹抢了哪答汗的小妾，哪答汗杀了他坐上可汗之位，这样的人，可会在乎什么叔舅兄弟？他只在乎能从中原弄去多少财宝美女。"

"这样一来，哪答汗自然不会与封野合营。"

"倒也未必。"燕思空道，"威逼、利诱，只要有一样奏效，哪答汗顷刻就能将朝廷卖了，只是如今看来，还是朝廷占尽优势。"

"那该怎么办？"

燕思空适时提出："殿下，我得回去助狼王攻克哪答汗，无论是智取，还是武攻。"

陈霖脸色一变："你要走？"

"殿下……"

"我不准。"陈霖腾地站起身，"我跟脚未稳，朝廷正集结大军对我虎视眈眈，这个时候，你竟然要离开我？！"

"臣为殿下挑选的那些谋士，各个都能独当一面，有他们在……"

"我只要你！"陈霖大声道，"你说过会一直留在我身边辅佐我，却要在最危急的时候弃我而去，去找封野？"

"殿下。"燕思空深吸一口气，"可否平心静气地容臣解释？"

陈霖目露凶光，胸膛用力起伏着。

"臣亦不愿离开，但权衡之下，还是大局为重，若封野无法从大同脱身，就无法助殿下取京师，而要让封野从大同脱身，必须攻克哪答汗，臣心中已有计策，必须回去助他。"其实燕思空根本没想出应对之策，但他确实必须回去了。

"若朝廷兴兵讨伐我呢？如今不过区区五万兵马，军饷紧缺，正是用人之际，先生就此离去，就不怕我败了，前功尽弃吗？"

"臣不会离开很久，待大同后方清明，就是狼王与殿下出兵之时，至于中庆这边，殿下有侯将军等一群良将，又有钱大人、曲广等一群智囊，只要据险以守，臣以为，就是百万雄兵亦难以攻克。"

"我不愿你走，并不只是因为这些。"陈霂死死盯着燕思空，"撇开身份，撇开一切，单以你我二人师生的情分，我担心你的安危，怕把你送回狼口。"

燕思空正色道："殿下是真龙天子，统御四方是上天赋予殿下的使命，岂有撇开身份的说法。你现在首要考虑的，应该是你和封野是否能顺利结盟，至于我个人的安危，不值一提。"

陈霂逼近了一步，紧握着拳头，"你事事思虑周全，走一步算五步，把别人当作棋子，把自己也当作棋子吗！"

"殿下！"

"燕思空！"陈霂厉声道，"你说过会留在我身边，既然你认定我是你的君，你怎可欺君。"

燕思空瞪圆了双目，沉声道："殿下已过了无理取闹的年纪，万事以大局为重，何苦耍这小孩子心性？"

"小孩子？"陈霂怒极，一把抓起了燕思空的手腕，"如今我比先生高，比先生壮，先生仍觉得我是小孩子？！只因我关心先生的安危，在先生眼里就做错了吗！"

燕思空眯起眼睛。陈霂或许真的担心他的安危，但更多的，是怕自己偏向封野，怕自己回去一趟，事态生变。

陈霂的眼圈红了："先生，别离开我，别去找封野。"

燕思空沉着脸："你到底要江山，还是要过家家。"他明白陈霂的担忧，人心隔肚皮，谁又能完全没有顾虑，难道他和封野不也是互相防备，不也是要防备陈霂？

陈霂嘴唇颤抖，一时说不出话来。

燕思空面无表情地看着陈霂，目光冰冷。

陈霂一把抱住了燕思空，像少时那样紧紧抱着他的老师："霂儿错了，请先生息怒。"

燕思空在心中叹息，他颤抖着抬起手，抚过陈霖的头顶："殿下别这样，臣受不起。"

"先生息怒。"陈霖轻声言道。

燕思空长吁一口气，面上有几分挣扎，可惜帅棋只此一枚，换也无从换。

在燕思空看不到的地方，陈霖那含泪的双眸正散发出幽幽寒意。

陈霖离开后，燕思空在书房内僵坐了良久，思索着利害得失，往往这种时候，他考虑得最少的都是自己。

他确如封野所说，为达目的不择手段，可也并非没有例外，那例外，都给了一个人——他曾经把封野的命凌驾于自己的一切之上。

若没有封野，他一定会全心辅佐陈霖，如此一来，便能牢牢地掌控住这个名正言顺的未来天子。

可他偏偏做不到，他无法说服自己"背叛"封野，哪怕他已不欠封野什么。

他想得入神，以至于身边来了人，都浑然未觉，直到蜡烛的火光在地上投下一片阴影，他才猛地抬头，正对上元南聿乔装易容过的脸。

"……你何时进来的。"

元南聿没有说话，而是定定地看了燕思空半晌，才缓缓开口："我刚才一直闭息躲在外面。"

燕思空的面色沉了下来："你都听到了？"他并不想让元南聿知道陈霖对他如此依赖，因为封野也会知道。

"嗯，没想到陈霖将你看得这么重，甚至找的小妾都和你有几分相像。"

"他母妃含冤而死，他最苦、最卑微、最恐惧的时候，只有我站在他身边。"

元南聿抿了抿唇："若封野知道了……"

"你会告诉他吗？"燕思空直勾勾地盯着元南聿。

"跟你有关的所有事，他命我巨细无遗地禀报。"

燕思空眯起眼睛："哪怕可能会坏了大事？"

元南聿顿了顿，胸腔用力起伏，不自觉地拔高了音量："你说你能将陈霂控制在股掌之间，可如今看来，他对你情深义重，你舍得吗？"

燕思空腾地站起身，向元南聿逼近一步："我燕思空有什么舍不得？"

"……"

"聿儿。"燕思空看着他，"我对陈霂确实有感情，即便是利用他，也是真心要扶他上位，至于以后权与权之间如何制衡，那是很久以后的事。我知道，你担心我背叛封野，就像陈霂也担心我背叛他，每个人都想得到我的助力，但谁都不肯相信我。我不想深究，我只要你以大局为重，这些事，别让封野知道，平添麻烦。"

"可是，陈霂如此猜疑封野，二人如何能共事。"

"只要他想当皇帝，就不得不屈从。"燕思空冷道，"他最后便向我屈从了，脑子还是清醒的。"

元南聿依旧眉头紧蹙，难掩担忧。

自知无法挽留燕思空，陈霂只好放燕思空回去，并为他准备好细软行装，还要派三千精兵护送他出云南。

启程当日，两人在书房内最后一次单独见面，为了避嫌，陈霂不会去送他。

"先生何时会回来？"陈霂殷殷地看着燕思空，眸中是不加掩饰的眷恋和哀伤。

燕思空答道："待时机成熟，臣定会回到殿下身边。"

陈霂苦笑一声："你可知我多么不想让你走，我甚至……"

燕思空看着他，直看得他把后面的话咽回了肚子里。

燕思空后退一步，跪地叩拜："殿下，保重。"

陈霂将燕思空扶了起来，他的双目不肯从燕思空脸上挪开，擒着燕思空手腕的手亦是暗暗收紧。

燕思空不动声色地抽回了自己的胳膊，再深鞠一躬，转身离去。

"先生！"陈霂在背后喊道。

燕思空止住脚步。

陈霖深吸一口气，挺直了胸膛，朗声道："有朝一日我受命于天，承继大统，我定要你寸步不离我身边！"

燕思空没有回头，径直离去。

他一生听过的豪言壮语无数，却只把一个八岁孩童的话放在了心上。

山匪已大多被扫荡，又有大军护卫，他们顺利离开了云南，日夜兼程地奔赴大同。

路上，他们听闻朝廷再派使臣去见哪答汗，并且带去了丰厚的礼物。

回到大同，已是一个月之后，一行人灰头土脸，疲惫不堪，却一进城，就受到狼王召见，一行人被带去了靖远王府。

燕思空上次来大同见薛荣贵，就来这旧府看过，当然，自封家出事之后，王府已经荒废，他也只是远远驻足凝望，心中只余酸楚。

时隔一年再看这府宅，已经修葺得焕然一新，比之京城的王府更要气派恢宏，这里不愧是封家的大同。

下人安顿元南聿等人去稍作休息，然后单独领着燕思空先去见封野。

燕思空一路走向了内院，在那里，他看到了正在树下打盹儿的封魂，和站在一旁的封野。

恍然间，燕思空仿佛看到了他与封野重逢的那个午后，也是靖远王府，也是一株参天大树，也是一人一狼，只是一时远在京师，但他们惺惺相惜；一时近在眼前，但他们咫尺天涯。

燕思空只觉呼吸瞬时停滞，心脏像是被什么东西拖着往下坠。从分开的那天起，他就逼迫自己不去想与封野的恩怨，可越是压抑，便越是膨胀。他明明不想再见到封野，明明不想再看到、听到、感受到来自封野的恶意，可直到再次见到这个人，他才发现，他竟还是想见他，若只是远远一面，不做交际，那便更好……

封野也回过头来，看到燕思空，一时难掩情绪的波动，眼神都变了，变得专注而犀利，像是恨不得用目光网罗住眼前人。

下人识相地退下了，封魂睁开独目，一眨不眨地看着燕思空。

大半年未见，封野已坐拥黔州、大同两府，于西北称王，十二万重兵在握，气势之迫人更甚从前，一呼一吸之间，都是居高临下的雄浑王气。

而燕思空风尘仆仆，衣衫脏旧，形容憔悴，跟锦衣华服的封野一比，倒像个要饭的。

封野朝着燕思空迈了一大步，却又克制地收住了脚，低声道："你瘦了。"

燕思空胸中总有万千思绪，落到表面，也只轻轻"嗯"了一声。

封野的手顺着他的背脊摸了摸，口气不悦："为何瘦成这样，陈霂不给你吃饭吗？"

"旅途劳累罢了。"

封魂悠闲地晃着尾巴，踱了过来，用大脑袋撞了撞两人的腰。

封野放开了燕思空，燕思空摸着封魂的脑袋："魂儿，你好像又胖了。"

"天气转冷，它开始蓄毛了。"封野目不转睛地盯着燕思空，"为何现在才回来？我早催你回来了。"

"朝廷派霍礼和许国公出使云南，难道你没听说吗？我自然要留下来盯着陈霂，以免他动摇。"

"听说了，用天灯剿灭都掌蛮，也是你的主意吧。"

"是。"燕思空的心思突然飞到了数年前，他想起自己和封野曾经一起放过天灯的那个中秋之夜，想起他们许下的愿，一时有些恍惚。

"你为他征兵数万，招贤纳士，让他从一个废太子摇身一变，成了真正的一方诸侯，如今，他可如你所愿，唯你命是从？"提到陈霂，封野的口气十分冰冷。

燕思空斟酌了一下，答道："他已经二十岁，早已有了自己的想法，不若少时那般好控制，眼下他虽对我言听计从，但多是因为他除我之外无可依靠，因而不能令他过于壮大。在他的谋士之中，我安插的全是我挑选的人，营中将士，也被阙忘收买了许多。他毕竟是个人，我不敢说我能完全控制他，但至少现在他还在掌控之内。"

"朝廷要集结二十万大军平叛，你可听说？"

燕思空点点头："到时他必然向我求救，那时就是我们出兵的时刻。"

他转而问道，"察哈尔那边……"

"我自有办法。"

"什么办法？"

封野背过手去："我们在说陈霂，你为何顾左右而言他？"

燕思空皱起眉："我们难道不是在说正事？"

"陈霂纳了一房跟你容貌相像的小妾，这算不算正事？"

燕思空并无惊讶，封野派了十三个人跟着他，除了吴六七是服侍他的仆役，其他个个都是心腹精兵，这事就算不是元南聿说的，也自然有人给封野当眼线。燕思空面不改色道："不算。"

"不算？"封野眯起深邃的双眸，不怒自威，"看来陈霂对你，真是孺慕情深啊。"

燕思空本以为分开大半年，冷静了足够久，两人至少能平心静气地说说话，就像……方才那样，原来还是他妄想。

见燕思空不说话，封野压抑的情绪在胸中乱窜，似是下一刻就要冲破骨肉的束缚，他深吸一口气，沉声道："你看着陈霂长大，曾同甘共苦，你们之间的情谊与我们从前相比，如何？你胆敢骗我，我就是看着他死，也不会出一兵一卒。"

燕思空垂下了纤长的睫毛，淡道："没什么可比的。"

"当年春猎时，我便看出他对你绝不只是对老师的敬重。你在我和陈霂之间左右逢源，你心底究竟向着谁，最后要成全的又是谁？！"

"我燕思空要成全的是天下百姓，绝不是某个人！"燕思空厉声回道。

封野目光如炬："你要我冒着断子绝孙、遗臭万年的风险去造反、逼宫，将他陈霂捧上皇位，然后把江山和你都拱手送给他？！"

"你会得到你想要的，这还不够吗？"燕思空冷道，"既然说起了春猎，狼王坐镇大同，眼线遍布天下，消息如斯灵通，想必已经听说谢忠仁在诏狱招供了自己陷害靖远王的经过。你若没听过，我这儿还有佘准给我的密报。别的不提，这件事，我是否能洗清冤屈了？"

封野的表情有一丝触动，他道："我已经知道了。"

"尽管这件事不是我做的，但我还是骗过你，还是利用过你，还是娶了万阳公主，还是冒充了你的燕思空，所以我说什么、做什么，都可能是在图谋不轨，对吗？"燕思空咄咄逼人道。

封野直勾勾地瞪着燕思空，迟疑半晌，生硬地说道："对。"

燕思空惨笑了一下："如此一来，便不怪狼王对我满是疑心，狼王也别怪我不愿意回来了。"

这句话令封野怒火中烧："你愿意留在陈霖身边，是吗？"

燕思空没有接话，他尽管悲愤，但理智尚在，他从不愿主动去激怒封野，可他也熄灭不了封野那一直蓄势待发的恶意。

他在封野眼中，做什么都错。

封野抓起他的手腕，寒声道："你愿不愿意回来，都要回来。你可知我有多想杀了陈霖？"

燕思空沉声道："他不曾僭越。"

"我不允许这世上有人惦记我的人，不管是什么目的，哪怕只是想想都不行。"封野盯着燕思空那布满倦意的脸，"他对你说过什么，做过什么？"

燕思空淡道："他被父亲忽视，又少年丧母，对我不过是依赖。"

"依赖？"封野冷笑，"我当年对你也很依赖，你便是有本事魅惑人心，让人为你鞍前马后，言听计从。你这样寡廉鲜耻之人，能为了封家的势力与我称兄道弟，又会为了权势如何服侍他呢？"

燕思空心口剧痛，他一言不发地瞪着封野，屈辱和伤心同时煎熬着他的心智。

封野看着燕思空那似有万般委屈的神情，和眼眸中难掩的痛楚，僵住了。

燕思空颤声道："封野，我这辈子对不起很多人，尤其是我自己，但我最对得起你了，你若半点都不能信我，何苦留着我互相折磨，不如杀了我吧。"

燕思空那灰败的、了无生趣的眼神，剑一般穿透了封野的心，他无法再直视那样的眼睛，他无数遍告诫自己不可以相信这个人，却无法不为之动容，他生硬地别开了目光："我……我要你亲口告诉我，你不会背叛我，倘若形势要你在我和陈霖之间二选一，你只能选我，永远选我。"

"我说的话你一句也不信，我说来何用呢？"燕思空讥诮道，"你又何必自欺欺人。"

"你……"封野深吸一口气，平复了一番，才沉声道，"我爹的事，是我误会你了，我本想对你……好一点，如你所说，共谋天下，你为何偏偏要招惹来陈霖。"

"我若左右得了人心，又何苦把自己弄到这步田地？"燕思空空洞地望着前方，"如今陈霖尚在掌控之内，用与不用，全凭狼王做主吧。"言罢，他转身要走。

封野一把拉住他，低声道："谁准你走了。"

燕思空沉默。

"只要你不再去找陈霖，对我一心一意，我可以不再提从前。"

"……多谢狼王恩赐。"

封野收紧了手上的力道，像是生怕他会消失："我也不再纠缠于你究竟是谁，我只要你像从前那般对我。"

燕思空轻声说："我们回不到从前。"

"我不要那个被你耍得团团转的从前，因为我已经不是那个虚张声势的靖远王世子。我要你对我完全的臣服，从今往后只辅佐我一人。"封野的声音中充斥着澎湃的野心，"你可知当年最令我屈辱的是什么？是我给不了你想要的东西，就被你抛弃，但现在我是西北之王，我马上就能整顿出二十万兵马，我要问鼎中原，我要权倾天下，我要你除了我，再不能依靠任何人。"

燕思空感觉自己被一股巨力缚住了，他一动也不敢动，甚至发不出声音，束缚着他的仿佛不是一个人，而是某种主宰一切的力量，令他狠狠地战栗。

封野轻声道："去洗漱一番，我等你吃饭，以后你就住在王府。"

封野命人准备了一桌燕思空爱吃的东西，逼他吃了很多，两人一时不提陈霖，便不会针锋相对，只是那藏在平静表象下的暗流，令燕思空感到难以纾解的压迫。

哪怕是侍奉谢忠仁的时候，他都不曾如此战战兢兢。

吃完饭，燕思空道："我想见两个人。"

"谁。"

"沈鹤轩和冯想。"

沈鹤轩自不必说，冯想是当初朝廷派来护卫他的八百侍卫的将领，现在两人一个在茂仁，一个在黔州，准确来说，都在牢里。

沈鹤轩性格刚烈，便是千刀万剐也不可能叛变，但冯想宁死不降，是因为他的家人都在京师。

封野喝了点酒，微醺的神情看起来慵懒不已，像一头刚刚饱食的兽："可以。他们已经在牢里关了快一年了，我明日命人将他们押到大同。"

"你可有善待他们？"

封野冷哼一声："没饿着，没上刑，已是善待。"

"多谢狼王。"

"你想做什么？这两人若能降，早就降了。"

"不能降，也未必没有妙用。"

"行，我看看你打算怎么用。"

燕思空轻轻打了哈欠："嗯，属下告退了。"

封野突然伸出手，越过桌子，在燕思空眼角处轻轻一点："你都有皱纹了。"

"我已是而立之年，不年轻了。"说到此，燕思空有一丝感慨，韶光易逝，岁月如梭，少年时的光景仿佛尚在昨天，一眨眼，人生已走了一半。有时候恍然回首，都要思忖半天，他怎么就、怎么就走到了今天这境地呢。

封野皱起眉："你既不年轻，也不如年轻时好看了，陈霖他凭什么惦记你。"

"我说了，他只是因为母妃过世而依赖我罢了。"

封野冷哼一声："若不是他还有点用处，我绝不会留他。他今日所有的一切，靠的是你我，他最好有自知之明。"

"他有。"燕思空想起陈霖那一跪，跪的可不就是他的自知之明。

只是陈霖年龄渐长，再不能当作一个可以随意摆弄的孩童，可尽管事不如意，也不能临阵退缩，因为不如人意便是人生的寻常，他一辈子披荆斩棘，又有哪件事是如意的，他就要在那不如意中，杀出一条走得下去的路。

以后，便对陈霖多加提防吧。

回到大同后，日子比在中庆舒服许多，既不用遮遮掩掩，也不必躲躲藏藏，在整个大同他都畅行无阻。

至于背地里的那些非议，还不及他当初背叛师门时来得难听，毕竟在京师全是他认识的人，而此处，寥寥无几。

封野下令将沈鹤轩和冯想押送大同，燕思空便一边休养劳累的身体，一边等待，他亦十分操心察哈尔的情况，也两次想跟封野商议如何对付察哈尔，但封野却明显不愿意多谈，令他很是不解。

若说在陈霖一事上封野防备他，还情有可原，察哈尔是外族蛮夷，又不怎么成气候，无非是因为占据天时地利，又要与朝廷结盟，对大同有所威胁，此时才显得重要，他想不通封野防备他什么。

但他很快就知道个中原因了，因为元少胥的来访。

他知道元少胥因他与元南聿身份的事而心虚，所以他们虽然算是共侍一主，且还是名义上的兄弟，但自那次单独见面后，元少胥从未主动来找过他，即便是在营中碰到，也要远远避开。

既然无事不登门，燕思空也不愿意多看他，尤其是看着他顶着神似元卯的脸虚与委蛇，于是便开门见山地问："大哥来访，有何指教？"

元少胥显然也不想拐弯抹角："我是避开狼王来见你的，因有一事狼王不让你知道，但我却觉得你应该知道。"

"哦？何事？"燕思空直觉不是什么好事，元少胥是决计不会为他考虑的，他有时也实在想不通，一母同胞的两兄弟，为何能够一个狭隘自私，一个爽朗大度。

"你可知察哈尔杀了封野派去的使臣，却接见了朝廷派去的使臣？"

"知晓。"

"那你可知朝廷为何再派使臣？"

"不是为了巩固和察哈尔的同盟吗？"

"这么说倒也没错，但实际是因为察哈尔狮子大开口，向朝廷要封贡。"

燕思空挑了挑眉："这我尚未听说，这帮蛮子，实在是得寸进尺。"

所谓封贡，就是蛮夷要求向天朝上贡，这听来似乎蹊跷，哪有主动要求上贡的，岂非贱得慌？实则不然。华夏汉民，素来自尊礼仪之邦，千百年来又大多是汉人帝国，周边的蛮夷小国来中原进贡，朝廷是要回礼的，而且是要加倍、甚至加几倍的还，以体现天朝的强盛繁荣。蛮子进贡的东西，除了牛马羊尚有些用处，其他大都是粗鄙糟粕，百无一用，如今察哈尔是要挟封贡，便连牛马羊都只会挑病老瘦弱的，是明晃晃地讹。

封贡互市，是历朝历代外邦蛮夷与中原帝国开战的最主要原因，他们不事生产，不会农耕，举凡粮食，器具，陶瓷，铜铁，丝绸，茶叶等等，想要的好东西，要么从中原抢，要么从中原求。朝廷开放互市，让他们可以用牛马羊在河套地区自由交易，已是大大的恩惠，现在竟然还要求封贡，是吃准了朝廷需要他们拖住大同的后腿。

"于是朝廷便又派了使臣去谈。"

"这不是好事吗，为何不能告诉我。"

"不能告诉你的，并不是这件事。"元少胥不自觉地看了看左右，尽管周围并无闲杂人，他也压低了声音，"狼王也要与察哈尔和谈，但哪答汗……"他直勾勾地盯着燕思空，"指名道姓地要你为使。"

燕思空一怔："我？"

"对。"元少胥道，"这显然不是哪答汗的意思，而是朝廷的意思。"

燕思空微眯起眼睛，心想，这一招走得不错，他一时还真被难住了，也难怪封野迟迟没有动作，也不与他商议。

他若去了，那真是羊入虎口，生死由命，朝廷说不定就以他的项上人头，作为同意哪答汗封贡要求的条件，而哪答汗则以他是否出使，作为是否与封野谈判的条件。这主意不知道是朝廷出的，还是察哈尔出的，无论如何，都够阴毒的。

不过，封野不让他知道，显然是顾及他的安危……想到此，他不禁有一丝走神。

元少胥一眨不眨地盯着燕思空的脸，想要揣摩他此时的想法，同时心中也隐隐担忧，毕竟，他是背着封野来告诉燕思空的。

燕思空赶紧把自己的思绪拽回来，他点点头："多谢大哥告诉我。"

"你……打算如何？"元少胥连忙解释，"思空，我绝不是想让你去送死，只是眼看着狼王为此事发愁，却苦无对策，大军亦举步不前，可若要打，又定然损兵折将。你如此聪明，总能给狼王出出主意。"

"大哥做得对，不能令一帮蛮子骑到我们头上来。"

"那……"元少胥道，"思空，你可千万不能让狼王知道，此事是我泄露的，聿儿也不能说。"

燕思空淡淡一笑："放心吧大哥。"

他知道元少胥打的什么如意算盘，若他能想出两全之策，当然好，若他当真冒险去出使察哈尔，且有去无回，那则更好。借刀杀人除掉他这个心头大患，那撒过的谎便永无见天之日，亦不怕他因为此事而在封野耳边吹风，阻碍了自己的前程。

元少胥从不曾视他做元家人，更遑论兄弟，他也并无什么遗憾、难过，他对元少胥，便是看在元家的分上，不会动手对付他，仅此而已了。

元少胥走后，燕思空把自己关在书房内想了许久，心中稍有底了，才起身去见封野。

燕思空在衙门找到封野时，他正与几名重要将领议事，燕思空畅行无阻地走了进去，见元南聿、元少胥和封野的得力手下都在，还有封野的叔叔——封剑平的义弟封长越，当年就是他拼死带着两千死忠的封家军逃出大同，才为封野攒下了东山再起的资本。

此人是封野的爷爷收养的孤儿，已是天命之年，但身强体壮，性格耿直忠义，封家军虽是封野统领，但封野对他亦十分敬重。

见到燕思空，屋内几人神色都颇为复杂——燕思空声名狼藉，人尽皆知。

不过，其他人看不惯燕思空，不敢直言，封长越就不一样了，他冷哼一声，鄙夷地说道："驸马爷有何贵干啊？"

燕思空向来礼数周全，拱手道："封将军，我来找狼王是有事相商。"

"你找狼王，回府里等着就是，何必劳驾跑来这里？"

元南聿微微蹙起眉，元少胥则暗自冷冷一笑。

面对封长越明晃晃地嘲讽，燕思空面不改色，不卑不亢地说道："我不知狼王在议事，那我就先回去了。"

"慢着。"封野道，他环顾众人，"今天也说得差不多了，叔叔，不如就散了吧。"

封长越故意重重叹了一口气，大声道："狼儿，叔叔与你提的事，你可定要上心啊。"

"我明白。"

众人依次散去，封野双手撑案，定定地望着燕思空："找我何事？"

"封将军所提何事？"

封野回避道："你不必知晓。"

燕思空也不多问，他走到案前，低头看着西北全域图："你们莫不是在商量武攻察哈尔吧。"

"那帮蛮狗给脸不要，竟敢杀我的使臣，我不打他们，岂不遭天下人耻笑？"

"察哈尔现在打不得，他们居无定处，眼下又要入冬了，此时深入不毛，是兵家大忌，而且，你一旦动兵，必遭朝廷前后夹击。"

"谈不拢，只能打。"封野冷道，"否则留着他们，始终是心头大患。"

"其实察哈尔和朝廷未必不比你心急。朝廷允诺察哈尔开放互市，可河套已被你占据，察哈尔对河套垂涎三尺，也无可奈何。朝廷呢，允诺之事无法兑现，如今又被哪答汗要挟封贡，这个时候，比的就是谁沉得住气。"

封野挑眉："你怎么知道哪答汗向朝廷要求封贡？"

"我不仅知道这个，我还知道察哈尔指名道姓要求我为使，才肯和谈。"

封野的脸色陡然沉了下来，口气凌厉："是谁告诉你的？"

"我便是深居山中，也自有得到情报的办法，何况我人就在大同。"燕思空轻描淡写道，"狼王不必追究是谁告诉我的，左右我已经知道了，这就是你不与我商议此事的原因吗？"

封野背过手去，冷道："以你的脾性，定会要求出使。"

"对。"

"不可能。"封野断然道，"你想都别想，派你去无端送死，毫无意义。"

"若当真是送死，我就不去了，但我去了，此事便有一丝转机。"

"哪答汗知道你是谁？他向我要人？那分明是朝廷要的！"封野厉声道，"你犯的可是谋反大罪，一旦落入他们手中，别说是驸马，你就是皇子也要人头落地。"

"封野，你为什么认定哪答汗就一定会将我交给朝廷呢？"

"他要拿你去换朝廷的封贡。"

"你能给哪答汗互市，朝廷能给哪答汗封贡，如此看来，你与朝廷不分伯仲。"燕思空淡道，"哪答汗的屁股究竟要坐在哪一边，还未可知啊。"

"我爹当年杀了察哈尔不少人，哪答汗杀了我的使臣，态度如此蛮横，你还觉得此事可谈？"

"可谈。"燕思空笃定道，"其一，哪答汗怕你打他，凭他们的散兵游勇，朽戈钝甲，根本不是你的对手，但朝廷可打不着他们；其二，朝廷即便答应他们封贡，但以国库如今的窘迫，根本满足不了他的贪欲，可河套互市一开，边民自由交易，足够养活他们；其三，哪答汗本就是首鼠两端，只要我们令他清楚了利弊，他很可能会倒戈。"

封野眯起眼睛："我不如你能言善道，但我也知道，正是首鼠两端之人，才难以预料其行事，于是就更加危险。不如一次将察哈尔剿灭，永绝后患。"

燕思空苦口婆心劝道："你能击败他，但不可能剿灭他，就算能，也可能要花上五年十年的光阴。不战而屈人之兵，才是兵法的最高境界，出使有风险，难道打仗就没有吗？既然同样是险，也不可阻挡我们的脚步，那有什么理由不试？"

封野别过头："不行。"

燕思空高声道："封野，我有把握说服哪答汗，我一张嘴，可抵千军万马。"

"我说不行！"封野转过身，口气是不容置喙的，"我绝不会让你去涉险。"

燕思空顿时心中一软，他走到了封野身边，迟疑片刻，轻声道："你是……担心我吗？"

封野眼神有些游移，他绷着脸，硬邦邦地说："留着你，还有大用处，我不会让你平白死在蛮子手里。"

"我燕思空刀山剑雨里走了这么多年，怎样的凶险没见过，怎么可能死在蛮子手里。"燕思空抬起头，看着封野的眼睛，"封野，让我去吧，我会回来，而且带着好消息回来。"

封野眯起眼睛："好，你若真要去，我跟你同去。"

153

燕思空一惊，脱口而出："你疯了吗？"

"我看是你疯了。"封野咬牙道，"非要去送死。"

"我还有未成之事，一点都不想死，我敢去，就是心里有底，你去，那才是被人一锅端了！"燕思空顿时害怕起来，封野向来放浪大胆，当年平梁王叛乱，他不过十九岁，就敢用最险的招，打最凶的仗，剑走偏锋，兵行险棋，说一句浑身是胆，绝不为过。他原以为封野遭逢变故，如今统领十数万大军，应该沉稳多了，表面上看确实如此，可骨子里，他还是一头狼。

"谁说我要去以狼王的身份去了。"封野轻哼一声，"世人皆知，我身边有一覆面将军，乃我的左膀右臂。"

"你……你要以阙忘的身份去？"

"不错，你执意出使，并不是没有道理，但我一定要跟你一起去，一来，你对察哈尔并不了解，但我跟蒙古人打了二十年交道，十分了解他们的脾性；二来，有什么事，不必往返大同书信商议，比朝廷要快得多；三来……"封野看着燕思空，"有我在，你安全些。"

"不行，你是三军主帅，你不能去涉险。"燕思空断然道。

封野挑眉："刚刚你是如何说服我的？可要我再一字不漏地重复一遍？"

燕思空一时语塞，他没想到封野会用他的话反制他。

封野又道："哪答汗在给我的通文中说，他也同意中原人的规矩，两军交战不斩来使，是我的使臣冒犯了他，他才一怒之下将其斩首。这一次出使，其实只有你一人涉险，我十数万大军坐镇大同，他是不敢杀我们的。"

燕思空微微蹙眉，除了封野可能会有危险之外，这不失为一个好计。朝廷使臣是来谈封贡的，封贡的数额却不是他们能做得了主的，千里之遥与朝廷商议对策，没有个把月根本不会有成果，但他们可以马上就有所决断，这一点就比朝廷有利多了。

但他还是担心封野的安危，若封野出事，一切就全完了。

封野霸道地说："你若执意要去，我便一起去，否则就谁也别去。"

燕思空犹豫良久，才无奈道："好吧。"

封野伸出手，抬起了他的下巴："你当真有把握？"

"有。"

"那就好。"封野道，"明日我会回复哪答汗，派你出使察哈尔，过两天，我会在打猎时假装受了腿伤，在府中静养，军中一切事务暂由叔叔代劳。"

燕思空深吸一口气，他少时流浪，曾走南闯北，踏过大半个大晟江山，但还从来没有去过关外。这一次出使，正如封野所说，危险重重，倘若最终谈不妥，哪答汗定会将他交给朝廷邀功。

如今朝廷虽然没有实据，但流言满天飞，若没有万阳公主，他早就被朝廷革职抄家了，也幸好他唯一的"亲人"，只是一个襁褓之中的女婴，还是个郡主，不好用来威胁他，所以朝廷想要的，定然是他本人，以及他的人头。

不过，只要能拿下察哈尔，用不了多久，封野就会举兵进军中原，当他们带着千万大军兵临京师时，谁还敢斥他燕思空一个不是？

封野去着手准备了，燕思空也仔细研究了察哈尔部的部落关系和哪答汗与封野的往来书信，以求做足准备。

几天后，封野带着人马去山上围猎。打猎是他平日最大的爱好，隔三岔五便要去，只是这一次，弓马娴熟的狼王却"不慎"从马上摔下，断了一条腿，被大夫诊断至少要卧床百日，不可随意走动，三军由封长越代掌，封野只在府中处理事务。

这时，沈鹤轩和冯想也终于被押解到了大同，关在大同的牢狱之中。燕思空得到消息后，不做拖延，当天就命人准备了上好的酒菜，去见沈鹤轩。

沈鹤轩早知道自己因何被押到大同，见到燕思空时，并不意外，也没有如燕思空想象中那样一见唾面。

沈鹤轩被关了快一年，消瘦许多，但身上的衣物朴素却干净，头发亦梳理得一丝不苟，一身凛然的风骨丝毫没有因为身陷囹圄而有所衰减，坐在囚室中，也如在衙门当值一般从容。

燕思空朝他鞠了一躬："沈兄，好久不见。"

沈鹤轩冷冷地看着燕思空："你终于来了。"

"沈兄在等我吗？惭愧，若非事务繁忙，我应早日来看望沈兄的。"

"你是忙着帮封野并吞黔州、大同，还是忙着帮楚王招兵买马？"

燕思空赔笑道："什么都瞒不过沈兄，来人，把牢门打开。"

狱卒打开了牢门，燕思空提着酒菜走了进去，盘腿坐于沈鹤轩对面。

沈鹤轩看着燕思空将酒菜一一摆上桌，寒声道："燕大人在封野的大牢中都能畅行无阻，看来深得那反贼的器重啊。"

燕思空并不接茬，只是斟了两杯酒："来，我敬沈兄一杯。"

沈鹤轩拿起酒杯，顿了两秒，将一杯酒全泼在了燕思空脸上。

燕思空闭上了眼睛，仍有部分酒液渗入了眼中，辣得他险些落泪，他用袖子擦了擦脸，淡淡一笑："这酒本是向沈兄赔不是的，沈兄愿意怎么喝，就怎么喝，现在'喝'完了，沈兄想怎么骂，就怎么骂吧。"

"骂一个根本没有廉耻之心的人，不过是浪费口舌。"沈鹤轩面无表情道，"你不必来我面前惺惺作态，要杀要剐，悉听尊便，我是绝不会降的。"

"我也不是来劝降的。"

"那你是来做什么的？嘲笑我？"沈鹤轩面目狰狞，"嘲笑我竟然还会相信你这个卑鄙小人，大意丢了茂仁。"

"有没有我，区区茂仁都顶不住狼王大军，黔州也一样，大同亦是如此，西北早晚会被狼王收入囊中。有我在，倒是让数万将士免于战死。"

"无耻！"沈鹤轩厉声道，"你这个卖国求荣的叛贼竟然如此大言不惭，你助纣为虐，把整个中原都拖入了内战，有多少将士要枉死沙场，有多少百姓要流离失所，你万死不足以赎过！"

燕思空冷冷一笑："若没有我，封野就不会谋反吗？若没有我，楚王就能安居云南吗？若没有我，朝廷就不会丢掉河套、辽北，使得国力式微，蛮族肆虐，大晟江山危若累卵吗？！"

沈鹤轩低吼道："你简直强词夺理！你的所作所为将致大晟分崩离析，到时外族趁乱入侵，我汉人的江山就完了！"

燕思空亦声色俱厉："正是为了不重蹈西晋八王之乱的惨剧，我才要扶植楚王承继大统。楚王仁民爱物，小小年纪极富韬略，定能使朝廷弊绝风清，使百姓安居乐业，我绝不让当朝的昏君毁掉我汉人的江山！"

"这番说辞你骗得了别人，休想骗得了我！"沈鹤轩气得脸色煞白，"楚王年仅十九岁，对你百般信任依赖，而封野重兵在握，他日若入主京师，就算皇位上坐的是楚王，掌权的定是你和封野！你不过是要挟天子以令诸侯！"

"对！"燕思空毫不示弱地吼道，"那又如何？！"

"你……"沈鹤轩颤抖地指着他，"狼子野心！狼子野心！"

燕思空深吸一口气："沈兄，你我相识十数年，你见我是贪财还是贪色，是贪权还是贪名？我所做的一切，受尽天下人唾骂，可是我忍辱负重，一手覆灭了阉党；是我不远千里去到楚王身边，为他打桩筑基。我这辈子没有贪图过个人享乐。你还记得你离京前咱们一起吃的那顿酒吗？我当时与你畅谈我的志向、我的理想，绝无半字虚妄，只是我实现它们的方式，你不能接受罢了。"

"你做尽大逆不道、伤天害理之事，却非要给自己安一个为了家国大义之名，只是令我更瞧不起你。"

"我不需什么名，除了沈兄，我也不屑于向谁解释，但沈兄对我来说是不一样的，我始终相信，有一天你能懂我，或许也只有你能懂我。"

沈鹤轩鄙夷道："可笑。"

"难道沈兄不希望楚王当皇帝吗？沈兄教了楚王多年，难道不知道他才是真正的帝王之材吗？"

"我希望他当皇帝，我亦是以人君的要求去要求他的，可他为什么不接受朝廷的招降回去当太子？为了皇位不惜犯上谋反，如此不忠不孝之人，将来就算登上皇位，如何以孝治天下？"

"他若回去当太子，且不说有没有命活到登基的那一天，惠妃娘娘的仇该如何报？若不为自己的生母报仇，岂不是更加不忠不孝？"

"你不必强词夺理。"

"难道沈兄不是过于天真？一味以礼教道德约束天下人、天下事，跟那些沽名卖直的腐儒、脚不沾地的伪圣，有何分别！"

沈鹤轩脸色一变再变："好一口颠倒黑白的伶牙俐齿，你暗助反贼谋夺我大晟疆土，又怂恿惠亲王谋反，可在你口中，反倒成了义举。"

"我不敢说我是义举，我只知道，大晟天下，不能毁在昏君阉贼手里，只有辅佐一位圣主明君，才能实现我的理想。"

"你不是要辅佐他，你是要控制他。"沈鹤轩指着燕思空，恶狠狠地说："跟封野一起控制他。"

"天下始终是陈家的天下，将来楚王能够独当一面时，我们自会功成身退。"

"就算你愿意退，封野愿意退吗？"

"封家三代忠良，若要谋反，靖远王拥兵自重时为何不反！封野是被昏君佞臣逼反的，若遇上圣主明君，他就是忠臣良将。"

"这等鬼话，也只有三岁孩童会相信。"

"沈兄信与不信，改变不了什么。你如今身在牢狱，就算有报国救民之心，也百无用武之地，若就这么老死狱中，更是可惜了沈兄一身经世之才。我今日来，不是来与沈兄辩对错的。"

"你想干什么？"

"我是来给沈兄指一条活路的，而且是能令沈兄一展所长、不负理想的活路。"

"你休想……"

"我想送沈兄一家去云南。"

沈鹤轩怔住了。

"良禽择木而栖，贤臣择主而侍，沈兄心里应该清楚，谁才是能够光复大晟的那个明主，谁才能让你实现齐家治国、名留青史的理想。"

沈鹤轩沉默了。

"或者，沈兄愿意与一帮尸位素餐、瓦釜雷鸣的腐吏陪着那只会享乐的昏君一起沉入水底？"

燕思空又倒了一杯酒，朝沈鹤轩一敬，而后独自饮尽："我马上就要与阙将军出使察哈尔了，此去凶险，未必能全身而退，若沈兄想通了，就告诉我，否则也许再无转圜之余地。"

他放下酒杯，起身离开了牢房。

他也猜不到沈鹤轩会如何抉择，但他仁至义尽了，若非惜才，以及顾念同窗之谊，他也不会留沈鹤轩到现在，若沈鹤轩再冥顽不灵，那便在狱中老死吧。

见过沈鹤轩，他又去见了冯想，冯想不如沈鹤轩这般刻板固执，他不降，无非是因为家人尚在京中。

冯想是无关紧要之人，燕思空本无意为难，他会与封野商议放了此人，令其独身回京，给他们带个信儿，震慑一下朝野。

回到府中，燕思空恼于一身的酒气，想尽快去换身衣物，却被寻着味儿来的封魂堵住了，将鼻子顶在他身上嗅了半天。

封魂是喝酒的，封野时不时就会喂它，不过它只喝陈年佳酿，普通的酒还入不了它的狼眼，燕思空无奈，便叫下人拿来一壶一模一样的酒，亲自喂了封魂。

封魂喝完酒，便围着燕思空蹍步，时不时扑到燕思空身上，全无平日的稳重冷酷，燕思空实在有些招架不住，被它缠着玩乐了半天，累得气喘吁吁。

直至太阳落山了，下人请燕思空去陪狼王吃饭，他才得以脱身。

封野对外宣称摔断了腿需静养，为严格保密，在府中也真的做出卧床的模样，吃饭都端到床前。

燕思空进屋之后，封野就屏退了下人，这才起身下床，舒展筋骨，并抱怨道："躺了一天，比骑一天马还累。"

"再过几日就要出发了，忍一忍吧。"燕思空道，"你与阙忘商议好了吗？"

"嗯，他虽能易容成我的样子，但并不能完全相像，声音也有异，禁不住亲近之人的仔细分辨，所以我会挑选两名信得过的忠仆服侍他。我们速去速回，又有叔叔压阵，应该没问题。"

"那就好。"

封野走到燕思空身边，提鼻一嗅："你怎么一身酒味儿？那沈鹤轩还有心情与你喝酒？"

"不是，我喂了魂儿喝酒，它撒我一身。"

封野扯了扯他的领子："太臭了，去换掉。"

燕思空道："封野，我有事求你。"

"嗯，你无事怎么会主动找我。"

"我希望你放了沈鹤轩和冯想。"

封野冷哼一声，没有作答，但燕思空知道他同意了，对于封野来说，这两个人已经无关紧要，自己马上就要冒险出使敌营，这时候合该卖个人情。

临行前，封野命人放了冯想，而沈鹤轩也妥协了，愿意去云南。封野起初不同意，认为沈鹤轩去辅佐陈霈，会令陈霈过于壮大，不好控制，但最终还是被燕思空说服了。燕思空担心，陈霈本无权无势，又还年少，如今军权在握，万一身边有人图谋不轨，或被朝廷策反来谋权，那他们就功亏一篑了。

料理完大同事务后，封野穿上了元南聿的衣甲，戴上了他的面具。封野比元南聿要高上一些，但身形都十分健壮，重甲加身，又骑在马上，也看不出太大区别，他和燕思空带着三千护卫和厚礼，西出边关，前往察哈尔部。

察哈尔部如今驻扎的地方离大同不远，不过两三日的路程，远远地，便能看见草原上遍布的一个个蒙古包，和游散放牧的牲畜，他们之前并不驻扎在这里，是与朝廷议和后，故意搬到离大同和河套较近的地方，意在威吓封野。

哪答汗的儿子图尔酷亲自前来接待，看到一箱一箱的礼品，不禁眉开眼笑，对他们客气了许多，令他们将护卫驻扎在不远处后，就领着封野、燕思空和两名贴身侍卫去见哪答汗。

路上，图尔酷先假惺惺地向燕思空表达他们杀了狼王使臣的歉意，然后告诉他们，朝廷的使臣已经住了好些时日，也想见见他们。

燕思空知道，他们想见的正是自己，他泰然自若地说，按照礼数，他们应该先拜见大汗，至于大晟使臣，他自然要会上一会。

和谈

在最大、最豪华的那个蒙古帐篷里，他们见到了察哈尔部的首领——哪答汗。

察哈尔部原是瓦剌麾下十三部落中的一支，瓦剌一统蒙古时，尚且能压制住这些野蛮部落，瓦剌一败，他们顿做一盘散沙，又开始了无休止的内斗和侵扰边关。察哈尔是如今蒙古地区留存下来的最大的部落，但跟当年瓦剌的强盛相比，简直是天悬地隔。

哪答汗已年近花甲，但头发油黑，身体健壮，脸上的皱纹就像一道道深沟刻印在面上，记载着他不平的一生，此人是杀了自己的亲爹继承可汗之位的，是个狠辣角色。

燕思空和封野朝他深深鞠躬行礼，并为他送上了十箱各色珍宝和五名美女。

哪答汗一边往嘴里扔花生，一边上下打量着二人，然后将目光定格在燕思空身上："你就是那个燕思空啊。"

"回大汗，正是在下。"

"你这个男人，细皮嫩肉的，长得比我们的女人还好看，难怪汉人皇帝让你当驸马。"

燕思空微微躬身："惭愧。"

"当驸马算什么。"哪答汗旁边一人毫不客气地耻笑道，"这模样当妃子也够了。"

一屋子蒙古人哄然大笑。

封野的唇线僵硬地抿了起来。

燕思空不卑不亢道："大汗是察哈尔的首领，未来的蒙古王，竟然纵容属下以市井流言蒙骗大汗，实在有损大汗威仪。"他斜眼看向那人，"况且，在我们汉人的礼仪里，没有王上的允许，擅自说话，乃大不敬。"

那人眉毛一横，拍桌子就要发火。

哪答汗沉声道："兀路。"

被唤作兀路的人立刻老实了，但面上还是愤愤不平，怒瞪着燕思空。

哪答汗轻哼一声："不愧是进士啊，牙尖嘴利的，不过，这里不是你们大晟，我们也看不上汉人的礼仪，更轮不着你教训我的人。"

燕思空淡笑："大汗教训得是。"

哪答汗又看向封野，并指了指他："你就是狼王的蒙面将军，阙忘。"

封野拱手："见过大汗。"他压低了嗓音，听来十分稳重。

"我听说过你，是狼王军的第一猛将，很能打。"

"大汗过誉了。"

"你为何戴着面具？"

"少时因故容貌被毁，不能示人。"

"为什么呀？"

"不记得了。"

哪答汗戏谑道："要是我命你把面具摘下来呢？"

封野淡定说道："我曾发誓绝不将丑陋面貌示人，除非我死，如今我身在大汗营中，大汗若逼我摘下面具，我也只能从命，但大汗只为取乐就羞辱来使，此事传出去，大汗怕要颜面扫地。"

哪答汗脸色微变，重重哼了一声。

兀路忍不住说道："大汗，这帮子汉人最会绕弯弯，可别着了他们的道。"

"闭嘴。"图尔酷皱眉道，"兀路，大汗面前轮不到你说话。"

兀路气得脸色发青。

哪答汗挥挥手："好了，你们汉人好说远来是客，坐下吧。"

封野和燕思空对视一眼，才坐了下来。

"你们来干什么，咱们都清楚了，实话跟你们说，朝廷已经同意了封贡。"哪答汗好整以暇地看着他们。

燕思空笑了笑，道："朝廷同意了，大汗也同意了吗？"

哪答汗瞪起眼睛："本来就是我们提的，我们怎么可能不同意。"

"若大汗也同意了，现在就该绑了我送给朝廷以表诚意。大汗既然留下了我，我也定会不负大汗的期望，仔仔细细地告诉大汗，为何大汗应该弃朝廷而就狼王。"

哪答汗冷冷一笑："好啊，我这儿听着呢。"

燕思空拱了拱手，不疾不徐地将所有的利弊与哪答汗分析了一番，该显示诚意的时候将哪答汗吹捧得十分妥帖，但该展示大同兵力的时候也绝不嘴软，听得哪答汗如坐针毡。

以如今的形势来看，察哈尔选择朝廷，还是选择狼王，其实都是各有利弊的。

朝廷毕竟已经与察哈尔部结盟，为察哈尔提供了大量的金银和军备，助他统一了好几个零散的小部落，日渐强大，虽说背叛盟友对连亲爹都杀的哪答汗来说也不算什么，但必须得有一个足够诱惑他的条件。

狼王这头呢，好处也是实打实地摆着。狼王控制了河套之后，互市便是能给予察哈尔的最大好处，且狼王大军就在大同虎视眈眈。哪答汗不是傻子，他知道一旦逼急了狼王，真的开打了，他没有胜算。

哪答汗对朝廷或狼王的选择，归根结底是对封贡或互市的选择，哪个可能给他的利益更大，他就会倾向于哪个。燕思空清楚地知道这一点，于是以曾经官拜兵部右侍郎和昭武帝近臣的身份，向哪答汗有理有据地详述了朝廷的财力，归根结底，就是无论朝廷许诺了哪答汗怎样的封贡条件，到最后都不可能达成。

以燕思空的辩才，就是朝廷使者在当场，也能被他打得丢盔弃甲，何况当场只有一帮蛮夷，自然被他说得一愣一愣的。

要说哪答汗被燕思空全然说动，那是不可能的，但心中肯定已有了猜疑，最后，他命令图尔酷安排他们去休息。

回到帐篷，挥退了下人，封野才摘下了面具，露出那张丰神俊逸的脸，皱眉抱怨道："阙忘是怎么常年戴着这玩意儿的，憋闷得很。"

燕思空将布巾润湿，递给了他，心里不禁为他的话而难过起来："也不知他戴了多久才习惯。"世人都说他貌比潘安，元南聿那张与他神似的脸，却因为墨刑而被迫常年覆面，怎能不叫他心疼。

封野没有接，而是挑眉看着他。

燕思空领会，用布巾给封野擦起了脸。

封野眯起眼睛："那蛮狗居然敢对你出言不逊，早晚我要杀了他。"

"不可冲动，那兀路是察哈尔大将，性格虽然莽撞，但骁勇善战，以后说不定用得着。"

封野冷哼一声。

帐外传来脚步声，两人立刻分了开来，封野快速戴上了面具。

原来是图尔酷带着人来给他们送晚餐，并告诉他们，择日将举办宴会为他们接风，朝廷使臣也会到场。

燕思空拉住图尔酷不让他走，亲热地要求他坐下来一起用膳。

图尔酷岂会不知道燕思空打得什么算盘，没怎么推脱，便坐下了。

三人一边吃酒，一边寒暄，封野不怎么说话，燕思空则舌灿莲花，把图尔酷吹捧得差点找不着北。酒过三巡，燕思空说起了自己的真正目的，他求图尔酷去劝哪答汗与狼王结盟，未来便助图尔酷承继可汗之位，还要助他成为未来的蒙古王。

图尔酷虽然是哪答汗的长子，但蒙古人可没有什么立嫡立长的传统，通常是哪个王子最彪悍，就让哪个做可汗，图尔酷不是最好的王子，也不怎么得宠，不过，他的母亲是哪答汗的阙氏，传闻哪答汗的阙氏是个母夜叉，哪答汗狠毒勇猛，小妾成群，独独有些怕老婆。

图尔酷被燕思空哄得有些飘飘然，拍着胸脯、大着舌头向燕思空保证一定去劝哪答汗，最后，还收了燕思空的厚礼，高高兴兴地走了。

"哪答汗自己倒有几分能耐，他这个儿子却是个废物。"封野不屑道。

燕思空冷笑："废物也不是百无一用。"

"他真的会去劝哪答汗吗？"

"就算去了哪答汗也未必听他的，他之前肯定也收了朝廷的礼，我也不指望他真能起什么作用，别拆我们台就行。"燕思空喝了一口汤，他这一天说了无数的话，说得口干舌燥。

封野看着燕思空："你觉得我们胜算大吗？"

燕思空放下碗，深吸一口气："老实说，一半一半吧，我们必须有让哪答汗不得不与我们结盟的理由，大到远远盖过背叛盟友的代价，眼下看来，是不足的。"

封野眯起眼睛："你在大同的时候那么胸有成竹，就是为了让我放你来吧。"

燕思空无奈道："若我不来，则一点和谈的可能都没有，我来了，尚有一搏的希望。"

"若和谈不成，我们都可能死，尤其是你。"

燕思空沉默片刻："只有等见到朝廷使臣，我才能试出哪答汗的态度。"

"我有一计。"

"哦？说来听听。"

"光凭你一张嘴，至多能让哪答汗对我们和朝廷的态度持平，但不足以让他背信毁盟，要让他别无选择，必须下猛药。"

"什么猛药？"燕思空皱起眉，有些不祥的预感。

封野握住燕思空的脖子，让他的耳朵凑到自己唇畔，低声说了一句。

燕思空大惊："你简直疯了！"

封野面色平静："我以为此计可成。"

"你要是这么做，连你们都走不了。"

"就如你所说，我们是来搏一把的，不入虎穴，焉得虎子，你都敢将自己送到敌人面前了，还怕冒这个险？"

"封野，我以为这么多年过去了，你该成熟稳重了许多。"燕思空咬牙道，"怎么还是这么喜欢走险棋？你是统领三军的主帅，岂能轻易涉险？你让我去舌战朝廷使臣，我至少有七八分的把握说服……"

"你刚才还说五分。"封野戏谑道，"对你，真是一刻都不能掉以轻心。"

"我是认真的。"

"我也是认真的。"封野神情桀骜，"你总是步步为营，行事过于小心谨慎，其实你仔细想一想，此计才是最有可能成功的。"

燕思空嘴上还想反驳，可脑子已经开始转了起来。

封野倨傲地扬了扬下巴："我是狼王，听我的。"

燕思空脑中反复思索着封野所谓的"计"，眼神变得愈发深沉。

察哈尔宰牛宰羊，载歌载舞，迎接远道而来的客人。

场面看似十分热情，只有当局者看得见危机四伏，尤其对燕思空来说，更是一场鸿门宴。

燕思空和封野刚落座不久，就听侍卫喊道："大晟使臣到——"

此次使臣团，除去护卫军外，一共十三人，为首的是鸿胪寺丞任卓和两名御史，还有一些文书和贴身侍卫，此次赴宴，任卓就带了御史及文书、侍卫各两人。

燕思空和任卓是认识的，过去在朝中有过公务往来，但没有太多交情。任卓政绩不突出，也非翰林出身，不过口才极好，为人八面玲珑，在朝中混得如鱼得水，还精通蒙古语、女真语，是使臣的不二人选。

见任卓进来，燕思空不动声色地看着他们。

任卓走进帐篷，先环视一周，找到了燕思空，鄙夷一笑，然后才向哪答汗行礼问安。

施过礼后，任卓转过身来，满脸不屑地看着燕思空："哟，燕驸马，燕大人，好久不见，别来无恙啊。"

燕思空站了起来，作揖道："任少丞，自京师一别，确实很久了，看来你我皆安好，在下就放心了。"

任卓朝天拱手："我身受天恩，犹如千斤重负，无一日不战战兢兢，殚精竭虑，唯恐上负陛下、下愧百姓，实在不敢言好，哪比得上燕驸马八面威风、通权达变，如此会明哲保身，自然是安好的。"

燕思空笑笑："少丞大人说得在下好生惭愧啊。"

"惭愧？"任卓冷笑一声，"一个欺师灭祖、通敌叛国之人，也会惭愧？"

燕思空不疾不徐道："在下当年顺服谢忠仁，实是忍辱负重、卧薪尝胆，是为了彻底覆灭阉党的权宜之计，世人不懂我，我亦无怨无悔，如今我欲扶楚王夺回本就属于他的太子之位，也是为了天下苍生，我至多是叛了陛下，可没叛国。"

"简直无耻之尤！"任卓喝道，"你背叛陛下，就是叛国。"

燕思空勾唇一笑："民为贵，社稷次之，君为轻，在下一心为国为民，深知国可无君，不可无民。"

"你真是……"

"够了，不要吵了。"哪答汗不悦地喝道，"诸位先落座吧。"

燕思空平静地坐回了座位，与任卓遥遥相对，四目相接，眸中均闪烁着夹杂了杀气的寒意。

哪答汗举起酒樽："诸位无论因何来到我察哈尔，远来是客，不能叫人以为我察哈尔不懂待客之道，我先敬诸位一杯。"

众人齐齐与哪答汗干了这杯酒。

喝完了酒，哪答汗开始说起察哈尔对中原的世代友好，虽然每一个字都是胡说八道，但依然得到了热烈的应和，看来哪答汗与汉人往来久了，旁的未必有长进，客套和虚伪倒是学了不少。

任卓一面附和，一面极尽恭维，显出朝廷与察哈尔有盟约在身、十分亲近的样子，燕思空在一旁但笑不语。

一群露着白臂纤腰和长腿的蒙古女子鱼贯进入帐篷，以舞乐给宴席助兴。

此时已是冬日酷寒，哪怕帐内摆着硕大的火盆，但穿着如此单薄的布料，就是壮年男子也会受不了，她们却浑然未觉一般，脸上始终带着飒爽的笑容。她们的舞姿不似中原女子那般妖娆柔媚，而是像草原上奔驰的骏马一样豪放有力，看得一群汉人连连拊掌赞叹。

燕思空和封野对视了一眼，两人心中暗潮汹涌，根本没空欣赏这异域风情的歌舞，因为，生死成败就在这一席之间了。

封野在桌下握住了燕思空的手，暗暗用力。

燕思空的手被握得有些生痛，但这样的疼痛给予了他安定的力量，仿佛就算天塌地陷，只有身边有封野，他就无所畏惧，他就所向披靡。

宴席之上，推杯换盏，舞乐升平，哪答汗大笑着与他们觥筹往来，还命舞女给他们斟酒、喂菜，仿佛只要酒够浓、女人够野，就谁都不记得宴席之下暗藏的阴冷杀机。

晚宴进行了足足两个时辰，暮色已经完全覆盖了大地，很多人都喝得面红耳赤了。

哪答汗突然挥退了舞女，粗糙的大手转着手中的金玉酒樽："这个玩意儿，是大晟皇帝送给我的，听说一个就能买我一百匹马，可是真的？"

任卓笑眯眯地说："陛下送给大汗的，自然都是千挑万选的珍宝，才配得起大汗的尊贵身份。"

哪答汗点了点头："也只有你们汉人能做出这么精致的东西，多谢大晟皇帝。"

"陛下虽远离京师，也必然能感受到大汗的诚意，他日我回朝，定会将大汗对我大晟的倾慕之情上达天听。"

哪答汗哈哈一笑。

燕思空拱手道："大汗的汉语讲得好，大汗的王子、臣子汉语讲得都好，足见大汗对中原文化的认同。察哈尔与大同府接壤，我见这里的许多东西，都与大同颇有渊源。"

哪答汗道："不错，我们的衣食习惯，受西北影响最大。"

"如此看来，察哈尔与大同更该结为邦邻之好。"

哪答汗笑笑，没有说话。

任卓冷笑道："燕驸马，我劝你别白费力气了。"

燕思空挑了挑眉，看向任卓。

任卓从袖中拿出一个卷轴："你可知这是什么？"

封野眯起了眼睛。

燕思空淡定自若："在下没有火眼金睛，如何能透纸识字，还请少丞大人明示。"

"这个。"任卓看了哪答汗一眼，得意地说道，"是我大晟与大汗签下的封贡文书。"

燕思空感到头皮发麻，虽然有所预料，但没想到他们竟然已经签了文书，而任卓会就这么赤裸裸地拿出来挑衅。

封野沉声道："何时签的？"

任卓阴寒地看着燕思空："在你们到达之前。"

封野握紧了拳头，周身戾气四溢。

哪答汗耍了他们，在他们来之前就已经与朝廷签了封贡协议，还将他们骗来察哈尔，分明就是为了绑了燕思空送给朝廷做人情！

燕思空深吸一口气，手心里顿时全是汗。他本以为哪答汗尚在犹豫，也没料到朝廷反应如此迅速，竟然已经把封贡的文书给签了，他们这趟出使，是完完全全地自投罗网。

燕思空站起身，镇定地看着哪答汗，不卑不亢道："大汗既然已与朝廷签了封贡文书，还邀我等过来和谈，是为了将我送给朝廷邀功吗？"

哪答汗哈哈大笑道："不瞒你说，若第一次出使的人是你，说不定如今结果会不同。"

燕思空面无表情道："那这宴席是为的哪一出？"

"自然是为了招待客人。"哪答汗阴险地笑着，"我砍了你们的使臣，叫汉人骂我是不懂规矩的蛮子，所以这次我就以使臣之礼招待你们。"他倾身向前，邪笑道，"如何，我招待得周不周到？"

任卓等人哈哈大笑起来，一屋子的蒙古将领也跟着猖狂大笑，燕思空和封野两个人孤零零地坐在他们中间，就像入了狼窝的两只羔羊，随时可能被撕成碎片。

不过，他燕思空做不来羔羊，封野，更是彻头彻尾的真正的狼。

封野站起身来，走到了燕思空身边，周围的察哈尔侍卫整齐划一地抽出了佩刀，"刷"的一声，令人心惊。

燕思空与封野四目相接，眸中只剩下笃定和坚韧，燕思空拱手道："既然如此，宴会未完，我们就还是大汗的客人，对吗？"

哪答汗低笑："对，对，这宴会你想进行到何时？明天早上如何？"

燕思空没有回答，他看向任卓："少丞大人，既然你也是客，我也是客，便没有主次之分，我就畅所欲言了。"

任卓挑起眉毛："燕思空，你可真是不到黄河心不死，你还能翻出什么花样来？"

"可否给在下看一看这封贡文书。"

"你是吓糊涂了吗？朝廷的机密文书，怎么可能给你这个乱臣贼子看。"任卓晃着手中的文书，"再说，大汗就在这里，难道还会有假不成？"

"文书的内容自然是真的，但是这文书不成立。"燕思空正色道。

"你说什么？"任卓腾地站了起来，嘲弄道，"你说文书不成立？你算什么东西。"

"我燕某人无足轻重，但我做了十年晟臣，知道祖制不可亵渎，律法不可不尊，少丞大人同意吗？"

任卓瞪起眼睛，一时不语，无论燕思空如何的声名狼藉，他的才学确是有目共睹的，这一听就是下套的话，他哪里敢轻易回答。

燕思空勾唇一笑："我华夏乃礼仪之邦，律法有约，与外邦的任何文书，都必须一式两份，汉文一份，外文一份，以示对外邦的尊重。"他指着任卓手中的文书，"为何这文书只有一份？"

"你……"任卓一时语塞。

关于与外邦邦交的礼仪中，确实有这样的约定，但因为中原强盛，周围邦蛮都学习汉文，久而久之，文书便只以汉文书写，外文文书已十分多余，这条礼仪早名存实亡。

燕思空咄咄逼人："任大人，你身为鸿胪寺丞，主管外邦邦交之事宜，竟然连这样基本的规则都忽视，你这是渎职呢，还是故意对大汗不敬呢？"

"你血口喷人！"任卓气得要跳脚，"这只是一时疏忽，无伤大雅，我再补上一份即可。"

"你补上一份，快马呈递回京，陛下盖了印，再返回察哈尔，这一来一往，一个月就没了。"燕思空讪笑，"任大人竟然犯下如此愚蠢的错误，真叫人笑掉大牙。"

任卓颤抖着指着燕思空，突然又转向哪答汗："大汗，在下绝无不敬之意，实是一时疏忽，这本算不得大事，大汗不要被燕贼的一张利嘴蛊惑了。"

哪答汗听得有些发愣，见任卓诚惶诚恐的样子，心中暗道汉人真是矫情，他摆摆手："这不过是一时疏忽，补上便是了。"

任卓松了一口气，厉声道："燕贼，大汗金口玉言，你可听清楚了？"

燕思空拱手道："大汗，察哈尔既与大晟结盟，便应互相尊重，大晟派来的使臣尚且不将察哈尔放在眼中，大汗还指望朝廷今后能践诺吗？"

"你少胡说八道！"

燕思空逼近哪答汗一步，高声道："既然大汗如此重视与大晟的盟约，在下也不想做那挑拨离间的小人，只是在下奉劝大汗，察哈尔的尊严不可不顾，大汗至少应该惩罚任卓，毕竟是他犯下如此过错。"

任卓胸口剧烈起伏着，白胖的脸上布满汗水，他咬牙切齿："好你个寡廉鲜耻的燕贼，在大汗面前颠倒黑白，他日押你回京，你必遭千刀万剐之刑！"

哪答汗的胡子抖了抖，眯起眼睛看着两人："那你说，我该如何惩罚他？"

燕思空斜睨着任卓，薄唇吐出的每一个字都带着森冷的寒气："该杀。"

哪答汗刚要张嘴，封野突然身形如鬼魅一般飘向了离自己最近的一个侍卫，劈手夺过了他手里的刀，快速袭向了任卓。

电光火石之际，一颗人头就飞向了半空。

这变故来得猝不及防，众人都惊呆了，那身首分家的任卓，到死都不知道发生了什么事，还大张着眼睛和嘴，准备反驳燕思空，却不知道自己已经再没有机会开口说一句话了。

兀路最先回过神来，一声暴喊："大胆！"将领和使臣入宴不能佩刀，他撸起袖子朝封野冲了过去。

任卓带来的御史和文书吓得惊恐大叫，一群侍卫也跟着冲了上来。

任卓的脑袋落了下来，被封野一把提在了手中，他的身躯扑倒向前，燕思空眼疾手快地一把抢过了他手里的封贡文书。

封野将燕思空护在身后，一刀砍翻了一个侍卫，与迎面而来的兀路过起了招。

兀路骁勇善战，悍不畏死，是哪答汗的前锋将军，但他不是封野的对手，燕思空这辈子还没见过谁打得过封野。

刚过了三招，封野就一脚踢在了兀路嘴上，脚尖带掉了兀路的半口牙，兀路灰白的胡子上顿时沾满了血。

兀路倒地，其他将领和十几名侍卫一起扑了上来，帐外更有带甲将士源源不断地涌入，帐篷里登时挤满了人。面对数不清的利刃，封野以一人之力将刀剑封在自己身前，把燕思空牢牢地护在身后。

"住手——"燕思空厉吼一声。

哪答汗瞪圆了双目："住、住手。"

只见燕思空将封贡文书举在了火盆上空，恶狠狠地瞪着哪答汗。

众人都停了下来，各个大气都不敢喘，帐内一时落针可闻。

哪答汗颤抖地指着燕思空和封野，气得几乎要吐血："你们、你们疯了，都疯了，我要煮了你们，煮了你们！"

燕思空冷笑："大汗，你煮了我们，察哈尔也离灭族不远了。"

"你放屁！"哪答汗吼道。

封野咣当一声扔下了手中的刀，另一手平举着任卓那滴血的脑袋，一步步朝哪答汗走去。他人高马大，气势迫人，手中的人头、一身的血污加上那神秘莫测的面具，令他宛若地狱索命的罗刹，在人间走的每一步，都带着淋漓的鲜血。

众将士以刀剑相对，却畏惧地随着他步步后退，直退到了哪答汗身前。

"在下不才，代为惩罚了对大汗不敬之人，这是大晟使臣的脑袋，请大汗笑纳。"封野一甩手，将那颗人头直接扔到了哪答汗脚下。

见惯了沙场血腥的哪答汗，也被惊得狠狠一抖，他颤声道："你们居然敢杀朝廷使臣……"

"大汗此言差矣。"封野冷道，"使臣分明是你杀的。"

"胡说，分明是你杀的！"

封野狞笑："使臣死在大汗的地盘上，不是你杀的，也是你杀的。"

燕思空冷笑道："大汗，这营帐之内全是你的人，你说人是我们杀的，传出去，有人信吗？再说，你也不是第一次斩杀来使了，大晟使臣死在你手里，你要如何向朝廷交代啊？"

哪答汗瞪着燕思空，一双眼睛几乎要瞪出血来："你……你们……"

燕思空突然一松手，封贡文书就这么掉进了火盆里，瞬间被大火吞噬了。

哪答汗徒劳地隔空伸出手，却无回天之力。

燕思空高声道："大汗，封贡之事已经随着这把火和任卓的死，化作乌有，大汗若现在把我绑去向朝廷谢罪，朝廷信不信大汗尚是两说，狼王可正厉兵秣马，大军三日可达。大汗是聪明人，不如就和大同结盟吧，那日我已和大汗说得十分清楚，朝廷能给大汗的，狼王一样能给，狼王愿与大汗共享河套、共享西北！"

哪答汗瘫坐在了兽皮椅上。

朝廷的御史慌忙跪地喊道："大汗，不可听信此贼谗言，不可啊！"

哪答汗看着脚边滚落的脑袋，任卓不能瞑目的双眼瞪得溜圆。他环顾帐内，要杀燕思空二人，易如反掌，可是……

哪答汗沉声道："此事容我想一想，先将此二人给我拿下。"

"不必了。"燕思空从怀里掏出一份文书，"大汗，这是狼王亲拟的与察哈尔互市的文书，大汗若不愿签，直接杀了我们便是。"

"你敢逼我？"哪答汗咬牙切齿。

"我二人项上人头已在大汗手中，岂敢逼迫大汗。在下只望大汗仔细想想，封贡文书已经化作乌有，就算大汗执意与朝廷缔盟，等新的文书回到察哈尔，已经是一个月以后。"燕思空声音不大，却铿锵有力，"可大同距离这里，车马不过三日，若此处燃起战火，朝廷绝不会出兵来援，只会趁机夺回黔州，哪管察哈尔死活。"

哪答汗倒吸一口气。

燕思空续道："大汗何不看看互市的条件，再做定夺？"

哪答汗犹豫片刻，摆了摆手。

侍卫从燕思空手里接过文书，呈递了上去。

哪答汗扫视着文书上的字句，人也逐渐冷静了下来。确如燕思空所说，他不吃亏，最重要的是，不跟朝廷缔盟，朝廷也不会浪费兵马来打他，但若不跟大同缔盟，狼王为绝后患，很有可能出兵。

任卓的死，封贡文书的焚毁，把哪答汗逼到了角落里。

燕思空眯起眼睛，循循善诱："大汗，不必再犹豫了。"

图尔酷壮着胆子，小声道："大汗，我看狼王比朝廷好啊，封贡一年才一次，还要等上好几个月，互市一开可就……"

"闭嘴。"哪答汗狠狠剜了图尔酷一眼。

图尔酷立刻噤声。

哪答汗抖了抖文书，粗声道："这文书也只有汉文，没有蒙古文，不成立。"

"是在下疏忽。"燕思空勾唇一笑，"在下会派人快马加鞭返回大同，补上一份蒙古文的文书，要不了两三日。"

哪答汗直勾勾地瞪了燕思空半晌，最后，长吁了一口气。

燕思空和封野回到帐篷内，挥退了所有人后，一直紧绷着的燕思空就像什么东西被抽离了身体一般，两腿开始发软。

封野眼疾手快地扶住了他，低道："怎么？害怕了？"

燕思空看着他："你不怕吗？"他的后背已经被汗浸透，发丝间也全是湿的，脸色更是苍白不已。他紧紧抓着封野坚硬的手臂，将全身的重力都交给了封野，以获取内心的平静。

他和封野刚刚在鬼门关走了一遭，如果他们镇不住哪答汗，现在多半已经陪着任卓人头落地了。他早已经对自己的天命做好了准备，但一想到封野可能会跟着他死在敌军的营帐里，一腔热血和抱负都零落成尘埃，他就后怕得浑身发抖。

封野扶着他坐到了榻上，伸手摘下了面具，脸上亦浮着一层薄汗，他道："我也很紧张，但我比你了解蒙古人，他们心底瞧不起动不动就弯腰作揖、满口礼乐道德的汉人，敬佩悍勇无畏的战士，你我今日所为，让他觉得狼王与其他汉人不一样，既然无论跟谁缔盟，察哈尔都低一等，那跟狼王缔盟，令他能好受一些。"

燕思空逐渐平复了下来，他淡笑："你这是在夸赞自己吗？"

封野勾唇，倨傲道："我不值得夸赞吗？若非我大胆用了此计，这趟必然有去无回，早在我们来之前，他们就已经签了文书，分明是设好圈套等我们来跳。"

燕思空拱手道："狼王足智多谋，在下佩服。"这话说得十分真诚，他确实佩服封野的胆大心细、杀伐决断，这份智慧、胆识和魄力是常年在变故丛生的战场上锻炼出来的。尽管两人在谋略上总是大相径庭，一个保守，一个激进，但最后却能通力合作，相辅相成，不得不说，这怕也是命中注定的吧。

封野定定地看着燕思空，眸中跳动着明亮的光芒："不过，也要多亏你的急智应变，一步步逼着哪答汗把文书签了。"若没有燕思空前期的费尽口舌和今日的相机行事，光靠杀一个使臣是无济于事的。

燕思空也一眨不眨地回望着封野。

两人的心脏都传递着难以名状的悸动，他们无法自抑地回想起了多年以前，是因何而将对方当作生死之交，除却地位、容貌，还有那令人惊叹和折服的智勇。

这时，帐篷外传来一阵脚步声，两人回过神来，封野亦重新覆上了面具。

来找他们的人是图尔酷，他比之那夜把酒言欢时还要热情，甚至带了更多的讨好，毕竟察哈尔已与狼王缔盟，以后河套互市那大笔的财富，都要靠狼王了。

燕思空当场拟好了一份蒙文的文书，命人快马加鞭送回大同，盖了印后再返回察哈尔。虽然这东西其实并无必要，但既然他已拿来指摘任卓，就不得不自己也照做。

哪答汗听从他们的要求，杀了当日在营帐内的御史和文书，将使臣团的其余人放回了京师，避免过于激怒朝廷。但营帐内的那帮人之所以留不得，是因为他们目睹了一切，尽管那日的真相早已流传开来，但他们不能将亲眼所见、有真凭实据的人放回朝廷。

不过，一旦朝廷接到哪答汗和狼王缔盟的消息，必然雷霆震怒，需要惩处相关之人，否则难以平息众怒。

燕思空知道他的府邸保不住了，万阳和小郡主可能会被接回宫中，府中下人都是皇帝赏赐或公主随嫁的，不必给他陪葬，唯有阿力有些危险，不过算算日子，余准应该已经将阿力偷偷送走了。

没过几日，大同送来的蒙文文书就到了察哈尔，既然双方已经缔盟，哪答汗一改之前的傲慢，对他们热情亲近起来，几乎夜夜设宴庆贺。还是一样的帐篷，还是一样的美酒舞乐，那日的"鸿门宴"就像没有发生过一样，无人再提，席间只剩下众人的欢声笑语。

不过，也有人从头到尾都板着脸，那就是被封野一脚踢碎了半口牙的兀路。

燕思空知道封野那一脚为何不偏不倚地踢在兀路的嘴上，封野在顺着燕思空的目光看到满脸怨怼的兀路后，贴着他的耳朵轻声说道："寻到机会，我会割了他的舌头。"

燕思空敛住笑意，低声道："不必，他于我无足轻重。"

封野和燕思空带着哪答汗赠予的回礼，旗开得胜地返回了大同。他们去的时间不久，封长越和元南聿也掩饰得极好，因而他们的狼王实际根本不在大同这件事，无人察觉。

封野一回府，就召集封长越等亲信将领议会，说是议会，却先摆上了酒菜，狠狠庆贺了一番。

席间，喝得半醉的元南聿搂着燕思空，大着舌头说："你、你们真厉害，我听来都捏了一把汗。"

燕思空笑道："你捏了一把汗？我当时可浑身是汗。"

元南聿哈哈大笑。

燕思空如释重负，也尽情地喝了起来。他终于助封野扫清了进军中原路上的最后一道障碍，接下来等待他们的，才是真正的战斗。

燕思空朦胧的双目，不经意地扫过正在与人对饮的封野，那恣意张扬的模样与当年意气风发的小世子重叠在了一起，怕是比高悬九天之上的太阳还要耀目。酒愈浓，他也愈发醉了……

第

十

五

章

缓

和

为了振兴河套地区，封野从黔州、大同等地迁调了十万百姓去开垦，三年赋税减半，又辟出了几块最好的草场专门用以养马。河套的马是关内能找到的最好的马，几乎不逊色于游牧民族的马。

河套互市一开，这块动荡了几十年的地区，终于开始恢复生机。

封野一面养民、一面招兵，不仅汇整了黔州兵马，还将过去被朝廷削减掉的部分大同军也征了回来，手中逐渐掌握了近二十万重兵，坐镇西北而睥睨天下。

当然，朝廷不会坐以待毙，分别从中原、江南、湖广等地征召了三十六万兵马，平叛之心坚若磐石。

冬天不宜打仗，所有人都在韬光养晦，等到明年天气回暖，注定有一场大战席卷整个河山。

在所有人都忙得不可开交之时，燕思空接到了陈霂的一封来信。

信中说，感谢燕思空将沈鹤轩送到云南，但他已经将沈鹤轩好生招待一番后，送回老家了。

燕思空有些惊讶，但细一思量，又感叹陈霖心机之深沉。沈鹤轩在去云南的路上两次想要逃走，都被捉了回来，他去云南是被逼无奈，绝非心甘情愿。

陈霖将一个如此厉害的谋士、一个未来可能会阻碍自己的敌人就这么大方地送走了，一是估计以前被沈鹤轩唠叨怕了，嫌留在身边给自己找麻烦；二是担心沈鹤轩可能是燕思空派去牵制自己的；三是打算让沈鹤轩欠下这个人情，沈鹤轩这样的全才，可遇不可求，未来或许有大用场。

陈霖这一招借花献佛，却令燕思空十分不悦。

放走了沈鹤轩，也不知道会给他们招致怎样的麻烦，早知如此，也许一开始就该杀了沈鹤轩……只是他对沈鹤轩动了至少三次杀心，都没舍得下手，也怪他妇人之仁了。

年关将近，大同已是冰封雪盖，但与酷寒的气候截然相反的，却是燕思空和封野之间慢慢缓和的关系。

自谢忠仁在诏狱招供，洗清了当年封家一案上封野对燕思空的怀疑，燕思空又冒着生命危险去察哈尔和谈，终不费一兵一卒地解决了封野的心头大患后，封野便不再针锋相对、咄咄逼人，两人表面看上去是和睦的。

不过，燕思空知道封野仍在处处防备他，不给他半点实权，尽管如此，也比从前那如履薄冰的关系要好得多了。

燕思空始终忘不了重逢之后，封野对他做过、说过的种种，但又忍不住贪念眼前的这点温暖。他知道他和封野不可能回到过去，他们之间的隔阂终其一生也无法湮灭，他们将自己捂起来一半，不敢全心相对，但他不会渴求更多了，能与封野平和地共事，足够了。

这日，大雪纷飞，王府来了一个不速之客，燕思空听到门房通报时，激动得披着薄袄就大步走了出去，远远地，就看到庭院里站着一个十分高壮的身影，一身衣物有些脏旧，棉鞋上包裹着厚厚的淤泥，一看就是长途跋涉而来。

"阿力！"燕思空叫道。

院中之人转过身来，沧桑干皱的皱纹顿时舒展了开来，丑怪的脸上满是激动，扑通一声就跪在了雪地里。

"阿力！"燕思空亦是鼻头酸涩，连忙上前将阿力扶了起来，颤声道，"幸好你平安无事。"

离京前，他曾与佘准、阿力商议好，得到风声之后，要尽快将阿力送出京，否则阿力必遭他连累，承受朝廷的震怒，怕是连个全尸都留不下。

阿力不住地点头，激动地两手比画着，眼角渗出了泪水。

燕思空感慨道："从京师到大同，这一路你吃了不少苦吧。"

阿力又拼命摇头，比画着：能再见到公子，死亦无憾。

王府的下人都又好奇又畏惧地站在一旁，看着这个孔武有力、面目诡怪的男人，不敢相信燕思空一介翩翩公子，会有一个这样的仆人。

燕思空用力拍着阿力的臂膀："以后我们主仆再也不会分开了。"

阿力直抹眼泪。

"家中如何？公主还好吗？"

提到公主，阿力面显难色，他比画道：皇帝下旨抄家，公主和小郡主被接回了后宫，公主十分怨恨你。

燕思空叹了口气，他心中对万阳是有愧的，他又问道："朵儿的身份可还……"

燕思空话未说完，余光瞄到阿力身后，管家领着三名穿了碎花袄的貌美女子进了门，与燕思空等人撞个正着，两方都不解地看着彼此。

管家斜了一眼阿力，被阿力的相貌惊了一惊："燕大人，这位是……"

"他是跟了我十多年的仆人，从京师不远千里来投奔我的。"燕思空看着那三名女子，"她们是？"

管家有些局促地搓了搓手："哦，都是新来的丫鬟。"

燕思空挑了挑眉："丫鬟？"穿得这么好、长得这么好的丫鬟，他只在皇宫里见过，管家分明在撒谎。

管家偷瞄了燕思空一眼："那小的就先带她们去……"

"许伯。"燕思空道，"有什么事非要瞒着我吗？"

管家叹了口气，为难地说："燕大人，她们其实是……是封将军要送给狼王的，这，平日这个时候，您都在屋里看书，或在武室练武，没想到……"

燕思空怔了怔，掩下心头异样，低声道："既然如此，许伯去忙吧。"

封将军送给狼王的……

是啊，封野都二十五六了，若是寻常贵族男子，早已妻妾齐备，孩子都生下好几个了，而封野如今连个侍妾都没有，身为封野的叔叔，确实该操心。

燕思空冲阿力道："走，随我进屋。"

"你们在做什么！"身后传来一道沉稳的男声，声音不大，却有着能够瞬间穿透风雪的力量。

燕思空转过身去，见封野手里拿着那件他亲手猎来的熊氅，朝他们走来。

管家抖了一抖，畏惧地说："狼王，这……封将军又送来三名女子。"

封野皱起眉，不耐道："还没完了。"

"封将军命小的必须带给您看看，小的也没有办法，只好先带进府里，总不能让几个姑娘在外面冻着，寻思着等雪停了，再将她们送走，谁知道就撞见了……"管家小心翼翼地看了燕思空一眼。

燕思空面色平静无波："我是听说阿力来了，阿力，见过狼王。"

阿力慌忙朝封野跪下了。

"你竟能活着到大同，也是不易。"封野挥手示意他起来，一边将大氅披在了燕思空身上，埋怨道，"你穿成这样就跑出来。"

燕思空紧了紧那温暖厚实的大氅，身体顿时暖了许多："多谢狼王。"

封野冲管家道："许伯，带她们下去，雪停之后赶紧送走。"

"是。"管家走了几步，又停下来，欲言又止地看着封野。

封野眯起眼睛："你还要说什么？"

"封将军若问起来，小的该……如何回答？"

"叔叔那里，我自会答复。"

"是。"

"慢着。"

"哎。"

封野指指阿力："将此人带下去，好生招待，在燕思空宅院里给他收拾出一间厢房。"

"是。"

燕思空道："阿力，你旅途劳顿，先好好休息休息。"

阿力拱了拱手，跟着下人走了。

封野搂了搂燕思空的肩膀："你也赶紧回屋。"

"我是习武之人，冻上一会儿没什么大碍。"燕思空淡道。

"还有人喜欢冻着？"封野不由分说地将燕思空推进了屋里。

燕思空脱下大氅，仔细地挂好，才状似漫不经心地问道："封将军经常给你送来女人？"

封野看了他一眼："叔叔一直斥责我迟迟不娶，恐让封家后继无人。"

燕思空垂下了眼帘："封将军一心为封家考虑，实在是至忠至孝之人。"

封野微眯起眼睛："我不想娶来碍手碍脚，还是你也觉得，我应该娶妻纳妾？"

燕思空顿了顿，平静说道："狼王还是自己拿主意吧。"

封野双手环胸："我就想听听你的看法。"

燕思空沉默片刻："我以为……封将军说得对。"

封野的神情冷了下来："你的意思，我应该娶妻生子了，是吗？"

燕思空深吸一口气，心里堵得几乎发不出声音，他也不希望封家就此绝后，他也希望封野开枝散叶，儿孙绕膝，但是……

他愈发能体会，当初封野知道他要娶万阳时的心情。

见燕思空不说话，封野冷道："我做什么，不做什么，轮不到别人指手画脚。"

燕思空在心中叹息。

年前，燕思空收到了来自云南的岁礼——一幅十分珍贵的吴道子的山水丹青。以前燕思空给陈霂上课的时候，曾多次对这位画圣表达过倾慕之情，没想到陈霂到现在还记得。

这幅画的价值是难以估量的，燕思空爱不释手，一有空闲就要拿出来细细欣赏。

看了两天，封野不乐意了，嘲弄道："陈霂倒是十分了解你的喜好，这么会讨好你。"

燕思空闻言，不着痕迹地将画收起来，避重就轻道："但凡读书人，哪有不爱字画的，他不必了解我，也不会送出错来。"

"朝廷正对云南虎视眈眈，他居然还有心情给你送字画，我看他未必能过个安生年。"

"可有新消息了？"

"入冬以来，云南雨雪不断，道路泥泞难以通行，因而粮道必然受阻，若我是主帅，便会趁着这个时候去围城，断绝中庆的粮食补给。"

"中庆存粮颇丰，足够一年之需。"

"但若现在不围，等天况转好，各城之间往来便捷，运粮、救援都比现在容易许多，那时候再围便更加不利。"

"我走之前让陈霂分兵，不能将所有兵力都留在中庆，他已经在周围城池布局好了，可成掎角之势，互相帮援。"

"但朝廷兵马远胜于陈霂。"

燕思空叹道："这一战只能主守，希望他扛得住吧。"

"还有一件事。"

"嗯？"

封野挑了挑眉："怎么，陈霂没告诉你吗？"

"何事？"燕思空不解道。

"探子说，他暗中向吴王之女下聘了。"

燕思空不甚在意："这门亲事是我为他挑的，不过，吴王会不会把女儿嫁给他，现在还不好说，尤其是朝廷要平叛的消息传得沸沸扬扬，吴王此时也要观望。"

"他若真的联合了吴王，至少蜀地会落入他掌控之中，贵州怕也指日可待，到时他过于壮大，我们如何能掌控？"

"蜀地和贵州近年多被天灾折磨，能造反的，当初都跟着你走了，现在剩下的大多是老弱病残，这两地能给他的兵马不会太多，不必担心。"

封野冷哼一声："到了你嘴里，好像什么都尽在掌握之中，那怎么将我们的阶下囚就那么放跑了呢？"

燕思空知道封野说的是谁，此事他亦感到十分失败。

"我已派了刺客去追沈鹤轩。"封野斜睨着燕思空，"一旦找到，杀无赦。"

燕思空怔怔地看着封野。

"怎么，你还顾念同窗之情？他领着几千残兵就能挡住我几万大军，这样的人留着后患无穷！"封野眯起眼睛，"你何时来得这样妇人之仁。"

燕思空叹了口气："我对他，确实过于惜才，一直不舍得杀他……也罢，就照你说的办吧。"封野说得对，沈鹤轩若不能为他们所用，只有杀了才能一绝后患。

"你惜他的才，他却并不领你的情。"封野不悦道，"何况你还将他送给陈霖，叫陈霖借花献佛放走了他，这真是你做过的最蠢的一件事。"

燕思空苦笑："你说得对，我确实做了一件蠢事。"

封野见燕思空面显失落之色，道："罢了，除掉此人就好了。"

燕思空低低地"嗯"了一声。

"你喜欢字画，我会叫人搜罗来送你。"

"不必，我对名家墨宝高山仰止，并不一定要据为己有，不要为此劳民伤财。"

"无妨，我也只能送你这些。"封野定定地看着燕思空。

燕思空听出封野背后的深意。封野引他为第一谋士，但不会给他一兵一卒的实权，仅不吝于荣华富贵。两人看似和睦，实则封野始终在防备他，而他想要的，当然也不是什么字画珍宝。有一天将陈霖扶上帝王宝座，他还要靠封野掌握文臣大权，到时候朝野内外，封野也只能信任他，不得不给他，他不急于现在。

封野垂首，注视着燕思空："待到地里长出战马吃的草，就是我出兵中原之时，此行凶险万分，我可会如你所言，入主京师？"

"会。"燕思空抬起头，笃定地看着封野。

封野满意地点点头。

"你呢，你可会如我所言，扶陈霖登基，与我共同匡扶社稷？"

封野也道："会。"

过了这个年，他们就真的要举兵出战了，是胜，是败，是生，是死，无人可以预料，他用了二十年的时间，走到了今天这一步。

他将一往无前。

不出预料，朝廷十二万大军出兵云南，誓要平定楚王叛乱。当他们接到消息时，已是年后。

大同每一日都在做着战前的准备，哪怕除夕当天都不曾停歇。

兵马未动，粮草先行，雪刚刚化，元少胥就护送着运粮部队出发了，封野让封长越留在大同老巢，带四万兵马坐镇后方，其余十六万兵马，将兵分两路，一路取庆阳，一路取太原，此二城只要得其一，就能打开中原的门户。

大同离京师其实并不远，若快马行军，十日可达，他们也商议过举大军直捣黄龙，杀京师一个措手不及，但反复斟酌后，发现此计不可行，除非他们能神勇急速地冲破紫禁城，否则，他们一定会被中原大军偷了后方，加之江南、湖广也正分别来援，届时京师久攻不下，他们就成了瓮中之鳖，被前后夹击，必败无疑。

因此要拿下京师，必须先拿下中原腹地，将粮道打通，以备持久之战。

封野授予元南聿兵符，命他领兵六万攻取庆阳，而自己将带着十万大军取太原。燕思空斟酌过后，决定跟着封野，因为太原才是此战的关键，且比庆阳难攻许多。

春回大地之日，二十万大军在大同誓师，兵甲如云，长枪如林。

燕思空看着那黑压压连绵不绝的大军，又看了看身边重甲赤袍的狼王，他正高声念着激昂的檄文，以证师出有名，那张年轻俊逸的面上写满了凌霄之志，和睥睨天下的狂妄恣意。

封野，他终于如愿统领一方兵马，有了问鼎中原的力量！

封野喝下一碗烈酒，将酒碗狠狠摔在了地上，手中长枪顿地，发出"咣"的一声闷响。

二十万大军齐喊："狼王！狼王！狼王！"

声动寰宇！

封野举起手，大军瞬时鸦雀无声。

"吾授命于先祖，立命于百姓，誓靖国难，清君侧，匡扶大晟江山。以此制敌，何敌不摧？以此图功，何功不克？！"

"狼王！狼王！狼王！"

封野听着那震动天地的呼喊，面上尽是豪迈之气，他再次握拳，大军再次噤声。

"大丈夫虽有一死，凡死必得其所，加官晋爵，名垂青史，莫不取于你手中之剑！"封野翻身跨上了马，吼道："出发——"

金鼓齐鸣。

这一日，必将永载大同史册。

封野低头看了一眼戴着轻甲立于脚下的威风凛凛的封魂，又抬头看了一眼身边的燕思空，眼眸中闪动着猎猎燃烧的斗志。

燕思空冲他点了点头，眼神坚毅不移。

出发，逐鹿天下。

兵书有云："凡用兵之法，驰车千驷，革车千乘，带甲十万，千里馈粮。则内外之费，宾客之用，胶漆之材，车甲之奉，日费千金，然后十万之师举矣。"

这丝毫没有夸大，领十万大军出征，场面蔚为壮观，但所要考虑的事宜多如牛毛，所要带的辎重千车也拉不完，每日的吃喝拉撒住行，都是真金白银。

大军行进缓慢，一日只能走四十里，幸而开春之后气候适宜，不曾落雨，他们每日择向阳高地扎营，相安无事。

封野和燕思空反复研究着作战图，燕思空突然问了一句："留封将军和三万兵马驻守大同，该使我们后方无忧吧。"路程已经行了一半，太原城就在前方，他们反复斟酌谋略，孤注一掷要拿下太原，可若后方生变，必定前功尽弃。

封野胸有成竹："放心吧，叔叔随着我爹驻守大同二十年，对大同了若指掌，再没有人比他更适合驻守大同，你无非是担心察哈尔会反复，他们在互市上正吃着甜头，大抵不会反复，就算真的胆敢背叛，对大同也造不成什么威胁。"

燕思空点了点头："在关外屯耕戍边那么多年，也是不易。"

封野冷道："那是天下最苦、最险的差事，我爹生长于京师繁华之下，却心甘情愿为朝廷守边备塞几十年，他陈家的江山是我封家守住的，狗皇帝非但不感恩，还联合阉贼构陷我封家，我定要让他付出代价！"

燕思空没有说话，而是默默地看着封野，胸中有些忧虑。

他比任何人都清楚仇恨。

中庸若孔圣人，亦说父母之仇，弗与共天下也，仇恨是一把力量强大的双刃剑，伤人的同时必伤己，他这一辈子便陷于仇恨的泥沼中不得超生，但他无法劝诫封野，他只会助封野报仇。而且，现在确实是谋反的最好时机，这个朝廷病入膏肓的时机。

封野居高临下地看着沙盘上的太原城，就像猛兽看着猎物，他寒声道："任你高城深堑，固若金汤，我都一定会将你拿下！"

大军眼看就要进入重霞山，深山中向来是伏击的好地方，太原军必然在以逸待劳地等着他们。

封野下令原地扎营，令斥候去探明前方情况，并与将领们商议是穿山还是绕路。

这一次，封野和燕思空倒没有意见相左，他们都不愿意绕路，十万大军是个庞然大物，如何挪动都不免笨重，若绕山而过，至少要多出半个月的路程，到时师老兵疲，若被太原军突袭则过于危险。而且，这条道未来会成为他们的运粮道，他们不仅要安全穿过，还要扎营修寨，留下兵马再次驻守。

几人商议了一下午，都有些头疼，便散去吃饭了。

营帐内，封野半卧在榻上，疲倦地说："这山势比地图上看起来要险峻。"

"嗯。"燕思空若有所思地坐在一旁。

"你可有头绪？"

"其实今日几位将军说得都有道理，大军绕道太浪费时间，但可以分兵，这算是较为稳妥的办法，我在想还有没有更好的法子。"

封野点点头："我也在想。"

燕思空脑海中全是沙盘图，和各种正奇分兵的演示。

侍卫端了饭菜进来，封野道："先吃饭吧。"

燕思空坐了过去，捧着饭碗却有些食不知味："算算日子，阙忘也该走了一半了，庆阳还要远一些，但路并不难走。"他其实恨不能将自己劈成两半，否则无论跟着哪一边，都会担心另一边。

"不必担心阙忘，他行事谨慎，有勇有谋，我相信他能为我拿来庆阳。"封野道，"再者，他从小就很聪明。"

燕思空顿了一顿，吃了一口菜，默不作声。

元南聿小时候算得上天资聪颖，但绝非是万里挑一的聪明，而且也不爱读书，难道他更像那个九岁童试的燕思空吗？他始终难以释怀封野为何能将两人认错，只能归结为，封野不希望他是少时的那个人。

不过，两人如今关系缓和，燕思空也不愿再提，无论他心中对封野有多少情谊、或多少怨，他都不是一个会为了私事耽误大事的人，他需要与封野和睦相处，共谋大业。

封野大约也意识到了什么，转而道："今日刚收到了云南的消息。"

燕思空抬起头："哦？战况如何？"

封野口气不善："如你所言，坚守不出，平叛军两攻不下，正僵持着。"

"那就好，他只要坚守不出，平叛军一时半载绝对攻他不下，待我们拿下太原、直指京师时，朝廷必定会调集兵马来援，则云南之危机可解。"

封野挑眉："太原乃石城汤池，可媲美当年的荆州，而兵马比荆州还多，我举兵来攻，从未奢想能快速拿下，短则一年半载，长则三年五载，中庆能撑到那时候？"

"就算不能快速拿下，我们也不能拖那么久。"燕思空摇头道，"我们的粮草、军饷都拖不起，中庆也拖不起，一年之内，必须拿下太原。"

封野凉凉道："那就看我们的本事了，但我劝你别对陈霖抱太大希望，届时若我们攻破了太原，他却没能挡住平叛大军，那反倒拖累我们。"

"不会的。"燕思空笃定地说，"他有帝王之相，那金銮宝座一定是他的。"

封野眯起了眼睛，神情有些阴沉："他到底许了你什么好处，令你这么忠心耿耿，力排万难也要扶他上位？"

"早在我是他的侍读时，我就将他当作未来的国君教导，他也确实不辜负我的期望。"燕思空正色道，"那几年的时间里，我用毕生所学，去浇灌了一个我心目中的帝王，他童年困苦，所以能体察底层之苦，他会想我所想，忧我所忧，只有他当了皇帝，我才能以帝师、宰辅的身份，励精图治，一展抱负。"

封野眸中闪过一丝森冷的怒色，他喝了一口酒，低声道："这样听来，你燕思空简直是一代贤臣，感天动地。"

燕思空听出那话中的嘲讽，没有接茬。

"倘若真有那一天，不知道天下人怎么看你，史书怎么写你。"封野斜睨着他，"光你的前半生，就要写尽好几卷了。"

"我不在乎。"燕思空淡淡说道。

"那你可曾想过，"封野逼近了，一双犀利的狼眸直勾勾地盯着他，"陈霂他一旦成了天子，能心甘情愿做我们的傀儡？有朝一日，你，我，会不会步上我爹的后尘？"

　　燕思空深吸一口气："只要你握紧兵权，谁也无法撼动你分毫。"

　　封野拍了拍他的肩膀："这句话倒是像样，没错，我会牢牢地握着我的大军，不会像我爹那样愚忠，我要将陈家欠我封家的，一样一样地讨回来。"

　　经过反复的商议，封野将大军分成了三路，一路绕山而过，直抵太原，一旦山中有伏兵，也可一举切断太原军和伏兵的联系，一路按照原计划穿山而行，另一路保护辎重在后方慢行。

　　只有前两路军顺利通过，并在山中要位立寨，才能确保辎重和粮草的安全。

　　绕行的队伍由王申带队，连夜轻骑出发了，其他两路则留在原地，他们在等一样东西——雨。

　　下雨虽然不好行军，但亦不便设伏，他们要寻一个视线不清、冰雨刺骨的夜晚，轻装火速穿过重霞山。

　　为了让敌人的斥候拿不准他们各路分兵究竟有多少人马，以及不被看穿他们雨夜急行的意图，他们费了好一番功夫做戏。

　　譬如，尽管王申只带走了一万兵马，但开灶的锅却减少了一半，帐篷也撤了一半，迷惑敌人大军已绕山而行，留在山中的仅有一半兵力，保护辎重粮草。

再譬如，令巡守的将士一日比一日懒散，甚至搭建起了牛马羊的围栏，挖凿了一个蓄水池，做出要长期扎营在此的模样，并放出斥候去探离此处最近的广信城的消息，令敌人以为他们有意先取广信。

如此装模作样了半个月，他们预计王申的兵马应该已经走出重霞山了，而他们也终于等来了连日的大雨。

斥候回报，上峰寨的守将前些日还勤操练兵马，下雨之后，亦十分警惕，但见封家军一切如故后，也渐渐地松懈了下来。

三月初一，朔月当空，阴雨绵绵，月亮暗得几乎要与夜空融为一体，大地昏沉，山中更是漆黑一片。

封野亲率六万大军，人衔枚，马裹蹄，冒雨出发，疾驰向上峰寨。

当上峰寨的将士听到马蹄声时，已经错过了伏击地，且被封野杀了个措手不及，封野自己领两万正兵直突营寨，分两路奇兵，一路策应，一路攀山绕到后方截断上峰寨的退路。

上峰寨原本处于易守难攻的有利位置，但凡来袭，必是仰首而战，但营寨比不得城墙坚固，封家军又犹如鬼魅般突然降临，被两面夹击之下，很快就难以抵挡，而撤退的后路又被包抄，天将明时，便已经败了。

当燕思空随着辎重部队慢腾腾地于当日晚间抵达上峰寨时，封家军正在清点战损，修葺营寨，部署兵力，俨然已成了这里的主人。

燕思空看着井然有序、纪律严明的封家军，心中感慨。尽管他饱读兵书，自诩谋略不输人，但带兵这回事，他却没有多少自信。要统领十万大军，需要非凡的魄力、胆识、智慧、远见、手段，但凡将领有一丝一毫的绵软，都压不住这帮粗野的兵蛮子，别说是十万人，就是十个都能捣出乱来，要让十万人顺从、忠诚于一人，这一人该有怎样的威严。

封野年纪轻轻却做到了，再给他十万、二十万，他也一样驾驭得了，这就是他令朝廷闻风丧胆的原因。

进入上峰寨，封野正在处理俘虏，他不嗜杀，但也从不手软，不降的一律格杀，最终收降了四千将士。

燕思空有些遗憾："眼下正是用人之际，你何不等我来了游说守将？"

"没有归降之心的，留在身边可能是个隐患，要来何用。"

"轻易投降的，也可能是不忠、懦弱之辈，难道就不是隐患吗。"

"这话要因人而异。"封野自得道，"倘若今日攻寨的是外邦蛮夷，投降的必然是贪生怕死之辈，可朝野内外对狗皇帝不满的比比皆是，他们大多是在阉党如日中天时就满积怨怼，他们降我，是弃暗投明。至于那些冥顽不灵的愚忠之人，杀了就杀了。"

这番话倒也没错，燕思空只是不免可惜，再者，他一直在潜移默化地融入封家军，尽管封野不给他实权，但又不免要依仗他的才能，因而哪怕挂个虚职，他在军中亦有地位，他要让封野养成与自己商议的习惯，如此，那些将领就会效仿，他就能掌控得越多。

尽管封野厌弃他工于心计，但他除此之外，不知道还能怎么活。

封野斜睨着他："这几个将领资质平庸，根本不值得你惜才，你要把人人都当成沈鹤轩吗？"

"不是。"想起沈鹤轩，燕思空暗暗叹息，"将那四千人掺入攻打太原的大军，别让他们继续留在这里。"

"那是自然。"

封野又道："对了，我倒想起来，我刚接到了沈鹤轩的消息。"

燕思空心中一紧，他意识到沈鹤轩还活着，否则封野便不必告诉他什么"消息"。

果然，封野微恼道："刺客失手了，被他逃入了襄阳境内。"

燕思空一时不知该喜该忧，他心中并不希望如沈鹤轩这般的经世之才就这么稀里糊涂的死掉，但他也不希望拥有沈鹤轩这样的敌人。

封野凑近了他："你这是高兴呢，还是不高兴呢？"

燕思空苦笑："我也不知道，其实我心里，又希望他死，又不希望他死。"

"他捡回一条命，最好能安分守己。"封野冷道，"倘若再与我作对，我定会令他死无全尸。"

这对话令燕思空不适，他转而道："今日可有阙忘的消息？"

"有，他们正准备攻城。"封野道。

燕思空皱起眉："攻城必然损失惨重……可是你催促他了？"他日夜挂念着元南聿的安慰，甚至有些后悔没有跟元南聿去庆阳，可太原的形势更为严峻，何况，封野未必会让他跟元南聿走。

"我不必催他，他也知道时间之紧迫。"封野将燕思空拉到一边，"我知道你担心他，我也担心他，但他随我打过诸多战役，早已练就一身本事，我相信区区庆阳，难不倒他。"

燕思空点了点头，只望元南聿吉人自有天相，毕竟，他曾经是从鬼门关里抢回命的人，命一定是很硬很硬的。

他们花了几日的时间，安顿好了上峰寨，并留两万兵马在此处把守，上峰寨将是大同往太原的重要粮道，他们拿下上峰寨，攻打太原便有了底气。

择一晴日，封野领着大军向太原进发，王申率领的兵马已经出了重霞山，暂驻在距离太原一百里外，前后监视着重霞山和太原城的情况。

大军汇合后，他们迁至距离太原三十里外，安营扎寨，修建石墙，开垦荒地，无论这一场是否是持久仗，他们都得做好持久仗的准备。

太原城有六万兵马，是进入中原腹地的门户，也是天下最繁华的城邦之一，是他们至今为止面临的最难攻下的一座城池，与太原相比，从前那些城池都成了危卵小城，他们不敢指望能快速攻克太原，哪怕一年之内能拿下，都已是神勇无比了。

扎好营寨后，封野就令将士们练兵屯田，并无进攻的打算。

实际上，他们在等元南聿的消息，元南聿也正与庆阳胶着着。若元南聿能拿下庆阳，他们就可以庆阳为据点，分兵庆阳和太原之间的后路，拿下几座小城，将太原逐步包围，最终切断他们的供给；庆阳不下，他们不敢轻举妄动，否则就会被敌人包围。

连日来，他们都没接到什么好消息，元南聿一次攻城不下，但伏击了来援庆阳的晟军，算是一得一失，并无什么进展。

这攻城之事，自然是急不得，但谁又能真的不急呢。

先是燕思空提议要去庆阳助元南聿，被封野否决——军中很多事务还需要燕思空处理，其实他分身乏术；后又有元少胥提出要去支援元南聿。

元少胥虽然凭着元家长子的身份，在军中得到了封野的赏识，但算不算得上重用，却是不好说。封野让元少胥主管粮食的押运，粮草乃大军的命脉，这确实是一份十分重要的差事，而且还是个肥差，要从中谋取些小利简直易如反掌，但元少胥并不愿意去守卫粮食，他认为自己被大材小用了，他是要领兵杀敌、建功立业的，因而只要寻到机会，总会向封野进谏，恳求一展将才的机会。

可惜封野也没同意。他们刚刚站稳脚跟，要让太原军以为他们已经准备长期围战，若频繁有所动作，尤其是派兵去增援庆阳，必会被看出他们求胜心切，或者可能粮草没那么充足。

于是，他们便密切关注着庆阳和太原的动向，同时关于大同、云南甚至朝廷和天下各处的消息，也在源源不绝地通过线报汇入大营。

他们探知，朝廷打算派兵来太原增援，其实太原并不需要增援，他们兵马、粮草充足，而封野连围都还没围，那些增兵，多半是要来与封家军会战的。不过，消息是闻风而来，并不可靠，若真有朝廷兵马来与他们会战，虽然腹背受敌，危险重重，但比起太原闭城不出，拖着他们，也未必是坏事。

在等待了两个月之后，时节已经入夏，天气逐渐炎热，有那脾气暴躁的武将受不了这么"休养生息"，躲在寨中当缩头乌龟，跑到封野面前要求领兵去打太原，被封野鞭了二十，老实了。

就在所有人浮躁不已，将士们亦有诸多猜疑之时，他们等来了一个最最期盼的消息——元南聿领着封家军浴血奋战，折损过半，自己亦受了伤，终于拿下了庆阳！

元南聿取庆阳的消息振奋了全军，封野狂喜，大大奖赏了元南聿和他带领的将士。当初跟着封野攻城拔寨，早已薄有名气的覆面将军，这一战更将声名远扬。

燕思空更加关心元南聿伤得重不重，封野让他不必担心，元南聿自己就是医术高超的大夫，只要细心调养就能恢复。

封野下令全军庆贺，这捷报是现在他们最需要的，不仅能鼓舞消沉的士气，更是为攻打太原铺好了路。

宴席上，封野大肆称赞元南聿，以此激励其他将领，燕思空坐在下方观察着众人的神情，大部分人都沉溺在打了胜仗的喜悦中，只有一人笑得有几分僵硬，那就是元少胥。

燕思空心中冷笑，尽管看在元卯的恩情上，他不会对付元少胥，但此人气量之狭窄，已经让自己饱受折磨。

看到燕思空挂着虚名却能参与战事的决策，看着元南聿屡立战功、扬名立万，元少胥定是如坐针毡，这人连自己的亲弟弟也嫉妒。

庆功宴结束后，燕思空和阿力搀扶着半醉的封野回到中军帐，封野一身酒气地躺在床上，阿力要去服侍他脱衣服，燕思空道："不必了，我来吧。"

封野却突然一把抓住阿力："去，把王申叫来。"

"你可是要嘱咐他加派人手巡营？"

封野点点头。

燕思空道："我已经跟王将军说过了。"

封野轻笑："你总是……想我所想。"

"我们在这里久候而不战，士卒警惕必然有所下降，但营帐巡卫一日都不能松懈，尤其是天候不好，或有节庆宴席之时，最容易被偷袭。"燕思空挥退了阿力，给封野脱下了靴子。

封野半眯着眼睛看着燕思空。

燕思空道："我去给你倒一杯解酒的茶吧，你许久没这么醉了。"

封野摇摇头，始终盯着燕思空："你是否，总能知道我在想什么。"

燕思空嘲弄一笑："我非但不能，还越来越难揣测你。"

"是吗。"封野深吸一口气，红晕的脸上满是酒气，"你从前，便总能知道我在想什么，然后专挑我爱听的说，句句……句句说到我心上。"

"……那是从前。"从前的封野有着少年的天真，那是从未被践踏过、掠夺过、灼烧过的单纯，他爱憎分明，他喜怒于色，他的心思很好猜。但经历了那样的大起大落，当两人再相见时，从前的封野已经不在了。

封野嗤笑一声："是啊，从前。"

燕思空起身去倒茶。

当他背对着封野倒茶时，突然就听着封野似乎小声嘟囔了一句。

燕思空浑身一震，慢慢扭了过脸去，刚刚……刚刚封野，是在叫他……空儿吗？

自他们重逢后，封野极少会叫他的名字，似乎连冲着他叫出"燕思空"这三个字，都是辱没了什么，更别提唤他的乳名，那是最最亲近之人才会唤的，自元卯死后，封野是这世上唯一一叫他空儿的人。

那两个字，曾经流连于他身边，无数个日夜，当他们并肩而行时，吃酒赏月时，纵情山野时，那一声一声的"空儿"，是两人至亲的佐证，只有封野可以这么叫他。

可封野不再这么叫他，至少在清醒的时候。他知道为什么。

燕思空的手在发抖，直至温热的茶浇到了他的手上，他才如梦初醒，他竖起耳朵，殷殷期盼着，想要听得真切，封野却没有再开口，以至于他分不清方才封野是真的唤了他"空儿"，还是那旖旎的春风潜入帐内，拂过耳边，悄然留下的一丝残梦。

燕思空端着茶，走到了榻前，发现封野已经睡着了。他坐在床畔，用眼神细细描绘着封野的脸，一遍又一遍，如果，如果封野能睁开眼睛，能再唤出"空儿"二字，或许他什么都能放下。

燕思空苦笑一声，谁会相信他这样的人，其实也难逃情义二字呢。

庆阳失守，对朝廷打击不小，这必然使得太原的守御更加谨慎，当即就增派了兵力去驻守延州府三郡。

延州府位于庆阳和太原之间，庆阳、延州、太原三地，形成了一条西南往京师输运的线，任何从西南而来的官商押运都不外乎要走这条线路，切断这条线路，等于断掉朝廷四肢中的一肢。

延州是庆阳和太原之间的驿点，作为输运转折地的最大优势就是地处平原，道路平坦，但作为城邦，它无险可守，只有孤零零的几座城池，因而他们在商议时，自然择取了太原和庆阳，这两地只要拿下一个，延州是手到擒来。

现在，就是他们取延州三郡的时候，尽管朝廷调派了兵马去支援，他们依然很有把握。

不过，封野并没有急于出兵，他在等待朝廷的动向，朝廷从江南、湖广等地集结的大军正朝着中原赶来，他们在等待最好的时机，既能拿下延州，又能重创援军。

这一日，燕思空去盘查军粮归来，正看到元少胥满脸不忿地离开中军帐，两人打了个照面，均是一愣。

燕思空客气地说："元将军，因何如此行色匆匆？"

元少胥口气有些冰冷："思空，你记性好，你可记得我是几岁随爹从戎的？"

"十六岁。"

元少胥咬牙道："没错，十六岁，我如今已三十六了，你也觉得，我只能做个运粮官吗？！"

燕思空看了看左右无人，低声道："以大哥的智勇，当能在更广阔的天地一展所长，不过……"

"不过什么？"

燕思空淡笑道："若你连运粮官也做不好，又怎能怪狼王没有慧眼识真金呢？"

元少胥怒道："你这话什么意思？我往来运粮，哪一次出过差错。"

"大的差错倒确实不曾有。也巧，正值一季伊始，按照军中惯例，要盘点军粮，这一次，我亲自去的。"燕思空晃了晃手中的粮本。

元少胥脸色一变，将燕思空拉到一旁："你……何时轮到你去盘粮了，是狼王让你去的？"

"不，是我自己要去的。"

元少胥咬牙道："思空，家中有娘、有大姐，还有妻儿、家仆，都需要我照料，我不过是取一点所需，你、你不会告诉狼王吧。"

燕思空笑了笑："大哥，你可知狼王是几岁随父从戎的？"

元少胥沉默。

"大哥记性不好，我来告诉你，他生长在军营，八岁从戎，十一岁上战场，军营里发生的大小事，他什么没见过？你真以为他不知道吗？"

元少胥的面色苍白，嘴唇有些发抖。

"狼王一直不作声，一是大哥也没拿多少，还算有轻重；二是，最重要的，因为聿儿，就冲着聿儿随狼王出生入死，立下赫赫战功，狼王也只会睁一只眼、闭一只眼。"燕思空皮笑肉不笑地说，"如此，大哥也不要怪狼王不委你重任了。"

元少胥握紧了双拳，沉声道："我、我只是一时糊涂。"他看着燕思空，"思空，聿儿不在，你能不能为我在狼王面前说上几句，我今后定然恪尽职守！"

燕思空笑道："好。"

元少胥愣愣地看着燕思空，大约不相信燕思空会这么痛快地答应。

燕思空做了个"请"的手势："大哥慢走。"

元少胥阴沉地盯了燕思空半晌，才头也不回地走了。

走进中军帐，封野还在围着沙盘转悠，见燕思空进来，招手道："你去哪儿了？"

"盘军粮。"

"哦，可有什么问题？"

"没什么大问题。"

封野挑了挑眉："刚才，元少胥刚走，你可看到他了。"

燕思空不动声色地说："看到了，元将军因何来找你？"

"他一直觉得我让他去做运粮官，是大材小用，主动请缨，要为我拿下延州。"

"那狼王允了吗？"

封野冷笑："你既然去盘了粮，你说呢？跟我就不必拐弯抹角了吧。"

燕思空淡淡一笑："我替兄长向狼王请罪。"

"请罪就罢了，阙忘屡立战功，你又对我多有助力，我偌大的封家军，不至容不下一个运粮官。"封野凉凉道，"你这位大哥，略有薄才，也并非无能之辈，只是好大喜功，心绪浮躁，恐怕难堪大用。"

燕思空扑哧一笑。

封野皱眉："你笑什么？"

"你竟也会说别人心绪浮躁。"燕思空忍不住笑着，"要说冲动大胆，谁比得上打起仗来不要命的狼王。"

封野得意一笑："我并非有勇无谋，也从不会白白送死，否则，我今日就不会站在这里。"

"狼王说得对。"燕思空放下了盘粮的账本，"狼王看元少胥也看得十分准，只不过，若你一直小觑于他，他早晚会让阙忘找你来求情，阙忘刚拿下庆阳，立下重功，你如何能拒绝？"

封野摸了摸下巴："是啊。"

"我刚才已经提点过他，他今后必然有所收敛，延州一战，不如让他在王将军麾下做个参将，试一试他的性情。"

封野点点头："也好，王申比他年轻许多，脾气也暴躁，但领兵打仗是一等一的好，在王申手下，能好好锤炼他一番。"

燕思空露出一个不易察觉的坏笑。虽然这会让元少胥吃不少苦头，但也确实是对他的试炼，倘若他真的能磨炼出来，也不枉元卯对这个长子的一番期待吧。

没过两天，斥候回报，朝廷在延州城部署了四万兵马，加之太原的八万兵马，封家军所要面对的敌军远多于自身，而且皆有城池可守，战局对封家军并不利。

由于连年的大小天灾，东南和西南地区的百姓饱受摧残，朝廷不仅赋税收不上来，还要拨款赈灾，加之辽东、大同、云南三地的战事，已经将朝廷拖得奄奄一息，能够强征出三十万兵马，又对江南、中原等地苛以重税养兵，是铤而走险，也是抵死一搏。

因而在分析战局的时候，封野和燕思空均认为，朝廷暂时无力再向中原增派援兵，但若延州有难，太原一定来救，所以攻打延州，不仅仅是为了切断一条粮道，更是为了将太原的兵马引出城池，分兵击破，否则若要攻城，他们是决计攻不下来的。

不过，是主攻延州，还是以延州为饵，诱伏太原援兵，又或另寻他计，两人已经争论了半天。

他们手中一共十万兵马，除去攻打上峰寨折损的兵力和数量庞大的后勤，实际可用之兵只有九万出头。

即便是与太原军的八万大军在平原会战，战场之上变数众多，都无人敢言胜负，何况对方还有城池。若他们拿重兵去攻打延州，那么太原军就会趁着他们被延州拖住的时候从外围来攻，若他们以轻兵诱攻延州，将重兵埋伏太原军，那么延州四万大军倾巢而出，他们就被两面夹击。

如此情形下，较保险的做法是让元南聿从庆阳调兵相助，而两人最大的分歧也在于此。

"既然你我皆同意朝廷此时无力再分兵来援，那你为何要怕阙忘一走，庆阳会被乘虚而入？"

"我不仅仅是怕庆阳被乘虚而入。以庆阳为中心，兵马三日可达的还有平凉和凤翔二城，阙忘正伺机拿下二城，虽然此二城加起来也不过一万兵马，但阙忘手里也只剩下三万士卒，你让他来牵制延州，他要留下多少人守庆阳？庆阳乃我军战略要地，不能用来冒险。"

封野沉思着。

"再者，我还有一虑。"燕思空道，"太原八万守军，待我们全力赴战时，他只要分出一支，哪怕几千兵马，来偷袭我军大营，无论成与不成，我们都得分兵回救，到时候功亏一篑不说，还可能重创我军士气。"

封野摸着下巴，思索道："我自不会让大营空虚。"

燕思空正色道："延州不足为惧，但加上太原，足足有十二万兵马，若全军出击，就是置庆阳和我军大营于危险之中，所以，阙忘决不能离开庆阳。"

封野皱起眉："如此说来，我们岂不是没有办法拿下延州。"

"若阙忘不动，至少平凉和凤翔都不敢轻易出兵，我们不至三面受敌，延州与太原已是十分难对付，我们要保证我们的对手只有他们，否则横生变故，后果不堪设想。"

封野绕着沙盘走了半圈："阙忘的兵马十分重要，他能使我们不至于被太原和延州夹击。"

"封野。"燕思空走到封野面前，"你我相识多年，从荆州开始就不止一次共谋，若你当真有把握，你便会反驳我，便会自行主张，可这次你没有，其实你心中也担忧我所说的，对吧。"

封野沉着脸看着燕思空："当然，此战是我打过的最难的一战，也是至关重要的一战，它决定了我的北伐之路是否就要止步于此，你的顾虑我又怎么没想到，我只是觉得……"他眯起眼睛，"无险不利。"

"你不能总是想着险中求胜。"燕思空仰头看着他，"太原守将罗若辛是前朝大将罗洪的儿子，绝非庸才。你如今坐拥十数万大军，一点点差池，都可能是大错，我求你，稳妥一些，我们定能想出良策。"

望着燕思空清明的眼神，封野心绪沉静了几分，他道："你有什么良策？"

燕思空沉思道："无论如何，要保证大营的安全……"

封野按住了燕思空的肩，无意识地向他靠得更近，他盯着沙盘看了又看，突然喃喃道："大同。"

"什么？"

封野拉着燕思空绕到另一边："叔叔一直在大同为我招兵，如今应能再分出两万兵马前来助我，如此一来，阙忘就不必离开庆阳了。"

燕思空面露疑色："留在大同的兵马，是为了防备察哈尔，那帮蛮子毫无礼义廉耻，大军不在，就怕他们因利生变。"

"我明白，几日前得到密报，朝廷又派使臣秘密前往察哈尔，朝廷策反哪答汗之心不死，不过，他们已被叔叔派出刺客半路截杀了，大同此时还安稳得很，只是要小心提防。我以为，只要河套互市在，叔叔在，不成问题。"

燕思空犹豫片刻，点点头："庆阳一战的损失比我们想象中要大，而朝廷调派的兵马又比我们想象中要多，如今兵力确实不足。不如去信封将军，看看他的意思，若他觉得再调兵两万也无伤大雅，那便可以一试。"

"好，我马上派人送信。"

"倘若封将军能来援两万……"燕思空盯着舆图，轻叹一声，"我们便又回到刚才的难题了，先攻哪个？"

"我以为，佯攻延州，诱太原出兵，伏之，再攻延州。"

"我以为正好相反，应假意攻太原，诱延州攻我军防守空虚的大营，再伏之。"

封野那两道斜飞入鬓的剑眉深深蹙起："燕思空，你是不是总爱与我唱反调？"

燕思空抿唇一笑："不是，集思广益罢了，再说，我若是胡言乱语，你也不会理我。"

封野捏了捏他的手臂："你知道就好，诱他们来偷大营，不失为好计，我只是担心……一是担心他们不上当，二是担心弄巧成拙。"

"倘若他们真的上了钩，那么偷营一计大抵可成，你说得对，如何让他们相信，我们放弃延州而攻太原，才是关键。"

封野颔首："罗若辛并非等闲之辈，延州与太原，寡众强弱有目共睹，谁会放弃易攻的延州而去太原硬碰硬呢，他一定生疑。此诱敌之策，必须让罗若辛相信，并且大营也要让他们有机可乘。"

燕思空微微一笑："罗若辛有小慧，无大智，而且生性多疑，极易聪明反被聪明误，我们可以绕他一绕。"

遣去大同的信使走了没几日，封将军的回信就到了，军情紧急，谁都不敢拖延一丝一毫。

封野接到信，迫不及待地展开，开始还脸露得色，可越到后面，面色越难看。

"怎么？大同可有变故？"燕思空心里一紧，急忙抢过封野手中的信，迅速扫了一遍，也沉默了。

封长越同意调兵两万，还解决了一批粮草，大同也风平浪静，河套互市开得红红火火，大量百姓重回该地耕种畜牧，料想到了秋收时节定是一派五谷丰登的景象。信的前半段全是喜讯，后半段在旁人看来也合该是喜讯，但却不是两人想看到的。

封长越信中说，朝廷一直在暗中与哪答汗联络，给哪答汗的几个妻妾、将领都送去了重礼，妄图策反哪答汗。为了抚定哪答汗，两方商议，将哪答汗唯一的女儿送给封野，结秦晋之好，由于这个女儿已嫁过人，但丈夫英年早逝，所以不求为正妻。

抛却私情不说，这一步走得无可挑剔。哪答汗虽只是个部落可汗，但封野敞开了说也只是个反贼，若非哪答汗的女儿是再嫁，明媒正娶为妻也不为过，如今愿意给封野做妾，足见哪答汗之诚意。定了亲，察哈尔与大同的关系才算真的稳妥了。

当然，这其中定然也有封长越的"功劳"，他为了封野娶妻纳妾一事，已不止一次与封野争执，此时是天赐良机，依信笺中所言，他已代封野决定了，哪答汗的女儿又岂是能随随便便打发走的。

封野黑着脸坐在椅子里，他看着燕思空，并不言语。

燕思空放下了信，心里像是有个什么念头，让他十分无奈，但他面上却不愿表露出来，他深吸一口气："……封将军是你的叔叔，即便代你定了亲，也无可厚非。"

封野神色骤冷："你想说的就是这些？"

"若能以此稳固大同与察哈尔的关系，也算一举两得。"

"呲"的一声，封野重重以掌击案："我要纳一个蛮女为妾，你想说的就是这些？！"

燕思空转向封野，直视着他的眼睛："狼王希望我说什么？"

封野咬了咬下唇："我问你问题，你便抛给我一个问题，你最爱这样闪烁其词，以此来隐藏自己，你可敢直言心中所想？"

"我心中所想，便是……"燕思空抖了抖手中的信，"封将军一石二鸟，好计。"

封野站起了身，满脸寒霜，一步步逼近燕思空："所以我娶妻纳妾，不论对方是谁，对你来说也全无所谓，对吗？"

燕思空眨了眨眼睛，却悄悄挪开了与封野对视的眼神，他淡道："我……能有什么所谓，不论对方是谁，你要为封家延续香火，都是天经地义的。"

"好一个天经地义。"封野冷道，"就像你娶妻生子一样的天经地义，可惜夕儿没给你生个儿子，左右你现在也回不了京，要不要也在这里纳几房侧室给你燕家留后啊？"

燕思空气息不稳："现在是你要纳妾，你为何要对我冷嘲热讽？"

封野握紧了拳头，没有回答。

燕思空压抑着胸中沸腾的怒意："你希望我如何？要你把哪答汗的女儿原封不动地退回去？你明知不可能，你明知眼下的形势，大同绝不能乱，只是娶一个女人……"

"对，只是娶一个女人罢了。"封野额上青筋在皮下浮动，昭示着他的怒意，"在你心里，只要能达到目的，什么都可以舍弃，什么都可以牺牲，毕竟你就是靠着万阳平步青云的，就算我娶上三妻四妾，不论对方是什么人，要是能换来兵马和盟友，你会比任何人都高兴！"

燕思空双眼赤红，他指着封野，用力地指着："封野，现在要纳妾的人是你，无论是不是封将军逼的你，无论你是不是形势所迫，你都要纳哪答汗的女儿为妾了。你为何发怒？我又敢说什么？我娶了万阳，就好像欠了你封家，哪怕婚事是老师和皇上定的，哪怕我不娶她谢忠仁就会对付我，可今后你封野娶妻纳妾生儿育女我燕思空敢多言一个字，你都会拿这件事压死我！"

封野怔住了。

燕思空浑身颤抖："我说的不对吗？我说你该纳妾，你嫌我工于心计；我若说你不该纳妾，你定会拿万阳质问于我，我说什么、做什么，在你眼里都有罪！"

封野面目僵硬："你娶万阳，就是惦念皇朝公主能带给你的一切，我却不想与一个从未见过的女人绑死一生。"

燕思空勉强一笑："封野，你我如今至少能够并肩协作，对彼此都有好处，你还翻这旧账做什么？你翻上一千遍、一万遍，也不会有什么改变，何必呢？"

他知道他和封野之间的那道坎儿是永远填不平的，就像猎人设置的陷阱，只在表面铺了一层薄土，粉饰太平，但只要一步走错，随时都可能再跌入深坑。所以不想、不提、不问，其实已是他们之间最好的状态，这样一来，至少他们能共谋正事。

在这样平和的表象之下，只要没人去拆穿那个陷阱，没人去掀开那道深坑，那么至少他们可以维持表面的平和。

他所希冀的，不过如此了。

封野看着燕思空，眸中的情绪复杂多变，难以形容，最后，它们都化作了淡漠，如死水一般的淡漠，他低声道："没错，没有必要。"

燕思空的嘴唇抖了抖，却说不出话来。

封野从他手中拿过了信笺："我会纳哪答汗的女儿为妾，我身为封家最后的血脉，必须传宗接代……"他垂眸看着燕思空，"有一天，我还要迎娶一位身份尊贵、家世显赫的女子为妻。"

燕思空闭上了眼睛，他听着自己平静地说道："好。"

封野转身，头也不回地走了。

苦肉计

　　封长越将从大同秘密调派两万兵马，为了掩人耳目，只携带口粮，轻装急行，昼伏夜出，如此很快就能与他们汇兵。

　　封长越还想将哪答汗的女儿一起送过来，但封野一向严令大营中不得有女人，推脱待拿下延州或太原后再说。

　　元南聿正在伺机攻下平凉、凤翔两座小城，已派奸细先行去贿赂官将，两相离间，散布对方想降的谣言，以期不费一兵一卒地拿下二城。

　　狼王大营看上去倒显得过于平静了。扎营三个月以来，每日除了耕田练兵，没干过别的，一副打算长期备战的模样，实则是为了迷惑敌人，一来放松他们的警惕，二来显示我军粮草充足。

　　不过也有例外，那个前些时日因为贸然请战被抽了鞭子的曹雨将军，最近又不老实，他天生好战，敌人就在眼前却不能打，每日待得心浮气躁，又忍不住领着手下将士跑到太原城下寻衅叫骂。他是草莽出身，在被封野收编前还做过山匪，言辞之粗鄙不堪入耳，听得罗若辛这样的世家贵公子气血上涌，但此人并非等闲，生气归生气，却并不理会，也坚决不出战。

曹雨回来后，封野大发雷霆，人人都知道主帅最忌违命不尊者，上行则下效，任何人都不能姑息，据闻他气得当场就要让自己身边的那只独目狼王吃了曹雨，幸得众将领求情，才只赏了他军棍，并连降三级，成了个小小的百户。

如此一来，自然不再有人敢言战。

封野罚曹雨的时候，燕思空就在一旁，封野一声"魂儿"，封魂就背毛倒竖，身躯前倾，龇起獠牙，独目中迸射出凶恶的寒光，那副凶神恶煞的模样，就连与其十分熟悉的燕思空，也不免生出几分惧怕，在场的将士无不面露紧张，生怕真的要看到狼吃人的血腥场面。

从前封野总将封魂藏起来，虽然许多人知道它，但大多时候都不见其踪影，就是因为封野怕它吓着人。自从燕思空建议封野给封魂披上轻甲，带在身边后，不仅封魂自由了许多，封野在军中威赫更甚，外界对他的传言也越来越邪乎，将他身边的这只魔狼描绘得极其吓人，甚至说封野就是狼变的，所以打起仗来才这么凶猛。

回到帐中，燕思空摸着封魂的脑袋，问道："魂儿刚才真吓人，它当真吃过人吗？"

"咬过。"封野道，"我不让它吃人肉。"

封魂几乎日夜跟随在封野身边，有时候燕思空都觉得它像条看家护院的狗，一时忘了它是如何威风的狼王，今日着实令他回想起了初次见到封魂时的情景，当然，也不禁跟着想起了那时候的封野……

燕思空将多余的杂念抛了出去："这一招苦肉计，不知罗若辛会不会上当。"

"曹雨生性鲁莽，但也不笨，待到时机成熟，只要罗若辛有求胜之心，应该会上钩。"

封魂张嘴叼住燕思空的胳膊，含在嘴里甩了甩，燕思空一边跟它玩儿，一边道："其实，要让罗若辛相信，尤其是让可能混在大营中的奸细相信，应该再添一计。"

"哦？"

"去山上猎一匹雄狼来，扮成魂儿的样子，袭营那夜，让曹雨提狼头去见罗若辛。他愤恨之下杀死了狼王的狼，前去投奔朝廷，听来是否更可信一些？"

封野点点头："可行。"他坐到封魂身边，揉搓着它厚实的皮毛，"不过，寻常的狼岂能有魂儿的威武。"

"幸好他们没见过魂儿的威武。"

封魂听不懂他们在说什么，但躺在两人中间，似是十分愉悦，半眯着眼睛一副就要睡着的模样。

燕思空抚摸着它的耳朵，笑道："魂儿，到时候你可得藏好了。"

封野暗中备战，做得隐秘而又时不时透露出一丝端倪，譬如趁夜上山采石，试验新运来的几尊大炮；在营帐内又起几座帐篷，里面不停地传来铸兵器的声音；士卒们耕作的时间减少，而练兵的时间明显增多……这些都是做给斥候或奸细看的。

如此折腾了一段时日，大同调派来的两万兵马，已经分兵埋伏在了山林中候命，一切准备都就绪了。

在一个安静的夜里，封野突然发令出兵，夜袭延州。

将士们早有准备，迅速整军，浩浩荡荡地出发了。

由于封野当初夜袭过茂仁，而此地离延州刚巧是一夜快行军的路程，因而夜袭之举显得并不突然，当大军有序离开后，曹雨也提着血淋淋的布袋子偷偷跑出了大营，直奔太原。

封野带走的人马其实只有五万，但他所携带的粮草、辎重，足够七八万人之用，斥候探视军情时，便是凭这些东西来判断行军的人数，加之月黑星稀，五万人之壮观已足够混淆视听，封野料定他们判断不出实际的兵马人数。

而那剩下的四万人，加上大同调来的两万人，已经分别藏在大营和附近的山上，就等着太原军步入陷阱。

只要罗若辛相信了曹雨的话，认为封野已带着大军攻打延州，大营守备空虚，今夜便将成为封野攻杀太原的首战。

封野故意将行军速度控制得不快不慢，燕思空跟在他身边，心中略有忐忑，这世上本无天衣无缝之计，他们算得再细也不可能真的做到算无遗策，倘若曹雨被拆穿，倘若罗若辛不上钩，那他们反而是置自身于险境。

不过，无险不利，他们不可能一直趔趄不前，今夜，将是至关重要的一战！

行到半途，寅时已过，远处的重霞山脉上，突然燃起了狼烟，尽管因为距离遥远，火光微小，但在黑暗中已足够耀眼。

第一个发现狼烟的士卒惊慌地叫了起来，叫嚷声顷刻间传遍了全军。为了防止泄密，至少有一多半的人并不知情，那是大营被袭的狼烟，他们自然惊恐。

各军将领高声遏制吵嚷，王申激动地对封野说：“狼王，罗若辛果真中计了！”

燕思空喜出望外，揪着缰绳的手都在颤抖。

王申高喊道：“众将士莫慌，敌军中计了！”

此言又迅速在全军传开。

封野的眸中燃烧着熊熊斗志，他高声道：“王申！”

“末将在！”

“你与刘聪、元少胥、赵志义领兵三万，前往延州，不得我令，只围不战！”

“喏！”

“张榕、钱寸喜，你二人领兵一万，疾速返回大营！”

“喏！”

“步青，随我带剩下的兵马半路伏击太原逃兵！”

“喏！”

封野看着燕思空，刚要张嘴，燕思空脱口道：“我跟着你。”

封野眼中闪过一丝笑意，但面色沉稳，无喜无怒：“你当然要跟着我。”伏击逃兵相对安全，他会始终把燕思空放在最安全的地方。

张榕和钱寸喜两位将军迅速带着大军往西而去，封野也带着一万兵马，野心勃勃地朝着太原行去。

此时的太原守将罗若辛，正亲自率兵四万，奇袭狼王大营。根据斥候的探报，加上叛将曹雨的说法，大营中的留守兵力应只有一万，就算不能将这一万人全歼，只要一把火烧了粮草辎重，则中原危机立解。

破晓前，罗若辛带着兵马气势如虹地赶到了大营，营内看上去确实是大军出征、防守亏空的模样，面对来袭的敌人，匆忙擂鼓应战。

两军先是飞矢往来，漫天箭雨罗织成了血腥残酷的网，将所有人都笼罩于夺命的阴影之下。

大营内成片的士卒倒下了，面对杀气汹汹、四倍于己的敌军，他们节节败退。

罗若辛大喜过望，胸中热血翻腾，击败名震天下的狼王的机会就在眼前了！他饱读兵书，弓马娴熟，自幼在虎父无犬子的期望下长大，却一直得不到重用，他相信只要给自己施展的机会，他也能像封野那样名扬天下，光耀门楣。他将在此一战成名！

罗若辛求胜心切，忘了不分兵是兵家大忌，一声令下，四万大军如猛虎下山，全部扑向了敌营，封家军四散奔逃，弃营而去。

将士们疯狂捕杀逃兵，举着火把寻找粮仓，争相要抢一件功劳。

罗若辛进入敌营后，冷静了下来，隐约感到有些不对，守营的似乎比曹雨说得还要少，上万人怎会撤退得如此迅速，而且营中马粪的味道臭气熏天，素闻封家军纪律严明，怎么会让战马在营中随地泄污，难道真是走得太匆忙？

当一个侧将嗅到那马粪的臭味掩盖下，似乎有些硫黄的味道时，罗若辛惊觉不妙，立刻令下属鸣金撤兵。

可一切已经晚了，随着一道令人寒毛倒竖的狼嚎划破长空，万千火矢从山上倾泻而下，箭如猬毛，遮天蔽月，火星成片地点燃了洒在地上的火药粉，大火顷刻间席卷了整个大营！

罗若辛高喊着撤退，喊得嗓子沙哑，也阻止不了他的将士们陷入火海，惨嚎声、呼救声，交织成了一座人间炼狱。

几万封家军分三路从山林中冲了出来，喊杀震天。

罗若辛狼狈地从火海中逃出，领着将士们撤退，但被大火冲散了的大军，已经溃不成军，正被逐个击破。

封家军高喝着"降则不杀"，三面围堵敌军，罗若辛与下属们拼死突围，才带着一支兵马从血海中杀出了一条出路。

他们狼狈逃回太原，与张榕、钱寸喜的兵马错身而过，没有遭遇，但他们最终还是遇到了封野埋伏在回程路上的伏兵。

当封野和燕思空看到一片狼藉的敌军时，相视一笑，悬着的一颗心终于放了下来。

罗若辛败逃时的军形其实无可挑剔，前锋开路，重兵殿后，尽管是溃败，也并未手忙脚乱，说明此人带兵可圈可点，可惜他遇到的并非一般人。

就在他们以为躲过了追兵时，战鼓的声音就像索命厉鬼的呼喊，在距离太原不足二十里处传来。

罗若辛马上命手下放了求救的烟火。

封野长枪顿地，高喊道："得罗若辛人头者，赏千金，封千户侯！"

一声令下，将士们疯狂冲向了敌军，将敌军合围。顿时，白刃相接，血肉相搏，飞起的残肢、倒地的人马、被血染红的土地，成了太阳重新辉耀大地时展现在人间的第一幅惨景。

封家军杀红了眼，越围越紧，都想取下罗若辛的人头，享世代荣华富贵，场面一度失控，都忘了封野围三阙一的命令。

围三阙一，乃是自古追伏敌军的要诀，若团团包围，则敌军自知没有生路，就会破釜沉舟，抵死搏杀，亡命之徒最是可怕，我军即便取胜也定然损伤惨重，因而围敌定要留一个缺口，敌军想着突围，就不会恋战。

封野大喊着调度兵马，但无论是金鼓还是令旗，在战场上传递命令都需要时间，而将士得令执行还需要时间，此时罗若辛已被四面包围，众将自知将丧命于此，各个豁了出去浴血奋战，反而神勇了许多。

燕思空亦是看得焦急，他沉声道："狼王，撤兵吧，再僵持下去，

212

太原援军就要到了。"

他们只有区区一万兵马，比罗若辛带出来的逃兵还要少，若太原援军杀到，恐怕就走不了了。

封野紧紧拽着缰绳，脸上写着犹豫，胯下的醉红感觉到了主人的焦躁，在原地来回踱步，并用马蹄刨地。

燕思空再次催促道："狼王，将士们贪功，难以控制，必须撤兵了。"

封野伸出手："弓。"

士卒立刻奉上了封野的弓。

封野一手持弓，一手满弦，锋利的箭矢瞄准了万军丛中的主将，一箭飞出，气贯长虹。

封野十几岁便能开二石弓，百步穿杨，箭无虚发，可罗若辛似乎命不该绝，偏偏在箭矢射出的一瞬间，他的战马受惊而起，那支利箭一举穿透了战马的脖子。

罗若辛摔落马下，重重盾牌将他围护，他又被重新拉上了马。

燕思空眯起眼睛，加重了语气："封野。"

封野不甘地咬了咬牙，算算时候，太原援军确实快到了，他沉声道："收兵。"

信令兵重重敲钲，沉陷杀戮的封家军回过神来，纵然心有不甘，但军令不可违，开始有序撤兵。罗若辛缓过一口气来，带着残兵突围而逃。

封野不敢耽搁，带着将士火速撤回了大营。

等待他们的，是一个已经被烧得面目全非的大营、满地焦黑的尸体和三千多降兵。

早在战前，封野就已暗中将部分粮草辎重运往了上峰寨，另一部分则随着大军去了延州，大营几乎是座空营。尽管辛苦建造的营地付诸一炬，但这专为罗若辛设置的陷阱，歼敌两万余人，收降三千余人，加上在半路伏击的敌军，罗若辛从太原带出来四万兵马，能回去的怕只有一万，而他们损兵不足两千。

此战大捷！

封野并未在烧毁的大营多做停留，下令整军后，当日就率兵前往延州，王申此时该早已围了延州城，就等封野带着八万大军杀到，择日攻取延州。

带着伤兵和俘虏，他们缓慢地走了三天，终于到达了延州。

封野和燕思空均是几日没能安心休息，到了大营，都已疲乏不堪。

燕思空倒在榻上就想休息，封野将他拽了起来："先吃点东西。"

燕思空摇摇头："我睡一觉。"

封野探了探他的额头。

燕思空忙道："我没生病，只是累了，你也休息一下吧。"

封野脸上带着些兴奋："我睡不着，我军首战告捷，我高兴得不舍得合眼。"

燕思空笑了笑："我也是，这次曹雨将军立了大功。"

曹雨早在罗若辛入营的时候就趁乱逃走了，但也险些葬身火海。若不是他配合这一出苦肉计，佯作叛变，冒死前往敌营，罗若辛恐怕也不会那么容易上当。

"我定会重重地赏他！"封野看着燕思空有些苍白疲倦的脸，"还有你，若不是你屡献良策，我们恐怕很难寻到机会诱太原军出城。"

燕思空笑道："这只是第一战，延州还未收入囊中，太原也还保有实力，我们以后……"

"以后再说以后，难道你现在就不想要什么奖赏吗？"封野定定地望着燕思空，"我拿下黔州、大同，联合察哈尔，诱伏罗若辛，你都立有大功，你不想要赏吗？"

燕思空也一眨不眨地看着封野，淡道："我若说我要，却一时想不出能要什么，我要兵马大权，你也不会给我；我若说我不要，你大概会以为我不图小利，必有大谋，左右还是防着我。"

封野抿唇不语。

"封野，无论你信不信，我要的，始终是我对你说的那些，我要你我二人扶明主，复兴盛世江山，所以我不要你的赏，我们每离京师更进一步，就是对我最大的奖赏。倘若……倘若你觉得过意不去，非要赏我，那么……"

封野那一双深邃的瞳仁中流动着耀眼的神采，此时，它们在燕思空身上投注了全部的关注。

"那么，可否……"燕思空迟疑片刻，轻声说，"对我好一点。"言毕，燕思空感到心尖在发颤，他反复斟酌了这句话是否太过卑微，却没能阻止自己说出来。

封野浑身一震，他轻声道："这么多年了，我无法原谅你，却也无法忘记你，我常想，也许你我就要这样纠缠一辈子。"

燕思空尝到了一丝苦涩的滋味儿。

封野深深望着他的眼睛："我答应你，只要你不再背叛我，不再欺瞒我，永远跟在我身边，我会对你好，我封野一辈子，也只这样待过你一人。"

燕思空心中一阵酸楚，他不奢望回到从前，如今这样，他也知足了。

早在封野攻下上峰寨时，延州城就已坚壁清野，屯粮增兵，做好了被围困的准备，所以封家军围城后，城内平静如斯。

不过，太原新败，痛失三万兵马，此时延州将士的心，恐怕不会如他们的城楼那般安稳。

封家军不过刚落好脚，封野就召集将领们议事，要火速攻打延州。

这一次不同以往。

他们在太原城郊驻扎了四个月，不断地放松敌军的警惕，暗中备战，使了套连环计，以自己的士卒和大营做饵，最终才诱伏成功，那是因为太原加上延州的兵马太过庞大，只要他们固守不出，硬攻无异于以卵击石，所以只能等，等待时机成熟。

但延州的情况却必须趁热打铁，他们首战告捷，折损了太原三万兵力，敌贫我盛，士气正隆，罗若辛吃了大亏，心中有惧，也不敢再贸然出战，若等到太原缓过劲儿来，他们就错失良机了。

因而，封野先是论功行赏，抚恤伤亡，尤其是曹雨这样冒死立下大功者，更是重赏，以此来狠狠激励士气。

从前封家军死心塌地地跟着封剑平，其中最重要的原因就是赏罚分明，将士们跟着主帅背井离乡、出生入死，图的不外乎是荣华富贵，最次也要能养家糊口，跟一帮大多没读过书的泥腿百姓和粗莽武将言什么家国大义，都是放屁，只有真金白银和加官晋爵才能让他们杀敌卖命。

封野尽得封剑平真传，奖赏毫不吝啬，惹得全军为之沸腾，得了赏的喜出望外，没得赏的摩拳擦掌要在延州一战上多取几颗脑袋。但同时，他也罚了在伏击逃兵时为了抢攻罔顾指挥的一众将士，以儆效尤。

三军士气达到了巅峰，应一鼓作气，封野下令两日之内就要攻城。

攻城便是硬碰硬，用尸山血海去敲开敌军的城门，没有太多谋略可讲，虽是下下之策，却也是无奈之策。

封野手中兵力约十一万，上峰寨一万，守营两万，攻城之兵力，刚好是延州的倍数，兵法云，倍则分之，应想办法诱骗延州士卒出城，分兵破之，但延州本就打算固守，经历了太原中伏的惨败，延州便打死都不可能出城。

虽然以这样的兵力去强攻城池，必然损伤惨重，而且胜负难料，但能够将太原逼得投鼠忌器，不敢贸然出兵来援，已经是他们眼下打出来的最好局面。

但是，若罗若辛孤注一掷，引太原大军在他们攻城时来袭，他们腹背受敌，岂有不败之理。

将领们也因此而有所分歧，一半觉得就应速战速决，争取一战拿下延州，另一半觉得罗若辛尽管吃了败仗，但也绝不会坐视延州被攻破，定然会在他们攻城的时候出兵。

封野自然也担心这一点，但若此时不攻，夜长梦多，以后就更难了。

燕思空也同意应该火速攻城，拖得久了，不仅给太原兵马恢复的时间，也会令高涨的士气一泻千里，若想拿下延州，便在此时。

但如何防止罗若辛在他们攻城时出兵，或者说，如何在罗若辛万一出兵的情况下仍然攻下城池，是他们此时议事的关键。

议事结束后，封野和燕思空在营帐内吃饭。

封野时不时地往燕思空碗里夹肉："眼下看来，除了分兵，也没有更好的办法了。"

燕思空道："若能骗过罗若辛，令他以为我们故技重施，还想以延州诱他出兵，那至少能为我军争取一些时间。"

"罗若辛尽管投鼠忌器，但此次也不会那么好骗了，若如你所言，就算暂时能骗过，也只是拖延些时间，他十分清楚延州被攻下的后果，所以哪怕冒着中伏的风险，也不可能见死不救的。"

"多拖延他一分，我军胜算便多一分。"燕思空放下筷子，眉头轻蹙，"只是这一仗，即便胜了，也不知要死多少人。"

"很可能这一战后，我们短时间内无力再攻太原，无论胜负。"封野夹起一块肉，送到了燕思空面前，"你才吃了几口，无论什么时候，都不能饿肚子。"

燕思空乖乖张嘴吃下了，他微微一笑："我可没饿肚子，只是不像你们兄弟俩，胃口这么好。"说着，他用脚踹了踹封魂的屁股。

封魂刚吃了半只羊，贪足地打着盹儿，连眼皮都没抬一下。

"不吃饱哪有力气打仗。"封野又塞了他一口饭，"你就是吃得太少才这么瘦的。"

"我只是瘦，并不孱弱。"燕思空重新捧起饭碗，"我吃就是了。"

封野敲了敲他的脑袋："吃个饭还好像我逼你一样，你是没试过粮草被劫，整月都在啃树皮的日子，否则在军中的每一顿饭，你都会格外珍惜，行军打仗，保不齐下一顿就要喝西北风。"

"此言有理。"燕思空扒了一大口饭菜，朝他眨了眨眼睛，"狼王可还满意？"

封野勾唇一笑："你我若每日都能如此饱食三餐，我便满意。"

这时，侍卫在帐外求见，进了营帐后，跪送上一封信："狼王，云南求援。"

封野和燕思空均是面色一沉。

封野一把抢过信，迅速扫了一遍，沉声道："陈霖说中庆已遭两次攻城，双方均损伤惨重，他担心要失守。"

"信中可有提宁王？"燕思空从他手里拿过信，边看边道，"在云南时我曾派使臣前去为楚王求亲，宁王明明是有联姻之意向的，为何迟迟没……"看到后面，他怔住了，"死、死了？"

"堂堂一个亲王，竟被枣核噎死，你可敢相信？！"封野狠狠一拍桌子。

侍卫吓得伏地，默默地跪退了出去。

"说不定是被谋害了。"燕思空深吸一口气，"宁王世子显然不愿跟着楚王谋反。"

"现在当如何？我们拖住中原之兵力，已经没有余力去助陈霂了。"封野眯起眼睛，"可他如败了……"

燕思空冷静了下来："中庆凶山险水环绕，乃天然拒敌之屏障，不会那么容易被攻破的，信中也说了，双方均损伤惨重，朝廷两番攻城不下，恐怕已经畏首畏尾了，我以为中庆还能撑住。"

"眼下或许能，但朝廷已经快要负担不起三路战事，眼下最有可能攻取的便是云南，若朝廷加派兵马，誓要平定楚王之乱呢？我们远在千里之外，鞭长莫及。"封野心绪一阵浮躁，陈霂是他牵制诸侯的一枚重要的棋，有陈霂在，所有的战事还是陈家的家事，诸侯作壁上观，甚至一大半想让陈霂当皇帝；可若陈霂败了，他必遭诸侯围攻。

燕思空捏着那封信，眼中情绪变幻莫测："此事你不必操心，我来想办法，眼下你要全力以赴，攻下延州。等你攻下了延州，朝廷害怕了，就会将大军往中原集结，中庆只要再熬个数月，定能解除危机。"

封野握紧了拳头，目露凶光："延州，我志在必得！"

燕思空以封野的口吻，分别给宁王世子和陈霂写了一封信。

给宁王的那一封，是规劝宁王与自己联手，辅佐楚王登基，信中晓以大义，威逼利诱，宁王虽未公然谋反，但与楚王暗中勾结，朝廷定然知晓，此时宁王死了，宁王世子的处境十分尴尬，燕思空并不指望一封信就能劝动宁王世子谋反，但多少可以令他有所顾忌，不会对陈霂落井

219

下石。这封信他命人八百里加急，暗中送递。

给陈霖的那一封，则派死士佯作被擒，因为这封信，需要落到攻打中庆的将领手中。信中半真半假的掺杂了许多消息，譬如封野打算攻下延州后，就派心腹大将阙忘去救云南；又譬如明示宁王早已收了陈霖的聘礼，为爱女定了亲，正暗中招兵买马，要去援陈霖。这封信的内容无论朝廷信不信，至少都会对宁王世子生疑。

送出这两封信，燕思空又用与陈霖约定的暗语写了一封短信，安抚陈霖务必固守城池，自己正在想尽办法助他解除困境，这封信，燕思空让阿力用佘准的渠道送了出去。

尽管担心陈霖的处境安危，但燕思空知道，眼下最重要的是攻取延州，只有封野拖住了中原的战事，朝廷才不会将兵马战车驶向云南，而一旦封野拿下太原，中原门户大开，皇城近在咫尺时，朝廷哪还顾得上什么楚王，定会集中兵力再对付狼王。

可那个时候的狼王，恐怕已经立于不败之地了。

为了阻止或拖延罗若辛出兵援延州，封家军再一次决定黑夜攻城。

燕思空命人搜集了全军的粪便，畜生的、人的，将其泼洒在了太原往延州的两条路上，气味熏天，臭不可闻，前去执行军令的将士都叫苦不迭。

当日他们在大营中泼洒马粪，是为了掩盖硫黄的味道诱罗若辛入营，如今他要让罗若辛闻到这个味道，就想起那被大火焚烧的地狱，一朝被蛇咬，十年怕井绳，同样的黑夜，同样的马粪，罗若辛定然草木皆兵，不敢轻易出击。

封野分出两支骑兵，各领五千人马埋伏在山林里，一边各配两门风神大炮，每个人身上都带着火，只要太原军一出现，迎接他们的将是炮击和漫山遍野的火把。

入夜之后，封野带着大军挺向了灯火通明的延州城，他们知道封野必将趁热打铁，因而早有准备。

中军步兵五万，两翼骑兵各一万五，携有大炮、火铳、投石车、攻城锤、云梯，共七万大军，列阵于延州城下，锋锐的长枪就像漫漫无边的松林。

一声尖利的号角划破漆黑的夜空，三军将士齐齐发出深沉的吼声，他们吼着从蜀地一路杀到中原的那句"降则不杀"，这四个字即是开战的宣言，也是对敌军的悼词，更是对城中军民的承诺。封家军一路践行了"降则不杀"，暗中痛击了大量摇摆不定之人的斗志，因而一路以来碰到的敌人，败就一溃千里，鲜少有拼死抵抗的。

封野站在三军之中，头顶的血红狼首大纛旗，迎着西南风舞动，一个硕大的"封"字就像拥有巫力的符箓，令人望之生畏。他用了五年的时间，从一个亡命天涯的死囚，变成了逐鹿中原的狼王。

他看着不远处的延州，他眼里没有一张张拉满了的弓，也没有黑洞洞的炮口，他仿佛透过这并不雄伟的城池，看到了紫禁城，他的双眼中，写满了凌于九霄之上的野心。

号角声戛然而止，大军瞬间归于平静。

封野低头看了封魂一眼，封魂抖了抖身上的金红软甲，气沉肺腑，颈项冲天，对着悬挂于顶的满月发出了响彻云霄的狼嚎。

敌军无不毛骨悚然。

王申拔出佩剑，大声吼道："放箭——"

战鼓喧天，箭如飞蝗，交织往来于夜空之上，弓箭手放出第一波箭后，整齐划一地蹲地补箭，步兵则训练有素地将盾甲举过头顶，连成一片又一片的铜墙，挡住了大部分流矢，但仍有不少士卒倒地，延州城楼之上更是惨叫不止。

"放箭——"

盾甲破开，弓箭手起身、拉弓、放箭，一气呵成。

起初双方往来的箭雨尚有时间规律可循，但三轮过后便再无章法，一片又一片的士卒倒下了，城楼上的敌军下雨一般往下掉。

号角三长一短，那是封野下令攻城。

步兵阵营从两边退开，大炮和投石车被推了出来，朝着延州城发起了猛攻。

一时间，火炮和巨石疯狂地袭向了城墙，延州城上八门红衣大炮也齐齐咆哮，震天的爆炸声令大地亦为之颤抖。

燕思空看着如蝼蚁般被炮火撕碎的将士们，被火光映衬得忽明忽暗的脸上，找不到一丝情绪。

所谓一将功成万骨枯。

炮火和巨石将城墙砸得千疮百孔，敌军的尸首伏满了城楼，并且源源不断地增加着。

太原城是真正的当代雄关，但延州不是，城高城厚都不突出，这也是尽管延州兵马、粮草充足，封野依然敢以仅仅倍数之兵强攻的原因，这几台漂洋过海、重金买来的风神大炮，将会把泥石城墙像豆腐一样撞碎。

倘若二十多年前的卓勒泰有如此厉害的大炮，区区广宁怕是连第一次攻城都守不住。

不过，延州城配的红衣大炮也不是吃素的，封家军亦损伤惨重，如果迟迟不能压制延州的火力，就算把城墙像皮一样扒了，他们也难以靠近。

燕思空道："狼王，此时我们吸引了东城门的主力，或可派兵去偷南城门。"

封野点点头，下令张榕领兵一万，带着云梯去攻南城门，若张榕能破开南城门，他们就从南城门入城巷战，即便不能，也能分散东城门的兵力。

"报——"传令兵自三军中策马奔来，直跑到封野身边："狼王，太原出兵了！"

封野眯起眼睛："加紧攻城！"

张榕领兵绕向南城门。

火炮依旧轰鸣，投石车投掷的巨石木块砸得延州城墙石土飞溅，城墙已然破损不堪。

封野下令上云梯。

燕思空拉住他："再等等。"

此时城楼上的反击依旧颇猛，上云梯定然伤亡惨重。

封野凝重道："我担心伏兵挡不住罗若辛。"

"罗若辛自视甚高，一场大败一定令他比从前更加谨小慎微，以太原至延州的距离，他就算冲破了伏兵，天明之前能到已是快的。"

封野深吸一口气，双目直勾勾地盯着焦灼遍地、血流成河的战场。

这无疑是他们打过的最惨烈的一战，自蜀地至中原，封野碰到过的敌人要么没有延州强大，要么靠着文斗解决了，攻城实属下下之策，却不得不为之。

双方的大炮毁了多架，死于炮击的尸体堆满了整片战场，呛鼻的硝烟混杂着浓郁的血腥味儿，闻来令人作呕。

封野见时机已到，下令上云梯，并许先登城头者重赏，擅自后退者立斩。

四辆云梯车顶着飞矢流石冲向了残破的城墙，不断有士卒倒下，又有新的补将上来，云梯车行过的碾痕被尸体覆盖，他们冒死将云梯车推到了城墙根，一批又一批的士卒登上云梯，爬向城楼，迎接他们的是利箭、刀枪、石木、沸水、火油，于是一批又一批的士卒摔下云梯，在墙根下堆起尸山血海。

前有加官晋爵的封赏，后有退步则斩的军令，他们疯了一般涌上城墙，第一个士卒跳入了城楼，很快就被刀剑贯穿，接着是第二个、第三个，当越来越多的人跳上了城楼，此势已一发不可收拾。

延州城破！

封野握着缰绳的手发出咯咯的声响，他拔出佩剑，厉声吼道："全军出击，拿下延州！"

天方破晓，三军如饿狼扑食，冲向延州城，喊杀声震荡山河，惊起林中飞鸟无数。

封家军以所向披靡之势，一夜间攻破了延州，入城后，是一阵激烈但短暂的巷战，眼看大势已去的延州将士断断续续地投了降。

诸侯纷争不比外族入侵，将士们没有弥天仇恨，封野一直践诺"降则不杀"，因而也没有国破家亡的忧虑，尤其在皇室不得人心的情况下，自然大多不愿白白送死，所以败则必降。

日出以后，千疮百孔、血流漂橹的延州城暴露在天光之下，残尸遍布城墙内外，惨景宛若人间地狱。

延州守备自刎，降兵过万。

传令兵来报，罗若辛出兵来援，遭遇伏兵激战，我军不敌撤退，但罗若辛得知延州已破，也无奈撤兵了。

入主延州后，他们需要做的事很多，首当其冲的就是清理战场，盘点战损，安顿伤残，修复城墙。

封野和燕思空两天一夜没合眼，尽管疲惫不堪，但亢奋更甚。

拿下延州，意味着他们有了攻取太原的机会，此番两战皆利，实在令人欣喜若狂。

好不容易得了一会儿喘息之机，封野和燕思空草草吃了顿饭，期间也在不停商议着军务。

吃完饭，封野勒令燕思空留在帐内休息。

"休息？"燕思空反驳道，"哪有空休息，延州的粮库我还没看呢。"

封野命令道："延州城的一切都跑不了，不必急于一时，你脸色太差了，去睡一觉。"

"现在叫我如何睡得着。"燕思空面显喜色，"延州城破，太原指日可待了。"

"睡不着就闭眼睛躺着。"封野按着他的肩膀，将他推进内帐，按在了床上。

"那你呢？"燕思空看着封野，"你亦是满脸倦容。"

"我没事，我还要去……"

燕思空拉住封野："身为三军主帅，保重身体是重中之重。"

"我身体好得很。"封野满不在乎。

燕思空淡笑："身体好，也不该吃年轻的老本，你可知当年三国纷争，为何最后天下归晋，就是因为司马懿活得最久。"

封野坐在他身边，挑了挑眉："你总有道理。"

"道理之所以为道理，就是因为它是对的。"。

封野拉着燕思空，一同仰倒在了榻上："那我便陪你休息一会儿。"

燕思空嗤笑："陪我……"

"我真的胜了。"封野突然喃喃说道。

燕思空偏头看着他。

"你可知……有时我恍然之间，觉得自己在做梦，我是真的领着两千封家军，一路打出了二十万大军，打下了十数座城池吗？"

燕思空笃定地说道："是的。"

封野闭上了眼睛："我胜的越多，我便越怕败，最近我时常梦到爹，他在梦中似乎想与我说什么，但我从来听不清。"

"你如今已独当一面，是当世第一神将，靖远王殿下怕是没什么能教导你的了。"

封野摇了摇头："爹看着我的眼神，很是忧心。"也许他知道，梦里的那双眼睛在忧心什么，那分明是自己的心魔，这世上只有他知道自己藏着怎样的野心，而他不会告诉任何人，尤其是燕思空。

燕思空握紧了封野的手臂："待你杀进京师，亲手了结谢忠仁的那一天，你便不会再在梦中迷茫了。"他将谢忠仁投入大狱后，便鲜少再梦到当年那个断头台，复仇，令人同时沉陷与解脱。

封野轻轻"嗯"了一声，拍了拍燕思空的手。

延州一战，封家军共伤亡三万余人，又得降兵一万余人。

一夜之间，伤亡超出了他们的预料，如今正值盛夏，尽管用了最快的速度掩埋尸体，依旧挡不住满城飘荡的腐臭和血腥味儿，久久不能散去。不过，以延州、庆阳为据点，拿下周遭的弱小城池对他们来说已是探囊取物，他们将从这些府道中征上更多的兵马和更多的粮草，然后去征伐更大的城池、更广阔的江山。

稳定好延州，封野即刻派出了使臣去太原，一来说降，二来伺机贿赂太原官将，延州一战的惨烈，让封野和燕思空都不想再打攻城战，以太原的坚城高墙，兵多粮足，要攻下这样的城池，难如登天。

他们也收到一些线报，朝廷打算再从两湖调兵十万，一来增援太原，二来很可能会去攻打庆阳。如此一来，朝廷便无力再向云南增兵，陈霂将得以喘息，如今双方僵持不下，接下来，恐怕拼的就是粮草了。

陈霂再次来信，说朝廷的粮草估计过不了冬，但中庆的粮草同样难以熬冬，他起了出城一战的意。

燕思空连忙给他回信，让他务必据险以守，不要应敌，等到朝廷捱不住退兵的那一天，胜利信手拈来。

写完信，燕思空叫来阿力，令他将信送出去。

阿力揣好信，就离开了营帐，可很快地，他又一步步恭敬地退了回来。

燕思空转头一看，封野正迎面大步走进来。

"阿力，你先下去。"燕思空道。

"站住。"封野的声音不大，但自有威严。

阿力为难地看着燕思空。

"怎么了？"燕思空不解道。

封野背着手，上下打量了阿力一番，面无表情道："拿出来。"

燕思空一怔，微眯起了眼睛。

阿力则看着燕思空，没有动作。

"把信拿出来。"封野加重了语气。

燕思空轻声道："阿力，拿出来，然后退下。"

阿力拿出了信，递给了封野，并退出了帐篷。

封野当着燕思空的面拆开了已经封好的密信，匆匆一扫，却发现里面有诸多暗语，不能尽详其意。

封野看向燕思空，质问道："你和陈霂暗中书信往来多久了？"

"一直都有。"燕思空平静道，"怎么，难道狼王刚刚知道我在助他？"

封野目光一冷："你要与他通信，为何不用我的信使，偏偏要暗中用余准的江湖路子，还写只有你们二人看得懂的暗语？你说过不会再欺瞒我。"

"我与楚王一直都这样联络，若贸然换了渠道，他岂不起疑？我早前与你说过，云南之危我来处理，你也同意，何来的欺瞒？"

"你是我的谋士，却以这样的方式与陈霂私通信件，你就不怕我起疑？"封野狠狠将信扔在了地上。

"我与他联络，是为了助他保住中庆，积蓄力量，他日与你汇兵，并吞天下。"燕思空皱眉道，"你又在怀疑我什么？"

封野抿着唇，双拳在背后紧握，尽管他明白，没有燕思空去稳住陈霂，陈霂很可能保不住云南，可当他的斥候探知燕思空与陈霂在暗中联络，用的还是暗语时，他无法不去猜测这些暗语背后都代表着什么意思，有没有他不想看到的内容。

　　燕思空捡起了信，心里堵得慌："这封信，是我劝陈霂沉住气，千万不要出兵，等敌军粮草耗尽自然退兵，你觉得我会与他说什么？"

　　封野深吸一口气，只要一牵扯到与燕思空有关的事，他总是难以克制自己的脾气，这么多年过去了，他竟还是不能对此人淡然处之，他低声道："于公于私，我都不喜欢你用我看不懂的暗语跟陈霂往来书信。"

　　燕思空叹道："我可以告诉你这些暗语指代的意思。"

　　"你也可以瞎编。"

　　"那你到底要我如何？"燕思空沉声道，"你一面要我控制陈霂，一面又不愿我与他联络？你若掌控得了他，自不必我……"

　　"我早晚可以！"封野低吼一声。

　　燕思空浑身一僵，直直地盯着封野。

　　封野阴冷地说道："早晚有一天，你只需讨好我一人便足够。"

　　燕思空感到一丝寒意侵骨，封野掌控得越多，就越像"狼王"，而那个记忆中单纯恣意的少年，渐行渐离，他真的害怕，有一天他在这个男人身上，再也找不到他所熟识的封野的影子。

　　看着燕思空僵硬的神色，封野的口吻缓了下来："我诸事繁忙，脾气难免急躁，你懂吧。"

　　"……嗯。"

　　封野握了握燕思空的肩膀："我说了要对你好，便会做到，但你不可以隐瞒我任何事，往后你与陈霂有联络，必须告诉我。"

　　燕思空面无表情道："好。"在封野身边的日子，依旧是如履薄冰，哪怕比从前好了不少，他也时刻不敢松懈，生怕哪里又挑起了封野的疑心，不免一场质问与争执。

　　"待我拿下太原，我会让你带兵，如何？"

　　"多谢狼王。"

燕思空淡漠的语调令封野心口堵得慌，他抬起燕思空的下巴："你不是想要兵权吗？我会给你的。陈霖给得了你的，我会给你，陈霖给不了你的，我也会给你。"

燕思空定定凝望着封野的眼眸："陈霖之于我，只有君臣、师生之情，你大可不必如此忌惮他。"

"我就是忌惮，我总想起你们曾经在宫中相依为命。"

"那便不要想。"

封野露出一个冷笑："我会让他，不敢想。"

去往太原的使臣回来后，探知了一些新的情报，罗若辛是太原总兵，但朝廷给太原增派的三万援军的将领汪昧，与其时有摩擦，尤其在罗若辛中伏后，对他更加瞧之不上，认为他沽名钓誉。

燕思空派人打探了一下这个汪昧，此人乃武举人出身，据闻相貌俊朗，风流倜傥，领兵打仗自有一套，是一员大将，他与罗若辛一样，都想在太原一战上大显身手，罗若辛怕他抢功，袭营根本不带他，两人之间的关系愈发微妙。

与封野商议后，他们打算利用此二人的矛盾，离间之。

他们先是在城中散布汪昧有意投降的谣言，然后重金收买了罗若辛的家仆，将汪昧的一幅画像，藏入了罗若辛小妾的闺房里，听闻汪昧所到之处，都令当地女子倾慕不已，若罗若辛发现自己的小妾藏了汪昧的画像，恐怕要把脸都气绿了。

接着，燕思空给祝兰亭写了一封信。

自燕思空离京后，为了安全着想，与祝兰亭的联络极少，但不曾断过，余准和祝兰亭是他了解京师情况的主要来源，祝兰亭也在等着他拥楚王进京承继大统。他要祝兰亭上奏昭武帝，弹劾罗若辛无能，不仅中计遭伏，且对延州见死不救，要昭武帝将太原的兵马大权交给汪昧。

待罗若辛得知消息，公仇私恨之下，他必然要先下手为强，想办法除掉汪昧，而要除掉汪昧，最好的办法就是借刀杀人。这刀，自然最好是封家军的刀。汪昧也是聪明人，不可能没有防备，他们就可以坐山观虎斗，看两人能斗出个什么结果。

这离间之计，是自古庙堂沙场上屡试不爽的第一妙计，只要计成，甚至可以轻易颠覆一个国家。难以从外部攻破的三丈雄关，他们要想办法从内部击溃！

不久之后，他们就接到了罗若辛被弹劾的消息。早在延州失守之初，罗若辛已经上书请罪，敷陈原委，由于他父亲是前朝功勋大将，此时朝廷又缺人，他自认虽然有过，但不至被撤换，可现在遭到弹劾就不一样了。

朝廷还未有所决断，消息已经传到了太原，燕思空料想此刻的罗若辛定是焦急万分，毕竟京师离太原这么近，一道圣旨下来，两三日就能到，他的总兵之位，恐怕不保。

很快地，罗若辛就指使自己在朝中的同乡御史，上书称坊间流言，汪昧已被封野收买，有通敌叛国之嫌。

汪昧又快马加鞭令信使将自己的奏折递往京师。

至此，二人已是势同水火，只欠一个爆发之机。

封野和燕思空静观二人斗法了两个月，觉得时机已到，该有所行动，借机除掉一人。

封野又派出曹雨，带着大军跑到太原城下叫阵，这回倒不再辱骂些市井下流词儿，燕思空给了他们一句话，令全军齐喊。

于是身为太原总兵的罗若辛，每日都能听到城外震天响地吼着令他气血攻心的话——谢罗总兵百里送俘。

如此喊了几日，一天夜里，封野突然派出三万兵马，偷袭太原在荣元山上的粮仓。

那粮仓有两万重兵把守，且地势险峻，山道狭窄，易守难攻，攻下此粮仓的难度不亚于攻下太原城。

攻袭粮仓，罗若辛自然要派兵来援，而他派出的将领，果不其然，就是汪昧。

汪昧与钱寸喜所领的三万大军遭遇后，双方混战，钱寸喜很快不敌，也不恋战，立刻鸣金撤兵，逃回了延州。

没过多久，他们就听说了汪昧在混战中身中流矢，重伤不起的消息。

封野立刻斥重金，收买了汪昧的一个亲信，让此人去策反汪昧，许了汪昧赐爵封侯。

汪昧自然能猜到是罗若辛想在沙场上趁乱杀了他，如今他没死成，却不代表就安全了，朝中文臣正为如何惩处罗若辛争得不可开交，除非皇帝真的将罗若辛就地撤换，否则他还能躲过多少暗箭？可临阵换将是兵家大忌，更何况罗家战功赫赫，也不好随意处罚。

燕思空以封野的口吻，给汪昧写了一封言辞恳切的信，表达了自己拥护明主，救难天下的赤子之心。

但汪昧并未回信，从其亲信口中得知，汪昧不愿做叛臣，犹豫不决。

燕思空知道，汪昧之所以犹豫不决，是在等朝廷的审判，倘若朝廷真的将罗若辛换了，太原兵权将落入汪昧手中，可若反之，他不信汪昧不害怕。

可朝廷究竟打算怎么处置罗若辛，却不是燕思空能够预料的了，在他和封野看来，罗若辛是去是留，对他们都有利。

没过多久，朝廷的圣旨到了太原，罗若辛被连降三级，罚俸三年，但暂且保留世袭封号和总兵之职权，令其将功折罪。

这惩罚便等于没罚，可谓天助封野，果不其然，没过几日，他们就收到了汪昧的回信，信中血泪痛斥罗若辛对他的迫害和朝廷的不公，表示愿意追随楚王，追随狼王。

于是，他们与汪昧约定了一个日子，那个月圆之夜，封野将率大军在半夜挺进太原，在收到汪昧打开城门的信号后，一举攻入太原，与汪昧里外夹击，拿下城池。

炎炎夏日之下，封野暗中筹备着这场大战，他踌躇满志，胸中翻滚着即将征服中原的那颗野心。

终于，他们等到了入秋前的最后一个十五，封野亲率七万大军，浩浩荡荡地出发了。

来到太原城郊时，乌云遮月，天地间漆黑一片，只有太原城楼上悬挂的灯火，能够略微描绘它的轮廓。

太原高墙深涧，箭塔林立，城高五丈，衰延几里，墙厚丈余，藏兵数万，光是护城河就有几丈宽。如此漫漫雄关，飞鸟插翅难过，何况是血肉之躯！这是他们见过的最坚固的城墙，没有二十万大军，绝无底气强攻这样一座固若金汤的城池。

遥望着黑暗中那高城的魔影，封野眸中跳动着旺盛的火光。

燕思空亦盯着前方，大战在即，他的心脏不可抑制地狂跳着。成败就在今夜，若能拿下太原，他们就真的有了入主京师的力量，届时封野一跺脚，天下也要为之颤抖。

太原城墙上，最南端的灯火突然灭了一下，复又燃起，反复两次，那是汪昧让他们进攻的信号。

封野看了燕思空一眼，燕思空道："令张榕为前锋，去探虚实，以防有诈。"

"张榕。"封野喝道。

"末将在。"

"领五千兵马为大军探路。"

"诺！"

张榕带着五千兵马，冲杀下山，封野等人在其后跟着。太原城上顿时骚乱不止，不断有士兵涌上城楼，拉弓射箭，但那稀疏的箭矢无法阻拦大军排山倒海之势。

当张榕快冲到城下时，悬索桥被缓缓放了下来，城门也从内打开了，张榕一马当先，冲过了悬索桥，杀入城中！

封野大喜，命大军全速进军，黑夜之中，战鼓雷动，喊杀声冲天，那城门洞开的太原，在他们眼里变成了打开栅栏的羊群，他们将冲杀进去，夺下中原第一雄关！

一路冲到了城门下，城内已是一片修罗场，封野命燕思空在城外带兵殿后，他要亲自上阵杀敌。

燕思空仰头看着眼前高耸的太原城，突觉得哪里有些古怪。

大军不断涌入城内，封野也策马穿过了悬索桥，可当他就要进入城中时，他突然勒住了缰绳，左顾右盼。

封野转过了脸来，在大军中寻找燕思空，燕思空的眼睛也一直没有离开他。此时火光盈盈，两人隔着护城河相望，尽管看不清对方的脸，却仿佛在那一瞬间捕捉到了彼此的表情。

临要进城了，他们都发现了蹊跷之处，一是这城门开得太轻易了，不免令人心生怀疑；二是此时正值盛夏时节，城楼悬灯处却没有聚集蚊虫，那些蚊虫最爱围着火光，老远都能瞧见一群黑乎乎的东西，可悬了这么多灯，只有零星少许，只有一个可能，就是蚊虫被大量的活人吸引了去。

封野大吼道："有埋伏，撤兵！"

燕思空亦在同一时间下令："城内有诈，鸣金收兵！"

退兵的钲声一响，出击的战鼓在下一瞬响彻夜空，原本只有稀疏兵力的城楼上，突然冒出了数不清的脑袋，各个手持弓弩，箭雨倾泻而下，城内也响起了火铳的声音，惨叫声不绝于耳。

悬索桥的吊索发出轮转的响声，桥被慢慢拽了起来。

封魂发出焦急的狼嚎，奋不顾身地朝护城河冲去。

燕思空声嘶力竭地喊道："封野，回来——"

封野一夹马腹，醉红顶着箭雨疯狂地冲向了悬索桥，此时悬索桥已经升了一人多高，醉红四蹄发力，生生剁掉了悬索桥边沿的木屑，马身飞向了半空中，如插翼的巨鸟，带着封野飞过了护城河，敏捷地落在了地上。

封野甩着长枪，连连击落朝他扑射而来的利箭，但一支箭矢却直直地穿透了他的胸甲。

"保护狼王，保护狼王！"燕思空无视身边穿梭的流矢，他双目赤红，嘶声大吼着。

重甲兵举着盾牌围了上来，将封野和封魂遮护起来，钲声越来越急，越来越响。大军如潮水般来，又如潮水般走，狼狈不堪地败退而去，而那些中了埋伏被困在太原城内的将士，恐怕再也看不到下一个天光了。

箭雨未停，而火炮的声音又在背后响起，炮弹落地开火，将封家军炸得溃不成军。

封野顾不得伤痛，狂吼着整顿军形，有序撤退，他知道前方定有伏兵，而后方定有追兵，命王申带精兵开路，自己又带重兵殿后。

路上果然遇到伏兵，王申作战勇猛，带领的封狼骑是封家军的精锐，个个儿能以一当十，硬是为大军拼杀出一条血路。

而封野与燕思空在后方，也看到太原城中果然放出追兵，他们早有准备，令火铳部队应战追兵，双方杀得你死我活，伏尸遍野，封家军一路损兵折将，太原追兵也没有讨到好，追了几里就退了。

扫清了伏兵追兵，封野已是脸色惨白，肩上血流如注，但他强撑着不曾倒下，他就是封家军的军旗，他若倒了，三军就倒了。

燕思空心痛难当，命大军让出一条通路，让醉红带着封野尽快返回延州医治。

令燕思空万万没想到的是，跑了几里后，太原追兵去而复返，又来追杀他们的尾军，这一次他们防备不足，死伤惨重，逃跑的路上一路以血尸铺就。

回到延州时，封家军潦倒狼狈，伤残遍地，各个如斗败的公鸡，连眼神都失去了生气，与出发时那雄心勃勃的滔天士气竟如云泥之别。

"快，叫大夫！"燕思空亲自将封野扶下了马，封魂护在封野身边，龇着牙不允许燕思空以外的任何人靠近。

将封野扶到军帐内，燕思空双手颤抖着解下封野的铠甲。

封野面上冷汗淋漓，他半眯着眼睛，低声说："我没事，去、去整顿三军……"

"有王申将军在，你此时只要好好疗伤。"燕思空小心翼翼地摘下封野的胸甲，箭头却卡住了，看着封野肩胸连接处不断涌出的鲜血，他眼圈顿时湿了。

燕思空心中充满了悔恨，是他们急功近利，是他们自负轻敌，竟就这样落入了敌人的陷阱，不仅遭此惨败，封野也受了伤。

他不敢想象，若当时他们再慢一些发现蹊跷，若醉红没能带着封野飞越护城河，若封野此时与张榕和几千将士一样被困在太原城内，他当如何？

封野伸出手，轻轻拭了拭他湿润的眼眶，低声道："别怕，我没事，我封野，今日在此一败，定会连本带利地……讨回来。”

大夫提着药箱匆忙冲了进来。

封魂炸起浑身的毛发，露出锋利的獠牙。

“魂儿，退下！”燕思空厉声道。

封魂“呜”了一声，犹豫片刻，重新爬回了封野脚边，用脑袋顶着封野的小腿，发出“呜呜”的声音。

大夫用匕首切断了箭头，剪破了里衣，他沉声道：“狼王，属下要拔箭了。”

封野面无表情道：“拔。”

大夫握住箭，狠狠一抽。

封野只皱了皱眉头，没有发出半丝声音，燕思空却觉得那箭像是刺入了他胸腔一般地疼。

鲜血狂涌，浸透了封野身下的床榻。大夫拿出银针，一根一根地封住了周围的大穴，然后给封野喝了五麻散，再处理创口。

燕思空守在一旁，握着封野的手，看着他胸口那触目惊心的血洞，简直心如刀割。

封野喝了麻药，神智迷糊起来，他小声说道：“太原城内，有高人。”说着就昏了过去。

天明之后，燕思空得到消息，张榕将军遭伏之后当场战死，封家军在太原一战折兵一万五千，被俘三千，伤者近万。

这是封野自起兵以来遭遇的最大败仗，若不将初攻茂仁而不破的试探进攻算在内，这也是封野的第一次败仗，亦是他燕思空的。

燕思空看着尚在昏迷中的封野，轻轻用浸了酒的布巾擦拭他的额头，指尖轻触那正在发热的皮肤，只觉得滚烫。他已经守了一夜，他要守到封野睁开眼睛为止。

他燕思空这一生，胜了很多，也败了很多；对了很多，也错了很多。他从不认为他和封野能百战百胜，即便是看上去再寡众悬殊的战斗，在生死沙场上都有无数的可能，只是这一败，败得他格外悔恨与不甘。

他们不仅仅是败于自大和轻敌，他敢确定，他们已经成功挑拨了罗若辛和汪昧，这两人都不是省油的灯，绝不会在那样的情形下还同仇敌忾，唯一的可能，就是有局外之人识破了这离间之计，并将计就计给他们设下陷阱。

封野在昏迷前说，太原城内有高人，不错，那个高人，恐怕正好姓沈。

若他们仅仅是遭伏，那么至多是他们被接连的胜仗冲昏了头，轻视了罗若辛和汪昧，让他们怀疑太原有"高人"的，是撤退之后的那两番追兵。

撤退，是行军打仗中至关重要的一环，与进攻一样需要严明的军纪和有序的阵型。英明的将领，无论遭遇怎样的情形需要撤兵，哪怕是逃跑，都会用重兵殿后，就是为了防止追兵。

兵法云"归师勿遏，穷寇勿迫"，都是这个道理，但也并非所有的归师、穷寇都不能追，假使对方是惨败之下溃不成军、落荒而逃，岂有不追上去一网打尽的道理。

封野将名满天下，罗若辛不会想不到封野会有御后军应战追兵，但此人好大喜功，好不容易一雪前耻，打败了神勇无比的封家军，还射伤了狼王，他自然觉得此时的封家军是丧家之犬，必须追上去给予痛击，所以他派追兵与封野的精锐骑兵会战，而能在平地上打败威震四海的封狼骑的队伍，至少当世是不存在的，他们果然一丝一毫没讨着好，悻悻而归。

此战若到此为止，还属寻常，但太原派出来的第二番追兵，才是封野说出"太原有高人"的原因。

第一番追兵败去后，他们自然不会想到罗若辛还会派人再追，便将封狼骑调去中路军抵御路上的伏兵。恐怕连罗若辛自己也不会想到，他还会再派追兵，追击此时已经没有重兵御后的封家军，造成惨重的伤亡。

第一次追兵不该追，追则两败俱伤，但罗若辛执意追，这说明太原城内的高人拦不住罗若辛。第二次追兵是神来之笔，绝不是罗若辛想得出来的，定是有人指点。

燕思空想来想去，只能想到一个人——沈鹤轩。

朝廷定是无人可用了，才想到这唯一曾经拦住过封野的人，虽然此人口无遮拦，刚直倔强，连皇帝也敢面斥，但恐怕是这世上仅有的，能与他燕思空分庭抗礼的智者。

燕思空悔恨的，是他多次有除掉沈鹤轩的机会，却一直没有舍得下手，甚至亲手放走了这个劲敌，才使得他们在太原遭此惨败。

　　人都要为自己的错误付出代价，可他最不愿的，就是让封野代他承受。

　　看着病榻上昏迷不醒的封野，燕思空暗自担忧，心中唯愿封野能尽快康复，正如封野所言，他们失去的，一定会加倍讨回来。

　　受伤加高热不退，封野足足昏睡了两天，体温才降了下去，人也幽幽转醒。

　　他一睁开眼睛，看到的就是燕思空憔悴的面容和担忧的眼神，他浑身无力，胸腔剧痛，但还是勉强朝着燕思空伸出手。

　　燕思空握住了他的手，如释重负："你总算醒了。"

　　"我……睡了多久？"封野一张嘴，发现自己声音沙哑不堪，喉咙更是烧得干痛。

　　燕思空给他倒了一杯水，小心翼翼地托起他的头，喂他喝了下去，并道："两天，你发热了。"

　　"许久不曾生病了。"封野低声道。

　　"你受伤了，身体自然会弱一些。"燕思空抚摸着封野的脸，柔声道，"箭没有伤到要害，你很快就会好起来的。"

　　封野扯了扯嘴角："我少时受过更重的伤，这算不了什么。"

　　燕思空沉默了，封野身上有多少伤痕，他最清楚不过。

　　封野深吸一口气，眼神黯然："我军损伤多少？"

　　燕思空顿了顿，将伤亡情形如实汇报。

　　封野的脸色愈发苍白，嘴唇都在微微颤抖，明显在隐忍着怒火。这是名震天下的狼王的第一次失利，愤怒，羞辱，不甘，来得比身体的伤痛还要猛烈。

　　"是我们自大轻敌了。"燕思空小声说。

　　"我看不止。"封野冷道。

　　就在这时，侍卫走进了营帐："燕大人，太原总兵……"他见封野已经醒了，忙跪在地上，喜道，"狼王您醒了。"

封野沉声道："太原总兵怎么了？"

"呃……"侍卫手中托着一个木箱，"太原总兵派人……送来这个。"他越说声音越小，这木箱的尺寸，很容易让人想到里面装着的是什么，他知道不该给受伤的封野看，却没想到封野已经醒了。

燕思空斥道："你先下去，没看到狼王累了吗。"

"是。"

"站住。"封野撑着床榻要坐起来。

"封野，你别乱动，会牵动伤口。"燕思空想要按住他，却不敢使力，见他执意要起来，只好将他扶起来，在他背后垫上软枕。

封野用颤抖地手指着那木箱："打开。"

"封野……"

"打开！"

侍卫无奈，只得小心翼翼地打开了木箱。

箱子里放的，正是张榕的人头。

封野气血攻心，满面狰狞，整个人都颤抖起来。

"封野。"燕思空将他的脸掰了过来，冲着自己，"张榕将军战死沙场，走得忠贞英勇，你要为他报仇，为封家军报仇，不要中了他们的计。"

封野用力喘息着，痛心疾首："张榕，从蜀地便追随我，忠勇双全，屡立战功……"

"我知道，我会代你抚恤他的家眷。"燕思空朝他侍卫道，"下去，令内务营筹办张将军的丧礼。"

"等等……"封野深吸一口气，勉力平复下心绪，沉声道："那里有封信，给我。"

箱子里果然有一封信，侍卫递了上来，才默默退下。

燕思空缓缓摊开了信笺，上面只有短短一首诗：

贪夫徇财兮，烈士殉名，

夸者死权兮，品庶每生。

治乱扶危兮，从吾所志。

道不相同兮，不相为谋。

239

落款是——沈鹤轩。

封野一字一字咬牙切齿道："果、然、是、他！"

燕思空只觉急怒攻心，脸上的血色瞬间褪得干干净净。

沈鹤轩，我因为惜才，一次次放过你，你非但不感恩，还设计害我，害封野，早晚有一天，我会让你带着你的愚忠重新投胎！

封野一把团起信，扔到了燕思空脸上，怒道："这就是你妇人之仁的下场！"

燕思空垂下眼帘，沉声道："是我的错，我后悔没有杀了他。"

"你……"封野剧烈咳嗽起来。

"封野！"燕思空担忧地扶住他，生怕他牵动伤口，可已经晚了，他分明看到他肩上的白纱渗出血来，燕思空鼻头酸涩，他用力咬住了嘴唇，仿佛只有疼痛能稍微减轻他对自己的愤恨。

封野咳了半天，才平复下来，他抬头看着燕思空，见他将自己的嘴唇咬得渗出血来，顿时不忍，他伸出手，轻轻掰开了燕思空的牙关。

燕思空红着眼圈看着他。

封野轻声道："难得见你认错，难得见你后悔。"

燕思空看着封野惨白的脸色，心里难受到了极点。

封野正色道："你听着，我封野不怕败，不怕输，所有挡在我面前的敌人，我早晚会一一斩于马下。太原也好，京师也罢，都将是我的囊中之物，这等恩将仇报的小人，拦不住我的封家军！"

"没错，没有人阻得了封家军。"燕思空目光坚毅而冰冷，"封野，我一定会为你拿下太原。"

封野点点头，安心地闭上了眼睛，唯有此人在身边，能令他暂时忘却伤痛和挫败、羞愤和失意，这世上再无他人，能给予他这些。

封野养伤期间，延州城内大小军务都是燕思空在主持打理。

封野的属下将领并不买账，他们知道燕思空的本事，但也知道两人的关系，更知道燕思空传遍天下的恶名，他平日在封野身边出谋划策，无人敢多言，可如今打了败仗，他们自然将其归咎为燕思空，而不是英明神武的狼王，对他的鄙夷和猜忌没有了狼王的震慑，便肆无忌惮地流露出来。

幸好王申识大体，此人虽然脾性刚烈，但他是当年随着封长越逃出大同的封家军旧人，对封家死心塌地，他帮着燕思空压制这些将领，才让政令得以执行，但燕思空也受尽了刁难和白眼。

不过，燕思空并未将这些武将的刁难放在眼中，他什么样凶险的敌人没斗过，他只是在等待一个修整他们的机会。

让他真正头疼的，是元少胥的不消停。他趁机来向燕思空要张榕的位子，他在伏击罗若辛、进攻延州时确实随着王申立有战功，封野该赏的都赏了，也对他略有提拔，但他仍不满屈居王申之下，认为自己可以代替张榕。

此事被燕思空断然回绝，张榕统领的兵大多是当初跟着他一同从蜀地揭竿起事的，后又归顺了封野，那些兵平素只说自己的家乡话，且彪悍好战，接替张榕的将领他和封野早有人选，怎么都轮不到元少胥。

被拒绝后，元少胥扔下几句嘲讽，愤而离去。

燕思空看着他的背影，心中有些感慨。哪怕过去了二十年，元少胥对他的嫉恨并没有什么改变，除了封野，军中无人知晓他们的兄弟关系，但元少胥自己知道，他身为元家大哥的自尊正被他和元南聿受到的器重所折磨。燕思空虽然不喜他，可倘若他真的有本事，也不会阻拦封野重用他，可惜他才不敷用，以后还得小心防备此人才是。

为了稳定军心，封野召集将领们见了一面，让人看到他正在好转，但又暗中向太原放出假消息，说封野其实伤得很重，恐怕命不久矣。

以现在的情形，不能贸然出战，要做好长期对峙的准备，他们还没有好的对敌之策，但先放松敌方的戒备总没有错。

不久后，燕思空听说那个被他们收买的汪昧的亲信，被吊在了太原城楼上，暴尸三天三夜，以儆效尤。

他又得到线报，沈鹤轩是主动请命来太原的，一开始罗若辛对他并不理会，但自他识破离间计，并将计就计诱伏封家军后，便对他言听计从了。

燕思空知道，现在横亘于两人面前的，不仅仅是太原那巍峨的城墙，还有一个真正势均力敌的对手，这一仗将比他们所预想得还要艰辛，还要困难。

但无论眼前是刀山还是火海，拦路的是妖魔还是鬼神，他相信他和封野一定能披荆斩棘，有些人天赋雄才，生而就要叱咤风云，拨弄乾坤，他相信他是如此，封野亦是如此。

这日燕思空回到帐篷，就见封野正卧在榻上看书。

"你怎么又起来了。"燕思空走过去，夺下了他手里的书，"大夫都说了让你好好躺着养伤。"

封野抱怨道："整日像个死人一样躺着，我哪里躺得住。"

"你伤还没好，随便乱动可能会扯开创口。"燕思空轻轻掀开他的里衣，查看肩窝处缠绕的白纱，尽管依然有血迹渗出，但已经比前些日子好多了，他道，"你好得越快，不是躺的时候越少吗。"

"无妨，这点小伤，能奈我何。"封野抓住燕思空的手，"这些日子都是你在处理军务，感觉如何？"

燕思空苦笑道："累。"

"这帮人可不好相与，他们为难你了吗？"

燕思空淡笑："无妨，若连他们都不能降服，那我早在过去不晓得死多少回了。"

"我相信你有办法。"封野默默地注视着燕思空，"听说沈鹤轩把汪昧的舅舅吊在城楼上了。"

燕思空点点头："三天三夜，让全城军民看足了叛徒的下场。"

"此人或许会是我大业路上的最大障碍。"封野目光冰冷，"可惜当时刺客没能杀了他，现在城内防守森严，无法下手了。"

"我们还有别的办法打败他，此人虽然腹载五车，但致命的缺点有很多，我了解他。"燕思空笃定道，"我说了，我会为你拿下太原，决不食言。"

"你可想过，"封野的双眸漆黑幽森，深不见底，"陈霖是故意放他走的？”

燕思空一怔。

“陈霖将他放走，也许并非是顾念师生之谊，也不是怕他束手束脚，而是为了让他牵制我？”

燕思空深深地望着封野：“你为何会这样想？”

“我为何不会？陈霖一直防备我，难道你看不出来吗？”

燕思空皱起眉：“陈霖现在唯一的依仗就是你，他防备你做什么？若你败了，他连云南都踏不出去，他又怎么会故意让沈鹤轩来阻拦我们？”

“是吗？当初你在云南时，帮他挑选了宁王之女，倘若他真的成了宁王的女婿，宁王身在要地，富甲一方，随时都可以集结几万兵马助他抵御朝廷的平叛军，只要他能离开云南，以他大皇子的正统出身，何愁一路上没有诸侯响应？那个时候，他还需要我吗？”封野眉眼间尽是寒意，“当时他也没想到，造化弄人，宁王会被一颗枣核噎死吧。”

燕思空失神地看着封野，将前前后后发生的事，都在脑中捋了一遍，发现封野说得确实有理，而他此前竟然一直没有想过。但他还是不愿意怀疑陈霖，他沉声道：“怕是你多心了吧，陈霖并没有大的本事，若没有我，他连现在这几万兵马都不会有。”

“在你心里，他始终是那个对你言听计从、崇拜有加的小小太子，你一直不觉得他真正长大了，也不觉得他会脱离你的控制，因为你习惯了掌控他，他也故意在你面前做小伏低。”封野冷道，“万一你看轻了他呢？”

燕思空感到局促起来：“我知道他长大了，不如少时那般易于掌控，但他始终是相信我、依赖我的，他现在也不断向我们求助，你说他防备你，他防备你什么呢？”

封野眯起眼睛：“你说他防备我什么？”

燕思空心脏一颤，封野那一双犀利的狼眸中，迸射出了令他陌生的情绪，他脑中突然闪现出一个令他害怕的念头，尽管只是一闪而过，也足以让他胆寒，不过他很快就否决了，他摇摇头：“就算陈霖不愿意被你我操纵，他也别无选择，他心里清楚谁能助他坐上皇位，他不会做蠢事的。"

封野神情冷漠："希望你说的是对的，但这个人，是一个巨大的隐患，如若不能控制他，我会杀了他。"

燕思空按住封野的手："只要能杀进京师，陈霖必然只能遵从我们的安排，现在何需担心他，眼下最重要的是拿下太原，只要我们的刀剑足够锋利，就能令天下人臣服。"

封野那没有任何表情的脸上却仿佛在酝酿着可怕的风暴，他寒声道："没有人，可以阻挡我。"

燕思空看着封野野心勃勃的瞳眸，想着他刚才说的那番话，心头杂乱不已。

封野说得对，他太过小瞧陈霖了，如果一个人是你从小看着、陪着、教着长大的，此人对你毕恭毕敬，对你深信不疑，偶有反叛也马上跪地认错，换作任何人，恐怕都难以对这样一个人起疑心。但现在他也开始怀疑，陈霖放走沈鹤轩背后的深意了。

更令他忧心的，是封野的那番话。封野早已对陈霖动了杀心，只是碍于陈霖的身份，必须留着他牵制四方诸侯，而陈霖不必说，仅仅是因为私心，已经对封野嫉恨不已了。

也许他把事情想得浅了，或者说他不愿意把还没发生的事想得太深，所以他一直回避封野和陈霖之间微妙的关系，其实他心里清楚，这件事定然是埋了祸根的。

只是这世上的麻烦，总是一样接着一样的，眼前的尚且处理不完，哪里顾得上将来的。现在要紧的，是拿下中原，杀入京师，那鹿仍在林子里奔跑，尚不必讨论究竟归属何人，只要他们能掌握天下兵马大权，就算陈霖有一千个心眼儿，也不怕他不乖乖就范。

燕思空的眼神穿透了营帐，穿透了延州城，穿透了百里山野，仿佛看到了那巍然屹立的太原城，他们曾在那里损兵折将、狼狈败走，但早晚有一天，他会和封野昂首阔步地站在城楼之上，俯视中原，觊望京师。

自太原一战，已过去了月余，两方均没有什么大的动作，无非是练练兵，养养民。

对于沈鹤轩来说，他们最大的优势和依仗就是太原城，世人皆知封家军的精锐骑兵封狼骑骁勇善战，各个能以一敌十，是唯一能和恐怖的蒙古骑兵平分秋色的中原骑兵。打仗自然要避其锋锐，没有人会想和封狼骑正面交锋，所以，只要封家军不露出弱点，太原绝不可能出兵，固守就是最大的胜利。

而对于封家军来说，他们最希望的自然就是把太原军引出城会战，可惜，经历了罗若辛偷营反被伏，又有沈鹤轩坐镇太原，再想让太原军出城，难如登天。

燕思空苦思多日，都没有良策，加之最近他夜不成眠，脑子更是不大好使了。

盛夏时节，不易于养伤，封野的创口正在愈合，时时觉得痒，半夜都无意识地要去抓，燕思空只得整夜按着他的手，一有动静马上就醒过来，阻止封野在睡梦中抓挠伤口，如此一夜反复好多次，他根本睡不踏实。

封野不明所以，见燕思空日渐憔悴，以为是事务繁忙，伤没好也已开始料理军务。

其实战败之后的事宜都已处置妥当，此时城内风平浪静，并没有什么太值得费心的，只是士气低迷，全不复出征时的雄心勃勃。

封野见太原一个月没有动静，也就不再装着病重，能下床后，每日都出去走动一番，视察各营，让将士们安心。

就在两人既想不出对敌良策，又眼见着士气不复从前时，元南聿很争气地给他们带来了好消息，他领兵闪电出击，接连攻克了平凉、凤翔。

闻此喜讯，封野高兴极了，连连夸赞元南聿。

燕思空也顿觉心中的压抑舒缓了几分，仿佛笼罩在延州上空的战败阴云都消散了几分："阙将军真有本事，他这两胜意义重大。"想着当初那个淘气贪玩的少年如今成长为了如此猛将，他心中感慨万分，元卯地下有知，定也会很欣慰吧。

封野哈哈大笑道："没错，不愧是我的好兄弟，我的……"他送到嘴边的话突然一顿，看了燕思空一眼后，又咽了回去，感慨道，"当初……他带我离开京师，一路躲避官兵的追捕，虽然叔叔给我带出来了两千封家军，可他才是从最末微就陪伴我的人，这些年，他从没让我失望过。"

燕思空莫名地心中一阵酸楚，他挥去那份不快，道："如今太原周遭的府道几乎已经全在我们掌控之内，我们随时可以切断他们的粮道。"

"但太原定然粮食充足，若他们能吃上一年、两年，我们却无法围那么久。"

"军中粮草还够半年之需，今年年景不好，秋收也收不上太多，我估算着，吃到过年不成问题，但年后就不好说了。"

"所以我们大约只有半年的时间。"封野凝重道，"若半年打不下太原，大军就得撤回大同。"

燕思空沉默地点着桌子："一定有办法的。"

这时，侍卫来报："狼王，那个……"他偷瞄着封野，欲言又止。

封野皱眉："何事吞吞吐吐的。"

"……萨仁夫人到了。"

"谁？"封野不解道。

燕思空一怔，他低下头，掩饰着喝了一口茶，端着茶杯的手却有一丝轻颤。

"萨仁夫人。"侍卫重复了一遍。

封野反应了过来，是哪答汗的女儿，他的——妾，他几乎已将此人忘了。

封野一时怒了："谁把她送过来的！"可这句话问得实属多余，除了封长越，谁敢不跟他商量就把他的侍妾送来了延州；除了封长越，谁这么着急让他开枝散叶。

侍卫跪在地上，不敢言语。

燕思空放下茶杯，小声道："人都来了，总不能再送回去，你当初也答应封将军了。"

封野沉着脸："带她进来。"

不一会儿，侍卫领着一个穿着蒙古服饰的女子走了进来，她浓眉杏目，挺鼻厚唇，五官深邃美艳，一头乌亮的秀发扎着繁复的辫子，身材高挑而丰胸纤腰，浑身散发着野性张扬的美，与中原女子相比，充满了浓烈的异域风情。

燕思空在心中感叹，真是个艳丽飒爽的大美人儿。

她就是察哈尔部大汉哪答的女儿——萨仁。她好奇地环视四周，目光放肆而大胆，最后落到了封野身上，她挑了挑眉说："你是狼王。"

封野面无表情地看着她。

萨仁在屋内踱步，又看向燕思空："你是燕大人。"

燕思空起身拱手："见过萨仁夫人。"

萨仁耸了耸肩，又看向封野："狼王怎么不说话，觉得我太漂亮了？"

燕思空低声道："夫人，狼王是您的夫君，不可如此无礼。"

萨仁轻哼一道："他是我的夫君，就是我的男人，我怎么跟我的男人说话，轮不到你多嘴。"

燕思空躬身："是。"

封野站起身："你既嫁于我为妾，就要遵循汉人的礼仪，把这衣服和头饰都换了。"

萨仁笑道："你一辈子都在看中原女子，还没看腻吗？我不想换。"

封野眯起眼睛。

燕思空道："狼王，夫人初来此地，尚不能适应水土，不如就让夫人暂时沿袭家乡习俗，慢慢适应。再者，夫人的穿着打扮与中原女子不同，既亮丽好看，也能让将士们看到察哈尔部与大同的交好。"

封野淡漠道："好吧，随你吧。"

萨仁大胆地打量着封野，毫无汉人女子的羞涩矜持，她眉眼带笑："多谢狼王。"

封野吩咐道："将夫人安顿在城中。"

"狼王在城外大营，为何让我去城中？"萨仁问道。

"军有军规，大营内不得有女子。"

"我不是一般女人，这大营，也不是孤零零一座大营。"萨仁挑眉一笑，"连将士们都可以去城内寻欢作乐，狼王年轻气盛，莫非要清心寡欲不成。"她瞄了燕思空一眼，做出恍然大悟的样子，"哦，我忘了，狼王在大营中，有燕大人陪着。"

燕思空不动声色地站在一旁。

封野眯起眼睛："你好生待在延州，不必叫我说第三遍。"

萨仁冷冷一笑："好，那我……哦，那妾身告退了。"她笑看了燕思空一眼，转身潇洒地走了。

萨仁和侍卫离开后，帐内陷入一阵沉默。

燕思空迟疑片刻，道："此女生得美艳，但性子太放肆泼辣，该找人教教她汉人的礼仪……以及怎么侍奉夫君。"

封野脸色阴沉："不必了，就让她在延州待着，她若敢给我惹出什么事端，我就把她送回大同。"

燕思空没有说话。

封野看着他："她方才羞辱你，你生气了吗？"

燕思空笑道："我岂会与女子一般见识。"

"嗯，不必在意她。"封野道，"我们继续商量正事。"

燕思空凝望着封野，欲言又止。

封野皱眉："你还想说什么？"

燕思空心里堵得慌，他不愿意去深究自己的想法，因为他的想法不重要，重要的是封野不能膝下无儿，封家军不能后继无人，他道："你不打算和夫人……封将军怕是日夜期盼着。"

封野冷道："怎么，你很希望我和她同房？"

"……封野，我希望你封家人丁兴旺。"

封野沉默半晌："你不懂我的心思。"

燕思空苦笑。

封野深深地望着燕思空："我实话与你说吧，我爹大仇未报，我无意现在拥有子嗣，倘若我胜了，才能将这血脉流传下去，倘若我败了，这是诛灭九族的大罪，还谈什么香火。"

"……狼王考虑周全。"

封野长吁一口气，坐进椅子里，轻捂着伤口，喘着气。

燕思空忙走了过去，紧张地说："怎么，伤口又疼了？要不要叫大夫？"

"被我叔叔气的。"封野斜了他一眼，"还有那个女人，还有你。"

"我……"

"我不许你再跟我提这件事，无论你是出于什么心思。"封野以不容置喙的口吻说道，"无论你是因为夕儿对我感到歉疚，还是想要试探我。"

"是。"

在多次商议后，封野决定先夺取太原设在山上的粮仓。

他们曾向那粮仓出击过一次，不过那一次，是为了给罗若辛除掉汪昧的机会，只是做做样子，若真要攻取粮仓，那点兵马是远远不够的，正面进攻更是不可取。

那粮仓占据着十分险要的地形，易守难攻，上山的路狭长崎岖，有一夫当关万夫莫开之势，他们就是派上去再多的兵马，恐怕都会折在那幽幽峡谷里。

可如果能拿下粮仓，一来切断太原的补给，二来可以大大充盈自身，到时候再围之，破城便只是时间的问题。

太原自然也知道这一点，所以那粮仓有两万兵马驻守，而只要他们出兵，太原可以即刻响应，在峡谷里堵住他们的退路，简直是瓮中捉鳖。

要拿下粮仓，未必比攻城容易。

封野派出了大量的探子，去那荒山中探路，花了足足一个月，终于绘制出来一份较翔实的地图。果然，山中的各个关卡都有兵马把守，唯一可能上山的一条路，是一面绝崖峭壁，那峭壁简直如孤峰突起，高耸而陡直，便是飞猿见之恐怕也要图叹奈何，没长翅膀真是难以逾越。

但只要翻过了峭壁，就能直接到达山顶的水源地，若夺取了晟军的水源，粮仓还不手到擒来。

可那峭壁，实在叫人望而生畏。

封野凝重道："攀山很可能不成，但除此之外，可还有更好的法子？"

燕思空思索道："我们能想到的，沈鹤轩不会想不到，他行事极为谨慎，那峭壁之上，说不定已有兵马把守，若我是他也必会如此，粮仓如斯重要，不怕一万，只怕万一。"

"他再厉害，也不可能事事知你我所想，即便有人把守，也有松懈的时候，可择一个雨夜攀山而上，拼杀一番，尚有攻克的机会。"

燕思空想了想："目前看来，这确实是唯一可行之法，沈鹤轩对我们最大的'不知'，就是粮草，我们自太原中伏后一直没有动作，他吃不准我们是打算长期围城，还是会伺机进攻，也许他猜到我们粮草不足以供围城之需，至少他们的粮草是比我们充足的，但一定猜不到我们还能吃多久。"

封野灵光一闪："我令叔叔从大同运一批假粮草来，如何？"

"好！"燕思空一拊掌，"好，大同定然也有朝廷的眼线，让封将军务必要把此事做得像模像样。"

"那是自然，叔叔做事向来稳妥，大同离此地不远，离上峰寨则还要更近一些，把假粮草运到上峰寨，虽是会有所损耗，但却能打乱沈鹤轩对我们的判断。"封野冷笑道，"然后，我们假围太原，实取粮仓。"

燕思空点点头，目光如炬："在上峰寨也增派些兵马吧，那是我们的粮道，沈鹤轩定然虎视眈眈，不过上峰寨同样据险以守，而太原军一直在我们的监视之下，那里暂且安全。"

"就这么办，我这就命人给叔叔送信。"

随着天气的转凉，他们不仅等来了大同运往上峰寨的一批假粮草，还有一个重大的消息——陈霂联合宁王世子，击退了朝廷平叛军。

这个消息十分振奋人心，至少他们不必担心陈霂连云南都走不出去了，各路诸侯一直作壁上观，便是想看看陈霂究竟有几分本事，如今陈霂说服了宁王世子，也马上就要迎娶宁王之女为妃，加之封野的一路高歌猛进，对京师是极大的威胁。

陈霂的下一步，是领兵出征，这比固守中庆要凶险十倍，不过，他虽然没有封野的兵马，也没有封野在战场上的韬略，可他是皇长子，还是个因奸臣迫害而被废的太子，他这一路，当不愁诸侯响应。

若他能打到中原，与封野汇兵，那么别说是太原，京师也要门户洞开了。

得知此事后，燕思空和封野均是喜忧参半，他们希望陈霂壮大，又不希望陈霂壮大，想来陈霂对封野怀抱的也是同样的心思，两方既要通力合作，又要互相戒备，但无论如何，此时他们都必须结盟，以对抗更强大的朝廷。

燕思空当即给陈霂写了一封信，洋洋洒洒写了近万字，一面给他出了许多主意，另一面明里暗里提醒他封家军的重要。

此时陈霂与宁王世子联手，也不过区区七八万兵马，从云南到中原，何止千里之途，封野为他吸走了大量的敌军，能不能走出这一条帝王之路，就要看陈霂的造化了。

这封信燕思空没敢再背着封野，写完还交于封野看了。

封野看完信："若你信中所说，他都照做了，他能活着走到这里吗？"

燕思空吁出一口气："那就要看，他是不是真龙天子了。"

"天子。"封野嘲弄一笑，"我从不信什么天子，若当真有天选之子，又怎会被'凡人'革除天命，这改朝换代，千百年来可曾停歇？"

"那便是当朝天子倒行逆施，革除其天命之人，是替天行道，理所当然便成了新的天子。"燕思空淡笑，"信与不信，都不重要，但若没有这个名头，何以统御天下蚁民。"

封野微扬起下巴，勾唇一笑："不错。谁胜了，谁就是天选之子。"

燕思空道："陈霖能离开云南，对我们大有益处，我可以他之名，去说服勇王。"

"可行吗？"

"让藩王看到了陈霖称帝的可能，便可行。"燕思空胸有成竹道，"他若足够聪明，便该早早打算侍奉新君了。"

"好，若能得勇王相助，何愁太原不破。"

"只要一方诸侯相应了，必有更多人想从。"燕思空的眸中闪烁着烈烈瞳光，"那狗皇帝失道寡助，他该好好尝尝昏庸的下场了！"

大同来的假粮草一到，封野就大张旗鼓地准备围城。

他派出数万大军封锁太原的交通要塞，将大营驻扎在城郊五里内，围城建造数座哨岗，只要一处发现敌情，很快就能以令旗和烽火知会全军。

此时围城，一来让太原以为他们迟迟不围城就是在等待大同的粮草，如今是万事俱备了；二来声东击西，让他们料不到荣元山粮仓的危机；三来，即便荣元山求救了，太原军也不敢轻易出城救援。

不过，燕思空猜测，只要他们一围城，沈鹤轩多半能意识到荣元山粮仓是孤军奋战，虽然可能有危险，所以会设法通知粮仓守将有所准备，而他们就要抢在敌军来不及准备时出击。

此时刚刚入秋，正是多雨时节，在围城的第三天，天上便下起了绵绵细雨，雨势虽然不大，却是黏稠地下了一天也不停歇，着实恼人。

准备攀山的五百将士，已经在营中整装待发，他们都是封野挑选出来的最年轻力壮的士卒。封野许以重金赏赐，这五百将士各个斗志高昂。

此战，封野交给了钱寸喜和元少胥。前些日子阙忘接连拿下平凉、凤翔二城，屡立战功，在给封野的信中，却没有求赏，而是婉转地求封野提拔自己的大哥，显然元少胥去求了阙忘。阙忘虽然失去记忆，与这位大哥并无深厚之情谊，也未必不知道这个大哥的斤两，但他本性宽厚，还是向封野讨了这个人情。

封野自然无法拒绝阙忘，便给了元少胥这个机会。

钱寸喜领着大军，趁着雨夜出发了。

那一夜，封野和燕思空都夜不成眠，等待着荣元山上的消息。

直至丑时，荣元山上突然燃起了求救的烽火，两人大喜，马上令王申整兵，只要太原军出城去救，则马上在半路堵截。

那烽火一直烧到了天明，太原城门自始至终没有打开，而回报的探子称，钱寸喜和元少胥已经成功攻取了荣元山粮仓。攀山时士卒跌落山崖足足有二十余人，上山之后与敌军搏杀，死伤惨重，拼死放下绳梯，才使得大军能够攀山而上。

只是上山之后，他们发现荣元山粮仓不如想象中存粮丰厚，守军也不过区区几千，大部分粮食早已被转移了。

封野的面色逐渐由喜转怒："那肯定是在围城之前就已经转移了，沈鹤轩这个奸贼。"

燕思空安抚道："即便他们转移了大部分粮草，攻下荣元山也十分重要，它是顺天府与中原互通的粮道，也是太原最后一条粮道，自此我们彻底把太原孤立了，这难道不是好消息吗？"

"自然是好消息。"封野深吸一口气，"只是没能如你我所想，抢夺他们的大批粮草。"

"我知道太原一败，你心里憋着一口气，我们早晚会讨回来，不必急于一时。"

封野皱着眉："可是，如此一来，我们的粮草始终是不足的。"

"马上就是秋收了，粮官正在想方设法从各地筹集粮草，能撑一时是一时，我想，太原此时该比我们心急。"

封野没有接话，眼中尽是忧虑。

其实燕思空最后这番话，连他自己也吃不准，他们一个不敢出城，一个不敢攻城，但太原的粮草一定比他们充足。围城，要围到何时？每围一日，可谓挥金如土，太原分明是能够拖垮他们的。

不久，元少胥就带回了一批从荣元山上夺来的敌军粮草，好好邀了一番功。粮草虽然不多，但聊胜于无，封野也趁势赏了他，向阙忘卖了这个人情。

此一战后，封野又开始了轮番的挑衅，今日派使者去求和，明日派武将去叫骂。沈鹤轩十分沉得住气，使者来了就以礼相待，武将来了也从不理会，几次三番，使者都不敢去了，并非太原有什么刁难行为，而是他们说不过沈鹤轩那一张嘴，反而被羞辱得无地自容。

沈鹤轩还让使者带回来一句话，若想谈和，除非燕思空亲自上门。

燕思空确实胆大，但并不妄为，他冒死去察哈尔是因为心里多少有点把握，但他坚决不会去太原，是因为他知道去了一定没命。

双方继续这样僵持。

期间得到云南的消息，陈霖联合宁王世子离开了中庆，往中原进军，此时势头正猛，已连破两城，如今正准备攻打永州，打着大皇子的旗号，不乏响应之士，他的兵力也在大幅扩张。

而封野则派了使者，前往徐宁见勇亲王，若勇亲王能发兵助他，则太原可破。

燕思空每日望着远处的太原城，心里转着数不清的阴谋阳谋。

若他们在今年之内无法拿下太原，明年恐怕就要因为粮草不足而撤兵，那这一年的努力就都白费了。他们自然不能坐等败局收场。

在等待徐宁的消息时，燕思空发现，秋收过后，地里留下了大量的秸秆，为了来年土地能够继续耕种，必须将它们除干净，而最好的办法就是烧。

燕思空心生一计，命农夫将自家田里的秸秆都运到大营来，短短数日之内，就汇聚了山一样的秸秆堆。

士卒们将秸秆堆弄到了太原城外，浇上掺了毒药的焦油，只要风向往太原城的方向吹，就点燃一堆。

那毒药因为化作烟雾扩散于空中，所以毒性并不强，但也足够熏得人涕泪横流、双眼红肿，连续这样烧了几天，太原城上的将士苦不堪言，每日都将脸层层缠了起来。

终于有一日，城内一个武将不堪受辱，义愤填膺，自己单枪匹马地冲出了城门，要与前来骂阵的曹雨决一雌雄。

曹雨喜出望外，他天天叫骂而无人理会，早就要憋出病来了，当即承诺与那武将单独比试，生死有命，就算他败了，也不准属下出手。

于是二人一人使枪，一人持刀，在太原城下、骏马之上，咆哮着拼杀了起来。

二人都正值壮年，都悍勇善战，这一仗打得是精彩纷呈，难分伯仲。

封野和燕思空都特意策马前来观战。

最终，曹雨略胜一筹，将那人斩落马下，自己也被长枪捅破了腰侧。

燕思空见曹雨策马回旋，要将那人一刀斩杀，忙叫道："曹将军，刀下留人！"

曹雨心中对燕思空不服，但碍于封野在场，不好公然忤逆。

封野命人将那将军绑了，押回了大营。

燕思空哈哈笑道："沈鹤轩怕要气死了。"

封野也乐不可支："青天白日的拱手送我们一个战俘，还是个将军，不错。"

那将军姓周名克，着实是一把硬骨头，叫嚣着让封野杀了他，宁死不降。

封野非但没杀他，还让大夫来给他疗伤，并特意给他备了一间帐篷，以上宾之礼相待。

燕思空打探得知，此人在太原不大不小也是个参将，虽然杀敌极为勇猛，但性格鲁莽冲动，早在他们挑衅期间就向沈鹤轩请过两次战，皆被沈鹤轩驳回，在接连被秸秆的毒烟熏了好几天后，终于爆发了，违命出城与曹雨决斗。

封野虽然暂时将他收在营中，但也不免怀疑此人也像他们当初将曹雨派去太原那样，使的是一出苦肉计。燕思空早有过思考："我看不像，沈鹤轩初到太原，分位品级皆在罗若辛之下，如今掌握太原兵马大权的，始终是罗若辛。沈鹤轩是个军师，他要在军中立威，就必须确保自己令行禁止，如周克这般公然违抗命令出城，是他最不愿意看到的。再者，周克其人，并不十分聪明，若他是在使苦肉计，恐怕逃不过我的眼睛，沈鹤轩应该不会这么蠢。"

封野点点头："我也觉得此事不似有诈，若能收服这个周克，就能得知太原到底有多少粮草了。"

"好生招待着，等他伤势好转了，有办法对付他。"

封野摸了摸下巴："不若我现在就去看看他。"

"也好。"

封野走后，燕思空就在帐内批看公文，突然，一个人影冒冒失失地闯了进来，甚至没有通报。

燕思空惊讶地抬起头，来人竟然是封野的侧室——萨仁，她身后跟着一脸无奈的侍卫。

"夫人。"燕思空站起身，朝萨仁躬了躬身。

萨仁环视四周："我的夫君呢？"

燕思空面无表情道："夫人，狼王有令，军营中不得有女子出入，我这就命人送夫人回去。"他的口气转冷，"并严惩令夫人入营的一干将士。"

"哦？你要严惩王将军？"萨仁挑衅地扬了扬下巴，"还有，我不是什么女子，我是夫人，狼王的军令是命令三军的，不是命令我的。"

"上行则下效，身为主帅，军令不可不以身作则，我会去找王申将军问明此事。"燕思空其实早猜到萨仁是谁放进来的，王申是封家军旧部，深受封剑平恩惠，当初跟着封长越逃出大同，与封长越是莫逆之交，封长越显然是交给了他新的重任，那就是让萨仁早日为封野生下子嗣。

这确实令燕思空有些头疼。这军中最不能得罪的，王申就是其中之一，封野受伤那段时间，若没有王申相助，很多政令靠他都难以推行。

萨仁摆摆手，俏脸上写着傲慢："我不管这些，我从小在我可汗的军营中长大，军营有什么了不起，凭什么女人不能出入，耍刀弄枪，骑马打仗，我也不输男儿。"她斜睨着燕思空，"说不定我比你更像个男人。"

燕思空不卑不亢道："夫人真乃女中豪杰，在下自愧不如，但军令如山，不可亵渎，请夫人立刻离开，否则再下只能将夫人强行送回延州了。"

萨仁气得脸色发青，她一步步走到燕思空面前，冷道，"燕思空，你算什么东西，敢命令我。"

燕思空拱手："属下不敢。"

萨仁用力推了燕思空一把，蛮女豪放大胆的性格一览无遗："你们中原的男人，大多比女人还不如。"

萨仁的声音之大，营帐内外都听得清楚，几名侍卫脸色发青，都知道自己闯祸了。

燕思空面色平静："夫人，请回吧。"他冷冷地看向侍卫，"护送夫人回延州。"

"是。"

萨仁倨傲地扬了扬下巴："燕思空，你是我的敌人，我可汗说过，一定要打败自己的敌人。"

燕思空淡淡一笑："夫人，你不足以与我为敌，我也不会将你当作敌人，请吧。"他做了个请的手势。

萨仁气冲冲地拂袖而去。

萨仁走后，燕思空将营门守将叫了过来，质问他是谁让萨仁如此随意进出大营的。

那将领是王申的下属，不甚在乎地说道："萨仁夫人是狼王的妾室，与寻常女子不同。"

燕思空冷道："这是狼王告诉你的，还是你自己改的军规？"

那人脸色微变："属下断然不敢，但萨仁夫人……"

"狼王不准女子入营，是怕将士浮躁，有损军中威仪，狼王向来身先士卒，军令约束三军的每一个人，谁给你的胆子，擅自替狼王违反军令？"

那人"扑通"跪了下来，恐慌道："属下不敢，求燕大人恕罪。"

"你不敢，难道不是你做的？"燕思空拔高音量，不怒自威。

"这……"那人脸色发白，"属下……请示过王将军……"

燕思空眯起眼睛："你身为营门守将，谁人出入大营都要经你审查，你不老老实实奉行军令，却将过错推给王将军？"

"属下不敢，属下知罪了，求燕大人……"

燕思空抬手制止他的求饶："去刑司责领二十军仗，服吗？"

"谢燕大人，属下这就去，这就去！"

"慢着。"

那人颤声道："燕大人，还有何吩咐……"

"去处刑台上打，让全军都看到。"

"……是。"

燕思空放下手中的案卷，跟了出去，立在不远处看着行刑，王申站在一旁，脸色有些难看。

燕思空打的虽是个小小的营门守将，但却是打给王申看的，他不想得罪王申，但萨仁撞在他头上，他若一点反应都没有，如何在军中立威。他早就想找机会敲打一下这些不服他的将领，今日正好揪着机会杀鸡儆猴了。

不一会儿，封野匆匆回来了："怎么我去见周克的这么一会儿就出事了？萨仁来了？"

"周克伤势如何？对你态度可恭敬？"

"萨仁说什么了？刁难你了吗？"

"周克是个莽夫，恐怕言语上有所冒犯，你忍他一忍，此人定有用处。"

封野沉下脸来，瞪着燕思空。

燕思空淡淡一笑："一个少不更事的小丫头，能刁难我什么？我见她，至多像只张牙舞爪的猫儿。"

封野道："我怎么不知道，你是这么心胸宽广之人。"

"我这个人，即可虚怀若谷，又可锱铢必较，全看我想干什么。"

"是，你最是收放自如。"封野勾了勾唇角，"你将萨仁赶跑了，还打了守将的板子，不怕人背地里说你心胸狭窄吗？"

燕思空低笑两声："我是为了奉行狼王的军令，哪管他人的闲言碎语，怎么，若你知道守将擅自放女子入营，你不罚他吗？"

封野轻笑："自然要罚。"

"我便代你罚了。"

"罚得好，我知道是王将军背地里搞鬼，他定是受了叔叔的嘱托，希望以后他能在此事上安分点。"封野戏谑道，"我该把魂儿从山上召回来，下次再有闲杂人等擅闯营帐，让魂儿轰她出去。"

燕思空笑了起来："还是让魂儿好好玩儿去吧，我今日罚了守将，谅他下次也不敢了。"

这时，营帐外有人通报，侍卫送来了一些陈霖的情报，封野看过之后递给燕思空："陈霖和梅荨郡主成亲了。"

梅荨郡主便是宁王的女儿，如今宁王虽然已逝，但宁王世子承继其衣钵，正追随陈霖攻城拔寨，他也知道这是一条不归之路，所以不敢将重要亲眷留在老家，因此郡主随军而行，在永州与陈霖完婚。

这谋反，便是一场巨大的赌博，宁王世子若赌输了，就是灭族；若赌赢了，他妹妹是大晟皇后，他是功勋亲王，可保世代荣华富贵。

封野皱眉道："其后必有其他藩王响应陈霖，甚至有些府道都可能向其倒戈，陈霖的兵力会日渐强盛，倘若有一日他的兵力甚至在我之上了，那该如何？"

"他一路既有响应，又有极大的损耗，想要在兵力上超过你，几年内恐怕都不成，最重要的是，"燕思空笃定道，"我们会比他先到达京师。"

"是吗？可那卫戍军统帅祝兰亭之所以帮你，是因为他要拥陈霖登基，我若先入京，他必有疑心。"

"到时我自有办法。"

封野定定地看着燕思空："你我能控制陈霖，对吗？"

"凭你二十万大军在握，不能也能。"

封野眼中闪过精光："还好我有你。"

燕思空想起另一件事："那个周克，到底如何了？"

"不识抬举。"封野轻哼一声，"见了我就怒骂我是反贼，要我速速杀了他。"

"此人倒是一把硬骨头，对付这种人，只能来软的。"

"你放心，我说我敬佩他的为人，待他在营中养好了伤，就送他回太原。"

燕思空扑哧一笑："狼王果然有勇有谋，那他如何？"

"他呀，"封野得意一笑，"初是不信，后来信了，态度收敛了许多。"

"叫曹将军去与他结交，这种人，只服比自己厉害的，两人也算不打不相识。"

"我早已吩咐去了。"

"此人或许是我们攻破太原的希望，只不过要瞒过沈鹤轩，恐怕不易。"

"只要有这个沈鹤轩在，我们使什么计谋恐怕都难奏效，必须想办法让他离开太原。"

燕思空眸中满是思虑："罗若辛虽然因为太原一战，对沈鹤轩的谋略十分服气，但他毕竟才是太原总兵，一来，他定然忌惮沈鹤轩抢他的功；二来，沈鹤轩峭直刚烈，不近人情，为人十分不讨喜，罗若辛是养尊处优的世家子弟，两人决计是处不来的，必须离间他们。除掉了沈鹤轩，我们才能尽早拿下太原。"

封野似是突然想起什么："对了，罗若辛的儿子，据闻是个劣迹斑斑的纨绔子弟，不过十来岁的年纪就十分跋扈，此人或有文章可做？"

燕思空一喜："沈鹤轩眼里容不得沙子，地方政务虽然轮不着他管，但他是朝廷派去监军的，若这小少爷因由触犯了军规，他绝不会给罗若辛面子。"

封野冷笑道："我们就借罗若辛之手，除掉这个障碍，我再去派人打探。"

燕思空忧虑道："这秋日虽然舒爽，但怎的过得如此之快，眼看着粮草日渐消薄，我知道你心里着急。"

封野暗暗握紧了拳头："若今年不能拿下太原，退兵回大同，我们打下的庆阳、延州、平凉、凤翔都可能保不住，且不知尚要几年积累才能再次起兵，我等不得了，那阉狗是半只脚踏进棺材的年纪，万一没等到我入京就死了，岂不便宜了他。"

提到谢忠仁，燕思空心中又起波澜，哪怕他已经为元卯报了仇，依然消解不了那刻骨的恨意，只不过自这阉贼下狱之后，他想得少了，他道："那阉贼虽然一直在狱中，但听说狗皇帝格外开恩，令他过得并不艰难，再说，他也是狗皇帝的筹码，有朝一日你若入京了，狗皇帝还要将他献于你保命呢，所以不会让他死的。"

封野冷道："他最好多活几年，活到我亲自站在他面前。"

燕思空露出一个阴寒的微笑，他设想过千万次，要让谢忠仁怎样死才最是痛苦，想来想去，还是剐了好。

封野说得对，他们一定要快，决不能让这阉贼寿终正寝。

筹谋

第二十二章

封野命曹雨有意接近周克，初始两人相互不对付，但对骂过几句后，竟生出些许英雄惜英雄的味道，甚至还一起喝了酒。

周克在营中受到了上宾的待遇，好药用着，好酒好菜供着。此人粗莽耿直，从未被这般礼敬过，何况对方还是名震天下的狼王，自然很受感动。可他又是忠义之人，不愿做叛贼，所以见到封野时，总显出几分与粗糙的外表截然相反的扭捏。

但几次三番下来，封野和曹雨却压根儿不提太原，也从未有一言一语劝他叛变，他的态度便愈发软化了下来。

在周克养伤期间，封野派去的探子也有了消息，罗若辛的独子罗闻，年二十，不务正业，见天流连于花丛酒肆，常常为了女色一掷千金，其劣行劣迹，在太原人尽皆知。前朝的罗老将军战功赫赫，在马背上打下了世袭之爵位和享不尽的富贵，到了罗若辛这一辈，虽不复父辈的荣耀，但还算可圈可点，可再下至罗闻，那已是一塌糊涂，实在叫人唏嘘不已。

在得知了罗闻这个弱点后，燕思空马上让阿力去联络佘准的人，佘准的情报网遍布天下，而最易获取情报的地方，无非街头巷尾、青楼茶馆，他们要靠佘准，去找一个像夜离那样的女人，拿下罗家这位公子哥儿。

很快地，佘准的人就有了消息，他们花了千两白银，买通了邀月楼的花魁。这一笔着实阔绰，足够三军十万将士一日之用度，但若能除掉沈鹤轩，早一日结束此役，花再多的银子也值得。

那邀月楼的花魁正是最近将罗闻迷得丢了魂儿的大美人惜樱，据闻此女不仅貌美，还很有心计和手段，否则也不会都二十七八了，仍稳坐花魁宝座，但她自知年华易逝，早已生出离开的心思，佘准的人承诺事成之后送她逃出太原，她才愿意冒险一搏。

燕思空和封野只提了条件，并不知道她打算干什么，毕竟他们都不如她了解罗闻，也无法隔空给她献计，全靠她的聪明了。

在狼王大营养了一个月，周克的伤基本好了，封野信守承诺，送了他一匹好马，让他随时可以回太原。

周克老泪纵横，跪地以谢封野的赏识。

封野提出为他饯行，他也欣然同意。

那夜封野专为他设宴，令众将士对他极尽夸赞崇拜，轮番敬酒，在把他灌得几乎不省人事之际，巧妙地套出了太原的粮草余量，与他们猜测得差别不大。

第二日天明，封野亲自将周克送到营门口，拉着他的手一番惜别，目送他离去，周克三步一回头，神色十分复杂。

燕思空和封野已经能料想到周克回去之后将会如何。此人不过从四品参将，并不甘居中游，但也未得真正重用，他在狼王大营里，得到的是这辈子都不曾享受过的尊崇和激赏，他当然知道其中有做戏的成分，但他也知道自己对于狼王确实是重要的，至少比之于太原重要。为将者多少自觉怀才不遇，能被一个名满天下的人物如此偏爱、赞赏，足够他在酒桌上吹嘘半辈子，他岂能不动摇。

若周克轻易就倒戈，反而不是他们想要的，他们就是要周克回去，周克只有在太原对他们才有用。如今周克回去了，贸然出战免不了刑罚不说，还会遭到太原官将的怀疑，但周克无论是为了忠义之名，或者更重要的，为了一家老小的性命，都不得不回去，待他体会了从上宾到牢狱的落差，此人只要不死，便真正可以为他们所用了。

而燕思空料定沈鹤轩不会杀周克，若只贸然出战这一样，沈鹤轩一定砍了这颗脑袋以儆效尤，但周克在狼王大营待了一个月，沈鹤轩知道他们想利用周克，反而要留着周克将计就计，就像当初他利用汪昧的亲信诱伏他们一样。

燕思空了解沈鹤轩，大晟百年难遇的连中三元的惊世奇才，与自己同时入仕，同为翰林，师从同门，可自己这个圆滑世故、背信弃义的小人却处处胜他一筹，他心中的不甘不忿已积蓄十年，得此与自己一较高下的机会，他是不会放过的。

周克这个人怎么用，燕思空现在还说不准，他倒要看看，沈鹤轩打算将这个人怎么用。但封野这一个月做足的戏，绝对大有用处。

周克回到太原后，果然马上被沈鹤轩下了狱，治他违抗军令之罪和通敌之嫌，将他关在牢中秘审。

燕思空静静地等待着消息，但先等来的，却是陈霖的一封密信。

那封密信仍是掺杂了两人约定的暗语，封野为此与他红过脸，他便将暗语告诉了封野，不过他也有所保留。使用暗语本意是为了稳住陈霖，两人之间秘密越多，看似就越密切。但他也不得不防备封野，尤其是陈霖对自己那不该有的心思，随时都可能惹来封野的怒火，所以那暗语封野知晓得不全。

看完信之后，燕思空冷汗直冒，当即就将信烧了，且久久不能回神。

信中，陈霖说沈鹤轩给他去信表忠，说他身为长皇子，合该应天受命，愿肝脑涂地，助他入京登庸，只要陈霖率兵前来，定广开城门相迎，但沈鹤轩认为封野图谋不轨，绝不敢引狼入室。

信的最后，陈霖隐晦的质询燕思空，封野是否另有野心。

燕思空心尖发颤，背脊生寒。这显然是沈鹤轩的离间之计，而且是双重离间，离间他与陈霖，离间他与封野。沈鹤轩知道他的打算，知道他要在陈霖和封野之间微妙桥接，以同谋大业，他看得出陈霖对封野的忌惮与猜疑，便将这忌惮与猜疑，往他身上引。而同时，沈鹤轩也让他对封野的"野心"生出了怀疑。

他一心要扶立陈霖，是因为陈霖名正言顺，但封野连反贼都做了，不但不将陈家放在眼中，还满心仇恨，要说他没怀疑过封野的"野心"，那是自欺欺人。

可他偏偏不愿意去猜忌封野，他十分憎恶自己因为友情而削弱的判断力，但独独这不受他控制。

他压制过自己对封野的怀疑，如今因为这一封信，他再也无法回避了。

沈鹤轩这一招，着实歹毒。

燕思空烧完信，又后悔起来，怪他一时心慌，忘了封野的探子时时都在盯着阿力，早前他和陈霖的密信就已经被封野知晓了，这一封自然也不能幸免，他就这样烧了，显得更加可疑。

但烧了便烧了，也比被封野看到要好解释一点。

燕思空的心脏直往下沉，莫名地感到四面来风，周身寒凉。

冷静下来想一想，此事尚有两个疑点：第一，沈鹤轩真的去信向陈霖表忠了吗？第二，如果是真的，沈鹤轩真的会广开城门迎楚王进中原吗？

若沈鹤轩并未给陈霖写这封信，那陈霖给他的这封信，就是假借沈鹤轩之名来千里诛心的，陈霖忌惮封野是必然的，可到了这般明晃晃的地步，恐怕他得重新审度自己的打算了。

但若沈鹤轩的信是真的……燕思空是不相信他会叛主的，对于沈鹤轩这样的人，清誉比什么都重要，比命都重要，这多半就如他适才所想，是沈鹤轩的离间之计。

在他们想着如何以最小的代价斗倒敌人时，沈鹤轩也没有闲着。

燕思空沉寂半晌，研墨提笔，给陈霖回了一封信，以严厉的口吻告诫他切勿中了沈鹤轩的奸计。如今他们在攻打太原，进退维谷，若此时被人任意挑拨，必定会功亏一篑，满盘皆输。他让陈霖将沈鹤轩的那封信交给他，他要想办法呈交给朝廷。

他倒要看看陈霖拿不拿得出这封信，或者愿不愿意给他。封野曾经怀疑陈霖和沈鹤轩暗中勾结，但他对此尚有所保留。这世上最浑浊、最难看透的便是人心，他非要仔仔细细地多看上几回，无论是陈霖还是沈鹤轩，但凡成为他的阻碍，他都会——铲除。

将信交由阿力送出后，燕思空独自一人在书案前坐了许久。他想得最多的，不是陈霖和沈鹤轩，而是封野。

无论沈鹤轩和陈霖是否有所联络，他收到的这封信，都证明陈霖或是沈鹤轩，已经看到了封野那难挡的虎狼之势。毕竟，拿下太原，京师就岌岌可危了，一旦封野入了京，是扶立陈家皇子，还是改名换姓，谁能说得准呢？

他之所以没往这个方向深想，不是想不到，而是不愿意怀疑封野，在他与封野纠缠的这些年中，封野从未骗过他，反而是他多有欺瞒，他没有底气擅自猜忌。他放弃了苦心经营的一切来到封野身边，从一开始二人便约定得清清楚楚，他们要破立新生，将陈霖送上皇位，还天下太平，还百姓安稳，他无法相信，封野会为了一己之私，挑起天下诸侯之战，那就完全背离了他的初衷，断送的也不仅仅是大晟的天下，而是百姓的天下。

不，他不相信封野会这么做。

这时，侍卫突然来通报，说封野邀他去荣元山探勘地形。

燕思空沉默着换了衣服，骑上马，带着护卫出发了。

封野已经带人在山上看了许久，从荣元山可以看到远处的太原城，能将太原城各往来要道尽收眼底，在他们拿下荣元山粮仓后，这里变成了他们视野最好的岗哨之一。

燕思空来到粮仓旧址，封野正与手下几个将军围在一起商议军情，用佩剑在土上比比画画。燕思空不仅想到了多年以前，他和封野第一次去凌雾山庄，在山中漫步时，也看着远处的景山大营思辨攻营之策，那时的封野，尚是一个轻狂少年，如今已成了真正统领千军万马的大将军。

见燕思空来了，封野意味深长地看了他一眼，他正要下马请安，封野阻止了他："不必了，我正要带你去看些东西。"

说着，封野跨上醉红，领着燕思空往山中走去。

两人并骑于前，几位将领和护卫老远地跟在后面。

　　燕思空问道："你要带我看什么？"

　　封野淡淡一笑："我的人看到阿力又出营了，怎么，给陈霖送信？"

　　燕思空顿了顿，直言道："是。"

　　"陈霖今日给你的信中说了什么？"封野斜睨了他一眼，"我若总怀疑你，你我不免又要一番争执，我也厌烦了，不如你直接跟我说吧。"

　　"只是互通军情罢了。"

　　"信呢？"

　　"……烧了。"

　　"烧了？"封野挑眉，"你这样烧了，就不怕我多疑？"

　　燕思空沉默了，他突然改变了主意，与其自己反复猜疑，或冒着被封野发现的风险暗中套话，不若直接向封野求证，封野没有防备，若当真有不臣之心，言辞神态上多半会露出破绽，于是他转头看着封野："其实，陈霖在信中有所疑虑，如今我们越是势大，他越是忌惮。"

　　"哦，他忌惮什么？"封野冷笑，"他怕我打下了皇位，就不给他了？"

　　"你会吗？"燕思空紧迫地将这一句追着封野的话尾问了出来，同时一眨不眨地盯着封野。

　　封野果然怔了怔，他没料到燕思空会这样直白地问出来，他眯起眼睛："怎么，你也怀疑我？"

　　"封野，我从来不想怀疑你分毫，但你从未将陈霖放在眼里，这让我……"

　　"我为何要将一个废物放在眼里？"封野倨傲道，"他只是我们的一枚棋子，不是吗？"

　　"话虽如此，但他毕竟是要当皇帝的……"燕思空反问道，"对吧？"

　　封野微眯起眼睛："燕思空，你这般拐弯抹角做什么？你敢把你心中所想明明白白地问出来吗？"

　　燕思空深吸了一口气，话语梗在喉头，却根本吐不出来。

　　他问不出口，说他不敢也好，说他不愿也罢，他总觉得这句话若是问了出来，有些事情便无可挽回了。

封野用那犀利地眼眸凝望了他半晌："你不问？没关系，你不问，我也可以回答你，他日入主京师，我一定会依我们的约定，让陈霖当皇帝，当着文武百官的面儿，对他行三叩九拜之大礼，尊他为圣上，保他陈家江山千秋万代，你可满意？"

燕思空握紧了缰绳："你心有不甘。"

"心有不甘？"封野像是听了什么妄言，冷笑两声，"我难道不能心有不甘吗？我封家三代为他陈家卖命，我爹几十年如一日地守在苦寒边关，为他们挡住最凶残暴虐的蒙古人，可狗皇帝却恩将仇报，逼死我爹，杀了我封家二百余口，你要我甘心？！"

"封野……"燕思空沉声道，"我从未阻止你复仇，但你要知道，谋害你封家的不是陈霖，更重要的是，陈霖是我们稳住陈家各路亲王的那枚定海神针，你不想天下大乱吧？"

"陈霖若得了机会，也会想要除掉我的，但我不会给他这个机会。"封野寒声道，"我说过，我知道轻重，但你也不必将那些脑满肠肥的龙子龙孙太当回事了，当年削藩，已经令他们元气大伤，如今大多只在乎锦衣玉食，你真当狗皇帝一声令下，就能召八方诸侯起兵勤王吗？如若能，我便不会短短两年时间就手握二十几万大军了。"

"各路诸侯不肯妄动，是因为什么，你心里清楚，是因为陈霖，是因为无论陈椿还是陈霖当皇帝，都是他陈家的家事，你姓封，你……"

"够了！"封野恶狠狠地瞪着燕思空，"这些废话你究竟要说多少遍？我听得耳朵都要长茧了！我一直按照计划，清君侧，拥楚王，你还要我如何？只因我不将陈霖放在眼里，你就猜疑我有吞天下之心？怎么，我是不是该早晚朝着西南叩拜行礼，恭敬楚亲王早日登庸纳揆、君临天下，你才满意？！"

燕思空心脏颤动，他勒住缰绳，低声道："我并无此意。"

"我问你，"封野用马鞭指着燕思空，"我不管陈霖与你说了什么，你信他，还是信我？"

燕思空勒住了缰绳，定定地看着封野："封野，我不是不信你，我只是担心你，我怕你被仇恨所操控，变得不顾一切。"

"就像你那样吗？"封野嘲弄道。

燕思空低声道："对，就像我那样。"

"我不是你。"封野别有深意道，"尽管，你教了我很多。"

燕思空低下了头去，心中五味杂陈。

封野扬起下巴，用狼王的口吻说道："回答我刚才的问题，你信陈霖，还是信我？"

"信你。"这一回，燕思空没有犹豫，他深吸一口气，直视着封野，"你是我这一生，最不愿意怀疑的人，也是唯一信任的人，你今日说的，我信了，日后我不会再有所猜疑。"

封野冰封的表情终于有所缓和："这个答案我还算满意，你最好记住，你对我撒过无数的谎，我却从来不曾骗过你半句，你是这世上最没有资格怀疑我的人。"

燕思空："……是。"

封野的眼眸忽明忽暗，其中的情绪深不可测。

燕思空呼出一口气："今日是我多疑了，你便权当我不曾问过吧，你要带我看什么？"

封野别开了目光，冲跟在后面的属下做了个手势，示意他们再次等候，然后下了马，将醉红拴在了树上。

燕思空也将马拴好，跟着封野往森林深处走去。

他看着封野的背影，只觉那宽厚的肩膀所承载的，也许比他想象中还要沉重。

他不仅为自己对封野的怀疑而感到有些惭愧。

燕思空跟着封野走进丛林深处，越走越是疑惑："封野，你究竟要带我看什么？"

封野轻轻"嘘"了一声，只要他跟上。

燕思空快走几步，跟了上去。

封野回头看着他，不大情愿地说："这个，我只给你看。"

燕思空更加好奇了："到底是什么？"

封野领着他跨过一片杂乱的野草，眼前赫然出现一个低矮的洞穴，封野招招手："来。"

两人猫着腰钻进了洞穴，里面传来一阵低沉的响动，像是野兽的哼声。

"魂儿？"燕思空听着那声音耳熟，但他又不敢确定是不是封魂，万一他听错了，两人就这么钻进兽穴，那岂不是……

想到此，燕思空多少有些退缩，封野却一把抓住了他的手，往洞穴深处走去。

在阳光勉强能够顾及的角落里，燕思空看到了那只气势迫人的独目巨狼，它身边趴着一只身形小了一圈的母狼，有几只明显是刚出生的奶狼正钻在母狼肚子下吃奶！

燕思空两眼发亮："这！"

它们身下都铺着大片厚实的软垫，还有盛食物的昂贵铜盆，显然封野已为它们早早料理好。

封野坐到了封魂身边，摸了摸它的脑袋，佯怒道："你真是处处留情，比我还逍遥。"

燕思空小心翼翼地凑到了母狼身边，惊喜地说："它们都是魂儿的孩子吗？"

"嗯，才刚生了几天。"封野从手上的口袋里掏出了一只鸡，扔到了母狼面前，那母狼一边喂奶，一边撕咬着进食。

封魂拱了拱封野的后背，然后俯首舐着母狼的毛发，一下一下，十分疼惜的模样。

燕思空小心翼翼地伸出手，想要去触摸那只长着绒毛的、不足巴掌大的小狼崽儿，却生怕弄伤了它。

封野戳了戳一只小奶狼的脑袋，感慨道："当初魂儿也就这么大点儿，现在都是一只老狼了。"

燕思空自认是铁石心肠，此时却不知为何，被几只狼感动得鼻头发酸，大约是这些新生的小东西，让他体会到了生命的传承，就像漫漫长夜的尽头那一点希望的烛火，再是微弱，都能令人感受到难言的力量。

燕思空轻轻抚摸着奶狼那柔软的胎毛，高兴地说："魂儿，你又多了七个孩子，你可真是血脉兴旺啊。"

"可不是，它在大同怕已经有了几代孙，在景山的时候多半也没闲着，到了这里，还是不忘'播种'。"封野拍了拍封魂的脑袋，调侃道，"这般风流，究竟是跟谁学的。"

燕思空见几只奶狼都吃完了，在地上缓慢地爬着，伸手抱起了一只，放在掌心温柔把玩："它们很快就能长大了吧……"他用手指抚摸着奶狼的脸，轻笑道，"你会不会长得像你爹那么大、那么健壮呢？"

"不会。"封野道，"它是母的。"

燕思空把那奶狼翻过来看了一眼，笑道："你怎么一眼就看得出来？"

"我在狼窝里长大，如何看不出来。"封野抓起一只还在不停吃奶的，"这只一定长得最好，生下来块头就大，能吃，能抢。"

那小奶狼发出细细的呜呜声，眼睛都还未完全睁开，嘴边却蹭满了奶渍。

燕思空喃喃道："真好，真好。"

封野将小奶狼放了回去："你知道我为什么带你来吗？"

燕思空定定地看着封野。

"在魂儿心目中，你也是家人。"封野一手揉搓着封魂厚实的皮毛，"它一定想让我们都看看它的孩子。"

燕思空抿唇一笑："我很高兴。"

封野犹豫了一下，伸手按住燕思空的肩："这世上，魂儿真正认的人很少，只有我认了，它才会认，你懂吗？所以我不准你怀疑我。"

燕思空拍了拍封野的手，惭愧道："再也不会了。"

封野直视着燕思空："这些日子你也受累了，为了攻下太原，你我煞费苦心，待这一战结束，我们留在太原休兵养民，如何？"

燕思空点点头："好。"他知道休兵养民不过是一个愿景，至少想一想，都能令他们在成败的压力中略微喘上一口气，而实际也许是，拿下太原的那天，就要乘胜追击，直取京师。

不过，那不是现在要考虑的事，他现在甚至连太原也不愿意想，只想在这个简陋的山洞里，跟将他当作家人的一窝狼，和这世上他唯一依赖的人，享受这片刻的温暖。

两人在一起，揉揉封魂，逗逗奶狼，竟是这些日子以来最放松的时候。

不出燕思空预料，没过多久，封野意图篡位的流言就不胫而走，传遍了中原，想来传到永州也要不了多少时日。

燕思空知道这定是沈鹤轩干的，他们正在拉拢勇王，此时生出这些传言对他们十分不利，而传到陈霖耳朵里，又不知要生出多少事端。

跟宁王世子结盟的陈霖，已经今非昔比，宁王兵力单薄，但财力雄厚，现在正在四处招兵，楚王大军日益壮大，不知这样下去，会发生什么难以料想之事。

很快地，他们就得到陈霖已经拿下永州的消息，永州之后，只要穿过蜀地，再攻取旧都长安，那么陈霖离中原也就几步之遥了。如今的陈霖简直有直捣黄龙之势，令燕思空暗中心惊。

封野听闻陈霖的消息后，也是面色阴沉，显然他感觉到的，并不只是"盟友"的得胜，反而是威胁。陈霖势如破竹，而他在太原举步不前，这样的比对令他连续几日都情绪暴躁。

燕思空亦在焦心地等待着他们布下的局何时能收拢。终于，在冷风萧瑟的深秋时节，等来了比那花出去的一千两白银更重要的消息。

延州得到消息，罗若辛的独子罗闻，在邀月楼醉酒后与人争风吃醋，动起手脚，竟然用鸟铳打死了一个绵阳来的富商！

这件事的关键并非死了人，而是那鸟铳。

鸟铳是近几年工匠用火铳改良的一种更轻便的火器，因其点火时如鸟嘴啄水而得名，早年的火铳虽然威力不俗，但单兵使用时并不方便，不易装填火药，鸟铳不但威力与火铳相仿，射程更远，且更易点火，是现在最时兴的火器，因为工艺复杂，造价高昂，只有最精锐的部队才能配备，封野营中都只有区区一百来支。

这样重要的东西，居然出现在一个纨绔公子手中，而且还用在嫖客纷争之上，打死了一个平民，简直是耸人听闻。毕竟这鸟铳是工部军器司发明的，只能由兵部分配，不能流入坊间做私自买卖，这鸟铳的来源无论牵扯出谁来，都是一件大事。

那罗闻酒都没醒，就被抓进了大牢，严加拷问鸟铳的来历。这厮自然不是什么贞烈之人，吓得屁滚尿流全都招了，原来，那太原城兵器库的库管曾经是他罗家的下人，他买通此人，借来鸟铳一用，原只是为了在美人面前装装排场，明日就会还回去，不想二两黄汤下肚，又被打得红眼了，就把鸟铳点了火，失手打死了人。

兵器库马上清点鸟铳，果然是少了一支，当即就将库管也逮了起来，库管供认不讳，此事就这样简单地水落石出了。

事情虽然查清楚了，可这罗家公子怎么处置，却是悬而难决的，只听闻罗若辛气得几乎当场晕厥，太原城内躁动不安，民怨沸腾。

这是燕思空和封野都等待许久的好消息，他们一度担心那惜樱拿了银子不办事，或者罗闻还没有蠢到自掘坟墓的地步，没想到这一出比他们料想的效果还要好。

那罗若辛就这么一个宝贝儿子，自然要想尽办法庇护，但他刚刚因为太原一战在朝廷上挽回的声誉恐怕又要被败个一干二净。何况汪昧与他不和是真，被他陷害险些死了也是真，只不过因为沈鹤轩的出现而及时破解了他们的离间之计，却不代表他想取罗若辛而代之的心不存在，此时又可以趁机好好参上罗若辛一本。更重要的是，沈鹤轩一定不会放过这个劣迹斑斑的罗闻。

封野命太原城内的眼线仔细盯着这件事，燕思空则悄悄往京师去信，让祝兰亭伺机而动。

几日之后，就听得罗若辛和沈鹤轩因罗闻之事起了冲突，按国法，杀人偿命；按军法，偷盗军器也是死罪，这罗闻若不是罗若辛的儿子，有几个脑袋都不够砍的。罗若辛一心想将此事全都推到库管头上，但沈鹤轩对罗闻的罪责不依不饶，两方又开始齐齐往朝廷递折子。封野虽然已经围城，此次却故意放走了送信的人。

也不知是幸还是不幸，太原离京师不远，驿递快马几日就能往返，若传回来的消息是皇帝开了恩，那罗家自然欢喜，但若传回来的消息是严惩不贷，那罗闻就没几日好活了。

封野还趁机探听了一把周克的消息：此人已从狱中被放了出来，打了四十大板，降为千户，罚了半年之俸，正在家中休养。他命人给周克悄悄送去了上好的伤药。

同时，他们还派人继续在太原城内煽风点火，广播罗闻的种种劣行劣迹，鼓动那富商的家眷去向沈鹤轩告状，整日整夜地跪在沈鹤轩府外求公道。

沈鹤轩这样的人，有一根宁折不弯的筋骨，见不得徇私枉法使正义不得伸张，罗若辛越是想要包庇自己的儿子，他便越是想要替天行道，况且他早对罗若辛的治军之法有所不满，心里压根儿是瞧不上罗若辛的。

就在罗闻偷盗军器一案甚嚣尘上之时，周克通过那送药之人传来一句话：只要能保他家人平安，愿为狼王效犬马之劳。

燕思空和封野商量过后，一时吃不准周克说的是真是假，毕竟他们曾经也使过反间计，却被沈鹤轩将计就计地坑了一把，周克在牢里待了那么久，保不齐沈鹤轩都与他说了什么，像当初曹雨那般使一出苦肉计也并非不可能，所以他们并不提让周克干什么，只问周克是否愿意配合他们将其家眷偷偷送出太原。

周克同意之后，他们便开始筹谋如何"偷人"。他们虽然围了太原城，但并未限制百姓内外之流动，毕竟很多人在城外还有耕地，只是他们会严格盘查每一个人，防止有士卒、探子、奸细之流，而太原对进出城的人亦是盯得很紧，要将几个大活人送出城，绝非易事。

这几日，燕思空和封野都有些躁动，眼看着他们的算计有了眉目，不免患得患失，等待着朝廷的回应，但比圣意先来的，是勇王那头的消息。

勇王是封野眼下最想笼络的亲王，此人身在中原，地处通衢要道，若能与他们结盟，可谓如虎添翼。封野派去的第一批说客似乎卓有成效，勇王眼见着大势在往封野和陈霖的方向倾斜，自然动摇了，但今日封野想篡权夺位的流言已经传进了他耳中，他自然心生疑窦，来信质询此事。

这些亲王虽然因为削藩一事对昭武帝不满，且也受够了他的昏庸无能、宠信奸佞，但再是如何，也不可能把陈家的江山拱手让给异姓人，所以封野是否效忠陈霖，是勇王与其结盟的根本，他不得不怀疑。

封野给勇王回了一封信，言辞恳切而谦卑地表达了自己对太祖皇帝的崇敬，对身为晟臣所肩负的荣耀和使命，和对楚王至死不渝的追随，说那些流言都是沈鹤轩的奸计，十分不可取。

燕思空反复斟酌着这封信，道："要不，我亲自去拜访勇王？"

"不行。"封野断然回绝。

"你怕什么，勇王手下之兵力，还不够你的封狼骑练一回兵呢，我多带些人便是了。"

封野快速道："此时是风口浪尖儿上，出不得差错，你带再多的人，你能把兵马带进城吗？但凡这事走漏了消息，朝廷很可能会在半路堵你，不然，勇王或其身边的人有心拿你去邀功，你也完了。"

"我连察哈尔都去过。"燕思空勾了勾唇角，"这一回……"

"这一回，不需你出马，勇王已经动摇了，只要打消他对我的怀疑即可，我不会让你去涉险的。"封野道，"我甚至不会让你离开我的视线。"

燕思空调笑道："你怕我跑了不成？"

封野看着他，没有说话。

燕思空脸上的笑容慢慢消失了，他突然意识到，封野许是真的怕他跑了，而且多半是怕他去找陈霖。

封野也察觉到了燕思空的心思，便道："别多想，我只是要保证你的安全，如果你落入朝廷手里，你要我怎么办？我们拿下太原指日可待，此时不能出任何差池。"

燕思空点点头："我明白，那便听你的吧。"

"其实我当初放你去找陈霖之后，就已经后悔了，我一度怀疑你不会回来了，你若真的不回来，我绝不会放过你和陈霖。"

"我去云南是为了大局着想，我若不去……"

封野打断他："我知道，不必多言，但你知道当我接到回报，说陈霖纳了一房与你容貌相似的小妾时，我是什么心情吗？所以我不会再放你走了，哪里都不行，我不会让他人有机会觊觎你，接近你，你只留在我身边就好，哪儿也不去。"

燕思空轻叹一声："遵狼王的命。"

封野勾唇一笑，意味深长地说道："有朝一日，我达成所愿，你也会实现你的愿望，那才是我们真正期许的将来。"

这话说得有些含糊不清，燕思空一时不知道封野想表达什么，但见封野那俊美无匹的脸上正笑得温和，一时失神了。

封野看着燕思空，眸中闪烁着笃定而坚毅的瞳光："我是认真的，我们都会达成所愿的，只要你我二人携手齐心，就能颠覆这万里江山。"

燕思空在封野那深深的注视下，心潮翻涌，百感交集。封野的雄心壮志就像被撞响的洪钟，一圈一圈地回荡于江河湖海，目视不见却震耳欲聋，他一时怔住了，只跟着轻轻颔首。

罗闻的事很快就有了决断，昭武帝念在罗家世代忠良，立有战功的分上，免去了罗闻的死罪，但罚其服五年的徭役，一日不得宽恕。至于罗若辛教子不严，御下无方，致使兵器库失窃这道罪责，要等到太原一战结束后一并清算。

这徭役是何等的苦差事，养尊处优的罗小公子是决计受不住的，但昭武帝大约也知道沈鹤轩不好对付，在此处耍了个滑，并未提及上哪儿服徭役，若是发配去苦寒之地，怕是这辈子也就交代在那里了，当年的元南聿就险些死在西北的采石场。可既然没说去哪里，留在太原本地服徭役也是可以的，如此一来，待到风头过去，有着罗若辛庇护，自然能瞒天过海。

沈鹤轩对这个结果并不满意，也知道皇帝是在和稀泥，他不能公然忤逆圣意，但也不能忍受此事就这么不了了之，他自然知道在罗若辛的眼皮子底下服徭役最终会是什么结果，便提出作为监军，要亲自看管偷盗军器的罗闻，谨遵圣旨，一日不得宽恕。

罗若辛只能眼睁睁看着自己的儿子哭天抢地的干起了最下贱的泥腿百姓干的活儿，被狗吏呼来喝去，每日累得半死不活，又是心疼又是愤懑，对沈鹤轩恨得咬牙切齿。

此案看似逐渐平息了，但罗若辛对沈鹤轩的不满开始加剧，他知道沈鹤轩一日不走，他就一日被掣肘，一举一动都在别人的监视之下，不但救不了自己的儿子，连太原的兵马都难以掌控，于是开始处处与沈鹤轩唱反调。

　　沈鹤轩虽是监军，但并无实权，罗若辛若听他的，他们协同对敌，不听他的，他也只能向皇帝告状，但他为人缺乏变通，三天两头告状，皇帝也烦了，加之封野迟迟不敢进攻，太原暂时太平，反倒是陈霖逐渐势大，开始更令朝廷头疼，所以他和罗若辛的不和，恐怕没人能给他"做主"了。

　　这些消息对于燕思空和封野来说均是大大的喜讯，眼看着冬日就要来了，天气转寒之后，仗会更不好打，他们日夜都在期盼着拿下太原的契机，而这些机会从来不会从天下掉下来，他们要自己去创造。他们暗中联络周克，让他想办法杀掉罗闻，事成之后，马上送他的亲眷出城。

　　这一招既能验明周克的忠心与否，又能让罗若辛和沈鹤轩彻底决裂。

　　恰逢太原城正在依照沈鹤轩的意思，在城墙外加修能同时起到岗哨和护城作用的塔楼。此工程自然需要大量徭役，罗闻正是被派在此处劳作。罗若辛便开始借故找茬，说太原已是天底下排得上名号的坚城堡垒，修建塔楼是多此一举，劳民伤财。

　　但那塔楼已经开工，此前也是他同意的，现在要停工，他自然与沈鹤轩互喷起了吐沫星子，一时没有定论。

　　就在一个月黑风高的夜晚，徭役们还在监工之下辛苦劳作，一块加固不稳的墙石从天而降，不偏不倚地落在了罗闻头上，将这个只做了七天徭役的公子哥儿，当场砸了个稀烂。

　　此事不及天明，就已经传遍了整个太原城，据闻罗若辛得此消息，当场吐了血。

　　为了查清是谁推落巨石，罗若辛将昨夜在场之人都抓了起来，城内风声鹤唳、一片混乱，有一辆运送金汁的牛车，悄无声息地将周克的妻女送出了城。

　　塔楼确实停工了，但罗若辛的独子也已死而不可复生，罗若辛悲愤交加，正值壮年之人竟是形容老迈，病倒在床。

封野知道时机真的到了，去信给勇王，说自己年前必能拿下太原，过了大年，就迎楚王入中原，楚王登庸指日可待，如若他此时不响应，往后再无机会。

燕思空则伙同太原城内的奸细和周克，在罗若辛与沈鹤轩闹得不可开交、人心惶惶之际，乘虚而入，重金收买太原将士。这一战必须一举定乾坤，若让罗若辛和沈鹤轩反过劲儿来，同仇敌忾，那便又回到从前了。

两人暗中筹谋，打算与周克里应外合，攻破太原城，但尽管周克已经被彻底收买，连妻女都在他们手上，可周克伤势未愈，现在才勉强能下床，而且还被降了职，是调动不了什么兵马的，但他却献了更好的一计。

自从前一位兵器库的库管因为罗闻一案被砍头之后，新上任的库管与周克私交甚笃，两人都是从士卒一步步爬上来的，但此人不如周克那般勇猛，至今也不得重用，他最大的毛病便是贪财，正中他们下怀。

周克拿着封野的银子，买通了此人，准备炸毁兵器库，待城中大乱时，乘虚攻城，那便是他们唯一攻克太原的机会了。

虽然计划周详，但算计来算计去，仍然无法避免攻城之战，他们的兵马是太原的两倍，即便毁了兵器库，也不会有十足的胜算，除非勇王出兵相助。

他们商定了炸毁兵器库的日子，但迟迟等不来勇王的消息，封野最后给勇王送了一封信，又命元南聿领兵来援。

燕思空有些担忧道："你的意思是，不等勇王了？"

"不等了，他若来最好，他若不来，也不能继续耽搁下去，只要阙忘来，此战胜算大增。"

燕思空点点头："如今庆阳的形势稳定，平凉、凤翔也早已收归麾下，阙忘终于可以抽身了。"他有些感慨道，"我都快一年没见到他了。"

封野看了他一眼："你真的想见他吗？"

"为何不想。"燕思空心想，莫非封野以为他会因身份之事而对阙忘有所忌讳吗？思及此，他胸中顿时烦闷起来。

封野没有回答，只是道："那便快了，我等着他再为我立下大功。"

"阙忘跟着你，着实学了不少。"燕思空低声道，"他从前只是个江湖人士，若不得你教导，岂能统领兵马，你们，也算互相成就。"

"当然。"说到元南聿，封野面有得色，"他在我落难之时倾力相助，誓死追随，这样的人，一生也未必能得一个，所以我封野有什么，绝不差他一份，现在他为我攻城拔寨，将来我许他无上尊荣。"

燕思空听来心中有几分酸涩，这明明是好事，他巴不得元南聿拥有这世上最好的一切，可这话从封野口中说出，他却不是滋味儿。他也对封野倾力相助，誓死追随，他也能为了封野不顾所有，仅因为他曾经欺瞒过封野，便是他做什么，都再也不及元南聿那般纯粹，立下再多功劳，都换不来封野对元南聿的那番夸赞。

当燕思空意识到自己竟是在嫉妒元南聿时，他惊出了一身冷汗。

他这是在想什么？当年就是因为他的自私，不愿意将封野的友谊与元南聿分享，才造就了后来两人身份的误会，他已经尝到了苦果，他欠元南聿的，一辈子也赎不清，他竟然还能冒出这样的想法，而且偏偏还是因为封野，简直愚蠢至极！

燕思空深吸一口气，强逼着自己将思绪拽了回来，他道："如此甚好，只要有他助力，勇王来与不来，我们都能拿下太原！"

封野毫不掩饰自己的野心勃勃："不错，等我们攻克太原，就叫他后悔去吧！"

"届时陈霂便不必冒险去攻打旧都长安，可以直驱太原。"燕思空暗暗握紧了拳头，"你二人若合军，天下必无人能挡！"

方才还满怀壮志的封野，听到陈霂，脸色顿时沉了下来："我还没出兵呢，你就先想着迎陈霂入中原了？"

燕思空明知封野不愿意听到陈霂的消息，尤其是在这心绪焦虑的大战之前，可他还是说了出来，在极深的意识里，他惊恐地察觉到，自己也许是故意的，故意用陈霂来激封野，就像封野对元南聿的不吝夸赞……

燕思空心跳得极快，他狠狠掐了一把自己的大腿，稳下胸中的烦乱，轻声道："我只是展望我们的胜仗，绝无他意。"

封野冷哼一声，站起身："这几日加紧备战，任何跟此战无关的事，我现在都不想听，我必须赢，你明白吗，这一战，我必须赢。"

"我明白。"燕思空深吸一口气，伴随着对元南聿的愧疚和自责，郑重道，"我说过，我一定会为你拿下太原，决不食言。"

又是一年中秋。

对于汉人来说，中秋是春节之外最重要的节庆，天上的月满映射人间的团圆，背井离乡的将士们在这一日会格外思念相距千里的亲人。

延州城内的百姓们都在准备着过节，太原城虽然被围，但暂时也夺不去民间的这点吉祥喜乐，而他们浑然不知，一场改变大晟国运的大战正在表面的平静之下酝酿，并即将迎来泄洪般的爆发。

燕思空站在大营的塔楼之上，眺望着远处平静的太原城，他仿佛看到了再过几个时辰它千疮百孔、血流漂橹的模样。他想着自己一路走来所背负的无数人命，没有一个是他亲手了结，但却都因他而死，而他的心中只剩下麻木。

封野不知何时出现在了他身边，轻声道："阙忘昨日已从庆阳启程，不久就能抵达，我们也准备好了，就等周克的信号。"

燕思空点点头，没有说话。

"你在看月亮吗？"封野抬头看着天上硕大的圆月。

燕思空微微抬首，轻吟道："'此生此夜不常好，明月明年何处看'……"

"明年，我们该在紫禁城里看。"

燕思空失笑，又感慨道："其实无论身在何处，看的都是同一个月亮，珍馐美味、锦衣玉食，也一样花开花落，生前宅院再奢华，死后陵墓再气派，容身也不外乎方寸之地，人这一生争名逐利，究竟是为了什么？"

封野嗤笑一声："说起争名逐利，几人争得过你，你反倒生出这样的感悟，岂不矫情？"

"是啊，是有点矫情。"燕思空自嘲道，"流落街头时，我心里想的只有吃上一口饭，现在大约是吃得太饱了。"

"人一生之所求，大约就是……"封野想了想，"过上神仙一样的生活吧。"

"何为神仙一样的生活？"燕思空转头看着封野，深邃而睿智的眼眸在月华的映照下忽明忽暗，"这世上真有神仙吗？就算有，我想也不是腾云驾雾、鸿衣羽裳、长生不老的。"

"为何？"

"因为人就是人，人超脱不了人的烦恼和病老，便把所有的幻想俱形出完美无缺的'人'，那就是人类想象的神仙。实际有没有神仙，人根本不知道，就算有，也不是人可以想象的，人想通真达灵，只是希望'逍遥似神仙'罢了。"

封野笑道："说得好，我信天命，但不畏鬼神，要想'逍遥似神仙'，还得靠掌中之剑。"

燕思空苦笑一声，喃喃道："入世之人，谈何逍遥。"

"你想要的，也不是逍遥，而是权倾天下，不是吗？"

"对。"燕思空看着远方，目光灼灼。

"我会给你的。"封野沉声说道，"你想要的，我都会给你。"

燕思空的心脏狠跳了一下，这普天之下，只有封野的誓言令他动容。

黑夜之中，遥远的太原城传来一声轰鸣，伴随着辉耀夜空的火光和冲天的浓烟，如同此役敲响的第一声战鼓，透击人心。

封野率领十万将士倾巢而出，黑压压的大军如过境之狂风，席卷着阴森的杀气直逼太原，不浪费一丁点时间，即刻攻城。

兵器库被毁，至少朝廷军的火器是废了，其中火炮是杀伤力最大的东西，尤其俯攻城下时，炮弹所及之处是遍地开花，没有了火炮，他们的士卒便能在大大降低伤亡的情况下攻至城下。

果然，在打完了城楼上的几十枚炮弹后，太原军的炮声停了，而狼王军的风神大炮轰鸣不止，木石齐飞，士卒们举着盾牌，顶着箭雨，放下木板，渡过了护城河。

太原城内的爆炸声不断，那头兵器库的残局还无法收拾，这头高耸坚实的城墙已经一片狼藉。

可太原毕竟是太原，尽管没有了大炮，凭借着高墙深堑和源源不绝的几万将士，令狼王军一时也无法攻上城楼。

护城河深且宽，云梯难渡，只能靠着士卒们一面爬着竹梯，一面撞着城门，城墙之下，尸堆成山，渐成蚁附之势，他们踩着同伴的身体，愈发接近城楼。

封野和燕思空站在后方，看着将士们如草芥一般支离破碎，伏尸遍野，血流成河，心中沉痛不已，可损伤越多，便越不能退，否则他们就白死了。

燕思空沉声道："时候差不多了。"

该元南聿出场了。

传令兵吹起两长两短的号角，那尖厉的声音穿透了炮火，清晰地钻入了黑夜之中。

不消片刻，喊杀声从东南方向传来，元南聿领着四万将士"凭空"杀出，直奔防守较薄弱的东城门，发起了狠辣的进攻。

其实在兵器库被炸毁的那一刻，太原的军心已溃，太原的败局已定。

经过一夜的激战，双方损伤惨重，天明之际，元南聿率先攻破了东城门，杀入城中，而汪昧率着一支队伍突围而出，逃跑了。

封野命钱寸喜领兵五千去追，带着剩下的人冲杀入城，彻底控制了太原。

破城之时，封野激动得双目赤红，握着缰绳的手，骨节都泛着青白，燕思空亦是呼吸急促，心头久久不能平静。

太原，他们攻下了太原！

"狼王！"一片狼藉之中，一个覆着面具、浑身是血的人跑了过来。

"阙忘！"封野眼前一亮，忙跑了过去。

元南聿拱手就要跪地，封野一把扶住了他，不顾他一身血污，狠狠拥了他一下："好兄弟！不愧是我封家军第一大将！"

元南聿激动不已，隔着胸甲都能看出他的胸口起伏有多么厉害："狼王英明！"

封野哈哈大笑，是由衷畅快的、得意的、通达天地的笑。

燕思空也跑到元南聿身边，担忧地问："你可受伤了？"

四周都是人，元南聿不好表现得太过亲密，但他还是忍不住紧紧握住燕思空的手："我没事，数月不见，燕大人可安好？"

"我自安好。"燕思空也握住了他的手，颤声道，"聿……阙将军辛苦了。"

元南聿摇摇头，眼圈泛红，"只要打了胜仗，再多的辛苦也不算什么，当初听到你们战败时，我真是几天几夜也睡不着……"

封野拍着他的肩膀："如今我们胜了，彻底的胜了。"他高声道，"中原第一雄关，也不过尔尔！"

将士们齐齐喊道："狼王英明！"

说太原不过尔尔，自然是狂言，他们打了整整一夜，折损兵力近半，封野自起兵之日起，从来没死过这么多人，如若元南聿不来，他们恐怕……恐怕真的会败，饶是胜，也是惨胜。

可只要胜了，就暂时不再愁兵马粮草，他们坐太原而望京师，离那灿灿皇城，又近了一大步！

太阳初升，将一夜鏖战的惨景，暴露在了天光之下，那是一幅真正的人间炼狱图，即便是见惯了战场的燕思空，仍感到窒息般地难受，但胜的付出，总好过败的代价。

不久之后，钱寸喜回来了，他跪地抱拳，惭愧道："属下无能，令汪昧和沈鹤轩跑了，求狼王责罚。"

封野抓了病快快的罗若辛，满城搜不着沈鹤轩，便知道人跑了，他道："不必自责，他要跑，寻常人未必擒得住。"他摸了摸下巴，"沈鹤轩竟然会跑？"

燕思空也颇觉不可思议："依他的性子，城破之时，即便不自裁以谢君恩，也该等我们来捉他，痛骂几句再以死保节，他居然会弃城而逃？"

封野眯起眼睛："也许是汪昧劝动了他，无论如何，此人不死，我心不安，派斥候去跟着。"

"是。"

"那罗若辛如何处置？"燕思空问道。

封野不能不想起自己曾在太原尝过的败绩和耻辱，他冷声道："斩首示众。"

燕思空想起与沈鹤轩见的最后一面，想起陈霖心中提到的沈鹤轩向他表忠，再联系今日的弃城而逃，心中隐隐不安。也许他对沈鹤轩的了解，还浮于表面；也许经历了如此之多的变故，沈鹤轩已经不是从前的沈鹤轩。只是正如封野所说，此人一日不死，他们一日无法安心。

此次他们花了半年时间，用连环之计从内部蚕食太原，最终将其击溃，若他日再与沈鹤轩为敌，他们，还能赢吗？

燕思空有种不好的预感，正如他觉得自己生而不凡，必成大业，他在沈鹤轩身上，亦看到了一样的命运感，他和沈鹤轩之间的较量，或许早在入仕之时已经注定，现在，也还远没有结束……

太原一战，封野在那高耸的南城门下，折掉了五万兵马，伤者更是无数，这一战损失之惨重，几乎抵得过他自起兵以来打过的大大小小战役的总和，但这一战的收获，也是前所未有的巨大。

从庆阳，到延州，再到太原，这是一条完整的上通西北、下达东南的通衢要道，他们占领了中原腹地的兵家要塞，从战略上，能够阻断朝廷军的粮运，更不必提能利用此地汇聚多少财富和人马，无论这一战损失了多少人，他们都将征召上更多。

有太原做根据，此去京师的路上再碰到任何阻碍，也都有了可退的后路。

进驻太原后，那高墙深堑给了他们极大的安全感，将士们个个精神抖擞，刚刚易主的城池，已经恢复了生机。

百姓并不在乎当权者究竟是谁，只要能令他们安居乐业，饱食三餐，他们就愿意勤勤恳恳地种地，安安分分地养民。

原太原守将大多死的死，降的降，罗若辛不等封野捉他去砍头，悬梁自尽了，封野念在前朝的卫国公罗老将军功勋显赫，又曾与自己的祖父同代为将，并肩护佑河山，饶过了罗家的家眷，但从罗家搜刮出了大量的金银财宝、珍奇字画，价值竟达百万两，尽数充作了军需。

封野大大赏赐了此战的有功之人，又下令庆功三日，太原顿时变成了一座不夜之城。

一场酒宴过后，将领们陆续散去，封野酒量不过尔尔，因为高兴，敞开胸怀喝、敞开胆量喝，早早便被搀去卧房了。

燕思空则搀着身体发软的元南聿，语气中带着他自己都未察觉的轻斥："早劝你找地方躲一躲，非要喝这么多！"

元南聿笑道："高兴，高兴。"

"适才他们喝多了，说要摘下你的面具，看看你的真面目，你当如何？"

"摘……摘嘛，哈哈哈哈。"元南聿大着舌头说，"我的脸，也未必……不能见人……哈哈哈哈……"

燕思空叹了口气，心想，是真喝多了，无奈道："我若不拦着，今天肯定出事了。"他招呼侍卫帮他扶着元南聿，送去内院休息。

送到房间后，燕思空遣走了侍卫，亲自动手给元南聿除履脱衣，将他好好摆在床上后，才摘下了那与他寸步不离的面具。

那俊秀的脸上透着薄薄的醉晕，半眯着的眼眸湿漉漉的，明明已是杀伐四方的大将军，此时看上去竟有几分脆弱可怜，而他额头上那个已经浅淡的墨刑刺字，无论看上多少次，依然能刺痛燕思空的眼睛。

燕思空轻轻伸出手，抚摸着那代表着一生屈辱的刺字，被那不平整的触感灼痛了指腹。

元南聿迷糊地笑了笑："无妨……了。"

"这个字，已经很浅淡了，用易容的药膏就能遮住。"燕思空柔声道，"你想过脱下面具吗？"

元南聿摇了摇头："面具戴得久了，就不好脱了。"

"是因为我吗？"燕思空黯然道，"若让外人知道我们是兄弟……其实也没什么，只是怕有心人顺藤摸瓜，去查探我们的过去，但即便那样，我也没有太多顾虑了。"

"这面具……"元南聿迟缓地想了想，才道，"待我们为爹报了仇，我有颜面去他坟前见他时，我才会脱下来。"

燕思空点点头，轻轻抚摸着他的头发，感慨道："你都长这么大了。"

元南聿迷茫地看着燕思空，瞬间有些失神，一些熟悉又陌生的画面在脑海中闪烁，他似乎看到了少年时的他们，但他太困了，视线模糊不易，一时无力去分辨。他的眼皮愈发沉重，难以抵抗地缓缓阖上了，只是在意识最终堕入黑暗前的那一刹那，他口中无意识地唤了一句："二哥……"

燕思空原也喝得微醺，听到这两个字，顿时如遭雷击，酒全醒了，他按住元南聿的肩膀："你叫我什么？你叫我什么？"

可惜元南聿已经沉睡了过去。

燕思空怔怔地看着元南聿毫无设防的睡颜，看了好久，仿佛看到了从前那个日夜与他同食同寝、与他亲密无间的少年，他难掩伤心与失落，长吁了一口气："聿儿，你还能记起来吗？"

离开元南聿的房间后，燕思空本想休息了，吴六七却说狼王在到处找他，让他赶紧过去。

燕思空匆忙赶到封野的卧房，就见封野正朝着侍卫发脾气："人呢？人去哪儿了你们都不知道，一个个的没长眼睛？"

"狼王。"燕思空轻唤了一声。

封野转过头来，看到燕思空的一瞬间，仿佛松了一口气，旋即又皱眉道："你去哪儿了？"

"我送阙将军回房休息，他醉得不省人事了。"燕思空面色有些疲倦，"你不是也喝多了吗，你寻我做什么？"大约是封野武功高强，他发现封野虽然容易醉，但清醒得也很快。

"我酒劲儿上得快，下得也快，你不见踪影，我自然要找你。"封野冲那些侍卫道，"以后我问燕大人在何处，你们不准回答我不知道，下去吧。"

侍卫齐齐惶恐地答道："是。"

人退出去后，燕思空才不解地说道："这是做什么，我一个大活人，能丢了不成。"

封野卧在床上，朝他伸出手："来。"

燕思空走了过去，封野一把拉住他的手臂。

燕思空无奈道："你这是怎么了？"此时的封野，竟带着几分孩童般的执拗。

"我那天做了一个梦。"

"什么梦？"

"梦见你不见了。"封野轻声说，"我老是觉得，你会消失，你好像不属于任何地方，也不屑属于任何人，我不知道怎么才能感到安心。"

燕思空知道，这些仿佛示弱的话，若不是封野喝多了酒，是绝对不会说出来的，他心有悸动，低声说："这世间如此之大，只有你身边，我能用'回去'二字。"

"那你会走吗？"

"不会。"

"若走了呢？"

"那就'回去'。"

太原一战，元南聿率先攻破城门，尽管是在大军拖住敌方主力的情况下破开了城门，但到底是第一个入城的，也是大功一件，在封野麾下风头一时无两，连王申这样的封家军老将也要敬他三分。

不过元南聿为人率性磊落，对将领们礼敬有加，对下属们关爱善待，几乎没人说他不好，他屡立战功，将士们也大多是敬佩，当然，溜须拍马的自不会少，元少胥就是其中一个。

如今庆阳形势稳定，封野便不打算让元南聿回去守城，而是留在太原与自己筹谋京师，如此一来，元少胥终于有机会频繁地接近自己的弟弟。

元南聿重情重义，尽管失去了记忆，尽管在他的认知里，元少胥甚至不是他的亲哥哥，自己只是个养子，而他对"元家的恩情"根本一无所知，但他还是打从心底将元少胥和燕思空当做兄弟，于是对二人都十分关照。

元少胥为了能得封野重视，几乎天天与元南聿混在一起，而对燕思空有几分阴阳怪气。

燕思空懒得与其计较，但仍然不想看到他缠着元南聿，他知道元南聿明明为难但却抹不开情面，于是便叫来元南聿，聊了聊此事。

两人坐在燕思空屋内，品着香茗，元南聿道："你也发现大哥近日总来找我了。"

"当然，你屡立战功，狼王简直都不知道还能赏你什么了，此时你若要求提拔自己的兄弟，也是天经地义的。"

元南聿看着燕思空："那此事，你怎么看？"

燕思空笑笑："我们三兄弟一同追随狼王，自然要荣辱与共，互相帮衬。"

元南聿挑眉："哦？那你与大哥可是亲兄弟，你为何不帮衬他，让他舍近求远，给在庆阳的我写信？"

燕思空扑哧一笑："你何时这般牙尖嘴利了。"他不禁想起小时候，元南聿可从来没有一次说得过他的。

元南聿也似乎并不觉得好笑："要说牙尖嘴利，谁能比得上你。"他微微蹙眉，"思空，你不会是……因为我身份一事而嫉恨大哥吧？"

燕思空忙否认："当然不是，大哥毕竟是大哥，再说，我们都约定不再提那事，连我和封野都不提了，我又怎会耿耿于怀。"

元南聿松了口气："那就好，我们兄弟一定要齐心。其实，若大哥只是邀赏，我自然愿意帮他，正如你所说，我们兄弟三人有所帮衬，岂不皆大欢喜。可是大哥实在是好高骛远，屡屡要求过高的职权，这德不配位是个大问题啊，就算狼王应我的恳求给了他，不但将士们不服，狼王肯定也会心存芥蒂，这反而会害了他呀。"

燕思空叹了口气："我的顾虑也在于此啊，大哥见你我二人身为弟弟，却得狼王重用，而自己是大哥，他从戎时，我们还是垂髫稚子，他深觉怀才不遇，心中不平，他的那些要求，何尝不曾向我提过，我亦很为难。"

"那你说，我们该如何？"

"此前我已求狼王封了他做都司，他却还是不满意，他一心想代张榕将军的位置，亲自统领一支军队，可张榕将军在军中的威望岂是他能比的，而且张榕将军战死沙场，他从蜀地带来的兵，很多只会说方言，必须还由蜀地的将军带领，哪里能给他呢。"

元南聿无奈道："确实不合适。"

"你先稳住大哥，就跟大哥说，我会去求狼王，此事容我和狼王商议吧。"

元南聿点点头："其实大哥也并非无才，你别叫狼王对大哥有所成见，给大哥一个立功的机会。"

"好。"燕思空心里冷笑，他决定好好保护元卯的长子，就让他一辈子安逸地怀才不遇吧，否则，若让这样一个人担当重任，不知道会惹出什么后果来。

自那之后，元少胥果然不再天天去找元南聿了，只是看着他的眼神，已不掩饰怒意。

封野派出去追踪汪眜和沈鹤轩的探子回报，他们竟然没有返回京师，而是去了永州，那永州，正是陈霂所在之地。

听到这个消息，封野和燕思空都沉默了许久。若二人逃回京师，便不足为惧，就算他们杀不了沈鹤轩，丢了太原城，朝廷也必不给他们好果子吃，可他们居然去投奔了陈霂！

自来到太原后，沈鹤轩的一举一动，都与从前大相径庭，从罗闻一案上，尚能看出他当年的影子，可他又变得狡猾难测许多，如今更是去投奔了反贼!

　　沈鹤轩此举非同寻常,大抵有两种可能:一是沈鹤轩自知回朝必受责罚,恐怕仕途尽毁不说,还可能罪责加身,于是豁了出去,叛变朝廷,去辅佐陈霂;二是沈鹤轩要戴罪立功,做朝廷的使臣去和陈霂谈判,一同来对付封野。

　　依沈鹤轩对清誉和名声的珍重,后者的可能性大些。

　　长久以来,燕思空一直在害怕一件事,这件事早在朝廷将已经致仕多年的霍礼和陈霂的外公派去云南议和时,就如一道阴影般萦绕他在心头,只是当时陈霂十分坚定,他才安心,但现在他无法安心了。

　　对于昭武帝来说,陈霂毕竟是自己的亲儿子,就算真的进了京,天下还是陈家的天下,倘若他豁出去了退位让贤,自可保全荣华富贵,至少陈霂不可能大逆不道地弑父,但若让陈霂和封野沆瀣一气,而封野明显更加势大,他怎能不怕江山改姓,身首分家。

　　沈鹤轩若当真打得这样的主意,并且能够说服昭武帝以退为进,那他们将面临巨大的危机。

　　他和沈鹤轩斗了几个回合,两人各出奇招,一招比一招狠,可不得不说,沈鹤轩若成了此招,会瞬间扭转局势,他们尝不了几天攻取太原的胜利滋味,恐怕就要四面环敌。

　　尽管,叫昭武帝先废陈椿,后废自己,实在骇人听闻,可如今封野雄踞中原,陈霂虎视眈眈,他本也不是什么富有韬略之人,反而极好享乐,就算做出被后世耻笑之事,也并非没有可能。不过,昭武帝宠爱文贵妃和陈椿,他知道倘若陈霂登基,这母子二人一定不活,这可能是他最大的顾虑。

　　燕思空与封野商议之后,分别给余准和陈霂写了封信。

　　若朝中真的有这样的风吹草动,那么京师应该早就有所传闻,他决不能让此计得逞,否则他和封野就是九死一生。

　　不久之后,余准回信,说他费了好大的功夫,才探查到沈鹤轩给昭武帝送过一封密函,但密函的内容他无法得知,估计与燕思空猜测的无二,沈鹤轩要以此作为他劝降陈霂的条件。

算算时日，沈鹤轩早该到永州了，他的信恐怕会迟一步出现在陈霖的面前，他不知道这封信能不能稳住陈霖的心神，但想到沈鹤轩此时可就与陈霖在面对面地商谈，这封信就显得更加没有分量了。

燕思空心急如焚，却暂时无计可施，若他是陈霖，他也会犹豫，若能就此得到皇位，何必耗费千军万马？

封野也着急。原本拿下太原后，隔岸观火的勇王开始热络地要与封野结盟，封野还有心要晾他一晾，挽回些颜面，得到沈鹤轩去永州的消息后，立刻又派人去找勇王，务必要在勇王得知更多消息前，将他绑上自己的战车，无路可退。

两人焦心了数日后，这天晚上，封野突然将燕思空从衙门叫了回来。

燕思空正在处理些军务，封野是知道的，不知为何会突然这么匆忙地唤他回去，他只得放下手头的事情，赶回了封野在太原城征用的府邸。

封野准备了一桌酒菜，正襟坐于椅子里，深邃的双目定定地看着他："来坐。"

燕思空心中升起一丝异样，他知道封野有重要的事要跟他说，而且似乎不是商量，那坚定的、不容置疑的肃穆神色，代表了封野准备发号施令，而不是议事，而封野的唇角却又有一丝细微地抽动，显示出他内心的波澜。

燕思空满腹疑惑，慢慢坐了下来："我正与王申将军核对冬需，你叫我回来，不会就是为了吃饭吧。"

封野低声道："我有件事要告诉你。"

燕思空禁不住心跳加速，双手暗暗地揪住了膝上的衣襟："你说。"

"我已得到消息，沈鹤轩确实在密函中劝昭武帝以退为进，昭武帝正与重臣商议废掉陈椿，以此示好陈霖，再由沈鹤轩游说，联合陈霖对付我。"

燕思空深吸一口气，他担心的事，果然坐实了，倘若陈椿真的被废，那昭武帝的态度已经十分卑微，陈霖很可能会……

"我不能坐以待毙。"封野眯起眼睛，"我已经走到了这里，我必须走到头。"

"你可有什么好计？"

封野直勾勾地盯着燕思空："我决定娶勇王之女为妻。"

燕思空顿觉心脏直直地从高处坠了下去，说不清心里是何种滋味儿。

封野紧绷着面颊，一眨不眨地看着燕思空。

燕思空怔怔地看着封野，两人相隔不过一桌的距离，他却突然有些看不清封野的脸，这张脸终究是完全褪去了少年的青涩，变得棱角分明、不苟言笑，变得让他感到陌生，他张开嘴，轻声说道："好。"而后就低下头去，夹了一口饭堵进了嘴里。

封野唇线微抿，沉声道："我终归是要娶妻生子的，而且，要不是当初你放走沈鹤轩，何至留祸至今。"

燕思空又低低"嗯"了一声。这些日子来，他是能感觉到封野的怒意的，的确，若不是他放走沈鹤轩，便不会有太原一败，便不会多耗费这么多的时间和兵马，才最终拿下太原，更甚者，也许封野连他特意去云南扶植陈霖一事也在怪他。

只不过，封野没说出来罢了，但他是何等聪明，怎会感觉不到。今日这般的毫不婉转，可是在发泄怒意？

"何况……何况你早已娶了万阳，有了女儿。"封野的口气带着几分压抑过的急促，也不知这句话，他是想要说服燕思空，还是自己。

燕思空抬起了头来，却不看封野："狼王英明。"

封野怒道："别用这种嘲讽的口气叫我'狼王'！"

燕思空深吸一口气，淡道："你要娶妻生子、传宗接代，我几时阻过你？不孝有三，无后为大，你不能对不起封家的列祖列宗。"

封野握紧了拳头："……对。"

"那便成了。"燕思空道，"眼下娶了勇王的女儿，你如虎添翼，便不怕陈霖反水，他日杀进京师，那么多皇子，随便挑个听话的便是，我说你英明，哪里是嘲讽呢。"

封野咬了咬牙："你能这样想，甚好，可你为何不敢看我？"

燕思空闻言，犹豫片刻，终于抬眼看着封野，一双眼眸沉静又幽深，像是难以捉摸的海："我只是有一事不明。"

"说。"

"勇王该不会是才想起来自己有女儿，也不会不知道你只有妾没有妻，他是何时提议联姻的？是否早在我们攻打太原之前？"

封野没有说话。

燕思空点点头："你难道是怕我有二心，才一直瞒着我？"他只觉心中寒凉，难受得呼吸都有些不畅。

封野沉声道："你多心了，是拿下太原之后勇王才有此提议的。"

燕思空勉强扯着唇角一笑："那就好。你娶妻生子，原是喜事，我何来的质疑？勇王之女与你门当户对，你又需要勇王的助力，不能向对萨仁那般怠慢，筹备婚礼一事，需尽快、尽早，别叫勇王得了风声又反悔。"

"我已经下聘了。"封野冷冷说道。

燕思空如鲠在喉，眼眸黯淡无光，心中已是一片焦灼，只低声说道："好。"他站起身，"我还有些事，先退下了。"

"站住。"封野脸色阴沉，"你心里到底如何想的？"

燕思空僵立在原地，良久，才冷冷说道："封野，你我都不再懵懂年少，儿女情长在我看来，早已没有那么大的分量，你是娶萨仁，还是娶郡主，只要能给你带来好处，我都无所谓。"

"是啊。"封野那一双犀利的眸中满是怨愤，"只要我能给你兵马大权，能助你得偿所愿，你都无所谓，对吗。"

燕思空嗤笑，他并非想笑，但他又实在觉得可笑。

封野面上肌肉鼓动，额上青筋浮现，显然是隐忍着什么。

燕思空深吸一口气："封野，我在你身边，动辄得咎，你若实在过不去心里那道坎儿，我便离开太原，去为你守庆阳吧。"

"你敢！"封野双目赤红，"你敢离开我身边半步，我绝不放过你。"

燕思空凝望着封野，只觉得疲倦与无奈，有气无力地说："全凭狼王做主吧。"他推开门，头也不回地走进了寒风之中。

封野闭上了眼睛，瘫靠在椅背上，人前永远冷酷威严的狼王，此时一张脸上写的全是茫然。

太原城内，开始筹办封野的大婚。

三军将士都高兴坏了，毕竟封野已二十有七，寻常贵族男子，十五岁成人后便寻觅良伴，十六七便该成亲了，封野这些年却无家无室，若非他地位尊崇，除了封长越没人敢说他，早不知要有多少流言蜚语传入他耳中了。

勇王的女儿不比萨仁，既是皇帝亲封的郡主，又是封野的正妻，封野看在勇王的面子上，也不可能怠慢郡主。大婚一成，封家将如虎添翼。

这一日，元南聿忍不住来找燕思空，先是顾左右而言他，扯了半天无用的。

燕思空有些不耐道："你有话直说便是，你我兄弟之间，何必遮遮掩掩的。"

元南聿为难道："狼王要娶妻了，你怎么想？"

"男子汉大丈夫，有几个不娶妻的？也就是你，至今孤身一人，谁劝也不听。"燕思空埋怨道，"你就不想有个知冷知热之人，不想给自己留个后吗？"

"你扯到我身上做什么。"元南聿皱眉，"你当真这样想？"

"自然是真的。"燕思空面上无波无澜，"我的女儿都快两岁了，你问出这般话来，实在奇怪。"

元南聿叹道："思空，我实在是……看不懂。"

"……连我也不懂的事，你何必深究。"燕思空故作轻松道，"不过，我刚才说的可是真的，你我同年，你如今三十有二了，为何迟迟不成亲？若不是你在庆阳的红翠楼有个相好，我都要怀疑你是不是有断袖之癖了。"

元南聿干笑两声："连这你也知道。"

"我自然知道。"燕思空轻叹一声，"我还知道，你少时浪荡江湖，习惯了漂泊不定的生活，让你安家立业，倒像是束缚了你，可你总归不能不留后吧。"

元南聿摇了摇头："思空，你不明白。我失去记忆，不记得列祖列宗，不记得生身父母，使我成为无根之人，就好像……与这世间都没什么联系，因此便丝毫兴不起传宗接代、延续香火的念头。"

燕思空心中苦涩，若元卯知道自己的两个儿子，一个器小少谋，一个无根无着，该是多么难过，他失落道："那你便打算就这么下去？"

"我也不知道。"元南聿抓了抓头发，又笑了起来，"说来奇怪，我如今已是而立之年，却老觉得自己还年少，也许我真的心智未成熟，现在只想着辅佐狼王成就大业，有朝一日功成名就了，再谈终身大事不迟。况且，我也没碰到令我心动的女子呀。"

燕思空打趣道："那红翠楼的姑娘……"

元南聿哈哈笑道："你少揶揄我。"

燕思空也跟着笑了起来。

元南聿见燕思空这一笑，面上阴翳稍减，心下叹息，他忍不住劝道："思空，你若心中不快，不必藏着，尽可与我说。尽管我们并无血缘关系，可你我如此之相像，我虽然忘记了一切，但在心里，却真的把你当作亲兄弟，你明白吗？我觉得你才是我唯一的亲人。"

燕思空心里感动不已，忍不住摘下了元南聿的面具，握住了他的手："在我心中，你又何尝不是我的亲兄弟，这乱世之中，我还能与你重逢，哪怕我经受了再多的磨难，也觉得老天爷终究对我有一丝怜悯。"

元南聿笃定地说："你我兄弟，定会跟着狼王建功立业，名载史册。"

眼看着天气越来越冷，封野的婚期定在了腊月初九，内务官为此忙碌不已。

但封野和燕思空只一心忙于练兵、囤粮、刺探情报，一丝一毫不敢大意。

此时沈鹤轩该已经到了永州，而陈霖若给燕思空回信，那信便应该已经上路了，燕思空不放过任何风吹草动，每日都在揣摩各路人马的心思。

而二人自那日暗流汹涌的对谈后，就几乎没再碰面，即便见了，也是与众人一起商谈正事。

燕思空听得府中下人偷偷讥讽他"失宠"，也只是一笑而过，懒得计较。

一天晚上，封野毫无预兆地突然来到他的书房，板着一张脸，生硬地问道："永州可有消息了？"

"尚无，朝廷呢？"燕思空面无异色，就好像之前的种种从未发生过。

"正在找人打探，但很难探出确切的消息来。"

燕思空点点头："兹事体大，自是绝密的。"

封野直勾勾地盯着燕思空："我送你的熊氅呢？"

"刚刚入冬，还没有那么冷。"燕思空觉得封野人高马大地竖在自己房内，有种莫名的压迫感，为了缓解，便问道，"许久不见魂儿了，天冷了，不将它的小狼带回府里吗？"

"不必，只有经过寒冬的考验，才能成为真正的狼，魂儿自会照料它们。"封野眼前亮了亮，"你想它们了，我带你去看。"

"不必了。"燕思空快速道，"我知道它们安好就行，每日事务繁多，抽不开身，忙了一天，狼王也早点回去休息吧。"

封野皱起眉："你这是赶我吗？"

燕思空没有说话。

"就算我娶了妻、纳了妾，你也还是我的家人，这一点永远不会变，明白吗？"

燕思空深吸一口气，低声道："明白。"

封野凑近几步，伸手想要去拉他的手臂，他却微微错开了身。封野的手僵在了半空中，眸中闪过愠色，拂袖而去。

流
言

太原迎来了入冬的第一场雪，都说初雪是吉兆，下得越大越好，瑞雪兆丰年。

燕思空原是不会留意初雪是大是小的，但这一日，勇王送来的各类冬需刚好抵达太原，五百辆马车将白茫茫的大地碾出了一道蜿蜒的长龙，不少马车被积雪泞住车轮，太原城派出了大批将士去接应，城里城外都热闹极了，燕思空这才发现，今日的雪，下得确实很大。

前些日子他一直忙于为三军购置冬需，派出去采买的人，最远已经到了福州，为了避开朝廷的眼线，实在是煞费苦心。可封野的准岳父富甲一方，一声令下，就把他们的难题解决了，这桩亲事，着实很划算。

燕思空在城楼上看着勇王的一车车"诚意"，久久没有回神。

直至背后传来一阵脚步声，下一刻，他身边站了一个人。

燕思空用余光瞄了一眼，来人是元南聿，他平静道："这等勤务，不必劳烦阙将军的。"

元南聿挥了挥手，让身边的侍卫远离，等他们都走了，才道："思空，我有件事想问你。"

"你说。"

"你究竟有没有为大哥向狼王求前程？"

燕思空面无表情道："没有。"

元南聿皱起眉："那你为何告诉我你会去求狼王？"

"我骗你的。"

"你……"

燕思空偏头看着元南聿："大哥眼高手低，若靠你我的脸面硬去求，求不来，大哥不满；求得来，狼王不悦，宁得罪大哥，不要得罪狼王吧。"

"就算大哥不能顶替张榕将军，对他略有提拔，他也不至于满腹怨怼，怎么也好过什么都不给吧。"

"这次给了他，下次呢？"燕思空冷道，"他又不是三岁孩童，要靠撒泼哭闹换取自己想要的？"

元南聿不敢置信地看着他："你这话未免过了，大哥并非那般无能。再者，如果一开始就不打算去求狼王，为何要答应我？"

"我让你去跟大哥说，此事交给我，是为了让大哥不再去纠缠你，给你个清静，你还不乐意？"

"我是清静了，可你和大哥呢？"元南聿重重叹道，"你可知大哥有多么羞恼，你又为何要这样对他？他可是你的亲哥……"

"若不是呢！"燕思空突然低吼了一句。

元南聿愣住了。

燕思空目光凌厉："若他不是我的亲哥，若他为求荣华富贵，对你我二人的身世撒了谎，那我这样对他，是不是就无可厚非了？"

元南聿怔怔地看了燕思空片刻："此事……我……"

"其实你心中也有怀疑吧。"燕思空露出一丝苦笑，"毕竟，知道真相的只有我和大哥，你却全忘光了。无妨，我已经不在乎了，世人皆知我燕思空阴险歹毒，不择手段，就凭大哥对我做的事，他早该身首异处了，可就因为他是爹的儿子，我不会对付他，这已是仁至义尽，但他也休想从我这里讨去好处。"

元南聿颤抖着呼出一口气："思空，你此前才说过，要兄弟齐心，就算大哥真有不是，过去就过去了吧。我们读圣贤书，当遵忠恕之道，宽于待人，对旁人尚且如此，何况是自家兄弟。"

燕思空嘲弄地笑了笑："这你便不了解我了，我是睚眦必报之人。"

"思空！"

燕思空拍了拍元南聿的胸脯："不必再劝我了，我反倒要劝你，别再去找封野，之前你连下三城，封野已看在你的分上提拔了大哥。将领之选，关乎士卒性命和大军成败，不可视人情而定，你若再提，便是非分要求了。你就当作不知道，让大哥恨我一个人就成了。"

"可是……"

"别可是了，待天气回暖，大军必有举动，永州那边又事态难料，你的心思放在备战练兵上尚且不够，不可为这些琐事劳神。"

元南聿叹了口气："好吧，但我还是最后劝你一句，要少结怨。"

"不用担心我。"燕思空想起什么，"对了，此前你在云南时，帮着陈霖练兵，结交的那些将领，往后都用得着，趁着年关将近，给他们送些礼物。"

"我明白。"

燕思空眯起眼睛："谋士之中，亦有一些我安插的人，倘若陈霖真的联合朝廷对付我们，那些人必定能发挥作用。"

"当初我们为他平定匪乱，为他招兵买马，可谓费尽心血，他真的会这么做吗？"

燕思空摇摇头："我不知道，我希望他别做蠢事，可沈鹤轩此时已经到了永州，而陈霖还没给我回信，如今也只能静观其变。但显然，封野已打从心底觉得陈霖会过河拆桥，所以急不可待地与勇王联姻了。"说到最后，燕思空的声音愈发低沉，是因为他意识到自己的口气满含怨怼，实在有些丢人。

元南聿偷瞄了燕思空一眼，见他神色自若，但眼神却飘忽而空洞，心下叹息。

两人正说着，便见城南徐徐行来一辆豪华的马车，与勇王运送冬需的方向不同，应是从延州来的，而且观那马车的外饰，多半是妇人的车。

　　为了在雪天将冬需尽快运入城内，太原城已经不允许民车出入，那车却没有停下来的意思，大摇大摆地朝着城门驶来。

　　元南聿正在好奇，燕思空已经猜出那车中坐的是何人了——多半是萨仁。

　　果然，城门守将见了车中之人后，不敢怠慢，让运送冬需的马车让出了来一条道，将那车率先放入了城中。

　　燕思空心想，这回封野住在城里，而不是营中，再也没有理由拒绝萨仁入府了吧，思及此，他禁不住一笑，笑意却未及眼底。

　　萨仁入府后，因行事娇蛮，蔑视礼教，令全府上下分外头疼。但她也没做什么太出格的事，所以封野便由着她去，鲜少理会。

　　在燕思空看来，她背井离乡嫁入封家，却被夫君视若无物，还马上就要迎来正妻，如今好不容易入府了，乖戾一些也不过是为了引起封野的注意，颇有几分可怜。

　　但可怜归可怜，萨仁偏偏时不时要来烦他，就让他难以施予同情了。

　　眼看着封野的婚期将近，萨仁愈发焦躁，甚至生出几分想要拉拢燕思空的态度，令燕思空哭笑不得，他若沦落至此，那不如一头撞死。

　　可惜萨仁那张艳丽绝伦的脸蛋后面，藏着的是一颗并不太聪明却善妒的脑袋，燕思空甚至有些幸灾乐祸地想，往后封野的后院怕是不会太平了。

　　燕思空每日依旧该干什么干什么，看上去好像什么都不曾发生，只是与封野除了军务上的沟通，私下已许久不曾说上一句话或吃上一顿饭，这样也好，若非封野的执念，他很早就已想放下了。

　　况且，他已被儿女情长拖累了太久，若能剥除这些贴身的负累，哪怕会让自己鲜血淋漓，也是长痛不如短痛。

　　这一日，燕思空从衙门回府里，正巧碰上了刚从饭馆里走出来的元少胥，两人打了个照面。

元少胥身边的将领有些阴阳怪气地说："属下见过燕大人。"

燕思空微颔首，侧过身就要走。

元少胥挡在他身前，冷冷地说："燕大人，可否借一步说话？"

"好。"燕思空抬起头，平静地看着元少胥。

两人行至角落，燕思空拱手道："大哥有何吩咐？"

元少胥面上的肌肉抽动，他压低声音，恶狠狠地说："你表面做出谦恭的模样，背地里却一再害我，燕思空，这些年你就是靠着这两面三刀，害死那么多人的吧。"

燕思空直视着元少胥："不错，我正是靠着这两面三刀，为爹报仇的。"

元少胥满面阴鸷："我元家对你有救命之恩、收养之恩，你为我爹报仇，也是天经地义。你和聿儿身份的事，我也是无心之过，我哪知道你也会来投奔狼王。你却为此耿耿于怀，背地里给我穿小鞋，让我始终不得狼王重用，你简直是心如蛇蝎！"

燕思空挑了挑眉："大哥竟觉得自己大材小用，是我在背后捣鬼？大哥追随狼王多年，有功劳也有苦劳，如今升为都司，是合情合理，狼王并未亏待与你。大哥可曾想过，是自己好高骛远了？"

"若不是你，聿儿去求了狼王，我又怎会至今还是个都司？"

"大哥。"燕思空语重心长道，"你若升迁太快，不能服众，德不配位，必有灾殃，你是聿儿的大哥，狼王怎会不想提拔你，可也得循序渐进不是？"

"放屁。"元少胥咬牙切齿，"别以为我不知道，聿儿本来要去求狼王，是你横插一脚，将此事揽了过去，你就是在泄私愤。"

"大哥若一定要这样想，思空百口莫辩。"燕思空不耐道，"望大哥早日为狼王立下大功，平步青云，光宗耀祖，到时思空定会诚心恭贺大哥的。"他懒得再理会元少胥，头也不回地走了。

元少胥瞪着燕思空的背影，那一双赤红的眼眸里写满了愤恨与阴毒。

燕思空加快脚步往府里敢去，一是天寒地冻，在屋外不宜久留；二是他下意识地想要远离元少胥，此人令他厌恶至极，若元少胥不是元卯的儿子，他应该早就将其毒死了。

许是走得太快，他迎面撞上了一个同样行色匆匆的男子，两人几乎撞了个满怀，燕思空感觉胸衣处有些异动，他忙后退几步，低头去瞧，发现衣襟处不太平整，他猛地转头想去找那与他相撞之人，却见那人已经拐进了巷子里。

他转身就去追，可当他追进巷子里时，那人已经不见了踪影。

燕思空找了几条小巷，都没再发现那人的身影，这才顿住了脚步，伸手摸进了衣襟，竟触到了一块布条。

他面无表情地抽出布条，摊了开来。

那是一封信。

燕思空回到府上，心绪依旧不能平静。

那信没有署名，但他知道是陈霖给他的，直呼先生，并说若他想离开太原，便去雀风茶楼找"铁杖子"。

陈霖这是什么意思？是当真打算过河拆桥，联合朝廷对付封野？还是觉得仅凭封野擅自娶妻一事，他们就会反目？

那封信寥寥数字，没有再多的内容，却让燕思空陷入了深深的忧虑。他远在太原，对朝廷和永州的情况都不能及时得知，又有沈鹤轩从中作梗，恐怕陈霖他是真的掌握不住了。

陈霖悄悄递来这份密函，是指望自己弃封野而去帮他？

就算他想让陈霖当皇帝，但这一切的前提都是封野得到该得的，而陈霖听他们的话，倘若陈霖有此异心，不能被他所用，那倒不如从诸多皇子里挑个年幼不经事的，从头教起。

他对陈霖的师生情义，不过如此了。

燕思空叫来了阿力，让阿力通知佘准的人，查一查这个雀风楼的"铁杖子"，此人若是陈霖安插在太原的眼线，或许有可利用之处。

随后，他给当年他在云南一手提拔的谋士金永夜写了一封满是暗号的密信，用的还是别人的字迹，向其打探陈霖和沈鹤轩的动向。这个金永夜，其实是佘准举荐的人，因少时家破人亡而仇恨皇族，与他多少同病相怜,是他埋在陈霖身边的一颗暗棋。他一直没有妄动,是因为他在等待陈霖的回信,如今陈霖大约是不会回信了,或者就算回,也说不了几句真话,他不得不另谋他法。

陈霖和沈鹤轩,究竟作何打算……

没过多久,燕思空就知道他们要做什么了。

陈霖以楚王的身份给封野送来一封居高临下的信函,向封野要两样东西,一样是地,一样是人。地,是太原;人,毫无疑问,是燕思空。

伴随着此信的,还有从永州发散出去的、很快就长了腿一样传遍了天下的流言,说封野要将太原双手奉给陈霖,如此一来,坊间流传他有篡位称帝之心的谣言将不攻自破了。

封野收到信后,勃然大怒,当即就要斩了陈霖的信使,被元南聿和王申极力劝了下来。

若只是区区一封信,封野不至于如此愤怒,他怒的是陈霖这一计,或者说沈鹤轩的这一计,直接将他逼上了独木桥。陈霖这是在试探他,倘若他真的把辛辛苦苦打下来的太原献给陈霖,陈霖便不屑于回京当什么太子,以二人合兵之力,直接就能杀入京师当皇帝。可若封野不给,那便坐实了他的不臣之心的谣传,届时陈霖定会和朝廷之力对抗他,而四方藩王也会知道他想让江山改姓,更不能容他。

燕思空得到消息,匆忙赶去了衙门,老远就听着屋内传来响声,门外的侍卫跪了一地。

燕思空拐进门,就见一把金丝楠木的椅子被掷在门口,腿儿都摔断了,屋内的花盆和茶具亦承载了主人的怒气,碎了一地,入目尽是狼藉。

元南聿、王申等心腹将领站在两侧,面上一丝表情都没有。

"狼王。"燕思空轻轻叫了一声。

封野猛然回首,那一对眼眸如野兽般锋锐而危险,堪堪的鹰视狼顾之相,瞪着燕思空的瞬间令燕思空背心都凉透了。

燕思空心头升起一股恐惧,他定了定心神,朝元南聿等人使了个眼色,示意他们下去。

一众将领如释重负，全都退了出去。

屋里只剩下两人，燕思空关上了门，指了指一只安好的椅子："封野，你先坐下，冷静一下。"

封野也意识到自己方才冲动了，当着将士的面，略有不妥，他阴沉着脸，坐在了椅子里，硕大的拳头紧紧握着，发出咯咯的声响。

燕思空从一片狼藉的地上捡起了陈霖的函件，扫了一眼，脸色也愈发难看起来。

"陈霖小人得志，如今到处散布流言，说我要将太原拱手相让，他还胆敢跟我要你！"封野咬牙切齿地说。

"这是陈霖在试探你。"燕思空低声道，"看来朝廷的态度并不坚定，他的态度也不坚定。狗皇帝定然是怕一旦禅位，文贵妃和陈椿的小命难保，陈霖也考虑到这一层，怕自己轻信了朝廷与你反目，最后竹篮打水一场空。他们博弈之间，陈霖便想到先探探你的底线，再作打算。"

封野冷道："我又怎会想不到这一层，这狗娘养的陈霖，敢跟我要心机，他是忘了自己不过是个贱婢的儿子，也忘了当初是怎样被废，灰溜溜地被赶出京城的吧。他能有今天，全赖你我！"

"正是因为他记得，他才会如此。"燕思空眯起眼睛，"他害怕回到从前，因此才想谋条万无一失的路，你若真的俯首称臣，奉上太原，他便不需要去揣摩朝廷的虚实了。"

封野斜睨着燕思空："你觉得我该如何？"

"有一个办法，或可以解决所有的难题。"

"若你是要亲使永州，便不要提了。"

"封野……"

"住口！"封野指着燕思空，"你又想告诉我，你可以去永州说服陈霖，以此让我把你亲手送给他？！你休想，你若当真拿捏得住陈霖，便不会有今日之局面，你为何至今还自欺欺人，不愿意相信你曾经任意摆弄的那个少年，已经长大了！"

燕思空深吸一口气，声音微微有些发颤："你说得对，在我心底，他始终没有真正地长大，但我现在也清醒了。封野，若要付出最小的代价解决此事，解决沈鹤轩，唯有我亲自出马，我相信只要我见到陈霖，他定会听我的，而不是沈鹤轩的。"

听到这一席话，封野很反常地没有继续发怒，只是冷冷地看着燕思空，瞳仁漆黑，深不见底："我倒有一计，比你的更妥当。"

"什么？"

"我愿将太原送给陈霖。"

燕思空一惊。

封野露出阴寒的笑容："他用流言诛心，我也可以，只要他亲自前来，我便广开城门相迎。他若不来，便不能怪我不忠；他若来了，我可就地将其拿下，牢牢掌控住。"

燕思空思索半晌："封野，陈霖并不傻，如今他与你之间，还横着四座城池，可你若以此计真的将他引入中原，他带着几万大军，哪可能轻易入瓮，弄不好，还可能打起来。"

"他若真的敢来，我足足占据中原五城，何愁不能将他拿下？"

"就算以兵力计，你众他寡，但此战必然损伤惨重，而且，一旦你跟他开战，我们的计划就完了呀。"

"所以，我让他选啊。"封野目若寒冰，"他可以不来。"

"他不来，便有可能跟朝廷结盟。他来与不来，对我们都不利，最好的办法，是我去劝……"

"你就这么想去找他！"封野猛然拍案，伴随着他低沉却威严的嗓音，狠狠震荡着人心。

"封野……"

"他明摆着跟我要你。"封野站了起来，满面狰狞，"他胆敢跟我要你！他好大的胆子，敢要我封野的人！"

燕思空叹息一声："你不可意气用事。"

"我意气用事？"封野咬牙道，"你怎么不提他心怀不轨？还是你也想他想得紧，左右在我身边也是'动辄得咎'，恨不能马上去他身边了？"

燕思空怒道："你胡说八道什么！"

封野指着他喝道："我不管你心里想什么，你敢离开我半步，我决不饶你。"他阴寒地说道，"或许只有杀了陈霖，才能断了你的所有念想。"

燕思空猛地起身："我对他有什么念想？我不过是要与你一同扶他上位……"

"这就是念想！"封野吼道，"他该死！"

燕思空突然怔住了，他看着封野，嘴唇颤动，轻轻嗫嚅道："你想杀他？"

这话问得不算准确。他早知道封野想杀陈霖，封野这般占有欲极强的人，陈霖对他的心思，简直像是从狼口夺食，封野自然不允，可想归想，但凡识大局的人，都知道陈霖杀不得。然而，刚刚那一瞬间，当封野说出"他该死"这三个字的时候，燕思空顿觉醍醐灌顶，他意识到，封野是真的想杀陈霖，不仅仅是想想，而是倘若陈霖真的来了太原，封野便真的可能动手！

封野面部肌肉抽动，额上青筋暴突，周身游走着仿佛是有形的戾气，令人不敢靠近。他居高临下地看着燕思空，声音平复了下来："我想杀他，你第一天知道？"

"想与想，是不同的。"燕思空握紧了拳头，"倘若陈霖在你面前，你会杀他吗？"

封野喉结滑动着，没有说话。

"封野。"燕思空颤声道，"你千万不能有这样的念头，你是打着辅佐陈霖登庸的旗号谋反的，你若杀了他，必成众矢之的，你明白吗？"

封野移开了眼睛："我只是想，不会杀他，尽管他该死。"那该死二字，他是咬着后槽牙说出来的，就好像恨得要把陈霖咀嚼于唇齿之间。

燕思空心脏狂跳，整个人都有些恍惚，不知为何，他心头的不安和忧虑更甚了。

封野背过手去："我意已决，明日就派人送出回函，并放言天下，要迎楚王入中原。"他轻佻而阴冷地说道，"我必竭智尽忠，肝脑涂地，辅佐楚王，上、位。"

　　封野果然如他所言，第二天就将消息传了出去。

　　封野此举虽然将了陈霂一军，但也留下后患重重——陈霂若当真来了如何，不来又如何。来了，此事必然无法善终；不来，陈霂很可能是要联合朝廷了。

　　燕思空的提议，其实才是最可行的办法，若他去到陈霂身边，他不信陈霂会被沈鹤轩迷惑。可此事却被封野断然拒绝，他隐约觉得，封野不准他去找陈霂，并不完全是妒意作祟，还可能是不信任他，不，应该说，自两人当年反目后，封野就再也不能信任他了。

　　而他也越来越不能理解封野的言行，他曾经以为自己是世上最了解封野的人，如今却是细心去揣摩，都未必能拿捏几分，他愈发觉得自己伴的不是曾经的挚友，而是一个……一个王。

　　因此他看着两人愈发疏远，却无能为力，而他的心渐冷，也丝毫不想再使力了。

几日之后，燕思空派阿力查的事有消息了。那"铁杖子"是个跑江湖的，早年不知因何瘸了腿，常年拄着一个重达百斤的铁拐，为了谋生，犯法的不犯法的都干，只是犯法的从来没叫人抓着过。

这种人狡诈吊诡，只认钱不认人，陈霖不可能用他做奸细，很可能只是花钱买他送自己出城。

此举是明智的，若陈霖当真在城中埋了自己的人，一旦被他查到了，可不会当做不知，看来陈霖对他，一样是十分防备的。

阿力比画着：少爷，要不要把人绑来问问？

燕思空摇摇头："那人常年带着百余斤重的铁拐，肯定不是好惹的，而且也没有必要，一来可能惊动封野，二来问他也问不出什么，此事就到此为止吧。"

阿力点点头，却没有退下，用担忧的眼神看着燕思空。

燕思空奇道："怎么了？"

阿力比画着：狼王要娶妻了。

燕思空恍然，淡定自若地说："哦，是啊，男大当婚嘛。"

阿力一副犹豫的模样。

燕思空知道他心里在想什么，却不愿再解释，他怕自己越显得满不在乎，越被人看出破绽。

"阿力，你下去吧，我……"

屋外突然传来一阵嘈杂声，燕思空站起身："府中不曾这么吵闹过，我们出去看看。"

两人穿过回廊，来到了前院。

这处宅邸原是罗若辛的，罗若辛死后，封野开恩没株连他的家眷，但自然也不会让他们继续留在太原，于是罗家举家搬去乡下了，这宅子十分的气派，就被封野征用做临时府邸。

如今偌大的院子里，竟然摆满了一口一口的大木箱子，上面都绑着鲜艳的红绸，一看就是礼箱。

燕思空走了过去："这是……"

管家拱了拱手："燕大人，狼王婚期将近，这都是各方送来的贺礼。

您看，那头的八箱全都是封将军从大同送过来的。"

"哦，可否给我看看礼册？"燕思空不是真的对这些贺礼感兴趣，只是想知道给封野送礼的都有哪些人。这两年封野忙着打仗，也不忘四处派遣使臣去拉拢结盟，有些明着归顺了他，比如蜀地、黔州的一些官将，比如勇王，也有些在暗地里资助他军费军需，他心思缜密，探听各路情报已经成了他的本能。

管家并未觉得有什么不妥，便将礼册交给了他，燕思空随手翻了几本，发现并没有什么值得注意的，可当翻到封长越那长长的礼册时，他却怔住了。

燕思空自有一目十行的本领，有时并非真想把所有文字都看个明白，却偏偏自己入了眼，当他一眼扫过这份礼册时，他已将其看了个大概，因而被上面的几样贺礼吸引了。

南海明珠、龙凤牡丹锦衾被、金錾云龙海水壶、金喜双龙杯……

燕思空拿着礼册的手在发抖。

这些东西，这些东西，全都是皇帝和皇后才能用的！

这南海明珠乃南海特供皇室的，多镶嵌在顶冠之上，一颗价值十万两白银，但寻常人即便有钱也不能买，除非皇帝赏赐，否则戴上它就要掉脑袋。

剩下的几样，也都是皇帝和皇后大婚时用的喜物，这些东西未必多昂贵，但除了真龙真凤，凡人不配使用，否则就是有意冲撞，都是杀头的大罪。

封长越跟在封剑平身边多年，怎么可能不知道这些，即便他们已经谋反，对皇室也并无敬畏，可也没必要故意将这些东西作为封野和郡主成婚的贺礼，甚至还可能真的用在婚礼上。这若被稍微有点见识的人看到了，便能联想出多少东西，这么做除了挑衅，还有什么意义呢？

还有什么意义……

燕思空顿觉遍体生寒，额上的汗却道道往下淌。

"燕大人？"管家不解地看着他，"您脸色好苍白啊，可是冻着了？那就快回屋吧，下人们还要收拾好久呢。"

310

阿力也扶住了燕思空，用眼神询问他怎么了。

燕思空推开了阿力，勉力镇定地说道："没事，我先进屋了。"他说完，转身往内院走去。

但他却并没有回自己的房间，而是径直去了封野的书房。

他与封野在军中同食同寝，在府邸中也曾同住，只是最近才分开，因而他出入封野的寝卧也无人觉得不妥。

他进了书房，将门一关，深吸一口气后，大步走到书架前，开始翻找封野的信件。

他从前不曾这样做过，因为在他心里，始终相信着封野，相信封野对他没有隐瞒，没有欺骗。

可蹊跷难解之事接踵而来，两人彼此消磨着曾经的情义和信任，如今他们之间，到底还剩下什么了？

找了许久，燕思空终于找到了封长越的信。

若封野真有异心，且刻意隐瞒，封长越一定知道，毕竟外头那一箱箱的珍宝财礼，可就是他送来的！

燕思空颤抖着摊开了信，还未来得及看，书房的门被"砰"的一声大力推开了。

燕思空与封野四目相视，僵在了当场，他手里拿着封长越的信，身边还有未来得及收拾的一堆信笺文书。

封野危险地眯起眼睛："你在找什么？"

燕思空的胸膛重重起伏了一下，他这一生都在经历数不清的风浪，此时人也镇静了下来，他语气平缓地说："你把门关上。"

封野闻言，凝视了燕思空半晌，抬脚踢上了门。

燕思空将信放在桌上："我在找封将军与你的通信。"

"为何。"封野冷道，"你最好有一个合理的解释。"

"你猜为何。"

封野看了一眼窗外，尽管这里看不到那一口口的紫檀木大礼箱，但他看的正是前院的方向："跟那些贺礼有关吗？"

"你可知道封将军送来了什么？"

"尚未来得及看。"封野面无表情地说。

"龙凤牡丹锦衾被、金錾云龙海水壶、金喜双龙杯。"燕思空死死地盯着封野的眼睛，"还有，南海明珠。"

封野脸上毫无波澜，就好像他听到的不是一份足够诛九族的礼单，而是街边馆子里的菜单。

燕思空整个人都在发抖："封野，封将军为何送你这些东西？"

封野勾唇一笑："叔叔深受我封家恩德，如今又与我相依为命，我要成亲了，他自然要送我最好的。"

"这可是皇帝皇后大婚才能用的东西！"燕思空咬牙道，"你不要告诉我，你们不知道。"

封野向前走了一步，燕思空只觉得寒意顿生，竟忍不住畏惧地后退了一步。

封野弯腰，捡起了掉在地上一些文书，放回案上："这就是你急匆匆地要来我书房翻箱倒柜，找到我和叔叔的信笺的原因？"他嘲弄一笑，"你这举动，简直像是要寻找我谋反的证据，可谋反这事儿，咱俩可都干了快两年了。"

燕思空只觉得眼前之人，陌生到难以辨认，明明那剑眉星目，那阔额挺鼻，那薄唇窄颌，都是他曾经无比熟悉的，明明他忘掉了一切都不可能忘掉这张绝顶好看的脸，可此时，他却觉得站在自己面前的，是一个从未见过的人。

这个人阴冷得让他心尖都在发颤。

封野看着燕思空的战栗，心里竟升起一股扭曲的快意，他低笑道："你在害怕我吗？你曾说你不怕我，现在呢？"

燕思空攥紧了拳头，低声道："封野，这个问题，我当初质疑过你，你断然否认了，你说我不该怀疑你，我也的确不想轻易怀疑你，所以即便我心存猜忌，却一直不敢把这个问题清清楚楚地问出来。但如今，我要问了，明明白白地问，而我要你诚实地回答我。"

封野的双眸幽深，在暗淡的光线里，仿佛在散发着点点莹绿的光芒，他薄唇轻启："问吧。"

燕思空嘴唇颤抖着："你，是不是想当皇帝。"

封野露出一个令人头皮发麻的笑容："我不想当皇帝。"

燕思空怔怔地看着他。

封野又进了一步，气势若猛兽："但是，我要当皇帝。"

燕思空双腿发软，用全部的力气支撑着自己的身体不至歪斜，他的心就像瞬间被掏空了一般，整个人都处于一种灵肉撕裂的恐惧，他直勾勾地瞪着封野："所以，你一直在……骗我。"

封野毫无愧色，反而从容地说道："你感到很愤怒吧，愤怒，羞辱，憎恨，不相信自己会这么蠢，不相信会被最亲近的人欺瞒，觉得自己在做一个噩梦，还想找各种理由解释，但最终你发现，什么都不管用，这一切都是真的。"封野笑了一下，"我为什么会这么清楚呢？你猜为什么？这可都要谢谢你啊。"

燕思空心痛如绞："你是在，报复我吗？报复我骗过你？"

"一开始是，现在不全是了。"封野静静地看着燕思空，"你不会当真以为，经历了当年那些，我还会是那个天真愚蠢的小世子吧？但你最好这么觉得，你太聪明了，说是天下第一谋士也不为过，有你助我，我才能完成大业。"

燕思空终是难以支撑，一屁股坐在了椅子里，不敢置信地看着封野，就像看着一只要将自己生吞活剥的狼。

封野笑着说："如今，我二十六万大军在握，黔州、河套、大同、中原五城尽入囊中，再得富甲一方的勇王相助，所向披靡，无人可挡，这一切，你居功至伟。"

燕思空哑声道："封野……你一直在利用我？"

"我利用你，难道你没有在利用我吗？"封野冷冷地看着燕思空，"你不是要利用我，扶立陈霖，权倾朝野吗。"

燕思空听着自己的声音像是不由自己发出："所以，你从来都没想过要让陈霖登基，你做这一切，只是让我为你所用，并借陈霖的名头篡位。"

"笑话！"封野阴冷地说道，"我带着封家军征战沙场、九死一生，是为了把别人送上皇位号令我的？待到有一天他羽毛丰满，再像狗皇帝害死我爹那样害死我？！"

燕思空双目空洞地看着封野，这个人他不认识，他真的，不认识。站在他面前的，是野心并吞天下的狼王，而他熟悉的封野，他的靖远王小世子封野，真的消失了吗……

封野缓步走到了燕思空身前，弯下腰，长臂撑住扶手，将燕思空困在了自己身体和椅子之间，居高临下地看着他，阴寒地说："我封野，要凌驾于一切之上，唯有执掌天下，统御江山，让所有人俯首称臣，才能保护自己，保护我要保护的一切。你懂吗？"

燕思空胸中生出一股戾气，他一把揪住了封野的衣领，瞪着血红的眼睛看着他："你一直在骗我，从头到尾，你用陈霖稳住我、稳住天下诸侯。你不放我走，做出念旧的模样，是为了让我死心塌地为你筹谋！"

封野的大手包住了燕思空的拳头，他贴近燕思空，轻声说："我确实要用陈霖稳住你、稳住藩王，可我对你的情义，这些年来的执着，还不足以说明吗？"

"情义？"燕思空失笑，"你喜怒无常，偏执多疑，我在你身边，如履薄冰，动辄得咎，情义？"

封野紧紧抓着燕思空的手，一字一句仿佛吐着寒气："我护你周全，给你锦衣玉食，甚至哪怕你曾经骗我、利用我、背叛我、抛下我，我也还愿意信你，亲近你，给你兵马大权。我封野对你，仁至义尽了吧。"

燕思空眼圈赤红，鼻腔酸涩，几乎难以克制自己的情绪："原来在你心中，你我重逢后的这些日子，是你对我的'恩赐'啊。"

封野恶狠狠地说："难道不是吗？是你骗了我，是你负了我啊！"他沉声说，"所以你今日为我做的一切，都是你欠我的，可我却不会负你，将来我登上皇位，一统四海，你尽可去实现你修齐治平的理想，修葺法度，推行政令，创造一个弊绝风清的朝廷，一个安居乐业的天下，我岂不比陈霖更值得你辅佐？"

燕思空哽咽道："封野，你被接连的大胜冲昏了头脑吗？且不说朝廷和陈霖结盟之下，你能否苟全，就算你真的杀入了京师，从你称帝的那一刻起，诸侯并起讨伐，天下必乱。西晋八王之乱，江山分裂，国祚衰弱，民生凋敝，外族乘虚而入，祸乱屠戮我华夏百余年，你可想过芸芸百姓啊！"

"你装什么大义凛然！"封野咬牙道，"你为达目的不择手段，如今这战局，难道不是你一手挑起？"

"我挑起战局，是为剔除脓疮，不破不立，不是要毁掉整个江山！"燕思空瞠目欲裂，"你若篡位，可想后世之人如何写你！"

封野冷笑："窃钩者诛，窃国者侯，只要我成了执笔之人，我想怎么写，就怎么写。"

"你疯了……"

"我不会让诸侯勤王，也不会让蛮夷入侵。"封野紧盯着燕思空的眼睛，"而如何做到这一点，就要看你了。你不是绝顶聪明吗？你若真的心系百姓，心系江山，那就助我安内攘外，让我稳稳当当地坐上皇位，让藩土老老实实地臣服于我。"说着，他松开了燕思空。

燕思空瘫坐在椅子里，两手被封野攥得发红发痛，他也浑然不觉。

封野整了整自己的衣襟，又理了理燕思空的："我说过，我会对你好的，只要你助我，我会对你比任何人都好，我们并肩共享天下，岂不完美。"

燕思空只觉浑身战栗，毛骨悚然。

这时，屋外传来管家的声音："狼王，各方送来的贺礼的礼册，请狼王过目。"

封野高声道："不必了，你看着处置，只把叔叔的贺礼和礼单都收起来，不准任何人知道。"

"是。"

管家离开后，封野居高临下地看着燕思空："我们本无意张扬此事，是叔叔有些得意忘形，却恰巧被你看到了。"

燕思空空洞地看着前方："若我没看到，你打算瞒我到何时？"

"自然要等我更有把握的时候，如今尚算不得胜券在握，除非能控制紫禁城。"封野冷哼一声，"你不会以为，我蠢到现在就迫不及待想要昭告天下吧。"

"你会杀了陈霂吗？"燕思空问出这句话，却并非是疑问的口吻，其实他心中早已有了答案。

"陈霂必须死。"封野冷酷地说道："他不仅会是我最大的障碍，还敢觊觎你，我有一万个理由要杀他。"

燕思空沉默着。

"怎么，你舍不得吗？"封野眯起眼睛，"你越舍不得，我越要杀了他。"

燕思空倒吸一口冷气："他是我的学生。"

"我是你的主人。"封野面不改色地说道，"当我二人为敌时，你该帮谁？"

燕思空抬眼瞪着封野，一双眼眸中拉满了血丝。

封野抓着他的胳膊，将他拽了起来，强迫他靠近自己："现在你什么都知道了，陈霂和我之间，你只能选一个辅佐，你打算怎么办？"

"封野。"燕思空哑声道，"不可啊！"

"没有什么不可的。"封野寒声道，"我已经走到今天这步，断不会回头，你必须助我。"

燕思空咬牙道："我可以做奸臣佞臣，但不愿做千古罪人！"

封野的手掌扶着燕思空的背心，让他更加贴近自己，寒声道："我做了皇帝，你就是开国功勋。"

"你会把天下都搅乱的。"

"天下本就是治乱往复，乱完了，便由你我来平定。"封野低声道，"有朝一日我君临天下，你就是一人之下，万人之上的宰辅，陈霂能给你的、不能给你的，我都会给你，我当皇帝，比陈霂当皇帝，对你更有利。"

燕思空盯着封野的眼睛，目光灼灼。

"你会想清楚的，何况，你也没有别的选择。"封野柔声道，"你只能在我身边，只能辅佐于我，你若敢生二心，若敢再欺瞒、背叛我，我就……打断你的腿，将你关上一辈子。"

燕思空心脏猛颤，狠狠将他推开了。

封野静静地凝望着燕思空，燕思空也看着他。

从那双幽深、凌厉的眼眸中，燕思空看出了令人胆寒的冰冷和狂傲，他知道，封野方才吐露的残酷字句，都是认真的，他的心仿若被一柄利剑当胸贯穿。

封野将燕思空面上的每一丝神情尽收眼底，惊恐的、怀疑的、伤心的、愤怒的，这些复杂的情绪纵横交织成了这张让他挂念多年的脸，他既感到痛快，又感到不忍，这世上怎会有一个人，能让他变得如此的疯狂。

燕思空颤抖着说："若我不愿意呢，若我不愿意你当皇帝，不愿意天下动荡、民不聊生呢？"

"你不愿意助我，也罢。"封野缓步走向燕思空，"你尽可以看着我如何一步步登上皇位，只要你老老实实地留在我身边，我会给你无上的荣耀。"

燕思空突然失笑，笑得满是萧瑟之意："封野，你对我，究竟是顾念旧情的执着，还是想把我绑在身边折磨？"

封野怔了怔，沉声道："你我恩怨纠缠这么多年，如何说得清呢。"

燕思空眼眸湿润，心痛如绞，想起年少时的那些单纯美好，当真是水中月镜中花，虚幻泡影罢了，真正的他们，已是千疮百孔，再也回不去了。

封野再次伸出手，按住了燕思空的肩头，轻轻地说："我会对你好的，我发誓，只要你一心只臣服于我，我要的也不过如此。"

燕思空推开了封野的手，他低着头，踉跄着向门口走去，整个人失魂落魄，像是随时会倒下。

封野握了握拳头，并没有去拦他，只是在他背后说道："你会想清楚的，我等你。"

燕思空的唇边牵起一抹苦笑，晃荡着疲倦的身体，一步一步地踏出了门槛，走向了自己的卧房。

他会想清楚的，会吗？

他曾以为自己学贯古今，这世间大小之事，他都能说上一二，可越活，他越不清楚，越活，就越茫然、糊涂、无助。他不明白的事太多了，多到无从问起，哪怕是那些曾经坚定不移的执念，走到今日这般境地，也都一一动摇了。

为何他看似每每赢了，最后却发现是自己输了？为何他拼尽全部力气，得到的越多，失去的却也越多？

事到如今，他甚至连自己真正想要什么都犹豫了，他殚精竭虑，费尽心机，究竟是为了什么？

为何会如此？是他从一开始就走错了，还是因为封野？

想到封野，他就痛苦得难以喘息。

他想成就的，是封野的将名，却不愿冒着让天下动乱的风险去助封野争夺帝位，可他阻止不了封野，他只能眼睁睁看着封野去走这条布满荆棘之路。

他该怎么办？他能怎么办？！

第
二
十
六
章

在
你
心
里
，
我
是
谁
？

　　燕思空回到寝卧后，已是身心俱疲，一头栽倒在床上，昏睡了过去。

　　再醒来时，暮色已沉，燕思空坐在床上，看着窗外朦胧的月亮，呆滞了许久，一时有些分不清自己是否尚在梦中。

　　他想出去走一走，醒醒脑。走到衣架前，率先撞入眼底的，是那件华贵的熊氅，那是封野送给他的，为了猎到这样大的一头熊，那时已统领十万大军的狼王，亲自在寒冷的深山里蹲守了三天。

　　他用手抚过那柔软厚实的皮毛，披着这样一件氅衣，便是辽东可怖的三九寒天也无须畏惧，每次他披上的时候，感受到的不仅仅是氅衣给自己的温暖，还有封野对他的在乎。

　　若封野一味对他刁难，他早就死心了，便是这样一面顾念旧情，一面怨恨猜忌，忽冷忽热，时好时坏，才最让他茫然无措，加之曾经的情义和歉疚，他无法恨封野，却也无法释怀。

　　封野的挣扎与痛苦，他看得分明，但封野对复仇的渴望、对权力的野心，已经膨胀到了他视线不可及的地方，让他长久以来都盲目着，不愿、不敢去看、去确认，最终落得这般不可收拾的地步。

他常常怀念那个少年，那个尽管桀骜不驯，却也天真单纯的少年，那个不曾万念俱灰、不曾痛苦绝望的少年。

他多希望封野永远留在那个时候，他多怀念那样的封野，他宁肯把所有的风雨都挡在封野面前，也不愿意让封野经历跟他一样的黑暗的折磨，然后变成如今这般模样。

是不是当年春猎场上，他助封野驯服烈马时，就错了？他嘴上说着不必相认，心底却隐隐期待着封野能够来找他，是他把封野卷入了自己的仇恨中，进而欺瞒、利用了封野。

可即便没有他，封家的衰落便如封家的强盛一般，都是无可避免的，他只恨自己无用，败给了阉党，他谁也保护不了，元卯，元南聿，封野，他谁也保护不了！

燕思空用力一挥手，打翻了衣架。

他僵立在原地，不断喘着粗气，心脏难受得就像被浸在水中，每一次呼吸，都用尽了力气。

他踉跄着推开门，走了出去。屋外寒风刺骨，刀子一般搔刮着他的皮肤，但比起冷，他更感觉到清醒，他需要这样的寒冷让他清醒。

心底有再多的痛、再多的怨，都无济于事，痛完了，怨完了，他还有未完之事，他还有心底的渴望，他还得……活下去。

他仰头看着清冷的夜空，两脚不停地在地上磋磨，也分不清是要走向何方，只是走着，他多希望那高洁的、俯瞰人间的九天之月，能指给他一个方向，在这个他最茫然无措的时刻。

当他不知不觉地步出院落时，两道人影从黑暗中走了过来，拦在他身前，恭敬道："燕大人，这么晚了，您要去何处呀。"

燕思空猛然惊醒，怔怔地看着二人，这两个人他认识，都是封野手下的精兵："你们……为何在这里？"他问出口的时候，心底已经有了答案。

"我二人奉狼王之命保护燕大人。燕大人，晚间风寒，您怎地衣衫如此单薄，当心生病啊，还是快快回屋休息吧。"

燕思空冷冷地看着二人："是保护我，还是监视我，还是软禁我？"

两人面面相觑，恭谨道："大人言重了，狼王命我二人随行保护大人，燕大人想去哪儿，属下就保护到哪儿，不过此时夜已深了，燕大人有什么想去的地儿，不若等天明吧。"

"监视我……"燕思空喃喃道。

"大人请回屋歇息，千万别冻坏了身子。"

燕思空平静地说："我若执意要出去呢？"

"那属下自当陪护，只是也请燕大人先穿上保暖的衣物。"

燕思空冷笑了一下，转身往屋里走去。

封野以为他会逃走？

他能逃去哪里，去找陈霖吗？纵使他千万个不愿封野去争夺皇位，他也不可能去助陈霖来讨伐封野。

在封野心中，他会冷酷绝情到那个地步吗？

他们之间，果然除了执念与纠缠，什么也不剩了。

燕思空坐了一夜，直至天明。阿力送来的饭菜他草草吃了几口，便撂下筷子，让阿力为他更衣。

当阿力扶起衣架，有些心疼地拍着熊氅上的灰时，燕思空道："不要那件。"

阿力不解地看着燕思空。

燕思空加重了语气："不穿那件。"

阿力不明所以，只将那氅衣收好，给燕思空拿了另外一件披风，他穿戴完毕，带着阿力出门了。

封野派来"保护"他的人，已经换了一批，大约是白日当值的，一言不发地跟在他身后。

阿力拽了拽燕思空的袖子，示意他看身后跟着的尾巴，燕思空摇摇头："不必理会。"

元南聿就住在不远的府宅里，此时是清晨，他上门的时候，连门房都打着哈欠，下人更是大多还在睡着。

门房恭敬道："哟，燕大人，您怎么来这么早，咱们将军还歇着呢。"

"带我去见他，我有急事找他。"

"是。"元南聿身边的人都知道两人交好，也不多嘴，直接领着燕思空去了元南聿的卧房。

燕思空敲了敲门："阙将军，是我，燕思空。"

屋内马上传来回应："思空？你直接进来吧。"

燕思空示意阿力在外面等候，自己走了进去。

元南聿背对着他坐在床上，显然是刚起身，他打了个哈欠："没有别人吧。"

"只有我。"

元南聿这才转过了脸来，他发丝垂乱，恰恰遮住了额上的墨刑，一眼望去，燕思空仿佛隔空看见了自己。

元南聿见燕思空神色有异，忍不住摸了摸额上的刺字："我的头发能遮住吗？"

"能。"

元南聿笑笑："看来我该效仿江湖侠士，让头发放浪不羁一些。"

"你从前不就是江湖侠士吗。"燕思空坐在了元南聿身边，"现如今，你却是名震一方的将军了。"

元南聿的笑容渐渐消失了，他有些忧虑道："你这么早来找我，定是有什么要事吧，是坏事吗？"

燕思空沉声道："我不知道对你来说，是不是坏事。"

"到底怎么了？"

燕思空凝望着元南聿："你曾经闯荡江湖，四处漂泊，为何心甘情愿为封野效命，放弃曾经的自由自在？"

元南聿愣了愣，旋即答道："我身在江湖，也心系江山，当初我入京，就是打定主意要去劫靖远王的狱，天下兴亡，匹夫有责，若空有一身本领，却眼见着忠臣良将被奸佞所害，那还算什么英雄好汉。后来，我救出了封野，我知道他必将承继靖远王的衣钵，便决定追随他，铲奸除恶，救国救民。"

"……那你可知，他要怎么铲奸除恶，救国救民？"

元南聿又愣住了："你为何这么问？难道我们现在在做的一切，不正是为此吗？"

燕思空轻声道："聿儿……我知道你不喜欢我这么叫你，但我能这样叫你一声，心里便能多出许多宽慰，所以我还是叫了……我昨日，与封野起了争执。"

"为何？"元南聿有些紧张。

燕思空定定地看着元南聿的眸子，清晰地说道："因为他想当皇帝。"

元南聿眨了眨眼睛，一时没有说话。

目睹着元南聿的所有反应，燕思空身体一抖，露出一个惨笑："原来，你也知道？"

原来只有他被蒙在鼓里？

他这样心思缜密、眼光老辣的人，要看穿一个人简直易如反掌，可他却被一叶障目，偏偏、偏偏看不清最亲近的人！不，其实他很早已经猜到了，只是他不愿意怀疑封野，他自欺欺人罢了。

元南聿轻叹一声："思空，封野并没有告诉过我，但是我其实，有所预料。古往今来，哪个男人不想当皇帝？封野带着我们出生入死地征战，不知吃了多少苦，如今他手握重兵，可与朝廷抗衡，陈家又灭了他封家满门，他不生出篡位称帝之心，反而不像他了。"

"所以，你也愿意助他称帝。"燕思空低声说道。

"有何不可？"元南聿反问道，"论才学，论能力，论胆识，封野都是人中龙凤，那皇帝腐朽昏庸，官员尸位素餐，藩王尾大不掉，陈氏王朝快要走到头了。"

燕思空沉声道："你可知西晋八王之乱。"

元南聿皱起眉，沉默了。

"各方诸侯混战，使得民不聊生，山河破裂，十数个从前对我俯首帖耳的外邦蛮夷乘虚而入，他们凶残野蛮，泯灭人性，肆意踩踏我汉人子民。"燕思空的语调看似波澜不惊，表象之下却是暗流汹涌，"易水河畔，被他们称作'两脚羊'的少女骸骨，堆起来有小山那么高。"

元南聿揪紧了被子："我们绝不会让蛮夷踏入中原半步。"

"倘若天下大乱，还由得你吗！"燕思空抓住了元南聿的胳膊，"我为何一直坚持要扶陈霈上位？因为只有坐在那个皇位上的人姓陈，才能稳住各方诸侯，可一旦封野称帝，他们起兵勤王，天下必乱。届时事态会如何发展，谁能预料！"

元南聿眯起眼睛，低声道："只要不是陈霈就行了吧。"

"什么？"

"封野没有你想象中那般冲动与短视，在没有稳住局势之前，他不会贸然称帝，换作我也不会做那样的蠢事，但是……"元南聿深深地看着燕思空，"他是绝对不会让陈霈登上皇位的，你该明白吧。"

"即便不是陈霈，也该是其他皇子。"

"你若当真能这么想，自然好。"元南聿不着痕迹地推开了燕思空的手，他抿了抿唇，"长久以来，是你坚持要扶立陈霈的，若我是封野，便找一个黄口小儿，岂不更好控制。"

燕思空怔怔地看着元南聿，胸中气血上涌，全在堵在了心口："聿儿，你这是……也在怀疑我吗？"

元南聿咬了咬牙："我并非怀疑你，我只是提醒你，我们是兄弟，封野与你更是多年的情义，就算陈霈是你的学生，如今封野已经不需要他，而他还可能联合朝廷对付封野，你该放弃他了！"

"你以为会这么简单吗？"燕思空拔高了音量，"封野是打着扶立楚王的名义谋反的，如果二人反目，那便是引得诸侯讨伐封野。"

"这也是早晚的事，如今我们雄踞中原，离京师不过几日路程。"元南聿正色道，"思空，以我之见，如今最好的办法，就是快速攻下京师，先扶幼主称帝。"

"天真！"燕思空不敢置信地看着元南聿，"为何打了几场胜仗，你们就对敌人就毫无畏惧了？你们面对的，是主宰这片江山两百余年的皇家，是名正言顺的天下之主，即便得陈霈相助，都未必能攻下京师，如今陈霈眼看就要反水，苟全尚且艰难，你还如此异想天开？"

元南聿脸色微变："我们一路从蜀地走到这里，哪一程不是凶险万分，可不去做，又怎知结局如何。"

"要做，便要做得更加稳妥。"燕思空摇着头，"一直以来，封野都像个赌徒，他少时比如今还要疯狂冲动，年长之后有所收敛，可他赌的每一次，都比从前更大，一旦输了，我怕他承担不起。你原本不是这样的性子，怎也变成这样了。"

"那我该是什么样！"元南聿面显怒容，"我誓死追随封野，便全心信任于他、效忠于他，他若决意称帝，我便义无反顾。"

燕思空凄切地看着元南聿，目光中流泻着难言的情绪。

元南聿深吸一口气："思空，我不愿与你争执。我们是兄弟，为何不能携手齐心呢？"

"我是想与你携手齐心。"燕思空轻声说，"可我害怕呀，我怕成为千古罪人。"

元南聿抚了抚燕思空的脸："你和封野，一文一武，皆是绝世之才，我相信我们都能达成所愿，真的。"

燕思空轻轻摇了摇头。

元南聿再次叹息："思空，你、你容我洗一把脸，我再与你好好说，我不愿伤了我们兄弟感情。"

燕思空沉默着。

元南聿跳下床，走到外屋，只听得传来一阵水声。

燕思空站起身，环视四周，目光落在了床前的柜子上，那柜门半掩，他能窥见其中叠放着许多一模一样的面具。

鬼使神差之下，燕思空快速拿起一片面具，塞入了袖中。

"阙忘，我先回去了。"

元南聿转过身来："你、你先别走，至少与我一起吃顿饭吧，我们再谈谈，或许你对封野有所误解。"

燕思空摇摇头："狼王叫我想清楚，我便是想不清楚，才来找你，看来如今，我还得自己想清楚。"

"思空……"

"回了。"燕思空低着头，大步离开了。

回到房内，燕思空从怀中掏出那枚面具，只觉得背上下了一层冷汗。

他拿这个做什么？他去找元南聿，本是为了探探元南聿的口风，企望两人能一起说服封野，但在他明确了元南聿对封野的忠心之后，便知道这不可能了。

但拿这个面具，却是一时起意。

燕思空坐到桌前，将铜镜拉近，轻轻将那面具覆在了脸上。

那面具原是只遮到鼻子的，暴露出来的嘴唇和下颌的线条，与元南聿几乎一模一样，曾经也有眼尖的觉得两人有点像，但因为没人见过元南聿面具后面的脸，所以不会想到，他们竟是这般地相像。戴着面具，再换一身衣服，活脱脱的便是狼王麾下第一大将——"阙将军"。

燕思空摘下面具，"啪"的一声拍在了桌上，就好像它烫手一样，但顿了片刻，他还是将面具仔细地藏了起来。

他本就是缜密谨慎、步步为营之人，当时见到这面具便偷了一枚，心中显然已是在未雨绸缪了——如今封野变成了一个让他难以预料、难以揣摩之人，他不能不给自己留条后路。

思及此，他又不禁难受起来，是否在内心深处，他是相信封野也许会为了帝位而对自己不利的呢……

封野的婚期将至，府内张灯结彩，下人们都在准备着大婚。那些大片大片的红，将冬日里清冷苍茫的白雪都映衬出喜庆的味道。

但看在燕思空眼里，只觉得刺目，恰好天气寒冷，他也就不怎么出门了。

入冬以来，因为有勇王的支持，将士们各个炭火充足，棉衣厚实，天天都有肉吃。冬日不宜打仗，这种苦寒的气候对谁都不利，若非不得已，冬天大多是休战的，因此他们每日便只是操练，既不必担心肚皮也不必担心脑袋，哪怕再冷再累，都没人抱怨。

如此一来，将领们也闲了许多，正好给燕思空足够的时间，把自己关在屋里想事情。

冷静下来后，他意识到此时的当务之急，并非劝服封野放弃称帝的念头，而是开春之后，倘若陈霖与朝廷联手，封野要如何度过此难关。

自封野向陈霖发出邀请，称要广开太原城门迎接楚王之后，陈霖至今还没有回应，算算时日，其实足够信使往返永州了，之所以不回应，显然是陈霖在犹豫。

这样的犹豫充满了危险的不定性，就像悬在头顶不知何时会落下的石头，令人内心焦灼。

但无论陈霖会不会与朝廷联手，封野对陈霖杀心已定，而陈霖亦是羽毛丰满，不可能再任他们摆布，此人，确实是不能再用了。

京中尚有数位年幼的小皇子，甚至是襁褓中的婴儿，都比陈霖好控制，只要封野不执意称帝，便仍有可能按照他所想，挟天子以令诸侯。

封野虽然骗了他、利用了他，但撇开私心不谈——他也不想再谈——封野仍是他达成所愿的唯一人选，至于他所感受到的伤心、失望、愤怒，不过庸人自扰，难道不是他活该吗？

他这样的人，孤寡一生才是最合适的结局。

想通之后，没有等封野来找他，他主动去找了封野，带着一样东西。

封野见到他，略有一丝意外，但仍装作淡定的模样，问道："你可考虑清楚了？"

燕思空坐在了离他最远的椅子里，态度疏离，不卑不亢道："考虑清楚了。"

"说吧。"

"你说得对，如今陈霖确实已不可控，不宜扶植上位，何况他很可能要与朝廷勾结，我们要弃掉他了。"

封野面露喜色："你能这样想，我便欣慰多了。"

"但是。"燕思空紧接着说道。

封野等待着。

"但是你绝不能称帝。"燕思空严肃地说道，"利害我已与你说得清清楚楚，你若执意称帝，便是杀了我，我也不会帮你，京中尚有年幼皇子可以掌控。"

封野淡淡一笑："你不会以为我蠢到根脚未稳，就急着将自己变成众矢之的吧？叔叔送来那些东西，不过是趁着我大婚想要一抒喜悦，而碰巧被你发现了，若无七八分之把握，我绝不会贸然……"

"即便你有十分的把握，也不能。"燕思空正色道，"能与不能，当由我来判断。"

封野眯起眼睛。

"必须攘除所有的内忧外患，确保我们能完全稳住局势，控制天下。"

"那要多久？"

"不知道，也许十年二十年，也许还要更久。"

封野冷哼一声："你这可是权宜之计。"

"这是权宜之计，对我而言是，对你而言也是，难道你以为窃国之事，不需要'权宜'？"

"那倘若我入主京师之后，便反悔了呢，你又能奈我何？"

燕思空冷冷一笑："我早已想到这层，毕竟你也骗住了我。"他伸手进袖中，取出了一样东西，那是一封信。

"这是什么？"

燕思空站起身，双手托着那封信，态度恭敬——却不是对封野的，而是对那封信的："这样东西，我一直没有拿出来，一是时机不到，二是不想令你伤怀。"

封野皱起眉："究竟是什么？"

燕思空盯着那泛黄的外封，心中涌动着思绪万千："这是……靖远王殿下临终前交于我的信。"

封野拍案而起，厉声道："混蛋，你为何一直不告诉我？！"

"这封绝笔并非是留给你的，而是留给天下的。"燕思空道，"殿下嘱咐我，待他沉冤昭雪的那一天，将此书公之于众，如今时候未到，我拿给你，也只是徒增悲痛和仇恨。"

封野大步流星地走了过来，一把夺了过去，用发颤的双手小心翼翼地摊开，瞪着眼睛看着。

燕思空在一旁轻声说道："这封绝笔我看过无数遍，几乎倒背如流，殿下对于所蒙受的冤屈，不过寥寥几句，他心中所怀的，始终是百姓，至死牵挂的，都是边关的安宁、天下的太平。封家世代忠良，你要为了一己私欲，置殿下的遗愿于不顾吗？"

"住口！"封野低吼一声，他扭头看着燕思空，眼圈已然泛红。

燕思空闭嘴了。

封野颤声道："你早该给我，这是我爹留下的唯一一样东西。"

"此言差矣。"燕思空道，"殿下给你留下了封家军，留下了稀世将才，留下了智勇谋略，殿下留给你的，当是你一生受益的一切，殿下希望你用他留给你的这些，去保卫江山百姓，你切莫辜负他的期望。"

"你休拿我爹来压我！"封野指着燕思空的鼻子喝道，"我爹没有一言一语不让我称帝！"

"是没有，但殿下将国泰民安看得比命还重。"燕思空深深注视着他，"封野，你也合该将国泰民安放在称王称帝的前面。"

封野面上肌肉抽动，沉声道："我定会完成我爹的遗愿，让他在天上俯瞰人间时，看到太平安宁的景象。"

"你有这样的担当，殿下可以瞑目。"燕思空放缓了口气，"封野，暂时收起你的野心，倘若有一天你大权在握，四海安定，我便不再阻止你。"

封野低着头，表情阴郁。

燕思空知道封野孝悌，唯有用封剑平，才有可能暂时遏制住他的狂妄。

沉默半晌，封野道："好，我可以答应你。"

"你不必答应我，我要你答应靖远王殿下。"燕思空逼近一步。

封野直勾勾地瞪着燕思空："以此信为鉴证，我答应我爹，时局不稳，我不称帝。"

燕思空吁出一口气："我还有一事求你。"

"说。"封野寒声道。

"留陈霖一条命。"燕思空低声说道。

封野剑眉一挑，恶狠狠地说道："不、可、能。"

"留他一条命，哪怕将他废为庶人。"燕思空毫无畏惧地看着封野的眼睛，"他毕竟是我的学生，只要他不再对你有威胁……"

"他活着，对我就有威胁。"封野一字一字清晰地说道。

燕思空冷道："你若要我帮你，这就是我的条件。"

封野逼近燕思空，阴冷地盯着他："你敢跟我谈条件？为了陈霖？！"

"我为何不能？"燕思空挺直了胸膛，"如你所言，你今日坐拥重兵，我居功至伟，你还说过，我为你拿下太原，你要赏我，我只要你在事成之后，留陈霖一条命。"

"陈、霖。"封野咬牙切齿道，"这世上能有几人，值得你这种人真心相待？为什么偏偏是陈霖，为什么偏偏是他！"

燕思空深吸一口气："陈霖十一岁做我的学生，我看着他长大，知道他自幼饱受欺凌冷落，陪他经历丧母之痛，我时常在年少的他身上看到我自己，你能理解也好，不能也罢，你若不肯，便不必再来找我。"

"你威胁我？"封野一把擒住燕思空的肩膀，"你可知道自己现在在哪里？你的一切，包括你的项上人头，都在我的掌握之内，我要你做什么，你就该做什么，你凭什么与我谈条件？"

"那你便杀了我啊！"燕思空咬牙切齿，"我燕思空这辈子何曾怕过死？"

"你找死！"封野厉声吼道。

燕思空梗着脖子，与封野互相瞪视，半点不退缩。

撕开了那层情义的外衣，燕思空已经找不到向封野妥协、退让的理由了，他打定主意，不再与封野谈真心，与人共事，自然要计较得失，他会让封野知道，他燕思空对待"封野"，和对待狼王，究竟有多么的不同。

封野似乎也意识到了燕思空的冰冷，他微微低下头，凑近了燕思空："在你心里，我是谁？"

燕思空毫不犹豫地说道："你是狼王。"

封野面上浮现狰狞之色。

"封野，你我都走到这步了，何苦再自欺欺人，你要的是至高无上的权力，我要的是借助你的权力实现自己的理想，你我不过互相利用。"燕思空感觉自己的心在滴血，却还是一刻不停地说了下去，"再谈什么情义，未免可笑了！"

封野一把揪起了燕思空的衣领，一张俊脸因愤怒而扭曲了，眼眸中是浓得难以化开的怨愤，他张开嘴，声音低哑："你终于说出来了，你从我身上图的，不过是权势，我这个人之于你，根本无、关、紧、要！"

燕思空没有说话，只是露出一个惨笑。

封野推开了他："滚，滚出去。"

燕思空踉跄着后退了两步。

"滚——"封野大吼道。

燕思空转身冲出了房门，任凭内里疼得仿若肝肠寸断，也没有停下脚步，他想滚得远一点，最好滚到再也见不到封野的地方，那样或许他能活得稍微好一点，至少，不必时时为了一个人痛彻心扉。

燕思空没有回房，而是在院中闲晃了许久，封野派来监视他的人都换了一次班，他亦冻得手脚发麻，却不愿意回屋。

直至天彻底黑了，他望着府中昏暗的灯火，却不知何去何从。

就在不久以前，他才说过，封野身边是他这一生唯一能回去的地方，如今看来，简直可笑至极，他怎会变得那么愚蠢天真？

他并没有可以回去的地方。他曾有过家，两个家，但全都灰飞烟灭了，从此之后天下之大，他燕思空注定要孤身一人。

不，不，他还有一个亲人，这世上仅剩的亲人，哪怕没有血缘关系，哪怕对方甚至不记得他，可这个人的存在，是他心里最深最深的底线，让他知道上天并不完全厌弃他的唯一凭证。

于是他提上了两壶酒，决定去找元南聿，他与封野之间的恩恩怨怨，他从来不曾向任何人诉过苦，如今对元南聿亦不会，他只是想和自己的兄弟喝一杯酒，也许将元南聿灌得不省人事时，还能让他唤自己一声"二哥"……

当晃荡着走到元南聿的院落时，屋内火光盈盈，他隐约听到里面有人说话，他让监视他的人在原地等候，提着酒壶走到了门前，刚想叩门，却听着里面传来的，似乎竟是封野的声音，而且醉醺醺的，其实不必听声音，屋内的酒气已经散出屋外了。

燕思空犹豫着退到了窗前。

罗家家世显赫，窗棂上嵌的都是极为昂贵的琉璃，燕思空微微躬身，透过琉璃和窗帘的缝隙往里瞧去。

屋内二人，正是元南聿和封野，桌上的酒壶、酒杯东倒西歪，酒水菜肴洒了一地，杯盘狼藉，而封野，正紧紧地盯着元南聿的面庞。

燕思空顿时觉得浑身血液凝结了。

接着，他听到封野尽管含糊、却没有丝毫犹豫地叫道："空儿……"

再无期待

空儿……

那一声"空儿",如一把尖刀般贯透了燕思空的胸膛,令他眼前一片血红。

自两人重逢以来,封野不愿承认他是燕思空,极少用这个名字唤他,更遑论叫他"空儿",那是最亲密之人才会唤的乳名,元卯去世以后,封野曾是这世上唯一会这样叫他的人,可这个"唯一",他以为终究是没了。

如今看来,并非是没了,只是封野不甘、不屑、不愿用在他身上罢了……

他用赤红的眼眸,盯着屋内的画面,封野对着与他长得极为相像的弟弟,毫不吝啬,毫不吝啬地一声一声地叫着"空儿",用那令人动容的声音,叫着那个他做梦也希望有人能再唤他一次的乳名。

而元南聿则轻叹着,用手安抚地拍着封野的背脊。

燕思空突然有种奇异的感觉，他觉得自己仿佛是不存在的，他并非是一个真正的人，也许只是真正的燕思空出窍的一丝孤魂，真正的燕思空与封野从未生过嫌隙，而他，他算个什么东西？

他不会想到，有一天，他甚至会怀疑自己的身份。既然所有亲近之人都告诉他，他不是燕思空，他不配是燕思空，那也许他真的不是呢？

这世上叫燕思空的人定不止他一个，燕思空是谁，他又是谁，倘若他换个名字，他还是他，但他就不是燕思空了，所以这不过是个名字，既然所有他在乎的人连他这个人都不承认，他又何必执着于一个名字？！

屋内的画面让他意识到，自己就像一个局外人，因为封野已经有了心目中的"燕思空"。

燕思空踉跄着后退了两步，提着酒壶，悄无声息地走了。

他不想去猜测，封野与元南聿之间曾发生过什么，那与他还有什么干系？只是不知何时，冷风拂过，面上一片冰凉，伸手一抹，竟是半干的泪痕。

燕思空露出一个惨笑。

如此很好，他本已打定主意，不再与封野牵扯旧时交情，封野不必再以年少相知来束缚他，他也不必再事事迁就、处处顾虑，唯恐伤了封野的心、欠了封野的情。这不过是一场各取所需的合谋，他只要得到他想要的权势就够了，除此以外，他对封野再无期待。

再无期待。

回到房内，燕思空对着残月独酌，将两壶酒一滴不剩地灌进了自己肚子里，他本是海量，区区薄酒为难不了他，但酒不醉人人自醉，今时今刻，他有醉的理由，于是很快便昏醉了过去，一夜无梦。

第二天醒来时，燕思空感觉自己睡了不止一夜，而是许久许久，头脑昏昏沉沉的，最重要的是，一睁开眼睛，阿力就匆忙地告诉了他两个消息，两个令人感到"一夜变天"的大消息。

一是昭武帝下旨，因一件小错废黜了陈椿的太子之位，改封庆王；二是陈霂将应封野之邀，在开春后启程来太原。

昭武帝二废太子，且废掉的还是最宠爱的妃子生下的最宠爱的儿子，意图已十分明显，那是向陈霂表诚的。废立太子绝非儿戏，这可是牵动国本的大事，昭武帝这样做，定然是朝廷已经和陈霂暗中达成了什么。而陈霂也有所响应，当即放言要来太原。

相信几日之后，陈霂劝降封野的信就该寄到了。若昭武帝承诺传位给陈霂，那么陈霂谋反的理由将不复存在，进而封野谋反的理由也不复存在，"按理"来说，封野就该归顺陈霂，归顺朝廷。

但世人皆知，没那么容易，有哪一个手握二十几万重兵之人，能够说放就放的。

因此朝廷虽废了陈椿，但并没有马上立陈霂，恐怕宣旨昭告天下的条件，就是陈霂能将封野收服。

陈霂若来太原，便将与封野正面交锋，是和是打，整个时局又将如何发展，便要看他们怎样周旋，如今谁也不敢妄下定论。

这两个消息令燕思空宿醉的大脑登时清醒了。

阿力显然也意识到了事态的严重，一边伺候燕思空洗漱，一边比画着：狼王会不会四面受敌？

燕思空接过阿力递到手中的布巾，慢慢擦拭着铜镜中那张苍白憔悴的脸，低声说："会。"

阿力急得喉咙里发出咿呀的声音：那怎么办？

"狼王这些年从蜀地打到中原，几乎所向披靡，鲜少尝败，便愈发狂傲自负，谁也不放在眼里。"燕思空盯着镜中的自己，说道，"若非如此，陈霂也不会如此惧怕于他，陈霂知道即便打进了京城，坐上了皇位，自己也成不了真正的天下之主，如何还敢与他谋事。"

阿力叹了口气。

燕思空眼神空洞，面无表情，就好像昨夜的痛苦煎熬从不曾发生过："若我是他，就会伏低做小，先取得陈霂的完全信任，待杀入京师，一切即成定局时，再露出獠牙不迟，但狼王是做不到的。"

阿力低下了头。

燕思空转过脸来，定定地看着阿力，眼中却根本没有任何人："他生来就是靖远王世子，地位尊贵，一辈子没向别人低过头，装都装不出恭谨谦逊。我本以为我在他们之间调和桥接，哪怕再艰难，也或可一试，但我到底是没有做到，阿力，我又失败了。"

阿力哀愁地看着地燕思空，用力摇了摇头，比画着：公子尽力了。

"尽力又有什么用，这世上多得是尽力而为也不能得偿所愿的事。"燕思空落寞一笑，"我这辈子经历的这样的事，尤其的多。我曾眼看着生身父母染瘟疫病死，看着养父被冤杀，看着兄弟被流放，看着恩师含恨而终，看着忠臣被逼自裁……我拼尽全力，连命也可以不要，都不能改变分毫，我应该习惯了的……"

阿力难过地脸都皱了起来，着急地比画着，一时乱得连燕思空都有些看不懂了。

燕思空抓住阿力的手，按了下去，轻声道："无妨，阿力，无妨，我早已看清自己的命运，连自怜都不再有了。我失去得太多了，如今看来，早没什么可再失去，所以我什么也不怕，我想做什么，就去做什么。"他的眼神逐渐变得深邃而犀利，"老天一日不收我，我就一日斗下去，斗到气咽魂消，斗到地老天荒，斗到九世轮回，不能服这一口气，便还要继续斗下去。"

阿力怔怔地看着燕思空，眼中有敬畏，也有痛心。

封野的宿醉，大约是下午才有好转，但召见燕思空的时候，仍看得出精神不佳，面目苍白浮肿，眼神很是倦怠。

燕思空立在一旁，面无表情地等待着。

封野慢腾腾地喝了一口醒酒茶，才抬眼看向燕思空，口吻冷淡："听说你昨夜去找阙忘了。"

封野派来监视燕思空的那一拨人，自然是有什么风吹草动都要上报的。

燕思空答道："是，想去找他喝杯酒。"

"那为何又回去了？"封野仔细审视着燕思空的眉眼，想从那里看出些什么，但他却什么异样也没看出来。

"我见狼王在，不便打扰。"

封野点点头："巧了，我也想与他喝一杯。"

燕思空没有说话。

封野将茶碗放桌上一搁，"啪嗒"一声脆响，在安静的屋内听来有些刺耳，亦听得出那只手的主人情绪并不平稳，他单刀直入地说："你昨日的要求，我可以允诺，事成之后，我留陈霖一条命，不过，他终身禁足。"

"不行。"燕思空断然拒绝。

封野眯起了眼睛，嘴角微微抽动着。

燕思空直视着封野，不卑不亢道："将他囚禁，与杀了他有何分别，你要许他田宅财富，让他安度余生。"

封野握紧了拳头："我留他一命，已是给你面子，你别得寸进尺。"

"我不需要面子，你我即是共谋，我给你你要的，你给我我要的。卸了兵权，他就什么都不是了，你还害怕什么。"燕思空察觉到，将自己的心收拾回来，对封野不再有所期许之后，他面对这个人，这个狼王时，从容了许多，至少表面上是如此。

"你可真是对他情深义重啊。"封野冷道，"他是大皇子，曾经的太子，如今过河拆桥要联合朝廷对付我，还对你有非分之想，我有一万个理由杀他，我可以为你留他一命，但要我放他自由，绝无可能。"

燕思空拱了拱手："狼王自有决断，我无须赘言。"

"你什么意思？"封野口气凌厉，"若我不放过陈霖，你便要跟我作对吗？"

"不敢，我只请狼王放过我。"燕思空不疾不徐地答道，"狼王手下能人无数，如今重兵在握，可睥睨天下，其实已经不需要我了。"

"需不需要，轮不到你来告诉我。"封野气息不稳，咬牙道，"就算我不需要你，我也不会放你去找陈霖。"

怕是心脏已经痛到麻木，如今反而感觉不到什么了，燕思空沉默着。

封野看着燕思空那淡漠的神情，人明明就在眼前，他却有种摸不着、抓不住的感觉，就好像燕思空正在一步一步地、坚定地远离他，这种慌乱明明是虚无的，却又显得如此真实，他甚至不知道该如何才能紧紧将其抓在手心，这令他直想抓狂，他沉声道："如今你可还记得你当年的承诺，你说永远不会离开我，你说你生是我封野的人，死是我封野的鬼。"

燕思空顿了顿，轻声说："谁都有少不更事的时候，当年狼王不也轻信了我吗？"

"你！"封野只觉气血上涌，心中有恨，却又不知如何发泄。

燕思空不想与他冲突，除了劳神劳心之外，毫无意义，他拱手道："狼王，明日是我爹的忌日，我想登高向北祭拜，能否宽限些许时辰，让你那些手下暂且别跟着，扰了我爹的清静。"

封野深吸一口气，冷哼道："你便是这般求人的？"

燕思空毫不犹豫地跪下了："求狼王。"

封野俯视着燕思空："为了你爹的忌日，你愿意下跪，为了陈霖，你愿意做什么？"

"我愿助狼王得偿所愿。"

封野向前探身："我要的，不只是你的头脑，还有你的忠诚。"

燕思空抬起头，表情寡淡："我早就任凭狼王差遣了。"

明明是如此顺从的态度，却令封野感到更加失控，他面色铁青，拳头握得咯咯直响，他寒声道："让阙忘跟你一起去，滚下去吧。"

燕思空再次躬身，垂着头退了下去。

刚掩上门，燕思空就听得里面传来茶碗被扫落地面的碎裂声，他嘲弄一笑，心想封野这是何苦，何苦留着自己互相折磨，互相找不痛快，他已不相信封野对他还有什么情义，有的，恐怕只是难以释怀的执念。

执念这东西，害人啊。

回到自己的院落，燕思空就见阿力站在门外，不知道在等候什么。

见到燕思空，阿力朝他的书房比画了一下，满脸的不情愿。

燕思空皱起眉，大步走过去，推开了门，果见屋里坐着一个稀客，也是个不受欢迎之客——元少胥。

元少胥正在摆弄他案牍上的檀香木镇纸，见到他也毫无不妥之色，不咸不淡地说："回来了。"

燕思空关上了门，警惕地说：“大哥来了。”

阿力是知道他和元少胥的关系的，因此不敢阻拦，若换了寻常人，阿力是不会让人随便进门的。

“嗯，刚来。”元少胥道，“你那丑仆面目吓人，我不想留他在屋里碍眼，就赶了出去，无妨吧。”

“无妨。”燕思空上前端起茶壶，给元少胥倒了杯茶，“大哥请用。”

元少胥伸手接过，抿了一口茶，并斜睨着燕思空：“你不问问我来做什么？”

“大哥若无事，也不会来找我。”燕思空坐在了客位，目光不着痕迹地扫过他的书房，想看看元少胥有没有乱动什么东西，但一时也看不出什么。

“你可知明天是什么日子？”

“是爹的忌日。”

“你记得就好。”元少胥道，“我怕你忙忘了，因此特意来提醒你。我刚从聿儿那过来，这些年来，我们第一次在爹忌日的时候聚齐，明日我们兄弟一起上山，为爹祭拜。”

燕思空心中狐疑，元少胥来找他，就为了这个吗？

元少胥看穿他的心思，冷笑道：“我确实对你有所不满，但想了想，我也有对不住你的地方，便算是扯平了吧。反正咱们俩，天生不睦，也不必做什么兄友弟恭的假惺惺的模样，但你知恩图报，对爹是十分孝顺的，爹在世时也是真的疼你，明日是爹的忌日，我们理应一起祭拜，如此而已。”

燕思空拱了拱手：“大哥所言极是。”

元少胥站起身：“我与聿儿约定好了，明儿天一亮就出发，祭拜的东西我已准备妥当，为了掩人耳目，就咱们三个去。”

“那是自然。”

元少胥起身，头也不回地走了。

他前脚走了，阿力便匆匆进来了，比画着解释道：公子，我不知该不该拦他。

燕思空安抚道："没事，他既是我大哥，又是将军，你拦也拦不住他，反而节外生枝，你出去吧，我要检查一下屋内。"

阿力叹了口气，默默退下了。

燕思空将书房内的所有抽屉、柜子都打开查验了一遍。并非他疑心病重，只是元少胥突然出现在他房内，他多少有些介怀，尤其是他帮封野处理军务多时，有很多机密文书，他并不认为元少胥会叛变，但检查一下，能安心些。

最终他也没看出有什么不妥，便暗自松了口气。

大概是他太过多疑了，尤其最近发生了这么多事……

看了看夜色，已经很晚了，他昨夜酒劲儿未褪，脑袋始终有些胀痛，明日还要早起，便去睡下了。

第二天一大早，日头将将升起，天色还泛着生冷的青灰，三人便齐聚封野府外，均穿了一身肃穆的黑。

之所以这么早出发，一是祭拜需得寻早；二是他们三人的关系始终是秘密，不愿为太多人瞧见。

见到燕思空，元南聿那被面具覆盖的脸虽然看不出情绪，但眼神却有些异样，似乎欲言又止。

燕思空神色如常，仿佛前日的所见所闻，都是假的，他主动说道："那日我是去找你了，但见狼王在，我就回去了。"

"哦，这样，他有时心里烦闷，便会找我喝两杯。"

元南聿的解释听来实在是毫无必要的，有种欲盖弥彰的感觉，但燕思空知道，他这么做盖因他是个不会藏事儿的人，想试探燕思空是否有看到什么，这是优点，也是缺点。

燕思空点点头："你们几乎是从无到有，当年艰难困苦的时候，定也是这样互相扶持着过来的。"

"是啊。"元南聿有些感慨。

元少胥在一旁看着他们，若有所思的模样。

"狼王如此信任你、器重你，也是理所应当的。"燕思空看了元南聿一眼，"狼王有你这样的臂膀，定是所向披靡。"

"竭智尽忠而已。"

好一个竭智尽忠……

燕思空心中酸涩，却不愿显出分毫，他一夹马腹："走吧。"

当他们策马出城的时候，行过城中主道，原本空荡荡的街道，突然毫无预兆地窜了一个人出来。

此时不过拂晓时分，做买卖的多已经开工，但行人却十分稀少，平素热闹非凡的街道此时不过零星几人，因此他们的马跑得很快，那人冲出来时，三人都受了惊，猛勒住了缰绳。

马蹄险险擦过那人的头顶，再晚一瞬，怕就要将人踹飞了。

他们安抚下马儿，定睛一看，竟是个衣衫脏旧的醉鬼，胡子拉碴的模样，眼珠浑浊，满面潮红，就像从酒缸里捞出来一样，酒臭味儿怕是隔着一里地都能嗅着。

元少胥怒而抽出鞭子，朝那醉鬼挥去："大胆贱民，你可知惊扰的是何人坐骑！"

那一鞭子把人抽倒在地，听那皮肉发紧的动静，想必是十分疼的，但那醉鬼竟然连哼都没哼一声，自顾自地歪斜在地上，抱着酒壶往唇边凑，同时用那迷蒙的醉眼扫向燕思空。

燕思空微怔，因为他在那醉鬼的手里，看到了一支粗长的铁拐杖。

"还不滚开！"元少胥再次挥起鞭子。

元南聿低声制止："大哥，算了。"他盯着醉鬼，道，"你……可是铁杖子？"

醉鬼嘿嘿笑了两声，没有答话。

"什么'铁杖子'？"

"是个江湖人士。"元南聿答道，"我与师父在一起时，就听说过这个人，没想到会在太原遇见。"

"此人有什么名堂？"燕思空问道。

"不是个安分的主儿。"元南聿冲铁杖子严厉说道，"你虽没犯事，但在江湖上声名狼藉，我见你年纪也大了，若要在太原安度晚年，就老实点，否则，别以为自己会几手功夫，就能在狼王的眼皮子底下作乱。"

铁杖子嘿嘿直笑，一边努力地从地上爬起来，一边含糊说道："草民……岂敢，嘿嘿，岂敢，将军恕罪……"说着勉强稳住身形，跪在了三人面前。

"不必理会，我们走吧。"元南聿道。

燕思空若有所思地看着铁杖子一眼，他直觉此人出现在这里，绝非巧合，世上哪儿那么多的巧合，陈霖想干什么？为何让铁杖子明目张胆地出现在他面前？

但此时有元家兄弟在场，他也没法质问，还要装作什么都不知道的模样。

三人齐齐策动身下马儿，从铁杖子身体两侧穿行而过。

可就在燕思空的马儿驶过铁杖子身边时，谁也没有看到发生了什么，那根铁拐杖就挂住了燕思空马身上的行军袋，因马儿的冲劲儿很大，行军袋的编绳被硬生生扯断，整个袋子都被甩飞了。

燕思空惊讶地回过头，再次勒住缰绳。

元家兄弟也急忙回身。

那铁杖子爬着过去捡起行军袋，跪在地上连连告饶："将军恕罪，恕罪……"他一面请罪，身体一面跟着东倒西歪，看上去马上都要昏过去了，醉意大得很。

元少胥怒道："这个贱民……"

燕思空冷冷地看着铁杖子，只觉头皮发麻，这人到底想做什么？

元南聿一甩鞭子，捆住行军袋，长臂一收，行军袋已经回到了他手中，他扔给燕思空："你看看有没有少什么东西。"他亦狐疑地盯着铁杖子，觉得此人行事可疑。

燕思空打开行军袋看了看，那里面原也没什么要紧的东西，不过是些吃的喝的罢了，他不信铁杖子的目的是这些东西，他阴沉地盯着铁杖子，道："没少什么。"

元南聿眯起眼睛："你是不是故意的？你想做什么？"

铁杖子磕着头，大着舌头说："不敢，将军……恕罪……"磕着磕着，竟然就那么趴在路中间睡着了。

元少胥冷道："把这贱民扔进牢里关上几天，醒醒他的酒。"

"今日是爹的忌日，不宜兴罪兴罚。"元南聿厌恶道，"暂且先放过他，别为了他耽搁了时辰。"

燕思空心头发紧，他摸不透铁杖子这些举动究竟欲何为，但肯定跟他有关，究竟陈霖给铁杖子下了什么令，要这人做什么？

无论做什么，他都有十分不好的预感，等过了今日，他要找人除掉此人，否则他坐立难安。

三人不再理会铁杖子，径直出了城，往山上奔去。

山上积雪未化，马儿行到山腰已经很难再上去，他们背着祭祀的东西，徒步登上山顶，太阳刚好托出了天际。

元少胥朝着辽东的方向摆上元卯的灵位，又置好香烛酒菜，三人不顾地面寒冻，跪在了灵位前。

"爹。"元少胥用绢帕仔细地擦拭着纤尘不染的牌位，哽咽道，"孩儿不孝，征战在外，不能到您坟前祭拜，此地距辽东尚有数百里，您能听见孩儿的声音吗？"

燕思空盯着元卯的名字，想起这二十年来的种种，心中压抑许久的大悲大恸全都涌了上来，眼圈顿时泛红。

元少胥断断续续地说了许多，家里如何，亲人如何，自己又如何。

但燕思空察觉到，在提及两个弟弟时，元少胥故意将他们的身份轻描淡写地带过，看来元少胥再是卑鄙，也不敢在元卯灵前撒谎。

元少胥说完了，燕思空磕了三个头，颤声道："爹，空儿已为您报仇了，望您九泉之下，能够安息。"他原本想当着元卯的灵前，将自己和元南聿的身份拨正过来，他料想此时的元少胥不敢狡辩，可他最终还是没这么做，他感念元卯的恩情，不想让元卯看着自己和他的长子针锋相对，如他所说，他希望元卯安息。何况，他一直以来也只想向封野证明身份，但如今，他不在乎了。

元南聿虽是什么都不记得，但有感于这样的悲伤气氛，也不禁眼圈含泪，而且不受控制地唰唰往下掉，脑中翻滚着一些陈旧的片段，却无法看清、听明，他越是想，越是头痛欲裂，只得俯在地上磕头，轻轻地叫着"爹"。

三人祭拜了许久。

元少胥时而痛哭不止，诉说着这二十年的艰辛，燕思空听来也难受不已，心中对元少胥的厌弃稍减，便是看在元卯的分上，他也不想跟这个他叫了这么多年大哥的人计较。

他们一直在山上待到了正午才回城。

路上，燕思空察觉到元南聿不太对头，尽管他的脸覆着面具，看不出脸色和神情，但他低垂着头，无精打采。

"阙忘，你怎么了？"燕思空问道。

"我可能……"元南聿用拳头捶了两下脑袋，"想起了一些小时候的事，辽北的家中，是否有一棵很大的银杏树？"

元少胥脸色微变。

燕思空瞪起了眼睛："你、你想起了这个？"

"原来真的有……"元南聿神色复杂道，"其实，我这些年时不时能忆起一些画面，但始终串联不起，今日在爹的灵前，我似乎又想起许多，可越想越头疼。"他边说边拍着脑袋，显然极不舒服。

"你不要勉强自己。"燕思空道，"这事也勉强不来，但我相信终有一天，你会想起来的。"

"真的吗？"元南聿叹道，"我也希望能想起来，今日祭拜时，我真的感到十分难过，可我竟对爹记忆全无，实在是不孝。"

燕思空安慰他道："这不能怪你，爹天上有知，也只会心疼你，绝不会怪你。"

元少胥轻咳一声："是啊，你不必自责，老天有眼，还是让我们兄弟聚到了一起，你能认祖归宗，爹定能瞑目了。"

元南聿点了点头："不如平日里，你们多与我说说少时的事吧，也许我能早点想起来。"

"没问题。"燕思空毫不犹豫地答道，"你愿意听，我求之不得。"

元少胥微微抿了抿唇，干笑道："那自然好。"

回到府上，燕思空马上找到阿力，将今早他们碰上铁杖子的事告诉了阿力。

阿力满脸怒意，比画着：他定是有所图谋，他是不是要害公子？

"我不知道，但不与我通气就贸然行事，多半是对我不利。"燕思空眯起眼睛，"此人不受我们掌控，实在危险，留不得，你去找佘准的人，想办法做掉他。"

阿力点点头，转身就要去办。

燕思空拉住他："等等。此人已经被大哥和聿儿注意到了，若突然死了，难免惹他们怀疑，不要急于这几天行事，一定要做得像意外，懂吗？"

阿力用力点头。

阿力走后，燕思空想到铁杖子出现前前后后发生的事，始终心神不宁。这感觉简直糟糕透顶，偏偏他根本猜不透铁杖子到底要干什么，就好似他明知道前路上设有陷阱，可根本不知道陷阱究竟在何处，却还要一直往前走下去。

他只希望能尽快不着痕迹地除掉此人，免得夜长梦多。

距封野大婚的日子，不过几天了。

燕思空听到传闻，说勇王自得知昭武帝废黜陈椿且陈霂有意与朝廷结盟后，自知上错了船，有所动摇，于是封野干了一件令人瞠目结舌的事——他命王申领了五万大军去"接亲"。

这哪里是接亲，分明是抢亲。

勇王自知骑虎难下，只得乖乖将云珑郡主交了出来，此时大军正在回城的路上，绝不会错了吉日。

而燕思空，自那日祭拜回来后，几乎整日闭门不出。

一是封野派来的人处处跟着他；二是封野悄无声息地卸了他的权，让他几乎成了个闲人。

两人在陈霂一事上无法谈拢，只能这样僵持着，且近日封野忙着自己的大婚，也没空搭理他。

况且他也不想出门，满院子的大红和下人看他的古怪眼神，都太刺眼了。

　　不过，他虽然把自己关在屋内，心绪却一直飘在外面。如今的局面对他来说，可说是进退维谷，他整夜整夜的难以安眠，试图从现有的细枝末节间，揣测自己的命运和大晟的国运，尽管他知道这是徒劳的。

　　封野的野心、陈霖的反水、沈鹤轩的策谋、朝廷的掣肘、甚至是那贸然出现、不知意欲何为的铁杖子，都令他忧心忡忡、惶惶不安，仿佛项上悬着一把锋利的铡刀，不知何时就会落下来。

　　而他的担忧很快便成真了。

　　当吴六七神色不安地来找他，说封野要见他时，他就感觉出事了。

　　"这么晚了，狼王为何要见我？"此时已近午夜，若封野若要见他，根本不需要派人传唤，会直接过来。

　　吴六七偷瞄着燕思空："您的仆人阿力，被狼王抓了起来。"

　　燕思空一惊："为何？"

　　"属下不知，请您快过去吧。"

　　燕思空顾不得穿件厚衣裳，匆忙朝着封野的别院跑去。

　　跑进院里，只见封野的屋内灯火通明，大门敞开，门口站着两排侍卫，个个一手持火把，一手按着佩剑。

　　气氛非同寻常。

　　燕思空冲进屋内，但见封野和元南聿都在，封野面色阴冷得令人战栗，阿力跪在地上，被五花大绑着。

　　"出什么事了？"燕思空高声道，"阿力做什么了？"

　　阿力冲着燕思空，嘴里吱呀地想说什么，却什么都说不出来，快要急哭了。

　　封野看着燕思空的眼眸中，仿佛已经没有了人的温度："阿力做了什么，你不是应该最清楚吗？"

　　燕思空沉声道："请狼王明示。"

　　元南聿盯着燕思空，眼神复杂，嘴唇嗫动了两下，最终还是没有开口。

　　"你让他去找几个江湖人士，为何？"

　　"那些是佘准的人，为了得到四方情报，我与佘准一直有联络，这有何不妥？"

"你还想蒙骗过关？"封野冷道，"他去找的那个人，已经在牢里招供，是你让阿力去买凶杀人，杀的，是一个外号叫'铁杖子'的酒鬼。"

燕思空怔怔地看着封野。

封野狠狠击案，低吼道："是与不是！"

"……是。"

阿力开始奋力挣扎，喉咙里发出不似人的动静，他力气太大，要几个侍卫才能按在地上。

"为、何。"封野咬牙切齿地问道，"你敢有半句假话，我剐了他！"

燕思空已经察觉到事情不简单，若只是查到他"买凶杀人"，并非什么要紧的事，除非，封野知道了铁杖子暗通陈霖，因而有所误会。他深吸一口气："此事怕是不值得狼王大发雷霆，定然还有其他缘由。"

元南聿忍不住开口道："燕大人，你就把事情一五一十地说出来吧，若有什么误会，相信狼王也不会冤枉你。"

燕思空眯起眼睛，"你们到底想说什么？"

封野恶狠狠地瞪着燕思空，就像是恨不能上去将他吞入腹中一般，他握紧拳头："阙忘，你说。"

元南聿为难地搓了搓手，看了看封野，又看了看燕思空，小声道："今日，斥候抓到一名信使，要给楚王送信，信中全是我军机密，严刑逼供之下，此人招认，是那个铁杖子指使他的。"

燕思空只觉得脑中轰然一声响，头皮仿佛都炸开了，所有让他狐疑不解之事，瞬间全都被串联了起来——铁杖子要陷害他私通陈霖！

封野寒声道："那信中机密，全军知道的不超过五人，你是其中一个，甚至不少都是经你手办的。为何偏偏是你让阿力买凶，杀人灭口，而且，你在两个月前就让佘准的人查过这个铁杖子，是与不是！"

燕思空深吸一口气，试图冷静下来，但他知道无论是谁想陷害他，都是筹谋已久的，此事乍看下来，简直天衣无缝，他沉声道："我找人查过铁杖子不假，我想杀他也不假，但我绝没有通敌，有人要陷害我。"

"陷害你。"封野狞笑一声，"那日你去祭拜你爹，故意求我把随行侍卫支开，铁杖子与你当街遭遇，还碰过你的行军袋，这也是巧合吗？怎么偏偏在你身上，就这么多的巧合！"

燕思空看向元南聿。

元南聿的喉结上下滑了滑，低声道："大哥也在场……我必须如实禀报。"

燕思空只觉全身发冷，轻声道："这些都不假，但我没有通敌。那铁杖子，确实与陈霂有瓜葛，甚至暗中找过我，我查清此人底细后，想反利用他探查陈霂的举动，但那日当街遭遇后，我意识到他有我不知道的图谋，才想杀了他以绝后患。"

封野目露凶光："城中有一个陈霂的奸细，你却不告诉我？！"

"他不是陈霂的奸细，他只是一个拿钱办事的江湖人士，在他没有造成危险前，我不想打草惊蛇。何况你与陈霂本就水火不容，我不想再火上浇油，让你被愤怒冲昏……"

"一派胡言！"封野猛地站起身，一巴掌将燕思空扇倒在地。

元南聿也腾地站了起来，大声道："狼王，切莫冲动！事情还没查清楚！"

燕思空歪栽在地上，半边脸颊火辣辣的，脑袋嗡嗡直响，几乎被打蒙了，但这样的疼，与心痛相比几乎微不足道，他看着封野，只觉眼前有些模糊。

"还不够清楚吗？"封野双眼血红，"他嘴上说着为我筹谋，却处处为陈霂着想，连陈霂安插在城内的内奸都不告诉我，种种证据全都指向他，还要如何清楚！"他说到最后，已然是在吼。

门外的侍卫整齐划一地跪下了，被那野兽般的凶狠怒意压得不敢抬头。

元南聿将封野拉到一边，急道："封野，万一他真的是被陷害的呢？也许就是陈霂想要离间你们啊。"

封野瞪着元南聿："你知道他骗过我多少次吗？多到我都数不清了，这个人，满口谎言，工于心计，若你能记起当年他是怎么对你的，出了这样的事，你还会相信他吗？"

元南聿咬了咬嘴唇："无论如何，此事应该将铁杖子缉拿后再仔细审讯。"

燕思空从地上爬了起来，死死地盯着封野，瞳仁一片漆黑："封野，你这个蠢货，你难道看不出这是陈霖的离间之计吗？我没有通敌，我燕思空永远都不可能害你！"他吼出这句话，只觉肝肠寸断。

封野用猩红的眼睛发狠地瞪着他："我想要相信你，一次又一次，可你也毫不留情地，一次又一次往我身上捅刀子，我到底上辈子欠了你什么！你还要狡辩是吗？你博古通今，巧舌如簧，总有言辞为自己开脱，你要狡辩，我就给你看一样东西，若不是看到这样东西，我都不敢相信，你，真的会为了陈霖背叛我！"

元南聿扭过脸去。

封野喊道："传元少胥！"

听到这个名字，燕思空脸上再无血色。

很快地，元少胥出现在了他们面前，封野让所有侍卫押着阿力退下了，直至屋里只剩下他们四人。

元少胥拱手："狼王。"他用余光睨了燕思空一眼，目光冰冷而阴毒。

"我问你。"封野抓起茶几上的一块布包，从里面拿出了一样东西，"你可认得这样东西？"

燕思空定睛一看，顿觉五雷轰顶。

不可能……不可能！

封野手中拿着的，是一只匕首，刀鞘上镶金裹玉，还嵌着华贵的宝石，一看就价值不菲。

那匕首，正是当年封野临走前送给燕思空的信物！

燕思空不敢相信自己看到的，这把匕首在二十年前已被他当掉，当了五十两银子，拿给了元微灵。家中顶梁柱没了，治病吃饭样样要银子。他至今都记得，他是怀着怎样的痛苦和不舍当掉它的，以至于时隔二十年，他都能一眼认出它来。

它怎么会出现在这里？怎么可能？！

元少胥凑近几步，仔细端详了片刻，随后一惊："这……莫非是狼王当年留给思空的匕首？"

"你如何敢肯定？"

"属下一生没见过这样华贵的匕首，当时可是我们元家最值钱的东西，我借来把玩过好几次。"

"后来呢？"封野颤声道。

"后来……"元少胥看了燕思空一眼，又看了元南聿一眼，"后来思空顶替南聿被流放，他不能将这么贵重的东西带在身上，就留在了家中。然后……"他再次看向燕思空，"南聿离家的时候，把匕首偷偷带走了。"

"元、少、胥。"燕思空瞪着元少胥，恨不能瞪出血来，"你我即便不睦，到底是兄弟一场，你就如此恨我？你可敢当着爹的灵位，把你撒过的谎重说一遍！"

元少胥低下了头，小声道："南聿，分离这么多年，大哥……真的已经不认识你了。"

元南聿茫然地看着他们，脸色焦急，却不知道该说什么、做什么。

封野举着匕首，一步步逼近燕思空："你不是告诉我，匕首被你当了吗？为何它会跟那封信放在一起送给陈霖？那信字迹古怪，一看就是故意用左手写的，但加上这把匕首，陈霖就敢信其中的内容。你对我，到底还有多少谎言？！"

燕思空定定地看着封野，只觉心脏都被掏空了，眼泪悄然滚落。

封野看着燕思空的眼泪，只觉怒意攻心，他手握的匕首几乎撞上燕思空的脸："少做这副无辜可怜的模样，我便是一次次对你心软，才让你有恃无恐，你说有人陷害你，那匕首是哪儿来的，说啊。"

"我不知道。"燕思空平静地抹掉了眼泪，目光愈发冰冷，"我当初已经当掉了，它为何出现在此处，我不知道。"

"你不知道？你二十年前在广宁当掉的匕首，会在二十年后出现在千里之外的太原？除了你带在身边，还有何种可能？你句句谎言，处处漏洞，你要我相信你什么！"

燕思空看向元少胥。

元少胥的目光不易察觉地闪躲了一下。

"阙忘不记得了，这匕首之事，便只有你知道。"燕思空逼视着元少胥，咬牙切齿地说，"还有那日你贸然去我书房，不只是为了提醒我爹的忌日吧。"

这事就算是陈霂和沈鹤轩在背后捣鬼，也决计少不了元少胥的协力，只有元少胥才知道这把匕首的意义，也只有元少胥能够独自待在他的书房，窃读军务文书。

元少胥装作一脸沉痛的模样："南聿，你怀疑大哥陷害你？你我是一奶同胞的亲兄弟，我为何要害你？只是这二十年来，仿佛只有我还记得兄弟之情，你……早已被权势彻底腐蚀了。"

燕思空凶狠地瞪着元少胥，第一次对此人起了杀心。如今最让他痛恨的，是如此卑鄙下作的人，为何要长了一张与他此生最敬重的人神似的脸！

"你还想诬陷别人？哪怕是自己的兄弟？"封野狰狞道，"也是，这都是你最拿手的，你对外人心狠手辣，对亲近的人一样毫不留情，还有什么是你做不出来的？我只是万万没想到，你会为了陈霂，为了陈霂，背、叛、我。"

"我没有背叛你。"燕思空死死地盯着封野的眼睛，一字一顿地说道，"封野，你给我听好了，我燕思空若背叛你，便叫我千刀万剐，不得好死！"

"我真想剐了你！"封野吼道，"我想剖开你的心胸，看看里面是不是空的。"

"尽管剖吧！"燕思空状似疯狂地扯开了自己的衣襟，哑声道，"我受够了向你解释，受够了你的猜忌和羞辱，受够了与你这般纠缠，我燕思空这辈子最后悔的，就是认识了你！"

封野的瞳孔急剧紧缩，他猛地抽出了匕首，锋刃闪烁着银白的光芒，与他的眼神一样森冷，电光火石间，他出手了。

元南聿大惊失色："不要——"他猛地扑向了封野。

燕思空有所预料，他或许可以躲掉，但他硬是刹住了身体的反应没有躲，而是闭上了眼睛。

他只是想知道，封野究竟会如何对他，哪怕代价是死。

一道寒芒擦着燕思空的头皮划过，他的发髻被硬生生砍掉了。

一头墨云般的黑发顺着肩背披散下来，就像是天幕降落，夺走了这世间所有的光。只是朝暮往复，黑夜再长，总能等到日出，燕思空却不知自己还能不能再度窥见天光，他恐怕被永远地扔在了漆黑之中。

几缕断发落地，就像心碎一样悄无声息。

元南聿一把夺下了封野的匕首，激动地吼道："封野，事情尚未查清楚，你怎可莽撞！"

"这把匕首，是我当年送给思空的信物，如今，却被你拿去作与陈霖私通的凭证。"封野说到最后几个字，声音抖得不成样子，眼睛红得像是浸了血，"是不是我封野无论怎样待你，无论给你什么，都换不来你一次的真心？！"

燕思空泪眼蒙眬，却忍着没有落下来，他伶牙俐齿，舌灿莲花，与人雄辩时从未落过下风，一生中所有百口莫辩的时刻，全都来自封野的指责，也只有这个人，能把他逼到这个境地，能伤到他这个程度，偏偏还自以为情深义重。他哑声道："封野，我真的倦了。我说过，我燕思空这一辈子，对不起的人太多，但唯独没有对不起你，为我自己都做不到的事，为你，我可以。你信与不信，我都不在乎了，在你眼里，我再没有清白二字，你说你对我情至义尽，很好，我也是，我对你，也情至义尽了。"

他燕思空死心了。

封野伸出手，一把揪住了燕思空的头发，强迫他仰起头来看着自己，他阴寒地说："情至义尽，对，你我之间，再不必谈什么情义，我少时为你冲昏头脑，犯足了蠢，丢足了人，自重逢以来，你说的每一句话、每一个字，我都无法不怀疑，我再不会给你一丝一毫的机会利用我。"

燕思空失声笑了出来。

他被情义二字裹挟，才真正是"犯足了蠢，丢足了人"。他和封野之间，究竟谁欠了谁，谁负了谁？前尘往事就如这三千烦恼丝，缠绕在一起打了死结，再也无法理清，唯有一刀斩断，一了百了。

死心了，便一了百了。

封野看着燕思空仿若魂不附体的苍白模样，只觉得下一秒他就要幻化成雾，烟消云散，于是下意识地攥紧了手，牢牢地抓着他。

元南聿又上前来，分开了二人，他面上亦是疲倦与恍惚，艰涩说道："我会亲自派人去抓回铁杖子，在那之前……"

"将这个通敌者关入地牢，没有我的命令，谁也不许探视、不许与他说一个字。"封野冰冷地说道。

"封野！"

元南聿还要说什么，封野瞪着他："你要抗命吗？"

元南聿怔住了，封野何曾用如此可怖的眼神看过他，他深吸一口气："封野，铁杖子没有归案，可否将他先留在府内，等候发落。"

封野抓起了元南聿的衣前襟，咬牙道："当初我告诫过你什么？他最会蛊惑人心，连你也被他蛊惑了，是吗？你忘了是谁害得你流放西北？害得你与亲人分离，连自己是谁都忘了？"

元南聿皱起眉："一码归一码，此事……"

"聿儿。"燕思空惨淡一笑，"不必替二哥求情，其实关不关我，有何打紧，一刀杀了我不是更痛快？"

"你别说了！"元南聿喝道。

"再者，他说的也对，我会蛊惑人心，我会骗人，你不该相信我。"

"来人，带走！"封野厉声吼道。

元少胥慢慢地退到一旁，阴沉地盯着燕思空，嘴角悄悄往上扬了扬。

侍卫冲了进来，就要去架燕思空，燕思空一掌推开了来人，整了整衣襟，平静地看着封野："不要为难阿力，你动他一根汗毛，我就死在牢里。"

封野凶狠地看着他："你不配与我谈条件。"

"那你尽管试。"燕思空转身，再也没有看封野一眼，大步走了出去，走进了腊月肆虐的寒风里，一头长发猎猎飘动，他清瘦的身形很快就融入了夜色之中……

封野踉跄了几步，从元南聿手中，拿过了匕首，紧紧攥着，痛苦地闭上了眼睛。

元南聿看向元少胥，眼神深沉。

封野将燕思空关在了关押重刑犯的地牢里，如其吩咐，周围的囚室全部被清空，连狱卒也只有送饭时会出现，其他时候，空无一人。

那囚室许是很久没人住了，倒没什么难闻的味道，也不脏，只是被子单薄，更别提有什么炭火，他裹紧被子躺在榻上，冻得根本合不上眼。

其实无论在哪里，他都注定无法成眠，无论睁眼闭眼，眼前都是封野那仇视的目光，其实他时常困惑，他这辈子付出最多、妥协最多、顾念最多去对待的人，为何会与他反目成仇。

从前他总想着自己过去欠封野几分，而封野是天之骄子，从不低头，所以他便处处隐忍，若退一步不能海阔天空，那便多退几步，换作旁人，他只会逼近，决不后退，但封野是不同的，他忍了，他让了，他费尽心力辅佐封野，只想看着封野名扬四海，功镇千秋。

为何落得这般下场呢？

这个问题，他怕是一辈子也想不清了。

那便想些能想清楚的吧。

陈霂和元少胥，到底是怎么给他下的套，是陈霂来找的元少胥，还是元少胥去找的陈霂？

两者皆有可能。

元少胥将怀才不遇怨恨到了自己身上，所以想除掉自己。

而陈霂在太原必然也有眼线，行军打仗，若在敌营连个眼线都没有，那不如趁早提头回家，只是不知这眼线究竟能探听多少。

无论如何，陈霂和元少胥一拍即合，派人千里迢迢去辽东寻这枚匕首，元少胥以祭祀元卯为由，进入他的书房，偷窥了一些军务文书，然后再让铁杖子当着元南聿的面儿上演这样一出戏，若只有元少胥，封野一定怀疑，可元南聿不可能撒谎。

说不定，说不定当初铁杖子与他接触，他派阿力去查此人时，就已经落入了圈套。

如今人赃俱获，整件事看似天衣无缝，他一时根本无法辩驳。

如此周密的计划，对人心的把控，长时间的铺垫与筹谋，不是陈霖或元少胥想得出来的，这背后，只有一个人可能办到——沈鹤轩。

想到沈鹤轩，燕思空露出一个冰冷的笑容。

他和沈鹤轩你来我往，我坑你一回，你摆我一道，隔着这万里江山，下着一盘虚无缥缈、又鲜血淋漓的棋。

这盘棋也许才开局，也许只下了一半，也许已到了收盘。他已经无法揣度封野的心，因此他不知道，自己还能不能活着走出这地牢，或什么时候走出这地牢。

这盘棋，沈鹤轩狠狠将了他一军，真正打到了他的要害，实在是歹毒至极，而他现在却已无还手之力。

好累啊，他累到连一个手指头也不想动弹，他感觉不到伤心、羞辱、愤怒，憎恨，什么都感觉不到，他只是觉得自己累了，不想再胡思乱想，不想再阴谋算计，不想再背负着对封野无望的期待，却只能眼睁睁地看着两人渐行渐远。

封野亲口说了"情至义尽"。

太好了，他们终于可以情至义尽。

燕思空不知何时睡了过去，但天未明又被冻醒了，地牢里实在太冷了，他裹着被子蜷缩成一团，依然瑟瑟发抖。

想来他生平两次入狱，都是封野罚的，他恨的人没办到的事，他曾经最亲的人办到了，多么讽刺。

他在这里不好受，阿力自然也好不到哪儿去。不知阿力现在怎么样了，封野应该不会为难他吧？他一个哑巴，就算刑讯逼供，也问不出什么来，但若封野只是为了泄愤……

燕思空不忍往下想，阿力为报救命之恩，为他鞍前马后这么多年，算是这世上他仅有的可信之人了。其实跟随他有什么好，整日担惊受怕，还要被他连累。倘若这次还能出去，他会给阿力一大笔银子，让其离开，回乡下娶一个老实贴心的姑娘，生儿育女，安度余生……

只是他现在自身难保。

况且，就算出去了，他又能去哪里呢？

他唯一信任过的挚友，将他以通敌之罪下了牢狱；他一手带大的学生，串谋他的敌人陷害他。对于朝廷，他是该千刀万剐的叛贼；对于天下，他是声名狼藉的奸佞。仔细想想，这世上根本已没有他的容身之处。

他不禁苦笑，燕思空啊燕思空，你自诩聪明，算计了一辈子，却是竹篮打水一场空，还落到了这般田地！

从前的通天之志，在这个冷得他浑身发抖的牢房里，便如寒风中的火苗，苦苦维系着那一丝羸弱的火光。

没过多久，天就亮了。

狱卒送了饭来，放在铁栏外就走了，全程不抬头、不说话，正遵了封野的命令，不准与他有任何接触。

"慢着。"燕思空起身走了过来，喉咙里发出嘶哑的声音，"太冷了，给我送来炭火和厚的衣物、被褥。"

狱卒充耳不闻，径直往外走去。

燕思空伸脚踹翻了地上的饭菜："是饿死我还是冻死我，你们自己选吧。"

狱卒顿了顿，回头瞪了燕思空一眼，转身走了。

午时，那狱卒又照常送来饭菜，燕思空连动也未动，闭目打坐。

到了晚上，狱卒看到午膳原封不动地还在原地，终于忍不住了，不屑道："你不吃，难受的只是你自己，往后我三天给你一顿饭，只要饿不死你，就足够我交差。"

闻言，燕思空睁开了眼睛，冷冷地盯着那狱卒。

狱卒心里有些发怵，但转念一想，燕思空不过区区一介书生，再是聪明，隔着这铁栏杆也不能兴风作浪，他怕什么？所以当燕思空朝他走来时，他也没有防备。

燕思空看了看他手里的木盘："放下吧。"

狱卒冷哼一声，弯腰放下了晚饭。

燕思空突然伸出手，揪住他后脑勺的头发，将他的脸撞向了铁栏。

"啊——"狱卒惨叫一声，顿时鼻子鲜血直流。

燕思空一把将他拎了起来，翻过身，另一只手穿过铁栏，横过他的脖子向上一提，卡着他的喉结将他制服在铁栏上，并狠狠收紧胳膊。

那狱卒整张脸憋得通红，无法呼吸的恐惧充斥了他的大脑，他瞪大赤红的双眼，拼命去掰燕思空的胳膊。

他怎么也不会想到，一个执笔的书生，会有这样大的力气。

就在他几乎要咽气的时候，燕思空稍稍放松了钳制，他仿若浮出水面一般大口呼吸，两条腿都软得快要站不稳。

燕思空搜了搜他的衣裤口袋，发现他身上没有钥匙，便在他耳边轻声说道："我要炭火，和厚的衣物、被褥，听明白了吗？"

狱卒惊恐地连连点头。

"发誓，若我松开你之后，你依然怠慢于我，就叫你全家惨死，断子绝孙。"

"小、小的不敢。"

"发誓。"

"小的发誓……"

狱卒颤巍巍地发完了毒誓，燕思空才松开了他。

狱卒捂住脖子咳嗽了好几声，看着燕思空的眼神又惧又恨。

"滚吧。"燕思空面无表情地说道，"别以为我待在这里面，就治不了你一个区区小吏。"

狱卒转身跑了。

燕思空盘坐在地，木然地把早已冷掉的饭菜塞进了嘴里。这些东西比起他平日里的膳食，自然是难以下咽的，但此时也没什么可挑剔的。只是太阳落山了，这里愈发寒冷，若能喝上一杯酒暖暖身子就好了。

他自嘲地想，再过几日，就是封野大婚，不知到时候能不能喝上一杯封野的喜酒。

入夜之后，几名狱卒端着炭火盆走了进来，后面还有人抱着崭新的冬被和衣物，甚至连杯碗纸笔这些常用的东西都带来了。

这一看就知道不是那狱卒送来的，就算那狱卒真的信守承诺，也不会给囚犯送这些昂贵的东西。

囚室的门被打开了，几名狱卒沉默着将东西一一给他摆好，囚室很快就焕然一新。

燕思空在一旁默默地看着他，他们不说话，他也不为难。

直至所有狱卒都走了，留下为首一人，走到燕思空身边，微微躬身，悄声道："阙将军让属下给燕大人带一句话，他定会抓回铁杖子，还大人清白。"

燕思空心中不免感动，他道："你告诉他，铁杖子只是拿钱办事，陷害我的人是元少胥，他才真正可能与陈霖私通了。"

"属下会一字不差地如实禀报。"狱卒就要走。

燕思空一把拉住他："我的仆人怎么样了？"

"燕大人放心，阙将军已经托人照料。"

燕思空这才稍稍宽心，那狱卒匆忙走了。

他对元南聿能否查明此事，其实并未抱多少希望。

若元南聿相信元少胥所言，那么他就是燕思空，他怎么会相信元少胥陷害自己的"亲弟弟"？若元南聿不相信元少胥所言，那么他就是元南聿，元少胥是他的亲哥哥，他能如何对待自己的亲哥哥？

所以无论元南聿能否忆起从前，他夹在自己和元少胥之间，都是两难。

再加上封野对他的态度，能从心底相信他清白，又为他送来这些东西，他已十分感激。

他的聿儿即便什么都不记得了，依然还是想对他好，这或许便是本能吧。

有了炭火和温暖的被褥，燕思空终于真正睡了一觉。

在狱中那几日，对于燕思空来说，是从未有过的漫长。

他时而浑浑噩噩，时而清醒不已，前一刻想不通的事，下一瞬就想通了，可转个念，又开始怀疑，他不断地怀疑过去所相信的，他便在这样反复的折磨里，倒数着日子。

终于，迎来了封野的大婚。

大婚前一日，哪怕身在地牢，燕思空都能听到城里此起彼伏的烟火声，好不热烈。今日是迎亲之日，云珑郡主已经到了太原，新郎新娘尚不能相见，明日成婚，该是更加喜庆热闹吧。

燕思空猜想，其实封野早已有了成婚的打算，恐怕连亲家都挑好了，娶谁并不重要，重要的是亲家能给他强大的助力，再给封家开枝散叶。他自己也迫于局势娶了妻，从来不敢要求封野不将婚姻作为工具，只是封野假做心意坚定，一副绝不屈从的样子，哄得他深为感动，更加卖力效命，如今想来，真是恶心。

燕思空闲来无事，就着为封野大婚而燃放的焰火声，在狱中给封野写了一封祝词，辞藻之华美艳丽，连他自己也忍不住赞叹。他没什么可送封野的，从前他的字还值点钱，但现在他名声坏了，就算拿出去，也只有被人唾弃的分。

读书人最讲究清誉，换作旁人如他这般声名狼藉，怕早就羞愤自尽了，他早些舍了这东西也好，起码不用为其所苦。

写完之后，他摊开在眼前，仔仔细细诵读了几遍，十分满意。

然后他起身走到炭火盆前，将那祝词扔进了盆中，一眨不眨地看着那细白的纸被火焰吞噬。

背后突然传来一阵脚步声。

燕思空心里咯噔一跳，不知为何，他感觉到来人是封野。

他僵硬地转过身去，站在铁栏外与他遥遥相望的，正是封野，只其孤身一人，手里还提着一个篮子。

燕思空翻搅炭火，想将那祝词快些烧掉。

封野眯起眼睛，打开了牢门，一步上前，从炭火盆中抢出已经烧了大半的祝词，他皱眉看着上面的字词，"这是什么？"

燕思空退到一边，冷冷道："可惜了，不是我通敌的信函。"他闻到了封野身上的酒味儿，从前封野并不嗜酒，如今只要不在战事时期，三天两头就要喝。

"究竟是什么。"

"是写给你的新婚祝词，我送不到你手里，便烧给你。"

"你咒我死？"封野阴沉地看着燕思空。

"人终有一死，何必忌惮。"

封野将那祝词塞进了怀中："可惜我天命未尽，注定要活得长长久久，这祝词，我收下了。"

燕思空立于一旁，不再说话。

"你知道我打算如何处置你吗？"封野将手中的篮子放在了桌上。

"随便。"

"我对待叛徒，从无仁慈，上次抓到的通敌者，你记得他的下场吗？"

"五马分尸。"燕思空面无表情道。

封野露出残忍的笑容："我不会杀你的，因为你还有用，但阿力就不一样了，他助你通敌，当做军法处置。"

燕思空抬起头，狠声道："我说过，不许动他。"

"你要想保住他的命，就照我说的办。"封野看着他的眼神，毫无温度，比陌生人还不如。

燕思空深深地望着封野："封野，你想做什么，便做什么，我燕思空什么没受过，不必废话。"

封野掀开了篮子上的蒙布，里面摆着一壶酒和两个酒杯，还有一块红色的布帕。

燕思空瞄了一眼，心中狐疑，那布帕，竟如同喜帕。

燕思空冷冷说道："这是什么意思？"

封野嘲弄一笑："明日就要与一个素未谋面的女子成亲了，小时候不懂事，不懂男女之别，以为长大后要娶的应是和我最要好的人，也就是你。"

燕思空抓着布帕的手直抖："你马上就要迎娶正妻了，现在这是哪一出？"

"算是了却我少时的愿望吧。"封野似乎也觉得自己荒唐，"我对你执念如此之深，皆是因为年少轻狂，想来与我一生羁绊最深的人分明是你，远甚于我妻。"

燕思空看着那帕子，咬牙道："封野，你不觉得自己可笑吗？"

封野面显狰狞："对，我是可笑，曾经那个信赖你的少年更可笑，他一心一意待你，你给了他什么？幸而现在他长大了，知道想要的东西，可以夺、可以抢，就是不能忍、不能求，否则只会被人肆意践踏利用。你想不想知道，我打算如何处置你？"

燕思空死死地盯着封野。

"在我入主皇城之前，你都别想离开监牢，你没有一丝一毫的机会再通敌。我若败了，我会杀了你与我随葬；我若胜了，我要你一辈子只能服侍我。我本想你为我收复天下，我许你无上相权，可你敬酒不吃吃罚酒，为了陈霂竟敢背叛我，从今往后，你只能对我言、听、计、从。"

燕思空暗暗后退了一步，他多想逃离这个人身边，这个人，在他面前展露出一股令人胆寒的疯狂。

封野托起布帕："跪下。"他的声音变得沙哑，隐含着丝丝痛楚。

燕思空忍着窒息般的痛苦，屈膝跪了下去。

封野将帕子扔到了燕思空头上："跟我喝一杯酒吧。"

巨大的悲怆如扑面而来的海潮，将两人彻底淹没，这个窄小的牢房内，竟几乎没有能够让人喘息之地，而最可悲之处，便是他们谁也感觉不到对方有多痛。

封野将一杯酒递到燕思空手中，并与他碰杯。

有什么东西在他们体内碎裂了，鲜血流了一地，再也拼凑不出原来的形状。

罢了，燕思空心想，这一刻，就算这是一杯鸩酒，他也义无反顾。

碰了杯，他们将杯中酒一饮而尽，辛辣的酒液入喉，烧透了燕思空的心肝脾胃。

封野伸出手，拽住了布帕的下摆，却久久未动。

掀开这块帕子，两人少时的情谊，便也将就此终结，若光阴能就此停驻……

封野一咬牙，猛地扯掉帕子。

一抹红从两人眼底一闪而过，紧接着，对方的脸撞入了视线。那一瞬，他们仿佛看到了年少时的彼此，那年轻稚气的脸，带着不谙世事的笑，说着无知无畏的言语，哪管他风云变幻，人事无常。

这世间最痛，是人无再少年。

燕思空强忍着将要决堤的泪，一眨不眨地看着封野。

封野也用湿润的泪眼看着燕思空，修长的手指划过他的脖子，轻轻握住了那纤细的脖颈。

这样细白的脖子，只要稍稍用力……

燕思空无惧地看着封野，心中甚至隐隐有些期待，若封野就这样杀了他，便就此了了他余生苦恼，分明就是解脱。

封野抓着他的脖子，突然面目狰狞地问道："我无论怎样对你，都换不来你一次真心，燕思空，你有心吗？"

燕思空的胸膛用力起伏了一下："……有过。"

给了一个人，被碾了个粉碎。

这诡异的一夜，席卷着两人坠入绝望的、无底的深渊。

　　大婚当日，燕思空隔着重重院墙，似乎都能听到外界的喧嚣。

　　全军将士定是欢欣鼓舞，他们将狼王奉若天神，狼王娶妻，便是一番盛典，更何况还可以肉管饱、酒管够，这对于在狼王的严明军律下压抑许久的他们来说自是痛快极了。

　　燕思空觉得自己与外面的人不像是在一片人间，不久前他们还并肩作战，如今怕是没人会记起他，或者就算记起，也满是鄙夷。

　　但他连封野怎么想都不在意了，又怎会在意"别人"怎么想。

　　他只是突然有点馋酒，昨夜那杯酒，着实是好酒，他却不能畅饮。

　　今晚，封野将与一个女人拜堂成亲了，那定是庄重的、华丽的、欢喜的，受到所有人的注目和恭贺，名正言顺、天经地义地结为夫妻，自此她的名头将以封野正妻的身份，传遍天下，他们将听到数不清的溢美之词，他们还将被史书工笔所记载，一代一代地流传下去。

　　他真心希望云珑郡主能为封家添子添福，毕竟无后是大不孝，他被封野定的罪过足够多了，不想再上一道刑枷。

多说天命弄人。当年他迎娶万阳、全城庆贺时，封野身陷囹圄、一无所有，如今两人调换了个位置，竟是一样的命运，有时他想，他们是不是受到了诅咒，抑或老天爷给的愈多，拿走的也愈多，以至于他有时恨封野，有时恨自己，有时谁也不恨，只恨命。

送饭的时候到了，来者还是上次那个被他教训过的狱卒，如今见到他，老实了许多。

那狱卒将饭放到铁栏外，突然低声说了一句："燕大人当真沉得住气。"

燕思空浑身一震，猛地转过头来，几步走到铁栏边，颤声道："你……佘准？"

那"狱卒"站起身，仔细观察，能看出他故意佝偻了身子，站直以后略高几许，眼神也清明许多，与前日之人确非一人。

燕思空激动地凑到铁栏边，一把抓住了那人的胳膊："佘准？！"

他认得那声音，更认得这气质，来人正是易容过的佘准。

佘准看着苍白憔悴的燕思空，又痛惜又生气："你看看你自己，机关算计，最后就把自己算计到了这般田地？"

燕思空苦笑一声："佘准，两年不见了，我很挂念你。"

佘准愤恨道："当真吗？你当真挂念过我吗？"

"当真，但你不该来这里，我挂念你，但我不想见你，我不想见你卷入这是非之中。"

"我又何时远离过是非？"

燕思空叹道："你若只躲在暗处搜罗情报，便可进可退，你狡兔三窟，诡变多端，没人抓得住你，你何苦要来这里？"

"何苦？若不是为了救你，我何苦将自己置身于险境？！"

燕思空又愧疚又感动："佘准，谢谢你，你与我相识多年，该知道越亲近我的人，越没什么好下场，我并非托词，我只是不愿意连累你，你懂吗？"

佘准冷道："我十几岁混江湖，何时将性命荣辱放在过心上。你说你是天煞孤星，我何尝不是茕茕子立、踽踽独行。若没有你，我也早死在街头了，我愿意做什么，你不必多言。"

"余准，此次不比当年，我若跑了，封野定能追查到你头上。"

"那又如何。"余准定定地看着燕思空，"我一听说我线下之人被封野抓了，就知道你一定出事了，还没到太原，你通敌的消息已经传进我耳中，但你……真的私通了陈霖吗？"

燕思空怔了怔，淡漠一笑："天下人皆以为我做惯了叛徒，事事迎风而倒，但这一次，我是被陷害的。"

余准沉声道："我也不相信你会背叛封野，你将他看得比复仇、比自己的命还重。你这个人，看似无心，又被真心所累，南玉啊……"

"别再叫我南玉。"燕思空脱口而出。

余准微愣，想起什么："哦，你那个弟弟……"

燕思空早把自己与元南聿重逢之事告诉了余准，但他没有告诉余准的是，封野错认了两人的身份，如今对着他叫南聿的，只有元少胥这个小人，他不想自己唯一的友人这样唤他，听来太过刺耳。

燕思空担忧地看着余准："你打算如何帮我？就算我离开这里，又能去哪里。"

"哪里不比监狱强？"余准摸了摸自己脸上的面具，"今夜封野大婚，城内戒备松散，是逃跑的机会。"

"我不能自己走，我若走了，阿力必死无疑。"燕思空垂下了眼帘，"在封野麾下，从没有戒备松散的时候，哪怕是他大婚，当值的侍卫也绝不敢偷懒。"

"我自然会救阿力一起走，无论如何，错过今日便再没有好时机了。"余准厌恶道，"你不试一把，是打算腐烂在牢里吗？你与封野少时相识，这两年更是陪着他征战沙场、出谋划策，为了他与朝廷为敌，这样的情分，都换不来他的信任，他已是丝毫不顾念旧情了，你还犹豫什么？"

"余准，我并非不舍得走啊。"燕思空担忧道，"我是怕一旦失败，你和阿力我无法保全！"

"阿力对你忠心耿耿，他不会为了苟且偷生，就让你遭受凌辱。我已经有所安排，无论如何，必须一试。"佘准死死地瞪着燕思空，"你想不想走，就一个字。"

燕思空与佘准隔空相望，被佘准眸中的坚定所震撼。

他想不想走？

他想。

他想离开这个将他刺得千疮百孔的人，天大地大，总该有他容身之处。也许此生不复相见，是他和封野之间最好的结局，这样一来，若干年后，被岁月淡化了情仇，他还能忆起一丝从前的好。

他颤抖着点了点头。

"那就成了，等我消息。"

"等等。"燕思空迅速冷静下来，"在封府我的别院里，朝南第二棵树下埋着一样东西，你晚上扮成宾客混入府中，务必将它挖出来，有助我们脱身。"

"是什么？"

"一枚面具。"

入夜后，鞭炮焰火齐鸣，礼乐声亦大到燕思空在牢中都能隐约听见，空气中弥漫着硝石的味道，久久不散。

燕思空能想象出此刻封府张灯结彩、宾客盈门的画面，而他心里一片焦灼，说不上是因为封野的所作所为，还是担心他们越狱失败。

燕思空透过窄小的铁窗，窥着天上的月亮，那一点点流逝的时光，就像针一样细细地戳刺着他的心，让他倍感煎熬。

他难以克制地想象着封野此时在做什么。

肯定已经迎亲了，开始拜堂了吧，喜宴怕是摆满了整个府邸，此时该敬酒了吧，再晚些时候，便该入洞房了……

月色更浓了，燕思空在坐立难安之下，终于等来了佘准。

太原不比京城，这太原府的牢狱，跟京城诏狱的戒备，自然也是没法比的。佘准稍做易容，身上穿着封家军的差服，还沾着丝丝焰火之气，显然刚从封府出来，他手里拿着牢门的钥匙，边开门边快速说道："监牢守卫都被我迷晕了，马匹也准备好了，我的人已经救出了阿力，但时间仓促，计划不能更加周全了，这城门一关，要靠你了。"

"……靠我。"

"对。"余准打开了牢门，将随身布包扔给了他，"换上吧。"

燕思空打开布包，里面不仅有那枚面具，还有元南聿的衣服。燕思空深吸一口气，既已下定决心，此时便不能犹豫，他麻利地换上了衣服，覆上了面具。

余准走上前来，给他梳起头发，又在他肩部垫上棉片，元南聿与他身高相仿，但比他壮上一些。

稍做修饰后，余准看着从头到脚都按照元南聿的模样打扮的燕思空，轻叹一声。

"怎么了。"

"我今日见到他了。"余准道，"就算是隔着面具，我也看得出你们长得像，其他人怎会毫无察觉？"

"也并非没有察觉，只是他们不知道我们的身世，便只会觉得略有相像，而你知道，便会越看越像。"

"说得也是。"余准拍了拍燕思空的肩膀，"把酒喝了，那城门一关若靠这面具过不去，便只能硬闯了。"

燕思空深吸一口气，将余准带来的酒咕噜咕噜灌进了口中，而后一摔酒壶，目光坚毅："走。"说着大步走出了牢房。

"你还带什么东西？"余准要去扯他手里薄薄的行李。

"不过是随身之物罢了，这样轻便，不碍事。"燕思空躲开了，径直往外走去。

余准的人放倒狱卒后，已经清出了潜逃的路，他们悄悄地从后门跑了出去，在那里等待着几匹马，还有阿力和余准的手下，他们都穿着跟余准一样的差服。

"阿力！"燕思空大步走了过去。

阿力眼圈一红，远远地就要给燕思空跪下。

燕思空一把抓住了他的胳膊，上下打量着他："你受刑了吗？"

阿力摇头，嘴里咿咿呀着想要说什么。

佘准催促道："别耽误时间，快走吧。"说着将阿力的帽檐往下压了压，"待会儿佝偻着身子，别叫人看见你。"

阿力用力点头。

几人齐齐上马，朝着守卫最少的西城门行去。

西城门的守将品级最低，与元南聿少有往来，所以最不易发现他有异样之处。

此时夜已深，他们一路上没碰到什么人，直至城门之下，守将赵贤见到为首之人，忙拱手道："属下参见阙将军，将军不是应该在狼王喜宴上？怎的……"

燕思空略压低了嗓音，装出刚下了酒宴微醉的模样："赵贤，我奉狼王之名出城，快开城门。"

"请将军出示令牌。"

"狼王此时正洞房花烛，没有时间给我令牌。"燕思空喝道，"快开门，别叫我耽误了差事。"

"这……"赵贤为难道，"狼王有命，入夜后任何人出城，都是要令牌的。"

燕思空冷道："你要抗命吗？此事紧要，迫在眉睫，你再敢阻拦，我治你贻误军机之罪！"

赵贤扑通跪在地上，其他守门也跟着跪下了，他颤声道："属下不敢，可狼王军令如山，属下亦不敢违命啊。"

燕思空刷地抽出了佩剑，剑尖几乎戳上赵贤的眉心，厉声道："赵贤，我是奉狼王之命出城，事后狼王自然不会因此追究于你，可你若在此误了大事，不必等狼王处罚，我现在就杀了你以正军法！"

赵贤咬了咬牙，高声道："开门！"

燕思空和佘准交换了一个眼神，但提着的那一口气，始终不敢放松。

城门一开，几人一夹马腹，鱼贯冲出了城，疾奔离去。

燕思空忍不住回过头，看着那巍峨耸立的太原城。为了打下这座城池，这座取京师之路必需的据点，他和封野付出了太多心血，胜败荣辱都经历过，更有无数年轻有为的将士永远埋葬在异乡。

当初并肩作战时，他还以为他们之间，几乎已经摒弃前嫌，可以携手共进，没想到封野利用完了他，转瞬就可以反目，也许正向封野说的那样，这些都是跟他学的，可他，世上所有人都以为他寡情薄幸，可跟如今的狼王一比，他还要自叹不如。

他清醒地明白了，年少时的封野是封野，如今的狼王是狼王，他熟悉的那个少年，已经不复存在，再不必将他们当作一个人了。

太原城被他们远远甩在身后，连着那彻夜升空的盛大焰火，也逐渐变得渺小。

燕思空，再没有回头。

佘准的属下送了他们一天一夜，就各自散去了，只剩下三人接连奔袭，不敢进城，不敢走官道，只能沿着山路前行，晚上也都露宿在山里，天气寒冷，他们吃足了苦头。

他们必须尽快离开中原地带，如今他们所处之地，离庆阳不远，只要过了庆阳，就不再是封野的势力范围，那时候他们才算真正摆脱了追兵。

只是这几日都在山中，消息闭塞，也不知道封野派出的追兵追到哪里了，只觉得背后被紧迫追咬，一刻也不敢放松。

然而他们也无法一直走山路。一是他们的干粮吃尽了，二是山中积雪未化，马儿很难找到吃的，人不吃还能忍一忍，马不吃，可是一步都走不动。

不得已之下，他们只能换上百姓的衣服，打算混入一个偏远的小县城，买些吃食和干草，但阿力没有进城，阿力体型高壮，面容丑怪，只要见过他的人都忘不了，实在太易被发现了。

进城后，燕思空和佘准寻了一个面馆，当热腾腾的牛肉汤面端上来时，两人捧着碗、埋着头，大快朵颐，活像是几天没吃过饭的。

肚子里有底了，两人才觉得身子暖和了，疲倦也散去不少。

燕思空喝了一口酒，叹了一声："能吃碗热乎的面，着实不易。"

"可不是。"佘准叫来小二，"再上两碗。"

"再往南，就是庆阳了，那是聿儿浴血奋战，打下来的城池，后来他又接连拿下了平凉、凤翔。"燕思空想起往事，暗自唏嘘。

　　佘准冷哼一声："同样是元家兄弟，这元南聿和元少胥，简直是天差地别。"

　　这几日，架不住佘准的追问和质疑，燕思空已将事情原委都告诉了佘准，佘准气得七窍生烟，阿力亦是满眼愤恨凶恶，若元少胥就在面前，定会被他手撕了。

　　"是啊，幸而爹还有一个好儿子。"

　　"但是，元少胥再畜生，也是因为封野，他才能如此兴风作浪。"佘准厌恶道，"这两年来你在封野跟前受尽委屈，却从来不告诉我，你怎么会变得如此窝囊？他早不是当年的小世子了。"

　　燕思空嘲弄一笑："你说得对，我是窝囊，不仅窝囊，还自取其辱，我知道他变了，可我总忘不了当年的封野……我一直都在自欺欺人，任何人遭逢家破人亡的变故，又怎会不变，我自己都经历过……"

　　"他家破人亡，从云端跌落深渊，是可怜，可这又不是你害的。封剑平手握重兵、功高震主，历朝历代哪个皇帝能容他？要不是你，他封野当初早死在诏狱里了！"佘准越说越是愤怒，"他还恩将仇报，怪罪起你来了，愚蠢至极！"

　　"如今说这些也没什么用了。"燕思空淡淡道，"我欠过他，我还清了，从今以后，我……不想与他再有瓜葛。"

　　佘准皱起眉："那你今后，有何打算？"

　　燕思空苦笑一声："我还没想好。"

　　"南……思空。"佘准定定地望着他，"跟我回江南吧，隐姓埋名，安度此生。"

　　燕思空怔怔地望着面前空荡荡的面碗。

　　他挣扎奋斗了二十年，如今却是一无所有，甚至都不知该何去何从了？

　　"思空，我知道你不甘心，你心中还有治国安邦的抱负，可你大仇已报，如今的你，必须远离庙堂，也不能让封野和陈霂找到你，你只能归隐江湖。"

燕思空长长吁出一口气，幽幽道："二十年，镜花水月，一场空。"

佘准还待说什么，几个跑江湖的莽夫操着大嗓门儿进了面馆，纷纷坐在了他们旁边，撞得桌子凳子咣咣直响。

"小二，上酒肉！"

"客官您且稍候——"

只听得一人将佩刀拍在桌上，大骂道："那楚王不是说开春才来太原吗，怎的现在就起兵了？害得老子刚接的一单走镖就这么黄了！"

燕思空心中一惊。

反目成仇

　　燕思空想转身询问，佘准给他使个颜色，摇了摇头，并压低声音道："我去城里打听打听，你在这里等我，不要与人接触。"

　　"这样小的县城，能探听到什么？"

　　"跑江湖的都知道了，看来已不是什么秘密，不难打听，你等我便是。"佘准一口干掉了杯中酒，起身走了。

　　燕思空僵了片刻，继续低头吃面，同时竖起耳朵偷听旁桌人交谈，其实倒也不算偷听，这帮人嗓门儿之大，对话直往他耳朵里灌，挡都挡不住。

　　不过他们对楚王出兵太原之事并不甚在意，只是抱怨因为可能的战事而造成局势动荡，发镖的人不敢发了，他们丢了单买卖。

　　佘准一走就是两个时辰，燕思空送走了一批又一批的食客，连店家看他的眼神都不大对了，还好他稍做易容，否则光是这般相貌，就足够引人注目。

　　天黑之前，佘准回来了，他故意忽略了燕思空焦急和问询的目光，叫来小二："给我包上十斤包子、十斤熟牛肉，再带上几壶酒。"

小二眉开眼笑："好嘞客官。"

小二一走，燕思空追问道："如何？"

"陈霖确实出兵了，就在我们逃出太原的第二天。"

"他领兵多少？行军速度如何，如今行到何处了？"

佘准皱起眉："这与你还有什么关系。"

燕思空微怔，目光有些闪躲："我只是……他消息未免太灵通了，就算城中有探子，要将消息从太原送到永州，最快也需得两三日，除非，他们猜到了我会在封野大婚之日逃跑？"

"这也不难猜，劫狱就是要寻一个守卫松懈的时候，再说，当年你劫封野的狱，不也是在……"佘准看着燕思空阴沉的脸色，欲言又止。

"是啊。"燕思空讥讽一笑，"我时不时觉得，我和封野在被天命耍弄，否则时隔多年，同样的事情，怎会在我们身上重演，只不过位置调换了。"

佘准沉默了，一时也不知如何安慰燕思空。

"不过……"燕思空疑惑道，"沈鹤轩、陈霖能猜到，封野就猜不到吗？你会否觉得，我们逃出太原太过容易了？"

"容易？"佘准不自觉地拔高了声量，但马上意识到他们还在面馆内，又马上压低，"你不过在城门前演了一出戏，当然容易，我可是折了我在太原的一条情报线，花了大笔银子。"

"佘准，我不是那个意思，对不起。"

佘准撇了撇嘴："算了。"

这时，小二也将他们要的东西准备好了，付了钱，两人片刻不留地走了，躲在城外的阿力还没吃饭。

出城以后，燕思空还在反复思索，总觉得事情没那么简单。

佘准忍不住道："陈霖要来太原，你就心神不宁了。"

燕思空低声道："太原是我打下来的……再说，陈霖究竟想干什么，将彻底影响天下的大局，我如何能不想。"

"你想了又有何用？你不是已经打定主意离开封野，也不可能去帮陈霖，他们两个斗争，与你还有什么关系？"

"曾经与我有关，现在一时叫我如何完全放下。"燕思空沉声道，"如今正是一年之中最冷的时候，鲜少有人会在此时出兵，陈霂究竟想干什么？"

"出兵，也不代表一定就要打仗。"佘准冷道，"你可别忘了，虽然狗皇帝已经废了陈椿，但明面上也并未允诺陈霂什么，而封野明面上可还是在效忠楚王呢。"

"明面上，呵呵。"燕思空嘲弄一笑，"他们二人的心思，早已是司马昭之心，路人皆知。陈霂这一次来，便是要和封野撕破这层窗户纸，只要封野不肯让出城池，陈霂立刻就会昭告天下，到时候，封野就是众矢之的。"

"他既选了这条路，便已有所准备，他为了自己的野心那样对你，你不会还担心他吧？"

燕思空垂下了眼帘："我与他已是恩断义绝，他是生是死，是胜是败，再与我无关，只是，我弟弟还是他的先锋大将军。"

"他已经不是孩子了，追随封野，是他自己选的。男儿驰骋沙场，建功立业，当不枉此生，你除了祝祷他平安，也做不了什么。"

"……嗯。"

佘准看着燕思空，目光有些闪烁："思空，忘了这一切吧，否则你便是活着，也只能活在过去的泥潭里。"

燕思空摇摇头："晚了，我这一生，无论走到哪里，心都在泥潭之中。"

佘准眼中是隐痛。

他们找到阿力后，阿力自然是饿坏了，一口气竟吃下了两斤的包子，燕思空看着他狼吞虎咽的模样，便像是看着一个孩子，既安慰又心酸。

他打定主意，待他们逃出中原后，他要将阿力好好安顿下来，再说一门亲事。他这辈子是不会有家了，他希望阿力有一个家，不必像他这般颠沛流离、孤独此生。

吃完之后，佘准催促他们上路，他们在城里买了这么多吃的，还买了马的干草，若封野追查到此地，很可能会查到是他们，所以不能久留，且之后也只能去这样的小城补给，攀山路避人而行，寒冬腊月天，自然是苦不堪言。

几日之后，他们的东西就吃完了，不得不就近入城，此地靠近平凉，往西走是庆阳，若顺利的话，再往南走上十天半个月，就能离开封野的势力范围。

这附近有大小十余个村落环绕着平凉城，但平凉本也是个小城，四周的村落更是闭塞，村民彼此都认识，他们这样的外来人，一进去就会被盯上，所以若要补给，只能去平凉，尽管要冒险，他们也别无选择。

但佘准坚持要自己一个人去，怕两人被发现。

"你一个人，要如何带回三个人的口粮和三匹马的干草？"燕思空道，"阿力要留在这里，我们得两个人都去啊。"

"不行。"佘准断然道，"平凉是封野的城池，此时必然已经挂满了通缉令，城门守卫森严，我怕你露出破绽。"

"你易容之术高超，不可能被认出来，若你一个人去，要不了几日，我们又得去补给了，如此耽搁时日，什么时候才能走出去？"

"我就怕出什么差池，宁愿慢一点，也要走得稳妥。"佘准道，"我会尽力多带些东西回来，你们就在这里等着我吧。"

燕思空皱眉道："佘准，我怎么感觉，你不愿意让我去呢。"

佘准神色镇定："我自然不愿意让你去，我怕你被发现。"

"不，我觉得不止如此。"燕思空用审视的目光盯着佘准，"我们只需分开行动就可以了，平凉守卫再森严，也不可能去扒每个人的脸皮。"

"封野知道我会易容术，难道不会防备吗。"佘准口气变得严厉，"你不要再与我争了，在这里等我就是，我天黑之前就回来，若是不够，我明日再去一趟。"

燕思空顿了顿："好吧。"

目送着佘准下山后，燕思空看向阿力："阿力，你是否也觉得佘准刚才不大对劲儿？"

阿力茫然地摇摇头。

燕思空十分擅长察言观色，能捕捉到他人细微的情绪变化，他觉得佘准执意不让他去，有些反常，不过，佘准说得也并非全无道理，也许只是过于谨慎罢了，他是多心了吧。

只是，两人一气等到了午后，都没见佘准回来。燕思空有些着急了，他不知道平凉是否也有宵禁，但既然同是封野的城池，规矩多半是一样的，日落之后，百姓不准出入城池，看这天色，离日落最多也就一个时辰了。

他左右寻思，决定去城里探一探，若佘准真的出事了，恐怕只有他能救佘准一命。

阿力不愿让他去，但又不敢违抗他，只得目送他下山。

入城时，燕思空见城门口就贴着三人的大幅画像，他受到了盘问，但因佘准的易容术着实了得，守卫并没有认出来，放他入城了。

城中到处都是他的画像，悬赏金已高达万两，足见封野之愤怒。而且城中气氛十分紧张，人人行色匆匆，军士成排结队地穿梭于城中，运送着各类军资，简直像是在……备战。

平凉在备战……莫非陈霂已经行近，或者已经向封野宣战？

仔细想想，两者皆不大可能，此时天寒地冻，行军速度缓慢，陈霂不可能这么快，而且，比起打，陈霂自然还是想谈，谈都未谈，怎可能贸然宣战。

唯一的可能，就是封野已经准备与陈霂开战，就算表面上还要虚与委蛇，做给天下人看，但实际是根本没有转圜之余地。

燕思空怔怔地看着那些身着封家军战甲的将士们在眼前行过，心中百感交集。

即将迎来的，必是一场惊天动地的大战，封野虽有神将之名，手下更是能人无数，但陈霂亦是有备而来，还有沈鹤轩这样的谋士相助，封野……能赢吗？

一想到封野也许会败，他便感到心脏发紧。他无法想象封野一败涂地的模样，无法想象那双傲视天下的眼眸中，只剩下绝望的灰。

他深吸一口气，想起分别前，封野对他说过的每一句话、做过的每一件事，眸中的情绪渐渐冷了下来。

他与封野已是两不相欠，分道扬镳，封野的成败得失，他不再在乎了。

他只是担心元南聿罢了。

想到元南聿，燕思空着实担心又无奈。但正如佘准所说，鲲鹏何以游浅溪，他无法阻挠一个男人的雄志，只希望元南聿能得偿所愿。

正想着元南聿，便听着一名小将冲着正在托运军需的士卒们喊道："都给我快一点，阙将军明日就要到平凉巡查！快！"

燕思空一惊，阙忘明日要来平凉？若明日可抵平凉，便说明他早已离开了太原。

元南聿来这里做什么？

燕思空的心脏直往下沉，不需细想，他也知道元南聿来做什么，必是封野派其来守庆阳、平凉、凤翔三城的。

这三城本就都是元南聿打下来的，最是熟识，而它们还是阻拦陈霂的一道防线，陈霂若要武力收太原，就不得不先拿这三城。

只是如此一来，元南聿首当其冲，要迎接陈霂最强盛、最锋锐的兵马。

燕思空感到阵阵揪心。

突然，一只手猛然拽住燕思空，将他向后拖去，燕思空刚要反抗，就听得背后传来佘准熟悉的声音："是我。"

佘准将燕思空拽入小巷，咬牙道："你来城里做什么？我让你在城外等着的！"

"你迟迟不回，眼看太阳要下山了。"

"我一人要太多东西，容易惹人怀疑，所以要分好几家铺子采买。"佘准的眼珠子左右微颤，似乎想从燕思空脸上看出什么。

燕思空冷道："你明知如此，还执意不让我跟着。"

"我是怕……"

"你是怕我知道军情吧。"燕思空口气凌厉。

佘准定定看着他，没有说话。

"聿儿明日就要到平凉了，他早已从太原出发，你当日是打探情报，可有听闻？"

佘准依然沉默。

"你可有听闻！"燕思空深深骤起眉，"你是故意瞒着我吧？你不想让我知道，是不是？"

"你知道了又能如何？"佘准冷道，"你好不容易逃出来了，难不成还要回去？"

"我自然不会回去，可聿儿是我弟弟，我如何能不挂念他？再说，你瞒我做什么？"

佘准别过了脸去："我怕你心软……太阳快下山了，我们走吧。"

"等等。"燕思空抓住佘准，"把你探听到的都告诉我，你不说，我便始终不安。"

佘准咬牙道："你既然不打算回去，还知道这些做什么？徒增烦恼罢了。"说着，他头也不回地往城外走去。

燕思空追了上去，但他不敢有太大的争执，以免惹人怀疑，只是追问道："佘准，你是不是还知道什么？告诉我。"

佘准充耳不闻。

燕思空看了看天色，太阳确实快落山了，一时便也不敢耽搁，在路上又买了些东西，打算先出城再说。

直至出了城，燕思空才严厉地质问道："佘准，你是哑巴了吗！"

佘准突然回过头来，狠狠地瞪着燕思空："你追问军情，到底是想做什么？你是担心元南聿，还是担心封野？"

"他是我弟弟！"燕思空厉声道，"他也许马上要与陈霖开战了，我连探听一点军情都不能吗？"

"探听了之后呢？若你觉得元南聿没有胜算，你打算如何？你要去帮他吗？"

燕思空正色道："首先，陈霖未必会开战；其次，聿儿好歹也是智勇双全的大将，他还有城池可守，只要给他足够的兵马，就算是有沈鹤轩在，他也占尽优势，未必需要谁的帮助。我想知道军情，仅仅是担心他。"

"倘若……倘若他真的需要呢。"佘准深深地望着燕思空，"疆场之上，刀箭无眼，就算看似十拿九稳的战事，最终也有可能一败涂地，元南聿选择追随封野谋反，便是将性命置之度外。你心里清楚吧，你心里清楚你弟弟可能会战死沙场，而你无能为力吧？"

燕思空愣了愣，颤声道："我……自然清楚。"

"人生而在世，就是有许许多多的无能为力。"佘准按住燕思空的肩膀，"放下吧，不要再想和封野有关的任何事。"

"但是……"燕思空轻声道，"若聿儿当真有难，天涯海角，我也要来救他。"

"你……"佘准的脸色变得一片苍白。

燕思空抓住佘准的手，他心中那不祥的预感愈发强烈了："佘准，你是不是还瞒着我什么？你到底还知道什么？"

佘准甩开他的手，神情冷酷："燕思空，我问你，为了你这个弟弟，你是什么都愿意做吗？"

燕思空毫不犹豫地道："当年他愿意替我流放西北，我也愿意为他舍生忘死。"

佘准长长地吁出一口气，面上满是疲倦与哀伤。

"佘准，究竟怎么了？你到底瞒了我什么？"

"封野……派元南聿回守庆阳、平凉和凤翔三城。"

"这我已经猜到了。"

"但只给了他三万兵马。"佘准状似死心地闭上了眼睛。

此言如晴天霹雳，燕思空顿觉脑中一片空白。

封野，只给元南聿三万兵马，守三座城池，面对陈霖的十万大军？！

燕思空一时气血攻心，只觉眼前发黑，一个踉跄，几乎跌坐于地。

"思空！"佘准急忙扶住了他，"你没事吧？"

燕思空咬紧了后槽牙，双目赤红，满脸狰狞地杀气："封野，在逼我回去，他拿我弟弟要挟我，他敢拿我的聿儿要挟我！"

"你冷静点。"佘准急道，"说不定是封野在要诈，我现在能探听到的也不过是浮于表象的，万一这是封野诱骗你回去的计呢？他不可能拿三座城池去豪赌吧。"

"对，他有可能要诈，但他依然是在拿聿儿胁迫我。"燕思空咬牙切齿，"他不是认为，聿儿才是他当年认识的燕思空吗？他不是以为，我薄情寡义冷酷无情吗？他怎么舍得让他的'思空'涉险，他凭什么以为我会为了聿儿回去，他是什么意思？！"

余准那一张俊脸阴沉得犹如暴雨将至："也许，在他内心深处，知道谁才是真正的燕思空，只是他不愿意承认罢了。"

余准这一句话，当真是百步穿杨，正中燕思空的血肉之心。他何尝不是这样想的，封野究竟对他恨到何种地步，以至于连他的身份都不愿意承认。他自嘲道："或许吧，他只是希望他心目中的'思空'，不是我。"

"还有一个可能。"余准直勾勾地盯着燕思空，"除了元南聿，封野还派了一人来。"

燕思空眯起眼睛，心里已经有了答案："……元少胥？"

"没错。"余准道，"这样一来，无论你是思空还是南聿，这两个元家兄弟，总有一个你在乎的。"

"元少胥，呵呵。"燕思空发出一阵冷笑，"我不信他看不出，我和元少胥之间没有半点兄弟之情。"

"他看不看得出已不重要，重要的是你不能中他的计。"余准紧扣着燕思空的肩膀，"我之所以不告诉你，便是因为这情报虚虚实实，难辨真假，你怎能让他称心如意！"

"封野的虚实暂且不说，但他让元少胥跟在聿儿身边，我便担心，"燕思空目光阴狠，"他暗通陈霂陷害于我，不知道他还能做出什么来。"

余准厌恶地说道："这个元少胥简直无耻下作至极，你们好歹兄弟一场，你为了给他爹报仇把自己半辈子都赔了进去，他非但不知感激，还嫉贤妒能，联合敌人构陷你，他必不得好死！"

"我现在最想知道的是，他与陈霂的往来究竟有多深。"

"你觉得，他会背叛封野吗？"

燕思空摇摇头："我觉得他不会，聿儿毕竟是他的亲弟弟，他追随封野，才最有可能飞黄腾达。他自己也知道，谁都看不起叛主之辈，所以，他与陈霂合作，很可能只是为了除掉我。"

"他为了除掉你，定然是向陈霂透露了你的真实身份，否则难以解释匕首的事。但是，元南聿的真实身份呢？陈霂会不会也已经知道了？"

燕思空摇摇头，笃定地说："聿儿是元少胥最大的依仗，他卖了封野也不会卖聿儿。"

"也许现在不会，但将来呢，元少胥这等卑劣奸险之徒，为了自己，怕是什么都做得出来。"

"没错，这便是我最担心的。此次元少胥随聿儿出征，有可能是封野的意思，但也有可能是元少胥求来的。聿儿虽是主帅，却是他的弟弟，若不压制，则元少胥必有越俎代庖之心；若过于压制，以元少胥之器量狭小，不知道会给聿儿惹什么麻烦。"

佘准冷着脸："说来说去，你就是要回去，是吗？你左担心元南聿，右担心元少胥，其实心里最放不下的还是封野。燕思空，你是不是魔障了？"

燕思空轻叹一声："佘准……"

"你若要回去。"佘准口吻犀利："那封野对你做什么，都是你自取其辱！"

"所以我不会回去。"

"什么……"

燕思空平静说道："你放心吧，我不会回去找封野。"

"你去找元南聿，不也是一样的？我费尽千辛万苦把你……"

"我也不会去找聿儿。"

佘准愣住了，尽管燕思空这样说，可听他的口吻，也完全不似要撒手不管的样子。

燕思空看着天边正在降临的暮色，逐渐将绵延起伏的山脉吞入黑暗之中。这世上再是庞大雄浑的力量，都有着无法违抗的天命，日升日落，寒暑交替，江河终要汇海，花开必有花败，瓢泼大雨也总要停，燎原之火也总要熄，冥冥之中，一切都各自已有安排。

他想要反抗他所遭受的苦难，却不知道究竟该向什么反抗，就像日月不能颠倒，寒暑不能紊乱，天象尚且如此，况乎蝼蚁般的人？

他一直在向着令他茫然的方向逃跑，却深知自己的心还被困在原地。

"思空……"佘准见他不说话，心中更加忐忑。

"佘准。"燕思空望着佘准，目光清洌而睿智，仿佛是这么多天过去了，刚刚回过魂来，"你说要带我回江南，回了江南，我们做什么呢？"

"我、我赚的银子，足够我们挥霍一辈子，我们可以归隐田园，也可以游山玩水，你想做什么，便做什么……"佘准越说，声音越弱，他许是突然意识到，眼前之人，是燕思空，那个百年来最年轻的两榜进士，有着运筹帷幄、指点江山之雄才的燕思空。

这样的燕思空，虽然栽在了所谓的真心上，但仍然不能小觑。

燕思空平静说道："泛舟四海，闲云野鹤……那样的生活，我也并非没起过意，但多是一闪而过罢了，就像吃久了珍馐美味，便总想尝尝清粥小菜。这天底下的读书人，哪个不想做官、不为做官，熟读圣贤书，货与帝王家，就算不为名、不为利、不为光宗耀祖，就为一个'志'字，否则除了做官，读书人还有什么出路？那些做不了官或在宦海难有建树之人，用满心怀才不遇的怨愤，写下游历山河如何自在，归隐田园如何妙趣，多是泛酸罢了。"他凝望着佘准，"我这些日子，一直很迷茫，不知自己路在何方，我读了一辈子书，壮志未酬，岂能在青壮之年就去过耄耋老朽的生活？"

佘准的目光黯淡了下来："其实，我早已猜到，你野心之盛，不下于封野，不下于陈霖，岂能甘心籍籍无名、默默无闻。"

"我是有野心，但与他们不同，我知道自己能做什么、不能做什么。我是谋臣，做不了统帅，也做不好帝王；封野非帝才，偏要争王；陈霖非帅才，偏要领兵，这两人必将两败俱伤。"燕思空暗暗握紧了拳头，"而我，我还有未完之事，我还没有将元卯的冤情昭告天下，我还没有亲自送谢忠仁下地狱，我还没与沈鹤轩做个了结，我还没有看到大晟治世的复兴。佘准，我陷得太深，我放不下啊。"

那一句"放不下"，饱含了多少无奈，佘准听来都觉辛酸，他深吸一口气："没错，这才是你。"

燕思空愧疚道："佘准，对不起。我燕思空可以死在刀光剑影的沙场，可以死在波谲云诡的朝堂，却独独不能安逸地寿终正寝，那不是我的命，我声名狼藉也好，臭名留史也罢，独独不能无名。"

佘准点点头，像是认了："你从来没有变过，也好，若是封野当真能将你改变，那反倒不是你了。"

"封野……封野之与我，不过是一场意外。"燕思空轻描淡写地说道。

"那你究竟有何打算？"

燕思空深吸一口气，目光飘向了南方："我，要去找陈霂。"

佘准僵住了，久久说不出话来。

燕思空露出一个冷酷而诡谲的笑容。

"去找陈霂，封野怕是会……"

"更恨我吗？"燕思空轻笑，"那又如何？无论真假，他敢拿聿儿胁迫我，我岂会让他得逞。假使他真的只给聿儿三万兵马，那么就算我去助阵，寡众悬殊，也赢不了，那不如我去陈霂的阵营，我会让沈鹤轩和陈霂，都付出代价，我也要让封野知道，谁都别妄想操控我燕思空！"

佘准感到背脊阵阵发寒，他意识到，曾经那个熟悉的燕思空，真的回来了，他道："你打算怎么做？你要坏了陈霂的大军？"

"我还不知道，但我知道我要权，和一个易于掌控的君主。我从前总想走一步算十步，后来发现，有的我算得准，有的我算不准。我算得准的，许在第十一步就满盘皆输，我算不准的，许在最后又翻盘为胜。人不走到最后一刻，其实根本不知道输赢，又何必画地为牢，度量自己能做什么，不能做什么。我无家无累，如今什么都不在乎了，我要按我的想法去下这盘棋，尽力将这棋局，变成我要的模样，若败了，也不过一死。"

佘准沉声道："思空，你会得到你想要的。"

燕思空淡笑："你为何会这样说？"

"我有预感。"

"但愿吧，得不得到其实有多少分别，死了都带不走。"

佘准的神情有几分黯然："既然你已决定了，我便只能帮你。"

燕思空心中有愧："佘准，你不必再陪着我涉险了。"

"我做的，原也不是什么本分的买卖。"佘准自嘲一笑，"你银子给够就行。"

燕思空蹙起眉，轻声道："我知道你帮我，从来不是为了银子，你哪里缺呢……少时你我相依为命，这些年若没有你，我定也不知道死了多少回了，佘准，我不知道怎么还你。"

"你也救过我，也为我报过仇，你我之间，还谈什么还与不还。"佘准苦笑一声，"只是、只是我原以为，你我在这世上都已没有亲人了，我们是真正的相依为命，没想到你弟弟还活着，我应该为你高兴的，但……"

"你也是我的兄弟。"燕思空认真说道，"佘准，你和聿儿，都是我愿舍命为之的兄弟。"

佘准怔了怔，旋即又露出那玩世不恭的笑容："你听我说这酸溜溜的话，竟不骂我两句，我自己都臊得慌了。思空，你弟弟还活着，我是真的为你高兴。你那些年一心只有复仇，用冷酷无情将自己层层伪装，但我仍然知道你是重情重义之人，否则我也不是傻子，又怎会愿意帮你，不过……"他突然正色道，"你绝不可再与封野有任何纠缠，否则你就是真的对不起我。"

燕思空心脏发紧，他状似云淡风轻："你放心吧，我与他两清了。待他知道我宁愿去找陈霂也不会回去找他时，我和他，便是……敌人了。"

佘准无法完全放心，但只要燕思空不回去找封野，总归不是下下之选，因为他知道，除了封野，燕思空不可能再对别人付出真心，尤其是陈霂。无情的燕思空，才是最强大的燕思空，以一人之力，也足以撼动乾坤。

"那你打算何时去找陈霂？"

"我不能去找陈霂，我要陈霂来找我，准确地说，是来抢我。"

"……抢？"

"陈霂不是对我和封野使了离间之计吗，那我就如他所愿，背离封野。但我与他师生多年，他了解我的脾性，知道就算我离开了封野，也对他心存怨恨，不可能去帮他，我若主动去找他，他必生疑。"

"你打算如何？"

谈话间，两人已经走回了山林里，看着不远处正在等待他们的阿力，燕思空道："佘准，你可以大隐隐于市，来去无踪，但阿力不行。此次我出山，便要了无牵挂，我希望你把阿力送走。然后我会故意暴露行踪，引陈霖的兵马来抓我。"

佘准看向阿力："可以，但我怕他未必肯离开。"

"不肯也得肯。"

阿力见他们回来了，如释重负，脸上的雀跃掩也掩不住，连忙蹦了起来，跑到了他们身边。

"给你带了吃的，饿坏了吧。"燕思空解下身上的行李，"还热乎着，趁热吃。"

待阿力吃完饭，燕思空将他叫到了一边，说出了打算。

阿力听到燕思空要将他送走，大惊失色，连连摇头，着急比画着表示不愿意离开。

燕思空劝道："阿力，你跟着我太过危险，我保不了你。"

阿力依旧用力摇头：我要服侍公子，我不怕死，我哪里也不去。

"阿力，你年纪不小了，我会给你准备够你一生用度的银子，让佘准为你找一个好姑娘，你们成家……"

阿力扑通跪在地上，两手胡乱地挥舞：求公子不要赶我走，我不成家，我只想一辈子服侍公子。

燕思空暗叹一声，他想将阿力扶起来，阿力却跪着不肯起，他只好蹲下身去，凝望着阿力的眼睛，轻声说："阿力，你欠我的恩情，这些年为我出生入死，也早已还清，天下没有不散的筵席，你该为自己活了。"

阿力含着泪，不停地磕头，嘴里发出呜呜的声音。

燕思空忙扶住他，心头酸涩不已。他知道，阿力不愿意离开他，除了主仆之情外，还因为难以融入人群之中，害怕改变。阿力在他身边找到了位置，找到了自己的用处，害怕一旦分开，就失去这些，就像一个从未离开过父母的孩子，突然要被迫离家远行。他观阿力那惶恐的模样，便知其心里有多害怕。

燕思空无奈，只好改口道："阿力，我现在在逃命，你如此显眼，我带着你实在容易被发现。"

阿力凄切地看着燕思空。

"我让佘准先将你藏匿起来，待我安顿好了，你若还愿意追随我，我便将你接到身边，如何？"

阿力的嘴唇抖了抖，一双眼眸异常的明亮清澈。

"真的，待风头过去了，我安全了，我便让佘准去接你，否则这样走下去，我们都会被抓住的。"

阿力沉默片刻，含泪点了点头。

燕思空拍了拍阿力的肩膀，他心里清楚，这一次，许就是永别了。

燕思空和佘准商议后，三人天一亮便离开了平凉。

几天后，他们终于走出了封野的势力范围，于是便也到了他们要分道扬镳的时候。

佘准要带阿力去一个隐秘闭塞且足够远的地方，确保他的异样相貌不会传到封野耳中。同时也要将燕思空的行踪透露出去——陈霂的大军离他们已经不远了。

两人约定，等安顿好阿力，佘准就回来找燕思空，无论他在哪里。

阿力哭着跪别了燕思空，燕思空目送着二人离开，伤怀不止。他忍不住想将对自己好的人都推得远远的，一怕拖累别人，二怕偿还不起。他这样的人，孑然一身反倒是仁慈。

在路上，燕思空探知陈霂的大军已经到了槐安，距庆阳不过三四百里。这附近的城池还是朝廷的，封家军不敢越界到此处，但陈霂却可以畅行。

于是在佘准有意泄露行踪、燕思空有意暴露身份的情况下，燕思空在庆阳到槐安之间的一个无名小村落里，遇上了前来捉拿他的楚王军。

他一番逃脱，最终还是被拿下，五花大绑地被送去了槐安。

他很快就要见到陈霂和沈鹤轩了，见到那个他一手带起，却反咬他一口的学生，和那个他屡次心慈手软放过的敌手。让这两个人有机会陷害他，是他咎由自取，但他不会就这样罢休的。

到了槐安，燕思空即刻被押去了陈霂暂住的府邸。陈霂并未如从前那般遥遥来相迎。燕思空穿过长长的回廊，踏过积雪的庭院，终于来到了主屋前。

当他踏进那道门楣，他看到端坐在主位之上的，是一个气度不凡、威严持重的俊挺青年，那深邃的眉眼之间，全是超然于年龄之上的沉稳冷峻。

见到燕思空的瞬间，陈霖不自觉地握紧了椅子的扶手，眸中似是点亮了火苗，光芒闪烁，但他还是克制住了要起身的冲动。

侍卫向他单膝跪地行礼，大声唤他"楚王"。

陈霖面带怒容："混账东西，谁让你们把先生绑起来的，还不赶紧松绑！"

侍卫连忙解开了燕思空身上的绳子，燕思空一言不发，冷漠地瞪着陈霖。

陈霖挥手道："都下去。"

所有人都退了下去，直至屋内只剩下两人，陈霖这才起身，几步跨到了燕思空身前，激动地喊道："先生……"

燕思空甩手一个耳光，重重地招呼在了陈霖的脸上。

陈霖被打得猝不及防，面色可谓精彩纷呈，从错愕、到震怒、再到难过，最后，却只剩下了无奈，他用舌尖顶了顶被打得火辣辣的侧颊，不动声色道："如今，也只有先生敢这样对我了。"

燕思空冷道："你还记得我是你的'先生'？你怕早忘了自己是谁吧。"

"你一辈子都是我的'先生'，我也一辈子不会忘了自己是谁。"曾经陈霖脸上的青稚年少，再也寻觅不到半点踪影，如今的他，只是"楚王"，他唇角轻扯，"我是大晟的大皇子，是太子，更是未来的天子。"

"你尽管去做你的皇子太子天子，可你别忘了，你能有今日，都是我为你筹谋的，你却恩将仇报，陷害于我。如今你把我抓来，是嫌害我不够？"

陈霖轻叹一声，面有愧色："先生，对不起。"

"少废话，放我走，或者杀了我。"

"先生。"陈霖的胸膛用力起伏了一下，"想到能再见到你，我高兴得一夜都没睡，分别的这一年多，我无时无刻不想着你……我知道你怪我，我知道我对不起你，但……但那都是沈先生的计谋，当我知道的时候，我想阻止也来不及了。"

燕思空眯起眼睛："你以为我会相信这些鬼话？"

"是真的，我虽是想让先生来我身边，可我怎么舍得害先生。"陈霖摇了摇头，"况且，若封野相信你，我们又哪有机会得逞呢？"

这话刺得燕思空心脏剧痛，他咬牙道："我不想再听这些，无论是封野，还是你，我都不想再看一眼，我宁愿倒冠落佩、遁世离俗，再不卷入这些纷扰。"

"先生……"陈霖哀切道，"我绝非有意陷害先生，先生若不能解恨，便狠狠地打我、骂我，但我日夜期盼，才盼到先生来我身边，我、我绝不会放先生走的。"

"我凭什么留下！"燕思空后退两步，转身就想跑。

陈霖疾步上前想要拥住燕思空，燕思空却用手一把托起他的下颌，用力往上一抬，将他推离自己的同时，又一掌袭向他的心口。

陈霖大惊，伸手格挡，两人近身过了三招，陈霖虽是将燕思空的招式完全压制，但由于太过惊讶，还是被燕思空趁机打了一掌。

陈霖后退几步，稳住身形，同时面色沉了下来："早在当年先生救我于落马时，我就怀疑先生会功夫。如今先生的真正身份被我知道了，便也不再隐藏，却不知道先生还有什么是我不知道的？"

燕思空冷道："我又凭什么告诉你？"

陈霖黯然道："先生是为了报仇才入朝为官的，苦心谋划多年，终于斗倒了冤杀养父的仇人，这番情义、这番心智、这番毅力，令我对先生更加佩服。先生是我这一生最敬重、最仰慕之人，你要如何，才能原谅我？"

燕思空冷道："你们是如何知道我的身世的，元少胥说的？"

"不。"陈霖摇摇头，"是早前赵傅义大将军写信告诉沈先生的。"

"大将军……"燕思空神色黯然。他对赵傅义一直心存敬畏，甚至因为赵傅义在元卯一事上的仗义，让他感激至今，但赵傅义自知道他背叛朝廷、助封野谋反后，便不能容他。他不怪赵傅义，只是人各有志罢了。

"沈先生得知你的身世后，便马上派人去广宁查，得知元少胥也在封野麾下。其实，我们早就从探子口中听说你与元少胥不合，但一直不知道你二人竟是这样的关系，于是，沈先生便暗通了元少胥。匕首之事，也是元少胥告诉他的，他斥重金命人寻回。"

燕思空阴寒道："于是你们就联合那个江湖人士，设下陷阱，离间我与封野。"

陈霖状似愧疚道："我尽管知道，却怎么舍得置先生于险境，等我发现沈先生做了什么时，已经晚了……"

燕思空冷冷一笑。

"事已至此，先生怨我、怪我，我都认了，可先生不也趁机认清了封野吗？"陈霖突然激动地说道，"你与他年少相识，如今更为他鞍前马后，算计筹谋，这么多年的情义，他却能中这样的离间之计，如此薄情寡义之人，还有什么值得你追随的？！"

燕思空的身形晃了晃，瞳仁蒙上一层灰败，他嘲弄一笑："你说的，也不无道理。"

"封野前脚纳了哪答汗的女儿为妾，接着又娶勇王之女为妻，你当我不知道，你们之间已是貌合神离吗？"

燕思空漠然道："你错了，我们并非貌合神离，我们是从里到外，都'离'了。"

陈霖神色间是掩不住的心疼，他又缓步走向燕思空："我将先生奉若珍宝，封野却这样糟践先生，你可知千里之外的我，有多痛、多恨、多不甘？若先生留在我身边，我定对先生全然信任，百般敬重，万般爱护，将来我登上皇位，我要先生一人之下，万人之上。"他趁机擎住了燕思空的手，目光诚挚，"先生要什么，我都愿意给！"

燕思空心中冷笑，封野薄情寡义不假，一个设局陷害他、算计他的人，又凭什么敢跟他谈敬重、爱护？

但他面上并未将那鄙夷之情表现出来，只是冷冷甩开了陈霖的手："你既不放我走，那就让我见沈鹤轩，他是不会愿意我留下的。"

陈霖犹豫了一下："也好，就算我不愿你见他，他也会来找你的。但是，沈先生虽然曾也是我的老师，但到底与你不同，他左右不了我，我也十分气愤他陷害先生，只是我还需要他的助力罢了。"

燕思空斜睨着陈霖："你不会忘了吧，沈鹤轩可是连中三元的稀世奇才，你觉得他左右不了你？说不定你已经被他玩弄于股掌间了。"

陈霖抿了抿唇："我便是有这层顾虑，才更需要先生。"他再次抓住燕思空的手，"先生，霖儿只相信你啊。"

燕思空也再次甩开了他的手，寒声道："带我去见他。"

午夜，深宅大院之中。

一间气派的屋内，太师椅上坐着一个沉默的男人，他如雕塑一般一动不动，室内一片漆黑，没有掌灯。

突然，屋门被敲开了，一个侍卫步入其中，利落地跪地行礼，他的双腿在微微发抖，瞳仁闪烁不已，恐怕并非是因为天气寒冷，而是……害怕。

"属下参见狼王，有……有燕大人的消息了。"

黑暗中，封野暗暗握紧了拳头，心猛然揪紧了："说。"

"燕大人……被、被楚王……掳走了。"

屋内陷入令人恐惧的沉默。

突然，封野一掌拍向手边的茶几，一声巨响，那贵重厚实的木作边几，竟被雄浑的内力生生劈成了两半！

侍卫吓得连连磕头："属下无能，狼王恕罪，狼王恕罪！"

"滚。"封野从喉咙里发出暗哑的声音。

侍卫颤抖着跑了。

黑暗中，封野的眼眸中泛出危险的绿芒，面上肌肉抽动，满是狠戾之色。

燕思空被陈霖掳走了，他和陈霖在一起。

凭佘准的本事，能躲过他半个月的追捕，没道理躲不过陈霖几日的搜索，唯一的可能，便是燕思空自愿去找了陈霖。

他的人，从他身边逃离，去找了陈霂。

封野只觉心脏的痛超出了他的负荷，一生从不低头的狼王，此时却要弯下腰去，才能勉强缓解那像是要绝命的恐惧，并艰难地呼吸。

"燕思空……"封野将这个名字在唇齿间反复琢磨，像是要嚼碎了咽进肚子里，才能将其牢牢地困在自己身边。

黑暗的虚空之中，封野用那满是憎恨与痛苦的眼神，描摹出了他记挂的人的模样，然后再狠狠撕碎。

那颗仿若被捅了无数刀的血淋淋的心，此时只剩下一个愿望，就是要将陈霂千刀万剐、剉骨扬灰。

陈霂，江山，抑或燕思空，都是我封野的，我要让你眼睁睁地看着他们，尽落入我手中！